内山精也［編］

南宋江湖の詩人たち

中国近世文学の夜明け

勉誠出版

南宋江湖の詩人たち

中国近世文学の夜明け

巻頭言　南宋江湖詩人研究の現在地　内山精也　4

I　南宋江湖詩人の位相と意義

南宋江湖詩人の生活と文学　張　宏生（翻訳：保苅佳昭）　13

晩唐詩と晩宋詩　銭　志熙（翻訳：種村和史）　25

晩宋の社会と詩歌　侯　体健（翻訳：河野貴美子）　36

江湖詩人と儒学――詩経学を例として　種村和史　49

II　江湖詩人の文学世界

謁客の詩　阿部順子　60

江湖詩人の詠梅詩――花の愛好と出版文化　加納留美子　69

江湖詩人の詞　保苅佳昭　81

〝鑑定士〟劉克荘の詩文創作観　東　英寿　94

劉克荘と故郷＝田園　浅見洋二　104

Ⅲ 江湖詩人と出版

陳起と書棚本　羅　鷺（翻訳：會谷佳光）　114
【コラム】江湖詩禍　原田　愛　127
【コラム】陳起と江湖詩人の交流　甲斐雄一　133
江湖詩人の詩集ができるまで——許棐と戴復古を例として　内山精也・王　嵐　140
【コラム】近体詩の作法——分類詩集・詩語類書・詩格書　坂井多穂子　154
『草堂詩余』成立の背景——宋末元初の詞の選集・分類注釈本と福建　藤原祐子　160

Ⅳ 宋末元初という時代

『咸淳臨安志』の編者潜説友——南宋末期臨安と士人たち　小二田　章　174
【コラム】『夢粱録』の世界と江湖の詩人たち　中村孝子　185
【コラム】臨安と江浙の詩社　河野貴美子　195
転換の現出としての劉辰翁評点　奥野新太郎　201
金末元初における「江湖派的」詩人——楊宏道と房皥　高橋幸吉　211
金元交替と華北士人　飯山知保　224

Ⅴ 日本との関わり

詩法から詩格へ——『三体詩』およびその抄物と『聯珠詩格』　堀川貴司　234
近世後期詩壇と南宋詩——性霊派批判とその反応　池澤一郎　244
江戸の江湖詩人——化政期の詩会と出版　張　淘　255
域外漢籍に見える南宋江湖詩人の新資料とその価値　卞　東波（翻訳：會谷佳光）　266

巻頭言　南宋江湖詩人研究の現在地

内山精也

世紀の変わり目

宋朝三〇〇年間は「士大夫の時代」といわれる。それは、宋代の士大夫がその本分たる行政において最重要の役回りを演じたからというばかりでなく、文化的にもトップランナーとして全体を牽引し、空前の繁栄を演出したからこその謂であろう。詩歌の世界に焦点を当ててみても、それはおおむね当てはまる。後世の詩評家が称したように、もしも「宋詩」のもっとも代表的な風格が、——説理や議論を好み、典故を多用して学識を競う——「学人の詩」風だとするならば、それを創り出した主体は、まぎれもなく士大夫たちであった。ただし、宋詩が彼らの全き独壇場であったかといえば、必ずしもそうとは言えない。彼らの存在感がとりわけ大きかった北宋の一五〇年間においてさえも、魏野《ぎや》（九六〇～一〇一九）や林逋《りんぽ》（九六七～一〇二八）等の隠士や九僧、道潜（一〇四三～一一〇六）、恵洪《えこう》（一〇七一～一一二八）等の詩僧がおり、非士大夫の詩人も存在していた。それがあまり目立たなかったのは、士大夫詩人の強烈な主体意識とそれを裏づけるだけの精力的な活動を前にして、彼らも自覚的に脇役に徹する道を選んだからであろう。

ところが、南宋も後半に入ると、そのような非士大夫の詩人たちにも、しかるべき表舞台が用意され、スポットライトが当たるようになった。――時おりしも世紀の変わり目、宋朝滅亡（一二七九）まで、残すところ七、八十年前後という頃のことである。その直前の約半世紀、宋王朝は華北を女真族の金に占領されつつも、講和条約によって、半壁の泰平を現出し、中興の盛世を謳歌していた。詩壇には、范成大（一一二六～九三）、楊万里（一一二四～一二〇六）、陸游（一一二五～一二一〇）、尤袤《ゆうぼう》（一一二七～九四）のいわゆる四大家がおり、儒学の世界でも、朱熹《しゅき》（一一三〇～一二〇〇）が精力的な教育活動によって己の信奉者を急速に増やしていた。その他、宰相位に就いた碩学、周必大（一一二六～一二〇四）や『容斎随筆』『夷堅志』『万首唐人絶句』等の浩瀚な書物の編著者、洪邁《こうまい》（一一二三～一二〇二）が活躍したのもこの時期である。

これら、ほぼ同一世代に属する士大夫たちが演出した中興の盛世は、彼らの死とともに終焉を迎える。世紀の変わり目の前後十年間に彼らが相次いで世を去ると、中央文壇の求心力は急速に衰えて、詩壇にもかつてない新たな風が吹き始めた。その主役は、もはや四大家のような高級士大夫ではなく、下層の士大夫もしくは無位無官の布衣詩人たちであった。現行の中国文学史では、彼らを「江湖派」もしくは「江湖詩派」と呼ぶ。

「江湖派」とは何者か？

われわれが今、着目するのが、この「江湖派」の詩人たちである。

ただし、「江湖派」という呼称は、あくまで便宜的なものであり、当の彼らですら、詩派を形成し、己がその一員である、という自覚はなかったであろう。宋代を代表する詩派「江西派」と比べると、その差は歴然としている。江西派には、絶対的なリーダー（黄庭堅）が存在し、成員の間に緊密な師承・交友関係があり（呂本中に「江西詩社宗派図」がある）、同じ詩学的宗旨（杜甫の詩を窮極の典範と仰ぎ、「換骨奪胎」や「活法」等の詩法を鼓吹・追求した）を仰いでいた。一方、いわゆる「江湖派」には、明確なリーダーはおらず、師承の関係も見出しがたい。かつまた、独自の詩学的主張も皆無に等しかった。このように、江西派をスタンダードとすれば、およそ詩派らしからぬ詩派であり、自律的な集団と見なすことさえ難しいかもしれない。だが、名称の適不適を別にすれば、彼らの存在それ自体に極めて大きな文学史的意義が内包されていることは疑いようもない。少なくとも、以下の四点を指摘できる。

その第一は、彼らが無位無官の布衣と下級士大夫を中心とする百名を超える詩人群であった、という点である。江湖派研究のパイオニア、張宏生氏によれば、この詩派の詩人として、計一三八名をリスト・アップできるという（張宏生『江湖詩派研究』附録一「江湖詩派成員考」、中華書局、一九九五年）。試みにその一三八名を、士大夫か非士大夫かという社会的身分によって区分すると、前者は七十六名、後者が六十二名となる。さらに、士大夫七十六名を官歴を参考にして上・中・下の三層に細分すると、下層の士大夫が六十名となる（上層・二、中層・十四）。よって、一三八名のうち、下級士大夫と布衣の総和が一二二名となり、全体の九割近くを占める。このように知識階級の基層に位置する詩人たちが、一時期に優に一〇〇人を超えて活躍し、しかも今日に作品を伝えているのは、中国文学史上、空前のことである。この点がまず彼らの際だった存在意義と見なしうる。なお、彼らに冠せられた「江湖」とは、朝廷もしくは中央に対して、民間や地方を意味する語。彼らのおよそ九割がもっぱらの拠り所とし、多種多様に活劇を演じた広大なる舞台である。

第二に、——彼ら自身が声高に主張したわけではないものの——彼らが愛用した詩のスタイルが一世を風靡し、結果的に新たな詩歌の潮流の中心に彼らが立ったという点である。しかも、彼らの詩のスタイル＝「晩唐体」は、それまで詩壇の中心にいた士大夫たちの伝統的詩歌観を明らかに逸脱していた。まず、形式的には、五言律詩や七言絶句等の近体の短詩型に偏り、士大夫たちが長編の古体詩を重じ、古体と近体のバランスを求めたのと異なっている。内容的にも、日常卑近な題材に偏り、士大夫のように愛国・憂国の情をほとばしらせたり、社会の不正を鋭く批判したりすることは稀であった。また、一字一句の鍛錬には骨身を削ったものの、士大夫のように典故を頻用して学識を競うようなこともめったになかった。士大夫によってとことん高められた作詩の要求レベルが、彼らの間ではかなり低下し、もっぱら等身大の自己を表現するための手段として位置づけ直された観がある。しかし、この点こそが市民階層の詩歌創作への参入を容易にし、作者人口の裾野を拡大するのに、大いに寄与したと考えられる。

第三に、彼らの成功の蔭に、都臨安の書商、陳宅書籍鋪の主人、陳起《ちんき》の存在があり、彼の出版プロデュースによって彼らの詩の流行が一気に拡大した、という点である。「晩唐体」という名称が示すように、この詩体は決して彼らが一から創り出したものではない。すでに九世紀の晩唐にあって一度流行していた詩体であり、その流行を支えていたのも、士大夫階級の最下層に甘んじた寒士たちであった。よって、第一、第二の点については、彼ら以前にすでに一定程度起きていた現象でもあり、晩唐と晩宋の相違はあくまで流行の規模と程度の差に過ぎない。しかし、この第三の点は、晩唐の寒士たちがたとえ望んだとしても手に入れられる条件ではなかった。木版印刷の普及というすぐれて「近世」的な条件を背景にしているからである。

中国は北宋以降、本格的に印刷時代に突入するが、北宋における出版事業は主として官主導によって行われた。それが南宋に入ると、民間の出版業が力を蓄え、種類や件数、部数、すべての面において、坊刻が官刻を凌駕するようになる。福建の建陽、江西の廬陵、そして都臨安が、十二世紀の後半以降、出版の三大盛地として、多種多様な坊刻本を大量に生産し、南宋全土の市場を満たすようになったのである。江湖詩人たちが活躍し始めたのは、まさしくこのような時代であった。

このような大状況のなか、陳起という、時代を読むのに長けた臨安の書肆が、十二巻程度の「小集」による叢刊方式で、陸続と中晩唐の中小詩人ならびに南宋江湖詩人の詩集を出版し始めた。彼の出版戦略によって、時代が晩唐体に一気に傾いたといっても過言ではない。すなわち、伝統詩歌のトレンドを一民間の書肆が事実上、生み出したことになる。――このように、南宋江湖詩人の流行と活躍は、印刷メディアの普及、さらには民間出版資本の成熟という時代背景を前提に成立している。

以上の三点は、いずれも伝統詩歌が士大夫階層の専有物ではなくなり、彼らに加えて非士大夫の知識人も重要な創作主体に変わりつつある時代的趨勢をはっきり示している。近世という時代の最大の特徴が「通俗化」「大衆化」にあるとするならば、中国の伝統詩歌は、南宋の後期に至って、近世に大きく一歩踏み出したといえるであろう。その第一歩を大きく後押ししたのが、ほかならぬ江湖詩人の一群なのである。

そして、第四は日本への影響である。この点はともすると見失われがちであるが、江湖詩人の存在は、日本の漢詩史にも小さからぬ影響を与えている。陳起が刊行した、いわゆる「書棚本」が同時代の日本に伝わったか否かについては、残念ながら確認できなかったが、江湖詩人の一人、周弼《しゅうひつ》が編んだ『唐詩三体家法』、俗にいう『三体詩』は、近体の三詩型（七絶、五律、七律）のみを対象とした唐詩の選本であるが、室町期の五山禅林で作詩教本として重視され、万里集九の『暁風集』のように微に入り細を穿った詳細な注解書までもが生まれている。しかも、『三体詩』は室町の五山禅林に止まらず、江戸時代に入ってからもロングセラーをつづけた。また、劉克荘《りゅうこくそう》の編とされる『分門纂類唐宋時賢千家詩選』も室町期には日本に将来され、江戸後期には和刻本も刷られている。

さらに、江湖詩人一三八名のなかに名を連ねてはいないものの、彼らと類似の境遇にあった宋末元初の布衣の手になる書物を含めると、魏慶之《ぎけいし》の詩話総集『詩人玉屑《ぎょくせつ》』や、蔡正孫《さいせいそん》の七絶選本『唐宋千家聯珠詩格』および詩話総集『詩林広記』等が加わることになる。その他、この当時、「詩学集成」や「詩学大成」と銘打ち、近体詩の創作を助ける目的で、詩語や例句を類聚した実用的類書も多種多様に刊行されているが、それらの一部も五山禅林に将来されている。これら宋末～元初にかけて編纂された詩学関連の入門的教本や参考書、類書も、五山禅林においてとりわけ重宝され、その多くが翻刻されて五山版に姿を変え、今日にまで伝えられている。

つまり、南宋後期の江湖詩人たちが切り拓いた伝統詩歌通俗化の流れは、中世の日本にもそのまま伝わり、主として禅僧を中心として受容され、それがひいては江戸以降の近世漢詩の直接的な基盤となっているのである。江戸後期を代表する詩人の一人、市河寛斎《いちかわかんさい》は寛政年間の初めに詩社を結び、自ら「江湖詩社」と命名したが、寛斎はその名を南宋の江湖派から取ったとはっきり明言している。その門生、大窪詩仏《おおくぼしぶつ》、柏木如亭《かしわぎじょてい》、菊池五山は、十九世紀初頭の文化文政期、澎湃と巻き起こる漢詩創作ブームのただ中で江戸詩壇の牛耳を執った。江湖詩社出身の彼らこそは、まことに江湖の専業詩人と呼ぶに相応しい漢詩人たちであった。南宋後期と江戸後期の間には、およそ六世紀近くの時間的隔たりが存するものの、時と所を越えて、日中の江湖詩人たちが呼応し合っていることをここに強調しておきたい。

「江湖派」研究の現在

このように、文学史的に重要な意義を内包する彼らであるが、これまで関連の研究は、日本はもとより中国においても、盛んであったとはとうてい言いがたい。日本では、つとに一九六〇年代の初め、吉川幸次郎氏が「元、明、清の時期を通じ、文学が主として民間人をにない手とするさいしょである」とその意義を説いている(『宋詩概説』第六章第一節、岩波書店、中国詩人選集第二集、一九六二年)が、管見の限り、その後、専論・専著はまったく現れていない。中国では、前掲、張宏生氏の専著が九〇年代半ばに公刊されて以後、二、三の専著が世に問われているが、今なお学界のホットな研究対象となっているとは言いがたい。

その理由は幾つか考えられるが、あえて一つに限定すると、伝統主義的下降史観と近代主義的進歩史観の双方に絡め取られて、われわれの関心が彼らに向きにくい構造が強固に形成されたことに最大の要因があると感じられる。

前者の下降史観とは、盛唐を頂点として中国詩歌史が下降線を辿ったとする見方で、唐詩よりも宋詩が衰え、北宋詩よりも南宋詩が衰えたと考える立場である。この場合、宋朝滅亡前夜に活躍した江湖詩人たちは衰退のその末に位置づけられることになり、自ずとネガティブな評価が与えられることになる。加えて、北宋士大夫が確立した詩歌観に照らしても、晩唐体は彼らの理想からほど遠く、二重の意味で衰退・衰微というフィルターが江湖詩人にかけられるようになった。

このような下降史観が初めて現れたのは、皮肉にも、江湖派全盛の時代であった。厳羽(一一九二?〜一二四五?)の『滄浪詩話』がその最初期の著作である。この厳羽の所説が元明の擬古派に理論的根拠を与え、彼らによってそれが拡大再生産された結果、元明清三代のもっとも代表的な詩歌史観の一つとなった。しかし、ここでよくよく注意しなければならないのは、下降史観を展開した彼らの目的が那辺にあったのかという問題である。彼らは無数の先行作品と詩人のなかからごく少数の絶対的典範を選び出して、それを旗印に自派の目指すべき理想を定めたが、そこには「創作のため」という附帯条件が必ず存在していたことを忘れるべきではない。掲げる典範が少なければ少ないほど、自派の旗印は単純明快になり、初学者の賛同も得られやすくなるが、その分、その典範がいかに優れているかを際だたせる必要も生じる。おそらくそのために、他を決然と否定する論法が用いられたのだと考えられる。そのような時、この下降史観はまことに都合がよかった。

しかし、われわれは実作者として中国古典詩に向き合うわけではない。よって、創作の典範として最適か否かという点が、われわれの最終的基準となるわけではない。そもそも、文藝作品は、なにを基準とし尺度とするかによって、その評価も大きく変化するものだ。かの詩聖杜甫の詩でさえ、北宋の楊億は「村夫子のようだ」と毛嫌いし、詩仙李白の詩でさえ、王安石は「酒と女を取ったらほとんど何も残らない」と批判したという。ことほどさように、評価する側の好尚、立場、時代等々によって、評価は千変万化する。われわれはむしろ、そのような主観的論断からつとめて自由な立場になることをまず目指すべきであろう。

筆者は、たとえ一つの伝統に根ざした同一形式の詩歌であっても、それぞれの時代に即応した「現代的」価値がある、と見なす立場に立つ。つまり、古代詩には古代詩の、中世詩には中世詩の、そして近世詩には近世詩の実存的価値があるという考え方である。よって、われわれがまずなすべきことは、なにがしかの普遍的もしくは絶対的基準を持ちだして、それに照らして作者や作品の優劣や序列を性急に定めることなのではなく、対象を凝視して、それぞれの時代におけるその実存的価値を掘り起こすことなのではないかと考える。

もう一つの進歩史観の方についても論じよう。これは、「口語俗語による小説＝国民文学」というゴールをあらかじめ措定し、各国文学史がそのゴールに向かって「進化」の歴史を辿るとする西欧起源の文学史観である。中国では、王国維が先鞭をつけ、胡適が鼓吹して、一九三〇年代以降、支配的になった。通常それは、「一つの時代にはその時代に相応しい新しいジャンルが興起する」という「一代の文学」論の形で描かれ、ジャンルの新陳代謝が強調される。「唐詩・宋詞・元曲・明清小説」説がそのもっとも代表的なモデルである。ただし、このモデルによりかかりすぎると、詩は宋においてすでに主流のジャンルではなくなり、元明以降に至っては白話文体の時代に変わり、あたかも詩の生命はとっくに尽きてしまったかのような誤解さえ生じかねない（そのせいか、二十世紀以降今日に至るまで、元明清三代の文学研究は、このモデルに忠実に、主として白話文体を対象として進められた）。

しかし、ここで改めて問題を提起すれば、詩は宋に入って詞に主流の地位を譲り渡したわけでもなければ、元以降、その命脈を絶ったわけでもない、という厳然たる事実である。それどころか、もしかりに宋から清末に至る一世紀ごとの作詩総数や作詩人口の統計グラフを作成できたならば（その実現性は相当に困難ではあるが）、それが確実に右肩上がりの上昇曲線を描くであろうことも、われわれは十分に察知している。文学革命の旗手胡適は、文言系の文学を「死せる文学」と唾棄した（『白話文学史』「引子」、商務印書館、一九二八年）けれども、宋以降およそ九世紀にわたって、百万、千万、あるいは億を単位とするかもしれない作者人口を吸い寄せた詩というジャンルを、その一言で片づけていいはずはない。少なくとも、命脈を絶ったはずの「死せる文学」が、なぜそれだけの情熱をもって九世紀もの長きにわたって製作されつづけたのかという問いに、われわれは然るべき回答を用意しなければならないはずである。

以上、――これまでわれわれの頭をがんじがらめにしてきた、下降史観と進歩史観という――二つの文学史観に関わる問題点を、筆者なりに整理してみた。私見では、上記のような問題意識が是認され共有された時、はじめて南宋の江湖詩人たちは、われわれに対し、その際だった存在意義を主張し始めると考える。なぜならば、彼らこそ「伝統的創作主体＝士大夫」の外側に誕生した詩人群の、最初の成功例であり、伝統文学の通俗化＝近世化を、身をもって体現しているからである。ここにいう通俗化とは、文体や表現面におけるそれを指しているのではなく、作り手の通俗化、すなわち作者人口の増大を指している。言い換えるならば、それまで詩とあまり縁のなかった階層が伝統文藝と向き合い、それを自家薬籠中の自己表現手段に変えてゆく転換点・結節点に、南宋江湖の詩人たちは立っているのである。

今ここで、「通俗化＝近世のキイ・ワード」という原則に基づき、新たに「近世詩」というフレーム＝価値基準を立てて考えてみると、彼らは衰退の末に位置づけられるどころか、「近世詩」の一番先頭に立つポジティブな象徴へとにわかに一変する。そして、このように考える時、われわれは彼らの実存的意義を真に問い返すことのできる地点にようやく立つことになるのだと筆者は思う。

彼らが体現する通俗化＝近世化は、元以降どのように受け継がれてゆくのだろうか。これが、本書を企画したわれわれの根底にある問題意識である。とはいえ、南宋江湖詩人の研究はようやく緒に就いたばかり、われわれは彼らのディテールをほとんど何も知らない。そこで、いまだに初歩的段階に止まってはいるが、あえてわれわれの研究の現在地を包み隠さずに示して、読者の方々と問題を共有し、今後のさらなる展開のための礎としたいと願い、本書を江湖に問うこととした。

本書は二〇一一年度以来、独立行政法人日本学術振興会の資助を得て三年にわたってつづけられた八名（内山精也〔研究代表〕、浅見洋二、池澤一郎、高橋幸吉、種村和史、東英寿、保苅佳昭、堀川貴司〔五十音順、敬称略〕）からなる共同研究の成果を基礎としている。毎年一度、国際シンポジウムを開催し、主として中国から、われわれの研究の主旨に賛同してくれる国外の学者を招いて学術交流を行った。その数、十名を超える。本書では、そのなかからとくに、江湖派研究のパイオニア、張宏生氏を始めとする五名の方々に、書き下ろしの論考をご寄稿いただいた。また、筆者はこの十年近く、東京近在の同好の士とともに、江湖詩人の一人戴復古の五律をよむ読書会を細々とつづけており、その参加者の方々にも脇を固めていただいた。そのほか、遠隔地からわれわれの研究に熱い視線を注いでいてくれる若手の研究者にも協力を仰ぎ、あわせて二十篇を超える文章を本書に収めることができた。本邦初の江湖派研究の専著としては予想以上に充実した内容といってもよいであろう。

日本の江湖派研究はようやく入口に辿り着いたばかりではあるが、南宋江湖詩人の存在は中国近世文学の実相に迫るための重要な視点と糸口を、疑いようもなく豊かに、われわれに提供してくれている。それのみならず、中国と日本の近世漢詩を繋ぐ重要な一本の生命線でもある。この点を、ここに重ね重ね強調しておきたい。廟堂の高みに立って、天下国家を憂えた唐宋の士大夫詩人とは異なり、南宋後期の江湖詩人は今日のわれわれにずっと近しい地点に立っている。まずは本書によって、中国三千年の詩歌史に突如現れたニューカマー江湖詩人とその文学世界について認知していただきたいと思う。そして、彼らが何を切り拓き、彼らの後にどのような新しい地平が生まれたのかについて、今後、われわれとともに関心の目を向けていただけたならば、それに勝る喜びはない。

二〇一五年二月

南宋江湖詩人の生活と文学

張　宏生（翻訳：保苅佳昭）

ちょう・こうせい――一九五七年中国江蘇省徐州市生まれ。香港浸会大学中文系教授、文学博士。主な著書に『江湖詩派研究』（中華書局、一九九五年）、『中国詩学考索』（江蘇教育出版社、二〇〇五年）、『宋詩 融通与開拓』（上海古籍出版社、二〇〇一年）などがある。

南宋中後期に現れた江湖詩人は、主に官途に就いていない下層文人であった。彼らは、各地を渡り歩き、政界の実力者に謁見し、詩を謹呈して金品を求めた。江湖詩人は、詩を金品を求める道具としたが、これは、中国文学における大きな変化であり、詩人が職業として独立する可能性が出てきたことを意味する。江湖詩人のライフスタイルは独特であり。その研究は、宋代文学史のみならず、社会史の理解にも有益である。

一、江湖詩人とは

南宋中後期、中国の詩壇に江湖詩派が現れ、江西詩派の後を継ぎ、重要な詩歌の流派の一つとなった。文字の意味から見ると、「江西」という語がかなりはっきりと地方色を帯びているのに対して、「江湖」という語はいささか複雑で、含意を漏れなく説明することは非常に難しい。しかし、少なくとも官職に就くこととは正反対で、なおかつ四方をさすらう意味を含み、これはちょうど、この集団の基本的な社会的地位とライフスタイルに関係する。

江湖詩人は、社会的地位が非常に複雑な集団である。現存する各種の江湖詩集から見ると、その中には、朝廷にいる者、野《や》にある者、隠士、役人がおり、初め布衣でありながら後に官途に就いた者、いささか特殊な理由から高位高官に上り詰めた者までいた。しかし、中心メンバーについて言うと、主に官途に就いていない下層文人であり、大抵、生活にゆとりは無かった。そのため、彼らのライフスタイルには、特に際立った特徴がある。それは、各地を渡り歩き、政界の実力者に謁見して、金銭を求めたことである。この特徴に関して、かなりまとまった叙述をしたのは宋末元初の方回である。彼は『瀛奎律髓《えいけいりつずい》』巻二十で、戴復古《たいふっこ》の「梅を尋ぬるものに寄す（寄尋梅）」詩を評した際に、専らこの種の風潮について論じている。

石屏《せきへい》戴復古、字《あざな》は式之《しょくし》、天台（浙江省黄岩）の人。早年、甚だしくは書を読まず、中年、詩を以て諸公の間に遊び、頗る声有り。寿《とし》は八十余に至る。詩を以て生涯と為して家を成す。蓋《けだ》し江湖の遊士、多く星命相卜を以てし（多くが占いを稼業とし）、閫台《こんだい》（地方長官の役所）中朝の尺書《せきしょ》を挾み（中央高官の手紙を持ち）、郡県を奔走して口に糊《のり》するのみ。慶元、嘉定以来、乃ち詩人の謁客と為る者有り。龍洲劉過改之の徒は一人ならず、石屏も亦た其の一なり。相い率いて風と成り、挙子の業を努めざるに至る。一二の要路の書を干求して介と為し（要職にある一人二人の高官に一筆書いてもらって紹介状とし）、之を「潤匾《かつへん》」と謂う。副うるに詩篇を以てし、動《やや》もすれば数千緡《びん》を獲《え》て以て万緡に至る。壺山宋謙父自遜の、一たび賈似道に謁して、楮幣二十万緡を獲て、以て華居を造るが如きは是《これ》なり。銭塘の湖山に、此の曹《やから》、什佰もて群を為し、阮梅峰秀実、林可山洪、孫花翁季蕃、高菊澗九万、往往にして士大夫を雌黄《しこう》（批判）して、口吻は畏るべくして、望門 屣《くつ》を倒しまにする（高貴な家が大歓迎する）に至る。石屏の人と為りは則ち否《しから》ず。毎《つね》に広座の中に於いて、口は世事を談ぜず、縉紳《しんしん》（地方の名士）は之を以て多とす（称賛した）。

この資料から、以下の五点が見て取れる。第一に、この風潮は南宋の慶元年間（一一九五〜一二〇〇）、嘉定年間（一二〇八〜一二二四）に始まり、江湖詩派が詩壇に登場した時期とほぼ一致する。第二に、これら高位高官に謁見したのは全て詩人で、彼らは相当大きな集団であり、その目的は金銭を求めることであった。第三に、謁見方法は声望、地位のある名士に紹介状を求め、自身の詩と共に高位高官へ送った。第四に、これの人々は往々にして杭州に集中した。杭州は南宋の首都であり、多くの高官貴人が集まっていた。江湖詩派の形成過程において重要な役割を担った書籍商の陳起は、ほかでもなく杭州で店を開いていた書肆であった。第五に、方回が言及した代表的人物に、戴復古、劉過、宋自遜、阮秀実、孫季蕃、高九万（高翥《しゃ》）等がいるが、戴復古の人品は他の人々とは異なり、方回は彼を酷評していない。

二、謁客

方回が指摘した「詩人が謁客（世を渡り歩き高位高官に謁見し支援を得ることで生活する者）と為る」という現象は、同時代の別の人物を叙述したものの中からも裏付けられる。たとえば、林希逸の「玉融林鏻の詩に跋す」に「今の世の詩は盛んなるも、之を場屋（科挙受験）に用いずして、而して之を江湖に用い、以て遊謁の具と為す者有るに至る」（『竹渓鬳斎十一稿続集』巻十三）とあり、戴表元の「湯仲友の詩巻に題す」に「旧時、江湖の間に諸公の詩を以て行くもの少なからず、詩客と謂う。公卿、節を折りて之に交わる」（『剡源集』巻十八）とある。

　また、方回が右の文中で述べた賈似道《かじどう》は、当時の権貴であり、要職を歴任し、常に賓客が門に満ちて、まさに江湖詩人がこぞって謁見を求める対象であった。これに関する作品としては、薛嵎《せつぐ》の「劉荊山 賈秋壑（秋壑は賈似道の号）に謁す」（『雲泉詩』）、宋伯仁の「廬陵の王月窓秀才 武昌に之《ゆ》き秋壑賈侍郎に謁す」（『雪岩吟草補遺』）等がある。林洪と阮秀実、孫季藩、高翥については、関連資料が無いため、更に詳細な調査を続ける必要があろう。しかし、戴復古と劉過の二人は、他の文献の記載と突き合わせると、一層はっきりとした輪郭を描ける。

　劉過はもともと強烈な功名心の持ち主で、「沁《しん》園春・盧蒲江の席上、時に新第の宗室有り」という詞のなかで、少なくとも四度、科挙を受験し、全て落第したことを述べている。彼は、仕官しようにもその術がなく、やむを得ず各地を駆けずり回る「謁客」の人生を選び、その道筋をたどりつつ長い歳月を過ごした。ただある意味から言えば、彼はかなりの成功を収めた。南宋・岳珂の『桯史』巻二に次のようにある。

> 嘉泰癸亥の歳（一二〇三）、改之（劉過）中都（杭州）に在り。時に辛稼軒（辛棄疾）越に帥《すい》（紹興の長官）たりて、其の名を聞き、介を遣わして之を招く。適《たま》たま事を以て行くに及ばざれば、書を作り輅者（使者）に帰し、因りて辛体に倣いし（辛棄疾の書きぶりを模倣した）「沁園春」の一詞、緘《かん》に併《あわ》せて往かしむ（手紙といっしょに持って行かせた）。筆を下せば便ち真に逼《せま》れり。其の詞に曰く、「斗酒彘肩《としゅていけん》……」と。辛 之を得て大いに喜び、致饋《ちき》する（贈る）こと数百千、竟《つい》に之を邀《むか》え去《ゆ》く。館燕すること月に弥《わた》り（月をまたいで宴会を開き）、酬唱すること亹亹《びび》として（熱心に励み）、皆な之に似て、逾《いよ》いよ喜ぶ。別れに垂《なんなん》とし、之に千緡を賙《あた》えて、曰く、「是《これ》を以て求田の資と為せ（田畑を買う足しにしなさい）」と。

また、南宋・張世南の『遊宦紀聞』巻一にも次のようにある。

黄尚書由 蜀に帥たり、中閤 乃ち胡給事晋臣の女《むすめ》なり。雪堂に過ぎり、「赤壁の賦」を壁間に行書す。改之 後に従いて一闋《いっけつ》を題す。其の詞に云う、「轡を按じて徐駆し……」と。後、黄 劉の作る所と為るを知り、厚く饋《き》既《きょう》する有り。寿皇（孝宗）親征に鋭意し、大いに禁旅（皇帝直属の禁軍）を閲し、軍容 粛整たり。郭杲《かくこう》 殿岩（禁軍の官。殿前司）と為り、駕に従いて内に還り、都人 昉《はじ》めて一時の盛を見る。改之 詞を以て郭に与えて云う、「玉帯猩袍……」と。郭の劉に饋《おく》るも亦た数十万銭を逾《こ》ゆ。

この二つの資料には、劉過（改之）が三度、高位要人に謁見したことが書かれている。彼は相手の心を考え当てるのが得意であった。とくに辛棄疾との付き合いでは、辛が自負していた詞のスタイルを、彼が苦心して真似たことで、気に入られ、成功を収めた。

一方、戴復古も、一生無官で、各地を渡り歩くこと四十年余り、やはり主に高官貴人の援助によって生活した。彼は泉州に寓居した時、「園亭即事十首」を作った（『戴復古詩集』巻一）。その第九首に、

寄跡小園中　　跡を寄す　小園の中
忽有烏衣至　　忽ち烏衣の至る有り
手中執円封　　手中　円封を執り
州府特遣饋　　州府　特に遺饋す

とある。また、福建で王という知事が彼に物を贈ったこともあった。「王使君の旅費を送るに謝す」詩に、

黄堂解留客　　黄堂　解《よ》く客を留め
時送売詩銭　　時に詩を売るの銭を送る

と記されている（『戴復古詩集』巻四）。「詩を売るの銭」は、まぎれもなく江湖詩人という身分で高位高官に謁見し手に入れたものである。また、彼が揚州に遊んだ時、「淮東制帥の趙南仲侍郎に見《まみ》え、相い待《たい》せらるること甚だ厚し。特に山を買うの銭を送り、又た石屛の詩を刊せんと欲して、揚州の郡斎に置く。別れを話《つ》げて謝を叙す」という詩を作った。この詩には、侍郎の趙葵が彼に対して金銭を贈り、「山を買う」手助け（これは、金持ちが進んで出資し、隠者のために手ごろな生活条件を提供する宋代の一種の文化現象であり、戴表元の『剡源集』巻五「敷山記」に見える）をし、更に詩集を刊行する支援も申し出たことが詠まれている。

先に引いたように、方回は、江湖の遊士のなかで、戴復古だけを絶賛している。戴復古は、人柄が穏健で、いかなる境遇でも、常にゆったりと対応し、優しい気持ちで人と交際し

た。そして、人物の品評を軽々しくはしなかった。それゆえ、高官貴人の間で、特に評判が良く、友人の鄒登龍は「戴式之来たり訪ね、『石屛小集』を恵む」詩を作り、戴復古の人品と詩の良さを褒め称えている（『江湖小集』巻六十九『梅屋吟』）。だから、彼は殊のほか容易に経済的援助を得られたのである。

三、姜夔

もちろん、方回が言及したのは、江湖詩人のほんの一部分に過ぎない。他にも彼に見落とされた重要人物がいる。その最も代表的なのが姜夔《きょうき》である。彼は江西の人で、戴復古と同様に、生涯官職に就かず、各地をさすらい、主に高官貴人を頼りとして生活をした。彼が前後して頼った人物には、蕭徳藻、范成大、張鑑等がいる。彼の友人である陳造は「堯章の南卿を餞すの韻に次す二首」第一首目のなかで、彼の生活ぶりを、

姜郎未仕不求田　　姜郎　未だ仕えずして田を求めず
依頼生涯九万箋　　依頼す　生涯　九万箋

と詠んでいる（『江湖長翁集』巻八）。彼は仕官を求めなかったばかりでなく、自ら田を耕す農事も行わず、江湖詩人の典型的な生活を送った。また、同詩第二首目には、

念君聚百指　　念う　君が百指を聚め
一飽仰台饋　　一飽するに台饋《だいき》（高官の贈り物）を仰ぐを

とある。彼は詩で張鑑に認められたが、十人の家族は、みな彼が高官に謁見して得たものを頼りにして生きていた。宋末元初の戴表元は「張叔夏の西に遊ぶを送るの序」という一文で、張鑑と姜夔たちが交際する時の様子を、

叔夏（張炎）の先世高曾祖父、皆な鐘鳴鼎食（贅沢な暮らし）す。江湖の高才詞客の姜夔堯章、孫季蕃花翁の徒は往往にして其の門に出入し館穀す（住まわせ食事させる）。千金の装、列駟の聘、談笑して之を得て、以て異と為さず。

と記し（『剡源集』巻十三）、姜夔が受けた高い評価を描いている。

四、潤匾

方回は、江湖詩人の高位高官に謁見する方法を「一二の要路の書を干求して介と為し、之を潤匾と謂う。副うるに詩篇を以てす」と述べた。その意味は、謁見しようとした際には、有力者の紹介状（潤匾）とその人が書いた自分への称賛の言葉が必要で、それを自作の詩と一緒に進呈してこそ、成功の確率が上がる、ということである。朱南傑の「陳梅隠 詩を求む」に、

自有珠璣集　自《おのずか》ら珠璣の集（宝石のような詩集）有れば
不携朝貴書　朝貴（権貴）の書を携えず
酬君無好語　君に酬ゆるに好語　無く
索笑漫踟躕　笑いを索めんとして漫《みだり》に踟躕《ちちゅ》す（ためらう）

とある（『学吟』）。この詩には、陳梅隠の詩才が比類なく、そのため、中央政界の実力者に推薦状を請願する必要なく、自身の目的を遂げられたことが書かれている。朱南傑が「朝貴の書を携えず」と陳氏を褒めているということは、裏返せば、普通の人には「朝貴の書」がなおも非常に重要であったことを逆に証明している。方岳に、「潤匾」と見做せる「欧陽相士の謁書、梁権郡に詣《いた》らんとし詩を以て之に代う」という詩がある（『秋岳先生小稿』巻七）。

江皐誤洗荷鋤手　江皐　誤って洗う　鋤《すき》を荷《にな》うの手
滴尽滄浪書満家　滄浪に滴《したた》り尽くして　書　家に満つ
第一諱窮人謬甚　第一に窮を諱《い》むは　人の謬《あやま》つこと甚し
再三称好子虚耶　再三に好を称《たた》うは　子虚ならんや
霜眠茅屋可無酒　霜　茅屋に眠るも　酒　無かるべし
春到梅梢怕有花　春　梅梢に到るも　花　有るを怕《おそ》る
煩見歙州梁別駕　見るを煩《わずら》わす　歙州《きゅうしゅう》の梁別駕《べつが》
為言詩骨雪槎牙　為に言う　詩骨　槎牙を雪《すす》ぐと

この詩は意味深長である。初めから六句までは、自身のこととも、欧陽相士のこととも解せる。意味は、一人の読書人として貧困生活を送り、寒い冬でも寒さを防ぐ酒は無く、春が来ても梅を鑑賞する気になれないということで、境遇の酷さを包み隠さず表現している。最後の二句は、詩を信書の代わりにすることを言う。「詩骨槎牙」は、詩が晦渋難解という意味であるが、不平の意も含んでおり、要するに、推挽を切実に待ち望んでいることを言う。

方岳は、字を巨山といい、秋崖と号した。紹定五年（一二三二）、進士に及第し、知南康軍、知邵武軍を務め、後に知袁州、知撫州を歴任した。方氏については、江湖詩人と見なす説もあるが、たとえそうであっても、官職が州の長官までのぼっているから、また別のタイプである。方回が江湖の遊士を描写した際、「多く星命相卜を以て、中朝の尺書を挟み、闖台郡県を奔走して口に糊するのみ」と言ったが、この欧陽という姓の詩人は人相見であり、方回の見解とまさに符合する。彼は歙州に行き、梁という姓の別駕（副知事）に謁見したいがために、方岳に手紙を書いて自分を推薦してほしいと頼んだ。いわゆる推薦書の書き方は、どうもかなり多様であったようで、方岳が詩で推薦書に替えたのも、当時では許されたに違いない。もちろん、推薦紹介はとても重要ではある。ただし必ずしも常に必要であったわけではない。早期の

江湖詩人の危殆は、「隆興（江西省南昌）の趙帥に上《たてまつ》る」という詩のなかで、

王鄧故処為隣曲　　王鄧の故処を隣曲と為し
更得趙侯銭買屋　　更に趙侯の銭の屋を買うを得ん

と詠み（『巽斎小集』）、趙侯の高い地位と、厚く士人を待遇することを称え、趙侯に直接「屋を買う」「趙侯の銭」がほしいと言っている。ただ、このような非常に率直に自分の願いを描く手法は、おそらくかなり特殊であったろう。

五、姜夔と范成大

中国文学史上、姜夔と范成大の付き合いは、なかなか見られない美談として伝わっている。姜夔は一生、各地をさすらい、人に頼って生活をし、「四海の内、己を知る者 少なしと為さず、而れども未だ之を窶困無聊《ろうこんぶりょう》の地（貧しくて寄る辺のない状況）より振《すく》う者 有らず」と嘆いた（周密『斉東野語』巻十二）。しかし、范成大は彼を高く評価した一人である。

范成大は字を致能と言い、石湖居士と号した。参知政事等の職を歴任し、晩年は石湖に隠居した。詩に巧みで、有徳の士を礼遇することで名高かった。姜夔が范成大に会いに行ったのは、光宗の紹熙二年（一一九二）の冬で、紹介者は楊万里であった。楊万里は詩のスタイルを借りて一通の紹介状を書いたが、これは方回の言う「潤匾」である。その詩は「姜夔堯章の石湖先生に謁するを送る」である（『誠斎集』巻二十二）。

釣璜英気横白蜺　　釣璜《ちょうこう》（周の太公望呂尚）の英気　白蜺《はくげい》に横たわり
欬唾珠玉皆新詩　　欬唾《がいだ》の珠玉　皆な新詩
江山愁訴鶯為泣　　江山は愁い訴えて　鶯は為に泣き
鬼神露索天洩機　　鬼神は索《つな》を露わし　天は機を洩らす
彭蠡波心弄明月　　彭蠡《ほうれい》の波心　明月を弄び
詩星入腸肺肝裂　　詩星　腸に入り　肺肝を裂く
吐作春風百種花　　吐いては　春風百種の花と作《な》り
吹散瀬湖数峰雪　　吹いては　瀬湖数峰の雪を散ず
青鞋布襪軟紅塵　　青鞋布襪《せいあふべつ》　紅塵に軟らかく
千詩只博一字貧　　千詩只だ博す一字の貧
吾友夷陵蕭太守　　吾が友　夷陵の蕭太守
逢人説項不離口　　人に逢わば項《こう》を説きて（絶賛推奨し）口を離れず
袖詩東来謁老夫　　詩を袖にし東来して老夫に謁するも
慚無高価当璠璵　　高価の璠璵《はんよ》（宝玉）に当たる無きを慚ず
翻然却買松江艇　　翻然として却って松江の艇を買い

径去蘇州参石湖　　径《ただ》ちに蘇州に去きて石湖に参ぜよ

本詩は、まず姜夔の才能が人並みはずれて優れ、詩興はすぐに湧くことを詠じる。次に彼が世をさすらい、多くの詩を作ったけれども、知音に巡り合うことなく、貧しく行き詰っていることを言う。さらに、旧友の蕭徳藻の高い評価によって、我々は知り合ったが、自分（楊万里）の力量がまだ不十分で、彼を相応に引き立てるすべを持たないことを述べる。最後には、最もふさわしい人物は范成大に間違いなく、本詩を携えて蘇州に行き謁見するのがいいと言っている。楊万里の地位は范成大のように高くはなかったが、当時の著名人であり、この紹介状も内容に非常に重みがあり、范成大が迎い入れたのは、必然の事と言える。

社会一般の、ほうぼうで高位高官に謁見する江湖詩人についての評価は、けっして高くはない。たとえば、江万里は「『懶真小集』の序」のなかで、

詩は本《も》と高人逸士 之を為り、王公大人をして見て屈膝を為さしむる者なり。而れども近ごろ見る所 猥《みだ》らなること甚だし。……往往にして持ちて以て走り門戸に謁するは、是れ反《かえ》って王公大人に屈膝す。

と言っている（『江湖後集』巻十五）。なかでも理学家の方回の批判は一層ひどく、「是を借りて以て遊走乞索の具と為し、而して詩道 喪《ほろ》びたり」（『桐江集』巻首「『滕元秀詩集』の序」）といい、なおかつ「詩を以て干謁乞寛の資と為す」状況が「江湖の弊、一に此に至る」と指摘している（『桐江集』巻三「胡植芸の北行するを送るの序」）。しかし、戴復古と姜夔は例外であり、ともに評判が高かった。

先に述べたように、姜夔は石湖に行って范成大に謁見した。いま、彼が当時抱いていた思いを具体的に知ることできないが、謁見しに行った以上、何らかの頼み事を持っていたことは間違いない。この時作られた姜夔の「暗香」詞の小序（『白石詩詞集』）に拠れば、彼は石湖でひと月余り、毎日「簡を授け句を索められ、且つ新声を徴せらる（紙を渡されて新しい詩句を書くように求められ、さらに新しいメロディーも求められる）」生活を送った。元の陸友仁『硯北雑誌』に、

小紅は、順陽公（范成大）の青衣（下女）なり。色芸有り。順陽公の老を請う（衰老を理由に致仕を願い出る）や、姜堯章 之《ここ》に詣《いた》る。一日、簡を授け新声を徴せば、堯章「暗香」、「疏影」の両曲を製す。公 二妓をして之を肄《い》習《しゅう》せしむれば、音節 清婉たり。堯章 呉興に帰るに、公 尋《つ》いで小紅を以て之に贈る。其の夕《ゆうべ》 大いに雪ふり、垂虹（呉江の垂虹亭）を過ぎりしとき、詩を賦して曰く、「自ら新詞を琢《みが》き韻は最も嬌たり、小紅は低く唱い我は

簫を吹く。曲終わり過ぎり尽くす松陵の路、首《こうべ》を回《めぐ》らせば煙波十四橋」と。堯章 喜んで自ら曲を度し（作曲し）、洞簫を吟ずるごとに、小紅 輒《すなわ》ち歌いて之に和す。

と記載されている。姜夔が范成大に会いに行ったのは、けっして小紅を手に入れるためではない。しかし、彼が内心から湧き出る喜びを具体的に表現していることから、高位高官への謁見は、彼にとって、うまくいけばもちろん嬉しいが、うまくいかなくとも楽しかったことが分かる。それはすなわち彼の悠然と自然の成り行きに任せる品のある人柄を表しているのであり、一般の江湖詩人との違いである。彼は、この生活から抜け出す術を持っていなかったけれども、まんざら拒絶していたわけでもないようで、かえって常に落ち着いた心を保ち続け、俗の生活のなかで雅な情趣を体得した。このことが、広い尊敬を彼にもたらしたのである。だから、周密は「参政范公 以て翰墨人品（文芸も人品も）、皆な晋宋の間の雅士と為す」と書いている（周密『斉東野語』巻十二に引く姜夔「自叙」）。また、陳郁は、

白石道人姜夔堯章 気貌は衣に勝《た》えざるが若《ごと》し（気概は衣服にも負けるくらい弱々しく見えたが）。而れども筆力は以て百斛《ひゃっこく》の鼎《かなえ》を扛《あ》ぐるに足る。家に立錐 無し（狭苦しく貧しい家だった）。而れども一飯 未だ嘗て客に食わしむる無くんばあらず（来客には必ず食事を出してもてなした）。図史翰墨の蔵、棟に充ち牛に汗かかしむ。襟《こころ》に洒落を期すこと、晋宋の間の人の如し。

と述べている（『蔵一話腴』内編巻下）。姜夔のこのようなライフスタイルは、間違いなく江湖詩人のなかでは特別であり、それゆえ、多くの称賛を得て、後世には下層文人の手本にまでなった。

六、詩人の職業化

中国の古代において、詩の地位は一貫してとても高かった。孔子は「詩は以て興こすべく、以て観るべく、以て群すべく、以て怨むべし。之を邇《ちか》くしては父に事え、之を遠くしては君に事う」と言っている（『論語』「陽貨篇」）。曹丕は詩歌を含めた文章が「経国の大業にして、不朽の盛事なり」と見做した（『典論』「論文」）。白居易はさらに一歩踏みだし「上は以て王教を紐《むす》び、国風を繋ぎ、下は以て烱戒を存し、諷喩を通ず」という価値観を打ち出している（『白居易集』巻六十五「策林四「議文章碑碣詞賦」）。しかし、詩がこのような政治上、教化上、尊崇される地位を有していたにもかかわらず、宋代以前、作詩は終始、社会の職業の一つとはなりえなかった。それは、社会の政治、経済、文化の制約を受け、詩人の職業化が不可

能であったからである。根本から見れば、詩歌は未だ政治、社会、生活のなかで付属物の地位に置かれていたのである。

ところが、宋代になると、科挙試験のなかで、詩賦が重視されなくなったために、詩の地位は以前より大きく低下した。葉適の「周簡之の文集に題す」に、

> 長老は詩を謂いて外学と為す。乃ち窮を致すの道にして、幾《ほとん》ど稍や時文に進むのみ。

とあり（『葉適集』巻二十九）、戴表元の「陳晦父の詩の序」に、

> 唐人に至りては、乃ち此を設けて以て科目に備う。人詩を能《よ》くせざれば、自《おのずか》ら以て其の名を行うこと無し。故に攻《おさ》めざるを得ざるのみ。近世の汴梁、江浙の諸公、既に名を以て人を取らず、詩事 幾ど廃《すた》れり。人の詩を攻めざるも害せざるを通儒と為す。……科挙の其れ之を得るの道は、明経に非ざれば則ち詞賦にして、固より詩を以て進む者 有ること無し。間《たま》に一二の詩を以て進む有るも、之を雑流と謂い、人は歯録せず（採用しなかった）。

とある（『剡源集』巻十二）。

詩歌の地位の低下を指摘しているのは、多くが江湖詩人たちと同時期の人々であり、彼らが期せずして同じことを述べているのは、おそらく当時、肌でそう感じたからであろう。このような状況で、詩は「之を場屋に用いずして、而して之を江湖に用い」られ（前出の林希逸の語）、ひいては金銭を求める道具となったが、そうせざるを得ない所もあった。しかし、この、より豊富な物質を求めることを主な目的とした詩人集団の出現は、中国文学の伝統の中において、一つの大きな変化であった。

それは、詩歌が政治の従属から経済の従属に転換して、詩人が職業として独立した存在となる可能性が出てきたことを意味する。その後、話本小説や戯曲の発展のなかで、文人は徐々に相応の独立性を持ち始めた。書会（宋元の時代に戯劇、詞曲、小説等の通俗文芸の作者と芸人が組織した団体）に参加していた人々は職業作家であるうえに、自分たちの団体も持っていた。これと江湖詩人のライフスタイルとの間には、明らかに関係がある。しかしながら、中国の商品経済が十分には発達していなかったために、かつまた、詩歌が正統な文学として強大な伝統力を有していたために、さらには、モンゴルの貴族が建てた元王朝が南宋政権を瞬く間に滅ぼしたために、江湖詩人の職業化傾向はすぐに圧殺されてしまった。その後、これに類似した、主に経済的利益を追求することを目的とする膨大な詩人集団の出現は、二度と無かった。

七、江湖詩人の葛藤と字句の推敲

江湖詩人は、全国各地をさすらい、大部分が社会の底辺にいて、市民階層の烙印をしっかりと押されていた。しかし、依然として士大夫階層の一部であり、それゆえ、間違いなく正統的な儒学思想の影響を受けていた。この状況は、多くの江湖詩人が、長い間、謁見を頼りに生活をしながらも、一方では常に己のライフスタイルを反省し続けるという結果を招いた。たとえば、劉過の「程鵬飛に寄す」詩（『龍洲集』巻五）や、戴復古の「都下にて懐いを書す」詩（『石屏詩集』巻四）には、「紹介状を持ち歩く」ことを恥じる思いが書かれている。これらはみな、南宋の「江湖の謁客」が、当時の社会環境下で抱いた複雑な心情である。また当たり前だが、たとえ世を渡り歩き高位高官に謁見したところで、得られるものが必ずあるわけではない。たとえば、毛珝《もうく》の「関心」という詩（『吾竹小稿』）では、謁見を願いながらも手づるが無い悲しみを詠いつつ、自己反省もしている。

もちろん、芸術性と商品価値を結び付けることで、どのような作品が生み出せるかは、深く研究するに値する問題である。全体的に見れば、江湖の詩歌は、宋代の江西詩派および南渡の大詩人と比べると、かなり平凡で創造性に乏しい。しかし、彼らが高官貴人に才能を買われることを願ったからには、当然、詩歌の芸術性も追求した。この集団のメンバーは多くが小作家で、描き出した世界もかなり小さい。これは彼らの限界で、同時に彼らの特徴でもある。しかし、彼らは才能を買われようと、一字一句の技巧を追求することで、自分の想像力を具体的に表現できた。江湖詩人の先駆である永嘉の四霊は、努めて字句に磨きをかけた。葉適は永嘉の四霊の一人、徐璣のために書いた墓誌銘のなかで、

初め、唐詩 廃れて久しく、君は其の友の徐照、翁巻、趙師秀と議して曰く、「昔人は浮声切響、単字只句を以て巧拙を計る。蓋し風騒の至精なり。近世は乃ち連篇累牘、汗漫（しまりなく）として禁ずる無し。豈に能《よ》く名家ならんや」と。四人の語 遂に其の工を極め、而して唐詩 此より復た行わる。

と書いている（『葉適集』巻二十一「徐文淵墓誌銘」）。ここに言う「唐詩」は、「情を斂《おさ》め性を約し、狭きに因りて奇を出《い》だす」（『葉適集』巻二十九「劉潜夫の『南岳詩稿』に題す」）という晩唐体のことで、四霊の提唱を経た後、江湖詩人のなかでも流行した。晩唐体の特徴の一つは、五言律詩を重要視したこと、なかんずく、努めて字句に磨きをかけことである。江湖詩人は、この点に特色がはっきりと出ている。たとえば、朱

継芳の「湖蕩」詩（『静佳乙稿』）の、

魚唼垂糸柳　魚は唼《すす》る　糸を垂るる柳
鷗眠折葉荍　鷗は眠る　葉を折る荍《うまぜり》

の句や、葉紹翁《しょうしょうおう》の「葛天民の呉韜仲に呈するの韻に和して其の庭館の有る所を賦す」詩（『靖逸小集』）の、

篆葉虫留字　葉を篆《てん》して　虫は字を留め
銜泥燕理家　泥を銜《ふく》みて　燕は家を理《おさ》む

の句、羅与之《らよし》の「旅思」詩（『雪坡小稿』）の、

霜厳雀語渋　霜　厳しくして　雀　語ること渋く
風定雁飛遅　風　定まりて　雁　飛ぶこと遅し

の句、周弼《しゅうひつ》の「病より起き幽園を検校す」詩（『汶陽端平詩雋』巻二）の、

虫声低覆草　虫声　低く草に覆われ
螺殻細生苔　螺殻　細く苔に生ず

の句などは、すべて用字の推敲に十分時間をかけており、読者にかなり新鮮な芸術的感銘を与えうる。実際、多くの江湖詩人たちはみな「苦吟」を標榜した。たとえば、胡仲参の「偶得」詩（『竹荘小稿』）に、

赤脚知吟苦　赤脚　吟の苦しきを知り
時将山茗煎　時に山茗を将て煎ず

の句があり、胡仲弓の「西潤の葉侍郎に寄す」詩（『葦航漫遊稿』巻二）にも、

形役猶甘分　形役　猶お分に甘んじ
腸枯費苦吟　腸　枯れて　苦吟を費やす

とある。これは、彼らが評価された重要な要因の一つであった。

以上をまとめれば、江湖詩人のライフスタイルにはかなりの独自性があり、この集団に関する研究をさらに進めることは、宋代文学史の理解に役立つばかりでなく、宋代社会文化史の理解にも有益であり、重要な意義を有している、と言えよう。

晩唐詩と晩宋詩

銭　志熙（翻訳：種村和史）

せん・しき――一九六〇年中国浙江省楽清県生まれ。北京大学中文系教授、文学博士。主な著書に『黄庭堅詩学体系研究』（北京大学出版社、二〇〇三年）、『宋詩一百首』（岳麓書社、二〇一一年）、『温州文史論叢』（上海三聯書店、二〇一三年）などがある。

江湖詩人が生きたのは南宋王朝が滅亡へと向かう時代であったが、彼らが創作の模範としたものもまた、唐王朝の衰亡期に活躍した晩唐詩人たちの作品であった。彼らが尊んだ晩唐詩とはいかなるものであったか、彼らはそこからいったい何を学んだかを見ることによって、晩宋詩の本質に迫り、また時代と詩人の関係について考察する。

一、宋詩の四区分法

一、晩唐詩という区分の由来

晩唐詩についての説は宋人に始まり、北宋以来、晩唐詩に学ぶということはずっと存在していた。厳羽《げんう》『滄浪詩話《そうろうしわ》』「詩体」では、唐詩全体が「唐初体」「盛唐体」「大暦体」「元和体」「晩唐体」に分けられ、体例の分析と時期区分は系統的なものとなった。明代になり復古詩派が流行すると、唐詩の正と変、盛と衰についての分析はさらに精密さを増していき、高棅《こうへい》は『唐詩品彙《とうしひんい》』「巻首」で、初・盛・中・晩の四つの時期区分法を行った。このような唐詩の時期区分理論およびそこから生まれた多くの具体的な観点は、今に至るまで唐詩研究の根幹をなす理論とされている。

二、晩宋詩という考え方のはじまり

晩宋詩の説は近代の陳衍《ちんえん》に始まる。彼が編纂した『宋詩精華録《そうしせいかろく》』は、厳羽・高棅の詩論に触発され、宋詩を、初宋・盛宋・中宋・晩宋の四期に分けた。同書「巻首」に次のように言う。

天道は数十年間変化しないということはなく、すべての物事もそれに従って変化する。盛が極まれば衰え、衰が極まれば盛へ向かうことは往々にして見られる。今、宋詩を以下のように分ける。元豊・元祐年間以前を初宋とし元豊・元祐年間から北宋末までを盛宋とする。王《おう》安石《あんせき》・蘇軾《そしょく》・黄庭堅《こうていけん》・陳師道《ちんしどう》・秦観《しんかん》・晁補之《ちょうほし》・張耒《ちょうらい》などみな含まれる。彼らは唐の李白《りはく》・杜甫《とほ》・岑参《しんじん》・高適《こうてき》・王昌齢《おうしょうれい》・王維《おうい》である。宋の南渡後、曾幾《そうき》、陳与義《ちんよぎ》・尤《ゆう》袤《ぼう》・蕭徳藻《しょうとくそう》・范成大《はんせいだい》・陸游《りくゆう》・楊万里《ようばんり》を中宋とする。彼らは唐の韓愈《かんゆ》・柳宗元《りゅうそうげん》・元稹《げんじん》・白居易《はつきょい》である。四霊《しれい》以後を晩宋とし、謝翶《しゃこう》、鄭思肖《ていししょう》などが含まれる。彼らは唐の韓《かん》偓《あく》・司空図《しくうと》のようなものである。

陳衍は「天道の盛衰」という言い方をしているが、これを今日の言葉で言えば、事物はそれぞれ自ずからなる発展の規則を具えているということになる。唐詩と宋詩を別個の存在として捉え相互を比較したのは、おそらくそれぞれが別の王朝に属するものであったからであろう。王朝政治の盛衰には、異なる王朝の間にも共通する一定の法則が存在している。これこそが、宋代を唐代と比較して論じたり、唐詩の四区分を参考にして宋詩の時代区分を行う理由かもしれない。

宋詩の時代区分についての理論は、唐詩のようには成熟しておらず、陳衍の「四宋詩」の区分も広く受け入れられるには至っていない。しかし、この考え方は北宋詩・南宋詩という単純な二区分から脱却したものである。本稿では、「晩唐詩と晩宋詩」というテーマを二つの面から考察したい。一つは、晩宋詩が晩唐詩をいかに受容したかという視点であり、晩宋期の詩壇において自覚的に晩唐詩を学ぶ風気が広く流行していたことを論ずる。もう一つは晩宋詩と晩唐詩とを比較し、同じく王朝の衰亡期にあたって存在していたこの両者に共通する性格を考察するという視点である。

二、晩唐詩風と晩宋詩風の比較

一、晩唐の詩風の特徴

現在大多数の研究者に採用されている考え方によれば、晩唐とは敬宗の宝暦年間（八二五～八二六）に始まり唐王朝の滅んだ天祐年間（九〇五～九〇七）に至るまでの、おおよそ八十年間を指す。この時期の詩歌は、初唐・盛唐期の隆盛を受け、また中唐貞元・元和年間における詩風の変革的要素を取り入れたがゆえに、全体的には優れた成果を残している。

歴代、晩唐の詩風といわれてきたものには二つの源流がある。一つは白居易《はくきょい》・元稹《げんじん》らの浅薄で通俗的な作詩法で、気迫風格が高くない欠点がある。もう一つは、賈島《かとう》・姚合《ようごう》一派の作詩法で、景物の描写を追求し、苦吟を好み、比興に乏しいという特徴がある。晩唐に流行したこのような詩風は、歴代の多くの詩学者から批判的に見られてきた。

晩唐期には、杜牧《とぼく》・李商隠《りしょういん》・温庭筠《おんていいん》等のような、唐詩の中でも大家と呼ぶにふさわしい詩人たちも現れ、その風格は当時流行していた詩風を超越していた。したがって、一口に晩唐の詩風と言っても、実際は卓然として自立した大家のそれぞれの風格もあれば、詩壇で流行し一世を風靡した集団的な風格もあったのである。ただし、この時期を俯瞰すると、集団的風格が主流をなして詩壇を風靡し、大家・名家の個性的風格は主流ではなかった。

二、流派単位の詩歌の発展

中晩唐の詩風が盛唐と異なるのは、盛唐においては大家・名家一人一人が創造性あふれる風格を保持していたのから変化して、中晩唐期には流行の風格が一世を風靡したり、一派を支配するようになった点である。例えば、白居易自身は大家であり、賈島や韓孟詩派の中にも個性的な詩人は存在したけれども、彼らがお互いに影響し合って形成した集団的な風格には創造性が欠けていた。

同じように、北宋初年には李商隠に学ぶ西昆派《せいこんは》、および白居易に学ぶ白派が流行した。これらの事実は、詩歌史が流派ごとに発展する時期に入ったことを表す。流派の基本的な実質というのは、典範となる作家が独自に創造した風格と手法が、一種の集団的な風格に変化したものなのである。中晩唐の詩風をこのように捉えるならば、この時期の詩風が消極的なものに見えるのは、典範の風格、典範の意匠と材料が流行というやり方によってたえず反復されたために、詩壇全体としては創造力が欠如する状態に至ったことによると言えるかもしれない。晩宋の詩風にもこのようなマイナス面は表れている。

三、厳羽の晩宋詩批判

「晩宋詩」という捉え方自体は陳衍に始まるが、南宋後期の詩風を取り上げて評論することは、当時からすでに行われていた。厳羽の『滄浪詩話』は、盛唐詩を理想とする立場から宋詩を批判した。彼によれば、宋詩は唐人を踏襲する段階から、唐詩から変化する段階へ、そして最後には唐を学ぶという段階に立ち戻るというサイクルを形成した。欧陽脩《おうようしゅう》・梅尭臣《ばいぎょうしん》以前の詩人は唐詩に学んだが、蘇軾・黄庭堅に至って独創性を発揮し、特に黄庭堅はオリジナリティが強く、江《こう》西詩派《せいしは》という集団的詩風の流行を生んだ。その後、永嘉の四霊に至るとまた唐体を学ぶようになった。厳羽が『滄浪詩話』を執筆した動機は、晩宋詩壇に流行した江西詩派と江湖詩派という流派を批判するためであったと言っても言い過ぎではない（劉克荘《りゅうこくそう》「湖南江西道中十首」其の九に、「派里の人人集開有り、競って山谷を師とし誠齋を友とす。只だ饒《あま》す　白下　驢に騎《の》るの叟、敢て勾牽して社に入れて来たらしめず」と言うように、晩宋時期には江西詩派も流行していた）。

永嘉四霊は、詩歌の政教や倫理面での役割を放棄し、晩唐詩壇に流行した「物の姿の描写を追求する」「情性を収斂する」という作風に学び、近体詩の詩法を鼓吹した。その後の江湖詩派においては、劉克荘や戴復古《たいふっこ》のように晩宋詩風の間口を広げようという動きもあったが、厳羽にとってはこれらは問題を根本的に解決するものではなかった。真に問題を解決するためには、盛唐詩に学ばなければならない。しかし、盛唐詩は理論的分析によってその詩境に到達するのは不可能であり、詩法という意識がいまだ完全に自覚されていなかった時代のものなので、体得し悟るしかそれを学ぶ道はない。だから、彼は「妙悟」という学習法を提唱した。これは永嘉の四霊から劉克荘に至る鍛錬という学習法とは、まったく異なるものである。

厳羽自身が作った詩歌が漢魏盛唐の風格を模倣したものであったことを見れば、いわゆる妙悟という方法論は実際の運用という視点から言えば、やはり模擬という手法に他ならなかったことがわかる。あるいはもう少し広く理解するならば、復古の方法ということもできよう。すなわち、明代の前後七子の時代に大流行したような方法である。しかし、晩宋の詩壇においてはこのような復古の方法はあまり流行せず、近体詩の規律を重んじ、こぢんまりとして巧妙な作りで、詩句の鍛錬を極めるという特徴を持つ作風が流行していた。

厳羽の詩学的主張は、当時においてきわめて独創的なもので、当時の江湖詩派に主流であった詩学的観点とは対立するものであった。戴復古は自身四霊詩派の詩学を突き抜けるところがあり、「二厳を祝う」詩の中で、「羽や天姿高し」「自ら立つ　一門戸」と厳羽を称賛したが、その彼でさえ、「論を持すること太《はなは》だ高きに傷《す》ぎ、世と或いは齟齬す」と、厳羽の論は高踏的過ぎて世間に受け入れられないと言っている。

晩唐詩と晩宋詩に共通しているのは、近体詩が隆盛したのに対して、古体詩・楽府体は衰えたこと、物や景色を描写することが大いに流行する一方、比興や寄託の風気が衰えたこと、復古を重んじる詩風が衰えたことである。漢魏盛唐を尊崇する厳羽が不満を持ったのも想像に難くない。

三、晩唐詩風を代表する詩人たち

一、晩宋における唐律の流行

晩唐詩と晩宋詩を結ぶ重要な概念に「唐律」がある。「唐律」とは、唐代の格律詩（近体詩）のことだが、宋人はまた自らの時代に作られた格律詩のことも「唐律」と呼んだ。唐の開元・元和、宋の元祐のような詩歌の主要な発展段階において、この近体詩は確かに流行し、また芸術的にもたえず発展変化をしたが、しかし主流をなす詩学的認識としては、近体詩は古体詩・古楽府の荘重厳粛さに及ばないと考えられていた。

宋人の中で、近体詩の芸術性について真剣に思考し始めたのは、黄庭堅に始まる。後の江西詩派の諸家が芸術的に本当に優れていたのも、主に近体詩である。故に、後の江湖詩派が唐律を鼓吹したのも、その淵源はおそらく江西詩派まで遡る必要があるだろう。また、劉克荘が後に「江西詩派小伝」を作った原因もこのことと関係がある。

「唐律」はまた、「唐詩」「唐体」とも呼ばれ、晩宋の江湖派詩壇では、このような概念がとりわけ流行した。本来、黄庭堅が言うところの唐律は、杜甫の作品を代表とする唐人の近体詩全体を指していたはずであるのに、後に「唐律」「唐詩」という概念を大量に使用した江湖詩派が尊崇した唐律とは、晩唐体の近体詩ということになった。劉克荘は「自ら勉む」詩で若年の時代の学習のありさまを回顧し、「玄詠　流れ易し　西晋の学、苦吟　脱せず　晩唐の詩」と詠っており、当時の詩壇で主として晩唐詩人の苦吟の作風を学ぶというのが主たる風気があったことがわかる。

晩唐体の詩人の最も得意とした詩形は五言律詩であった。明代の楊慎《ようしん》は『楊慎詩話』「晩唐両詩派」という論の中で、晩唐の五律で流行した風格を次のように説明している。

> 晩唐の詩は五言律詩のみで、古体詩はない。五言律詩では首聯と尾聯を平淡にする。頷聯は俗な文字や言葉を用いて一息に詠う。頸聯では技巧の限りを尽くす。また典故を「点鬼簿（過去帳）」と言って忌み嫌い、「吟じ成す五個の字、拈《ねじ》り断つ　数茎の須《ひげ》」と言われるように、ただ眼前の景色から詩材を探し深く思いを潜めたものである。

二、晩唐詩風の第一派　張籍に学ぶ詩人たち

楊慎は晩唐の詩人を二派に分類した。第一派は「張籍《ちょうせき》に学ぶ」とされた一派で、清らかで簡素で自然な風格を追求し、往々にして白描に優れ、言語表現に彫琢を凝らし巧みさを発揮したが、思いは淡泊かつ遥かであったので、一見技巧を凝らしているようには見えない。この派の詩人の中では、朱慶《しゅけい》餘《よ》・章孝標《しょうこうひょう》・陳標《ちんひょう》・司空図《しくうと》・項斯《こうし》等が突出した成果を残し

ている。

朱慶餘は、張籍に賞賛されたが、賈島・姚合とも頻繁に交流し、その詩体をまねた作品も作った。

章孝標は、詩作の造詣は朱慶餘より高い。「海上の旧居に帰るの詩」は、白描を用いた清新な格調の詩で、まさしく彼が張籍一派に属することを示している。

郷路繞蒹葭　郷路　蒹葭《けんか》を繞《めぐ》り
縈紆出海涯　縈紆《えいう》として　海涯を出づ
人衣披蜃気　人衣は蜃気《しんき》を披《かぶ》り
馬跡印塩花　馬跡は塩花《えんか》に印す
草没題詩石　草は没す　詩を題するの石
潮摧坐釣槎　潮は摧す　釣りに坐するの槎《いかだ》
還帰旧窗里　還帰す　旧窓の里
凝思向餘霞　思いを凝《こ》らして餘霞《よか》に向かう

浙東地方の海浜の風景というのは、嶺南の瘴気に満ちた土地の風景と同様に、中晩唐の詩人が好んで表現した新奇な景色であった。この章孝標の詩の中で、「馬跡　塩花に印す」の句が最も生新であることは疑いようもない。「馬跡（馬のひづめの跡）」という書き方は、完全に詩人の実感の中から生み出されている。晩唐の五言律詩の長所はこのようなところに現れている。

項斯は、若い頃に張籍の知遇を受けた。彼の五言律詩の源流は張籍にあり、白描を主体とし、その優れた作品には生新で清らかで真に逼った趣があり、苦吟のあまりのわざとらしさを感じさせる言葉遣いはないが、また人目を引く名句も少ない。「僧の南岳に帰るを送る」詩の前半四句を見よう。

心知衡岳路　心に知る　衡岳《こうがく》の路
不怕去人稀　怕《おそ》れず　去《ゆ》く人の稀なるを
船里誰鳴磬　船里　誰か磬を鳴らす
沙頭自曝衣　沙頭　自から衣を曝《さら》す

僧侶が江湖を行脚する情景が描き出されて、清らかで苦労に満ちた姿が捉えられている。なかでも「沙頭　自から衣を曝す」の句は生新である。張籍派の五律は、このように冷ややかで淡泊な情景の中に、伝神の筆墨を発揮する。

司空図は詩論をよくしたことで有名であるが、その詩はそれほど賞賛されることがない。しかし、彼の詩は気高く古雅な風格を持ち、集中には陳子昂《ちんすごう》をまねた作品がある。これは晩唐の詩人の中では珍しい。彼の五律の優れた点は人情や物の様子を真に逼って描き出す所にある。例えば、「華下に文浦を送る」の詩に「樹　密に　鳥　人に衝《あた》る」という句があり、林間の小鳥が争って飛んで旅人にぶつかる有様をよく写し出しているのは、確かにこれまで誰も表現しなかったものである。彼の詩は、構想は自然で清らかで警抜で、賈島姚合の一派のように深く思いを凝らすことがない。ために、彼の詩はしばしば名句はあるが名詩にはならないで終わっている。

三、晩唐詩風の第二派　賈島に学ぶ詩人たち

楊慎によれば、もっぱら賈島に学んだ一派は、苦吟と字句の鍛錬を宗とし、優れた対句を作ることを追求した。賈島の五律は、典型的な「成句」の風格を持つ。

任官経一年　官に任ぜられてより一年を経
県与玉峰連　県は玉峰と連なれり
竹籠拾山果　竹籠　山果を拾い
瓦瓶担石泉　瓦瓶　石泉を担ぐ
客帰秋雨後　客は帰る　秋雨の後
印鎖暮鐘前　印は鎖す　暮鐘の前
久別丹陽浦　久しく丹陽の浦に別れてより
時時夢釣船　時時　夢に船に釣りす

（「皇甫藍田の庁を経る」）

姚合の風格は、賈島よりも自然であるが、「苦吟」という点では賈島に及ばない。しかし、彼は賈島に比べて詩の構想は機敏で、風格はやや流麗である。これは白居易、張籍に近く、対句に熟練し、イメージが華麗であるという点で優れている。彼の一部の作品は、寂寞とした境地を描いていて、賈島に相似る。

李洞《りとう》も典型的な苦吟派の詩人である。彼は詩を学ぶにおいて、賈島を崇拝したということで有名である。彼は賈島の銅像を鋳造し、毎日、賈島仏を口誦したという。賈島の詩の風格を最も真剣に学んだ者といえよう。彼の最も優れた五律は、「雲卿上人の安南に遊ぶを送る」の詩である。

春往海南辺　春には往く　海南の辺
秋聞半夜蝉　秋には聞く　半夜の蝉
鯨呑洗鉢水　鯨は呑む　洗鉢の水
犀触点灯船　犀は触る　点灯の船
島嶼分諸国　島嶼　諸国を分ち
星河共一天　星河　一天を共にす
長安却回日　長安　却回の日
松偃旧房前　松は偃《ふ》せん　旧房の前

この詩は全篇が渾然一体とした世界を作っている。「鯨呑」の一聯には、晩唐の深奥な風格があるけれども、全体としては盛唐の気象に近い。このうち「島嶼」の聯は詩人の想像であるが、海外のイメージを描いて真に逼っている。しかし、李洞の詩全体について言えば、賈島・姚合よりもさらに細密で小さい。細々としておおらかさに欠け、また雅致も不足している。これは、晩唐の苦吟が新奇さを追求したあまりに些

末に流れてしまったことをよく説明する。

以上、晩唐体の両派について説明したが、この二つはいずれも晩宋の四霊や江湖派の詩人が主として学んだ対象であり、彼らが言う「唐律」「唐体」の典範的な作品である。

四、晩宋の諸家

一、晩宋詩風成立の背景

晩宋の詩風は四霊と江湖派を主流とし、それまでの宋詩の発展の趨勢から変化したものであり、社会文化面から影響を受けたものでもあった。陳衍の言う初宋時代においては、唐詩と異なる一代の風格をいまだ形成するには至っていない。この時代の詩人、蘇舜欽・欧陽脩・梅尭臣は詩体としては主に古体と歌行の面にエネルギーを注ぎ、近体詩については比較的自由で、法度を重んじる自覚的な意識はなかったという共通点がある。

盛宋期の王安石は、近体詩、特に七言絶句において、意識的に中晩唐詩人の伸びやかな情景・しゃれた風致を持つ作風を学んだ始めの例である。中宋期の楊万里の絶句は、王安石のやり方を応用して晩唐に学んだものである。

黄庭堅も晩年「唐律」を提唱した。黄庭堅はもともと句律、苦思、鍛錬を追求していたが、これが唐律と結びつくと、その極致は杜甫でなければ、晩唐の諸家ということになる。このため、江湖派の詩人は晩唐に学んだが、杜甫に学ぶこともやめなかった。

二、周縁化した詩人たちの出現

社会文化的な背景から考えると、晩唐の時代には、士大夫の集団の中に政治的に周縁化した人々が大量に出現した。これらの人々は、中国の士大夫がもともと持っていた、山林に隠逸し、江湖に放浪するという意識の力を借り、自分自身の位置を探求した。すなわち身は江湖に置きながら、心は朝廷に存するというものである。

現実的には、これらの江湖派の詩人は、政治的あるいは学術的な中心人物たちと、各種各様の関係を持っていて、そのために政治や学術の話題に対しても同様の関心を寄せた。しかし、彼らの主要なエネルギーは、江湖を遊歴することと詩歌を創作することに注がれ、その中の一部の人々には一生出仕しなかった者さえいた。永嘉の四霊と江湖派の詩人にあっては、プロフェッショナルとしての作家という性格が非常に際立っている。彼らにおいては、詩学それ自体をテーマにすることが、第一となっていた。これは彼ら以前の地位あり名声ある人物が「余暇において詩人となる」という状況とはまったく正反対のものであった。

三、永嘉の四霊

江湖詩人が四霊一派から出たということは、詩史家たちが基本的に認めている事実である。彼らは政治的には周縁に位置していたので、東晋の人物の自然な生き方を崇拝した。しかし、詩歌の趣味という点から言うと、努めて晩唐に学んだ。同時に注意すべきことは、これらの江湖詩人の間に晋人の書法を学ぶのが流行したということである。

彼らの作詩法は、一つには意を凝らして情に恒わしむというものである。例えば、徐璣《じょき》の「清は得たり　門　水の如きを、貧は惟だ帯に金有るのみ」（「楊誠斎に見ゆ」）、趙師秀《ちょうししゅう》の「家務貧にして闕多く、詩篇老いて漸く円《まろ》し」（「薛景石に寄す」）などの詩にこの境地が現れている。

もう一つは、景物の描写を磨き上げるということで、中でも人知れぬ奥深い景物を描写するときにこの特色が最もよく現れる。例えば、徐照《じょしょう》の「蛩響《きょうきょう》　砧石に移り、蛍光　瓦松に出づ」（「翁霊舒の幽居に宿り趙紫芝と期せども至らず」）、翁巻《おうけん》の「県図　山色少なく、井味　海潮を併す」（「薛子舒の華亭船官に赴くを送る」）などである。

四霊はこうした作品によって、彼ら以前の詩風を変化させた。このことを厳羽は「稍や復た清苦の風に就く」と言い、葉適《しょうせき》は「情を斂《おさ》め性を約し、狭に因りて奇を出す」（『水心集』巻二九「劉潜夫の南岳詩稿に題す」）と言っている。このような努力の成果が、丹精込めて作られた一群の五言律詩や七言絶句に現れている。彼らの詩集を読んでいると、確かに至るところで、人を驚かせ喜ばせる作品に出会うことができ、地位と名声の高い大臣の大詩集が芸術的には独特な創造性を全くもっていないのとは比べものにならない。しかし、体裁が単純で、題材が狭く、風格も豊かさや変化という点で物足りないのは、晩宋の詩壇に後遺症として残った。

四、戴復古

戴復古と劉克荘の二人は、江湖詩派の大作家である。二人は永嘉の四霊と交流があり、そのことを偲ばせる作品も複数残っている。彼らが永嘉四霊の詩風から直接的な影響を受けていると言って問題ない。しかし、この二人は四霊派詩人を乗り越えようとし、確かに葉適の言う、「情を斂め性を約し、狭に因りて奇を出す」という四霊の作風を乗り越えたところがある。

戴復古は、近体詩に技量を発揮しただけではなく、五言古詩や歌行の面においても独自の境地を開いた。彼の古体は構想に優れ、筆法が機敏で新鮮な魅力を持ち、歌行は江西詩派の流れを汲み、ダイナミックに変化する中に奔放な気迫を込めている。

しかし、彼が力を入れたのはやはり五言律詩であり、当時の詩人は、戴復古に言及するときには必ずその苦吟を強調した。ただ、総体的に見れば、物の姿の描写に心を凝らし、新奇で人の心を奪うという点では、戴復古の五言律詩は四霊に及ばない。彼の優れているのは、四霊に比べて自然で渾然一体とした趣をもつところにあり、また自分の思いと物の描写とをかねて描き出すことを好んだところにある。例えば、「秋懐」に次のように言う。

紅葉無人掃　紅葉　人の掃く無く
黄花獨自妍　黄花　独り自から妍《けん》たり
聽談天下事　談ずるを聴く　天下の事
愁到酒樽前　愁いは到る　酒樽の前
水闊終非海　水は闊《ひろ》けれども終《つい》に海に非ず
樓高不到天　楼は高けれども天に到らず
昔人已懷古　昔人　已に古を懐う
況復後千年　況んや復た後千年なるをや

これらの詩は、風景を描写しているだけでなく、思いも描き出されている。例えば、「水闊し」は一見、写景に見えるが、実はそこにある種の含意が込められている。この短い五言律詩の中で、戴復古は縦横に駆け巡る思い、広やかな境地を描き出そうと力を尽くしている。意図的に四霊のような人々を超越しようという思いが表れているのは、おそらくは杜甫の影響を受けているだろう。

彼の一生の詩歌の主要な内容は、旅行中の風景を細かに描き出したものと、出会ったいろいろな人物との応酬の作品であり、彼の人生は放浪のうちに、至る所で人々との出会いに満ちたものであったと言える。例えば、「沈荘《しんそう》可《か》に寄す」に次のように言う。

無山可種菊　山の菊を種《う》ゆべきもの無きも
強号菊山人　強いて号す　菊山人
結得諸公好　結び得たり　諸公の好ろしきと
吟成五字新　吟じ成す　五字の新らしきを
紅塵時在路　紅塵　時に路に在り
白髪未離貧　白髪　未だ貧を離れず
吾輩渾如此　吾輩　渾て此の如し
天公似不仁　天公　不仁なるに似たり

このような詩は、やはり「四霊体」の枠組みからやや解放されたところがあり、より自然である。しかし対句は四霊の優れた作品には及ばない。

五、劉克荘

劉克荘は、晩宋期の大家と呼ぶべき存在で、当時から朝野に名声がとどろいていた。四霊と戴復古は、平生詩について談じたり論じたりするのを好んだが、本質的には創作者であり、系統的な理論は作り上げなかった。それに対し、劉克荘は詩人であると同時に理論家でもあった。彼の貢献の一つは、江湖詩派の創作の可能性をより拡張し、江西詩派に結びつけ、盛唐詩にさえ結びつけようとしたことである。彼の自述によれば、若いときには四霊の作詩法を捨て、近体詩を創作の対象とすることを放棄し、古体と楽府歌行体に復帰しようとさえしたという。しかし、最後には友人のすすめを聞き入れ、近体詩の創作を堅持し、四霊派の唐体を発展させていく道を選んだ（『後村先生大全集』巻九四「瓜圃集」）。

　劉克荘の詩は、先人や同時期の江湖詩人から超越して、内容上は、憂国のテーマにかなり多く立ち戻り、陸游などの伝統を継承している。例えば、その名作「戊辰即事」の風喩は、まさに晩唐の風喩詩の神髄を極めたものである。

　詩人安得有青衫　詩人　安んぞ得ん　青衫有るを
　今歳和戎百万縑　今歳　和戎　百万縑
　従此西湖休挿柳　此れより西湖　柳を挿すを休《や》めよ
　剰栽桑樹養呉蚕　剰《あま》つさえ桑樹を栽えて呉蚕を養わん

　しかし、彼の大多数の詩は、やはり詩意の新しさに努力を傾注したものであり、楊万里の誠斎体の活法《かっぽう》を彷彿とさせる。例えば、「城を出づ」二絶を挙げよう。

　日日銅瓶挿数枝　日日　銅瓶　数枝を挿す
　瓶空頗訝折来稀　瓶　空しく　頗る訝る　折り来たること稀なるを
　出城忽見桜桃熟　城を出でて忽ち見る　桜桃　熟するを
　始信無花可買帰　始めて信ず　花として買いて帰るべきもの無きを

　小憩城西売酒家　小しく憩う　城西の酒を売る家
　緑陰深処有啼鴉　緑陰　深き処　啼鴉有り
　主人嘆息官来晩　主人　嘆息す　官　来たること晩《おそ》きを
　謝了酴醿一架花　謝《おとろ》え了んぬ　酴醿《とび》一架の花

大きなテーマの詩はうまく書くことは難しい。内容と表現のいずれもが上乗の作というのは、作ろうとして作れるものではない。ゆえに、詩人の主要な努力は、生新な詩世界に触れ、どの一首にも真の意境を描き出そうというものになる。誠斎体が流行したのはこれが原因である。

　晩唐詩と晩宋詩は、いずれも唐詩および宋詩の発展の全盛期ではない。しかし作者の数が多いこと、さらに詩歌芸術の研鑽の精神ということから考えると、やはりそれぞれ盛唐中唐詩、盛宋中宋詩から発展したものということができる。

晩宋の社会と詩歌

侯　体健（翻訳：河野貴美子）

晩宋期は、社会の変動に伴い、詩歌においてもかつてない様相が出現した。宰相による独裁は、詩人の心理にも影響を及ぼしたが、南宋以後は、東南地域を中心に多くの詩人集団や詩社が形成され、また、江湖の遊士や官途に就かない職業詩人等が現れ詩作を行うようになった。晩宋の社会は、近世へと連なる新たな詩作環境や詩人を生み出したのであった。

こう・たいけん――一九八二年中国湖南省永興県生まれ。復旦大学中文系副教授、文学博士。主な著書に『劉克荘的文学世界――晩宋文学生態的一種考察』（復旦大学出版社、二〇一三年）などがある。

「文変は世情に染まり、興廃は時序に繋《かか》る」（『文心雕龍』時序）とあるように、文学の発展は文学の内側から影響を受けて方向が定められるばかりではなく、その外側を取り巻く社会の変化とも密接な関係をもつものである。もちろん、文学の発展と社会の発展は完全に歩みを同じくするものではない。しかし、社会の変動がつねに文学に新たな変化をもたらすこともまた、疑いのない事実である。そして、晩宋の社会と詩歌との関係も、その例外ではない。政治史においては通常、宋・寧宗の嘉定元年（一二〇八）を晩宋の始まりとみるが、[1]その前後の数年間には、楊万里（没年一二一〇）、辛棄疾（一二〇七）、姜夔（一二〇九頃）、陸游（一二一〇）といった著名な作家が相次いでこの世を去り、詩歌の世界はこれ以後、「様々な詩人が次々と現れては喧伝されるものの、大家は不在」という新しい時代に入った。[2]これは詩歌史における迷いとためらいの時期である。というのは、芸術の頂点をきわめるほどの人物が再び現れることはなかったものの、しかし同時にまたこの時期は、詩歌において新たな性質や要素が絶え間なく現れた時期でもあったからである。詩人の心理状態、社会的身分、交遊ネットワーク、審美趣味、そして作品の内容的特質、芸術的な技巧、生産方式、伝播の環境等、いずれにおいても前代とは全く異なる新鮮な様相が出現したのである。独特の作詩環境は、独特な詩人の品格と作品の登場を促した。晩宋の社会環境がこうした流れを生み出す基盤となったことは間違いない。

一、晩宋の政局と詩人の心理

詩歌を精神の産物であると考えるならば、詩歌を理解するためにまず注目すべきは詩人集団の心理状態である。古代中国の詩人についていえば、彼らの心理を左右した最も重要な外部要因は政治情勢であった。南宋朝廷が江南に移って以後、政治上の最重要事項は、外敵との軍事闘争と朝廷内部の官吏の権力をいかに処するかということであった。そしてこの二つの問題は、晩宋に至るとまた新たな様相を呈することとなった。すなわち、官吏はいっそう腐敗し、宰相の権力は極めて拡大し、監察や諫言を司る御史台の役目は名ばかりのものとなり、賢人は登用されることなく打ち棄てられ、建言の道は全く閉ざされたかのごとくであった。一方、戦争の相手も変わった。宋と金との対立は鎮静に向かったが、蒙古政権が勃興し、新たな強敵として出現した。税収は激減し、紙幣の価値は下がり、悪質なインフレが激化し、経済はほとんど崩壊した。中でも、詩人の心に最も直接的な影響を与えたのは、権力を握った宰相による独裁専政であった。(3)

開禧の北伐失敗と、慶元の党禁を経て、学者や士人が朝廷に戻ったときには、それまで権勢を誇った宰相の韓侂冑《かんたくちゅう》は権力闘争に敗れて殺されていたが、権力を握った宰相による独裁は南宋の政界を依然として支配していた。嘉定元年に始まる「嘉定の更化」は「更化（改革）とは名ばかりで、実態は無」く（『宋史』巻三九八、倪思伝）、史弥遠《しびえん》の独裁は、ますます大胆不敵、策略は悪辣、抑圧は過重さを増し、韓侂冑に勝るとも劣らないひどい状況を招き、士人の気風や心理状態に大きな影響をもたらした。史弥遠は、自分と見解を異にする者は排斥し、自らの言論に不利なことがらは極力抑制し、士人の「口をふさぎ押し黙らせ」（『宋史』巻四三七、真徳秀伝）た。以下にあげる二つの出来事は、その代表的な事件である。

その一は「苕川《ちょうせん》事変」である。史弥遠は、天子の命と称して皇太子であった趙竑《ちょうこう》を廃し、苕川（湖州）へ追放し済王と名のらせる一方、趙昀《いん》を理宗として即位させ、また、謀叛の罪をなすりつけて済王を死に追いやった。もう一つの事件は、この事件とも関わる「江湖詩禍」である。史弥遠が済王を廃し命を奪ったことは社会の不満を引き起こし、江湖の詩人たちの中には遠回しにそれを批判する詩歌を創作するものが現れた。(4) 史弥遠とその一味は朝政を誹謗中傷したとの罪をかぶせて彼らを攻撃し、詩作を禁じ、詩集を廃版とし、遠方に追放する等、多くの処罰を与えた。この二つの事件のうち、前者は、政治闘争における権力宰相の勝利を意味するばかりでなく、上層の優れた士大夫の精神を瓦解させ、綱紀を乱し、風俗を損なうものであった。また後者は、攻撃の対象を中下層の知識人にも広げ、社会全体に世論を抑圧する悪劣な雰囲気を蔓延させた。こうした高圧的な政治は士大夫を頗る落胆させ、彼らと朝廷の関係を心理的に遠ざけ「気持ちを背け反目し合う」ものにしてしまった。

史弥遠から史嵩之《ししゅうし》、丁大全《ていたいぜん》、賈似道《かじどう》に至る、数十年間に及ぶ不正常な高圧政治と文化統制は、士大夫を不安な状況に置き続けたのであり、この時期は宋代における腐敗と暗黒のピークだったといえよう。曹彦約《そうげんやく》は嘉定元年（一二〇八）、寧宗の詔に応じて上呈した意見書（「言を求むる詔書に応じ封事〔密封した意見書〕を上《たてまつ》る」）の中で次のように述べている。

> 士大夫の心術は壊れたり。上焉者（君王）は其の身を愛せず、言語を以て罪を得、或るものは籍を削られて遠く屏《しりぞ》かれ、或るものは家に臥して尽くるを待つ。次焉者（それに次ぐ高官）は生を偸《ぬす》みて禄を仰ぎ、職業を以て自見し、或るものは田里に諄諄《じゅんじゅん》とし（つつしみ）、或るものは簿書に切切たり（ねんごろに精を出す）。是れ皆な中人以上にして持守する所有れば、時の為に奮発すれば、以て倚杖《いじょう》すべし（頼りにできる）。其の他は則ち権門に出入して、声勢を仮借す。苟《いや》しくも凶焔《きょうえん》を扇揚し（凶悪な輩をたきつけ）、釁端《きんたん》を撰造し（いさかいのもとを造り出し）、君を卑しめて臣を尊び、下を残《そこな》いて上を漫《あなど》るに至らざれば、位を貪り禄を慕い、事に趨《はし》り功に赴く（手柄や功績ばかりを追い求める）に過ぎず。(5)

これは嘉定元年の士大夫の様子を述べたものであるが、士人の雰囲気が悪化していく状況は、好転するどころか、ますますひどくなる一方であった。晩宋はもはや、徳ある賢人は公職に就かず、権力におもねる者のみが朝廷に仕える状態となってしまったのであるが、そうした中、士大夫の心理は主として次の三種のいずれかへと分かれていった。

まずは、悪に染まり、権力に媚び諂うようになった者である。権力を握った宰相の周辺にはつねにそれに諂う士人が取り巻き、ごまをすりつつ現実的な利益を手にしていた。右の文中に言うところの「権門に出入して、声勢を仮借」し、「位を貪り禄を慕い、事に趨り功に赴」いた者である。李鳴復は「宝（慶）・紹（定）の始め、柄臣は国を専らにし、天下の口を鉗《ふさ》ぎ気を奪い、故に相与《あいとも》に附和して一時の才は諛《へつらい》に病みたり」(6)と述べており、また、『佩韋斎輯聞』には次のようにある。

賈平章始めて生ずるの日（賈似道の誕生日）、銭唐の宰（正確には仁和県令）郭応酉、詞を以て之を賀す、序語に云わく、「峻《たか》きこと天に極まり、誕《ここ》に厥《そ》の月を弥《お》う（『詩経』大雅「生民」の詩句で、誕生の意）。廊廟に綵衣する（彩り鮮やかな服を身につける）や、昔一品の曽参無し（曽参のように親孝行者で一品の位に上った人はいない）。山林に袞繡する（三公の礼服を身につける）や、今半間の姫旦有り（周公旦のように天下を輔佐しつつも半間の住居に甘んじる偉人がいる）」と。蓋し賈に所生の母有り、朝命にて両国を封ぜられ、寿賢と賜号せらる。而して新たに亭を葛嶺（杭州西湖の北畔に連なる山）に築き、私第に扁して「半間」と曰うが故なり。其の結聯に曰く、「日長の門館、坐して南北峰の高きに対す。時に廟堂に遊び、尽く東西庁の問いに付す」と。賈甚だ称賛し、此を以て峻除して列院せしむ（高位に昇進させた）。(7)

詩文をもって賈似道におもねれば、高い職位を得ることができたということで、そのために士人らが押しかけた様子が分かる。一貫して実直な心をもち人におもねることのなかった劉克荘もが「囝罷《キョウハイ》（福建方言で息子と父親）白頭 語を相告ぐ、三生 容堂（賈似道のこと）に負《そむ》くべからずと」(8)の句を残している。劉克荘のことを「詩文 鄭（清之）及び賈（似道）に諛《へつら》うこと已に甚だし」(9)と嘲笑した方回もまた、賈似道に「梅花百詠」を献上して歓心を買っている。(10) ここにあげた「賈におもねる」詩文は、栄達を期して奔走することが盛んであった晩宋期に作られた一部の作品に過ぎないが、実は似たような詩歌は晩宋の詩壇にまだまだ数多くある。こうした作品の出現によって、詩人自身の道徳や人品を安易に批判することはできないが、かくも崩壊した社会の雰囲気が士人の心理をもねじ曲げる結果を導いたことは明らかである。

次に、憤然と抵抗して国を離れた人びとがいる。権力をふりかざす宰相が悪の限りを尽くし、朝政が佞臣の手に落ちたとなれば、そうした強圧的な時勢には必ず反抗が起こるものであり、識者は批判を加え、詩人もまた筆の力を借りて現実を批判攻撃した。いわゆる「持守する所有りて、時の為に奮発」した人びとである。(11) 例えば、『癸辛雑識』には次のような無名氏の作が載る。

嵩之乃父病将殂　嵩之の父病みて将に殂《し》せんとし
多少憸人尽献諛　多少の憸人《せんじん》（多くの小利口な者）尽く

諛《へつらい》を献ず

元晋甘心持溺器　元晋 甘心して溺器（しびん）を持ち
良臣無恥煽風炉　良臣 恥 無くして 風炉（湯沸かしの炉）を煽ぐ
起潜秉燭封行李　起潜 燭を秉《と》りて 行李を封じ
一薦随司出帝都　一薦 司に随いて 帝都を出ず
天下好人皆史党　天下の好人 皆な史の党
不知趙鼎有誰扶　知らず 趙鼎（宋王朝） 誰有りてか扶《まも》らん。(12)

右の詩歌は、史嵩之の父が死去した際の、陳元晋、施良臣、鄭起潜、陳一薦らの醜い姿を描き、これら「佞臣」による、士風を乱す卑しい行為を暴いてみせる。詩歌のもつ「美刺」の伝統に則るものである。また王邁の「二十韻 潮陽の宰 余君実 日華に寄す」の最後の数句には次のようにある。

不知朝廷聞得否　知らず 朝廷 聞き得たるや否や
天下貪吏濁如泥　天下の貪吏 濁れること泥の如し
毀誉失真例如此　毀誉 真を失すること 例として此《かく》の如し
狂瀾既倒誰能隄　狂瀾 既に倒《たお》るれば 誰か能く隄《てい》せん
書生有舌不善佞　書生 舌有れども 佞《おもね》るを善くせず
今拝東野頭須低　今東野を拝して 頭 須らく低るべし
詩成翻恨天門遠　詩成りて 翻《かえ》って恨む 天門 遠く
何人乞我青雲梯　何人か我に青雲の梯を乞《あた》へんと(13)

これは、道理を解さない朝廷へ向かって、現実への不満をさらに直接ぶつけたものである。この詩人たちの心中は暗い政治に対する失望にふさがれていた。そして、詩歌によって当局が覚醒してくれることを期待はしたものの、残念なことに宋代士大夫のこうした訴えは、晩宋期にはもはや現実的な作用を果たすものとはあまりならなかった。

最後の一派は、おし黙って身を処し、禍を避けようとした人びとである。多くの知識人は、未だ良識を失ってはいなかったが、国に報ずるにも手段がない、という二つの状況のはざまで如何ともしがたく、結局は、政治闘争を避けるために、地方に退去したり山林で隠逸生活を送る等し、政権とは次第に疎遠となり、「生を偸んで禄を仰ぎ、職業を以て自見」する道を選んだ。羅与之は「下第して西に帰る」詩のなかで次のように記す。

才難済世甘避世　才は世を済《すく》い難くして 甘んじて世を避け
心不愁天惟楽天　心は天を愁えずして 惟だ天を楽しむ
林下山間深密処　林下 山間 深密の処
曲肱飲水人悠然　肱《ひじ》を曲げ 水を飲みて 人悠然たり

世を避けることは、彼らの本来願うところではない。しかし、ややもすれば窮地へ追い込まれてしまう悪劣な環境は、彼らをただ詩作にふけりとりとめもない世間話に時間を費やす生活へと向かわせるほかなかったのである。

以上述べた三種の心理は、晩宋時期のいずれの詩人にも同時に存在した人生への態度であった。そしてこの三種の心理は、各おのの詩人の個性や境遇の変化によって代わる代わる現れては消えたのである。しかし、全体としては、最後の一種、すなわち禍を避けたいという心が詩人の創作に与えた影響は最も大きかった。歴史的な精神を持った一部の士人は詩歌によって声をあげたものの、大部分の中下層の文学者は自身を犠牲にすることを願わず、またそれ以上に、悪人を助けて悪事をなすことも願わず、ただ自己の世界に没頭し、現実的な責任からうまく逃れ、伝統的な道への追求を放棄し、文学的な技巧のみを工夫し、「衰世の音 頽《くず》れて以て隠る」というべき状況となった。詩歌によって世を救おうとする精神は低下し、隠逸、逃避、不満、落胆があふれ、やがて個人のこまごました事物が詩題を占めるようになり、結果として、晩宋詩壇には「零落」の悪名が着せられることになったのである。(14)

二、地域文化と詩人集団

「天旋《めぐ》り地転じて、閩浙《びんせつ》 却って是れ天地の中なり」(15)。朱熹のこの言葉のように、南宋が海を背にした江南の地に国を建てて以後、全国の文化と経済の重心は中原から東南の沿海地域へと移り、地理的な枠組みには重大な変化が生じた。これとともに北方の人びとが南方へと遷り、南方の人口密度、とりわけ士人の密度はにわかに増加し、中原の名家が東南地域に居をかまえ、南北の文化の大規模な融合をもたらすとともに、南方地域の文化をかつてないほど目覚ましく底上げした。いわゆる「靖康の乱、中原 塗炭して、衣冠の人物、東南に萃《あつ》まる」(16)とは、この時の状況を正確に言い表したものである。晩宋に至ると、それまでに数十年の時間をかけて鋭気が養われてきた結果、東南地域、とりわけ江浙から八閩にかけての地域では、多くの士大夫が各地で姻戚関係を結びながら一家を定着繁栄させていき、それにともない地域文化が活力をもつと同時に、この時期に特有の、各地域ごとに塊のように分布する詩人ネットワークが形成されるようになった。

これ以前の北宋時期においては、詩人のほとんどは都に集中し、地方に集合する機会は少なかった。現存する宋人の総集を眺めてみると、北宋文人の詩歌創作状況を反映する『二李唱和集』、『西昆酬唱集』、『同文館唱和詩』、『坡門酬唱集』等、その多くは都における文人の唱和詩集であり、地域的な特色といったものはほぼ見られない。ところが南宋になって相次いで現れた『南岳酬唱集』、『四霊詩』、『天台集』、『成都文類』、『昆山雑詠』、『赤城集』、『厳陵集』等は、唱和した土地の名をもって書名とするものや、詩人の出身地に基づいて編纂したもの、また地域を限定して文献を収集したもの等、いずれも地域的な要素を総集編纂の重要な方針として持つものであり、南宋において地域文学への自覚が現れたことを反映している。こうした意識は北宋末年には兆しがみえてはいたが、晩宋に至ると、地域的な特徴を強く有する「永嘉四霊」に代表されるように、その傾向は最も顕著なものとなった。

「永嘉四霊」は、集団としての特徴を突出して有する一方、個性を消滅させた詩人グループである。彼ら（徐璣、徐照、翁巻、趙師秀）の詩歌は、みな晩唐の姚合や賈島に倣うものであった。それは、晩宋詩人が「江西詩派」のしばりを脱するために選んだ共通の方向ではあったが、この時彼らは、特定の地域に集合したことによって特殊な文学的現象を含みもつ結果を生みだしたのである。[17]「四霊」が活動した永嘉という地域は、南宋期には王十朋、鄭景望、薛季宣、陳傅良といった名だたる高官を陸続と輩出した場所であり、また、晩宋の葉適とその周辺の文人集団はさらに大きな影響力を持ち、その学問は「永嘉学派」と称され、文学においても独立した一派として、道学と文学を調和した典型的な存在となった。永嘉以外の、その他の地域にも同様の集団は次々と現れ、例えば、劉克荘を中心とした福建莆田の文人集団も、莆田地域の文学のピークを形成したのみならず、晩宋の詩壇全体にも影響力をもった。また、江西の吉州、浙西の婺州、浙江の台州等にも、大小さまざまな地域詩人グループが数多く現れた。このように、地域文化が空前の発展をみせたのは、多くの士人、とりわけ、周囲への影響力をもった士大夫が地方に退居するという状況が、晩宋時期の東南地域においては至るところにあったことによろう。このことは、詩歌に地域的な要素を増加させたのみならず、詩人の集団ネットワークを地域に密着させ、中央に従属することがなくなった点で重要な意味を持つものである。

「地方」と「江湖」、これが晩宋詩壇のキーワードである。この二つの名詞は似ているようではあるが、ニュアンスは異なり、「江湖」とは動的、「地方」とは静的な意味を有する。「江湖」は漂泊の生涯を表し、「地方」は専らある場所に留まることを意味する。江湖詩人は謁客であり、一方の地方詩人は退居士人もしくは隠士である。彼らの心理や境遇は同じではない。しかしともかく、彼らはみな中央から遠く離れた存在であり、政権とは疎遠なこうした詩人集団が晩宋期においては最大の活力を獲得したのであった。そして彼らが新しい方法でもって「詩は群を以てすべし」という伝統的な詩の教えを説いたことは、当時大量に出現した各種の「詩社」の存在によって証明される。欧陽光著『宋元詩社研究叢稿』の「宋元詩社叢考」には五十六種の詩社が列挙されているが、これは南宋中後期の詩社の大半を占める。(18) これらの詩社は、主に地方を活動の拠点としたもので、例えば四明地域（現浙江省寧波市）には史浩の「四明尊老会」、汪大猷の「四明真率会」、陳著の「鄞県詩社」等の詩人グループが次々と出現している。これらはみな郷里に退居した士大夫が組織した詩社であり、江湖の遊士が組織した詩社に至っては、江浙、江西、福建といった地域の至るところに存在している。

またもや永嘉地域の話となるが、薛師石が主催した詩社の活動もあった。「瓜廬集の序」は次のように記している。「（薛師石）廬《いおり》を会昌湖（温州にある湖）の西に築き、瓜に灌ぎ樹に貼《つ》き（瓜畑に水やりをして樹林に寄り添って暮らし）、醇を篘《こ》し（酒をこして）鮮を撃つ（鶏や魚をさばいて調理する）。日び文会を為し、論切闓析《がいせき》す（周到に解説品評し）、人人陶（陶淵明）謝（謝霊運）韋（韋応物）杜（杜甫）ならざるを恐るればなり」(19)。また、「薛瓜廬墓誌銘」には次のようにある。

永嘉の唐詩を作る者首《はじ》めに四霊、霊の後を継ぐは、則ち劉詠道、戴文子、張直翁、潘幼明、趙幾道、劉成道、盧次夔、趙叔魯、趙端行、陳叔方なる者の作有り。而して鼓舞倡率し、従容として指論するは、則ち又た瓜廬隠君薛景石なる者有り。諸家吟を嗜むこと炙《あぶりにく》を啖《くら》うが如し（詩を作ることが当たり前のことのように普及している）。文会有るごとに、景石必ず之を高下品評す。(20)

「文会」とあるのは、すなわち詩社のことである。薛師石は詩社の場を借りて議論品評を行い、交流し互いに切磋琢磨した。彼は「秋晩 趙紫芝に寄す」という詩のなかで「閑《しず》かに籬下の菊を看れば、忽《たちま》ち社中の人を憶う」と詠じている。作詩の題材をみつければ、詩社の集会を思い起こす、これこそ永嘉地方の詩人グループの活動の実際の一面を語るものにほかならない。

また例えば、江西地域については、宋末・劉壎の『隠居通議』に、晩宋の南豊地区の詩人集団に関わる重要な筆記が残されている。そこには次のようにある。

同時の郷里 詩を以て名ある者 碧澗利履道登（利登）、白雲趙漢宗崇嶓（趙崇嶓）、倶に社友たり。然れども品格倶に公（黄文雷を指す、字は希声）に及ばず。贛の寧都に蒼山曽子実原一（曽原一）有り、撫の臨川に東林趙成叔崇嶧（趙崇嶧）有り、亦た同時の詩盟者なり。(21)

ここでは、南豊の黄文雷、利登等が組織した詩社について触れているのみならず、その影響が贛州や撫州にも及び、詩友が同盟をなしていたとする。小さな地域から大きな範囲へと拡大し、江西全域に渉ってグループが形成されている。ここから、当時の詩人ネットワークが地域ごとに集結していた特徴的な様子と、それぞれが塊となって分布していた状況とを知ることができる。

ここに紹介した詩社のような地方の詩人集団組織は、構成員の数もまちまちで、影響の及んだ範囲もそれぞれ異なるが、晩宋時期の東南地域には至るところにこのような組織が存在していた。ただ、こうした地方の詩人集団について詳しく整理してみると、それぞれのグループ同士の交流は乏しく、詩歌観も異なり、たとえそれが非常に近い関係にあったとしても、それがさらに大きな「詩学的共鳴」を起こすには至らず、ただ限定的な地域のみに発生したものであったことが分かる。つまり、地方の詩人集団の繁栄の背後には、全国的な文人集団というものは実は存在していなかったということである。晩宋詩壇における、分化と分散という特徴はいっそう顕著なものとなる反面、それを統轄し、国全体を覆い尽くし得る文学の牽引者や文人集団はついぞ現れなかった。欧陽脩や蘇軾のような一流の文学者は再び世に出ることはなく、江西詩派のごとく強烈なメッセージを掲げる文学流派も誕生せず、詩壇全体は分散して模糊たる様相を呈していく。こうした詩壇の状況が、晩宋をそれ以前の時代と区別する顕著な特徴である。そしてこうした地域的分布、人口の移動、階層の分化、交流の方法等は、外在する社会的要因によって作られた当時の特殊な詩学の実態なのである。

三、詩人の身分と詩歌の効用

今日の視点から晩宋の詩壇について述べるならば、およそ詩歌作品を残した士人であれば彼らはみな詩人であるということができる。そして、晩宋の詩壇のメンバーは、少なくとも以下の数種に分類することができる。すなわち、道学詩人群、官僚詩人群、江湖詩人群、それに郷紳詩人群である。詩風ということでいえば、江西詩風、江湖詩風、道学詩風等がこれに関係する。こうした分類を設けることは、ある程度合理的に、晩宋詩壇を把握する手段とはなる。しかし、このように詩人集団を区別していくことは厳密な詩学上の基準とは異なり、一種の社会的身分を示すものに過ぎず、複雑に入り組んだ詩壇の実情とはほど遠い。歴史的な文脈に立ち返るならば、晩宋時期の「詩人」という語にはまた別の意味が内包されている。

ここに二つの資料をあげる。一つは晩宋詩壇を代表する劉克荘の「劉瀾詩集に跋す」である。

詩は必ず詩人とともに之を評す。今世 某人の貴名 日月に掲げられ、直声 穹壌《きゅうじょう》（天地に同じ）を塞《ふさ》ぐと言えば、是れ名節の人なり。某人の性理 天淵に際《いた》り、源派 濂洛（周敦頤、二程子）より伝わるとなれば、是れ学問の人なり。某人 姚（舜）姒（禹）を窺い、荘（荘子）騒（離騒）に逮《およ》び、屈（屈原）宋（宋玉）を摘《つま》み、班（班固）馬（司馬遷）に燻《くん》ぜらるとなれば、是れ文章の人なり。某人万里の外に建侯し、某人 立談し卿相《けいしょう》を取るとなれば、是れ功名の人なり。此の数項の人、其の門 汗を揮《ふる》いて雨と成り（たくさんの人が集まり）、士群焉《ここ》に趨り、詩人も亦た詩を携えて焉に往く。然れども主人 詩を為《つく》るに習はず、詩家の高下深浅に於いて、未だ嘗て其の藩牆《はんしょう》・津《しん》涯《がい》に渉らざれば（専門の道に入っていないと）、彊《し》いて評すと雖も、要は未だ癢《かゆ》き処を抓着《そうちゃく》せざるなり。[22]

劉克荘はここで、詩人、学者（学問の人）、文人（文章の人）、官僚（功名の人）の四種の身分を区別して取りあげている。学者・文人・官僚も詩作を行うものではある。しかし、彼の眼中においてはそれらの人びとは「詩人」ではなかったのであり、詩人は特別の存在として示されていることが分かる。

もう一つの資料は、宋末の遺民鄭思肖の「中興集自序」である。

思肖 理宗盛治の朝に生まれ、又た先君子に侍して廬《いおり》を西湖の上に結び、四方の偉人と交遊し、見る所 聞く所広大高明にして、皆な今人の夢寐《むび》にも到らざるの境なり。中年にして塗炭に命ぜられ、影を鬼区（僻遠の地）に泊《とど》む。理宗の時の朝野の臣を仰ぎ懐しみ、中夜に指を倒し、嘗みに一二の名相を数うれば、崔公与之……。閫臣《こんしん》（軍の統帥）は、孟公珙……。名臣は、徐公元杰……。道学は、真公徳秀……。文臣は、李公心伝……。詩人は、徐抱独逸、戴石屏復古、敖臞庵《ごうくあん》陶孫、趙東閣汝回、馮深居去非、葉靖逸紹翁、周伯弜弼《はくきょうひつ》、盧柳南方春、翁賓暘《ひんよう》孟寅、曽蒼山幾、杜北山汝能、翁石亀逢龍、柴仲山望、厳月澗《げっかん》中和、李雪林龔《きょう》、厳華谷粲《さん》、呉樵渓陵、厳滄浪羽、阮賓中秀実、章雪崖康、孫花翁惟信。其の他の賢能名宦、豪傑人物、老師宿儒、仁人義士の、遐方異県、深山窮谷に僻在するもの、誠に車載斗量にして尽くすべき所にあらず。斯くの如き諸君子、落落として（ゴロゴロと）天

下に参錯す（入り交じっている）。当時の気焔、何ぞ其れ盛んなるや。(23)

鄭思肖は理宗朝の多数の「朝野の臣」を回顧して、その身分を「名相」、「閫臣」、「名臣」、「道学」、「文臣」、そして「詩人」の六種に区分した。そのうち、名相、閫臣、及び名臣は、おおよそ劉克荘が「功名の人」と称した者にあたり、道学とは「学問の人」、文臣とは「文章の人」にあたるとみなすことができる。そして劉克荘と鄭思肖の二者が言うところの「詩人」の概念も基本的に一致している。鄭思肖はそれぞれの区分ごとに具体名を列挙しており、右の引用において省略した箇所には、我々がよく知る晩宋の文学者の呉潜、王邁、真徳秀、洪咨夔《しき》、魏了翁、劉克荘等の名もみえるものの、それらはみな「詩人」として掲げられてはいない。鄭思肖が「詩人」として掲げる名をつぶさにたどると、そこに挙げられているのは基本的にみな江湖の士であり、現在ならば専業詩人と称されるような人びとである。言い換えれば、晩宋の歴史的文脈においては、「詩人」とは、仕官することなく、詩歌の創作に専念した中下層の知識人を専ら指すのであって、公に仕える高級官僚は、いかに素晴らしい詩歌を作ろうとも、やはり「詩人」とは見なされなかった。現代の我々の研究においては、必ずしもこうした概念に限定される必要はないが、しかしこうした概念を形成した背景や原因についてはやはり了解しておくべきであろう。

ここで最も重要なのは、晩宋士人の階層の分化ということである。(24)科挙試験と、書院教育の充実と発展によって、士人階層はかつてないほど拡大した。しかし一方、南宋の領土は縮小し、官職も減少したため、士人の数と官位の数とはバランスを欠き、必然的に相当数の知識人が官僚となることができなくなった。そこで彼らはそれまでの伝統的な考え方を改め、職業を選び直して生活の手段を模索しなければならなかった。そして、晩宋期には大量の遊士、幕士、塾師、儒商、術士、相士、書会才人といった、官途に就いていない優秀な知識人が出現したのであり、その中には詩を書くことによって生活の主な糧を得る者もいたのである。林希逸はこれについて、「今世の詩盛んなり。之を場屋に用いずして、之を江湖に用い、以て干謁の具と為す者有るに至る」と述べた。(25)晩宋に作成された詩歌は非常に豊富であったが、最も活躍した詩人集団は中下層の士人であり、彼らの中には専ら詩を「干謁の具（高官に謁見を求めるための道具）」とする者もあった。その一方、北宋の科挙において「詩賦を罷」めて以後、詩歌は試験科目から外され、晩宋の頃になると、詩歌の創作は「必ずや挙業を荒らす」(26)と考える人さえ現れ、作詩が科挙と対立するもの、すなわち功名を手に入れるのを邪魔する足かせとみなされて、文体的に役人世界から排斥されるようになったのである。そればかりか、思想の領域からも頗る攻撃された。北宋の程頤が唱えた「作詩は道を妨《さまた》ぐ」という理論は、晩宋においても依然影響力を持った。程朱理学の地位が晩宋の官僚社会において確立されると、詩歌を無益なものとする観念に、国家的イデオロギーという、いっそう強固な基盤が加わることになった。まさに、このような内外の幾重にも重なる原因に促されて、新しいタイプの社会的集団と詩歌とが未だかつてないほどの緊密な繋がりを結ぶようになり、官途に就くことができなかったり、官界の下層に沈淪したりする江湖詩人のグループも、晩宋でもっとも注目される新たな文学現象の主役となったのである。職業詩人もちょうどこの頃に出現し、それによって晩宋詩壇の性格が質的に変化する可能性が生まれた。

さて、最後に付言するならば、ある時代の文学を観察しようとする時、我々はややもすれば新たな性質が発生した要素には注意を向けるものの、安定的に継承されているものは軽視しがちである。あたかも、湖を眺めるとき、人の目を引くのはきまって湖面を走る波や水面に咲く花であり、その下の静かな湖面がいつでも忘れ去られるのと同じである。江湖詩人の集団は、新たな文化ないしは社会現象として、詩歌に新しい社会的効用をもたらし、詩の技巧やイメージ構築、さらには修辞の面においても、新たな追求が試みられている。しかし、晩宋の詩壇には、――伝統的な詩歌観を継承し、古い型を突破することのできない――官僚ならびに郷紳の詩人群、それに、――伝統を変えたとはいえ、詩歌を「押韻した語録」のように書いた――道学詩人群等も存在しており、晩宋の社会と詩歌の歴史について見取り図を描こうとするならば、やはり彼らの存在を忘れてはならない。

晩宋社会の表情は実に多様であり、それが詩歌に与えた影響も深くかつ大きい。本文で触れたことがら以外にも、たとえば都市経済の繁栄や、出版印刷の発達、新たな学術流派の誕生等々は、いずれもそれぞれ異なる角度から詩歌の新たな変化を育んだ。さらに雅俗二つの文学が共鳴共振し合うようになるのも、晩宋にいたって初めてその雛形ができた。もし北宋と南宋の間に文化的変革が存在すると見なされるならば、(27)晩宋は元明清との繋がりがいっそう緊密な時代ということができる。近世文学の曙光は、この時すでに明るく世を照らし始めていたのである。

注

(1) 張其凡「試論宋代政治史的分期」（鄧広銘主編『宋史研究論文集』河南大学出版社、一九九三年、三六二頁）、胡昭曦「略論晩宋史的分期」（『四川大学学報』一九九五年第一期）参照。

(2) 王水照「南宋文学的時代特点与歴史定位」（『文学遺産』二〇一〇年第一期）参照。

(3) 侯体健「国家変局与晩宋文壇新動向」（『華南師範大学学報』二〇一〇年第一期）参照。

(4) 江湖詩人のこれらの詩作はこの事件とは無関係であり、史弥遠はただ口実を作って江湖詩人を攻撃したのだとする説もある。張宏生『江湖派研究』附録「江湖詩禍考」、中華書局、一九九五年参照。

(5) 曹彦約『昌谷集』巻五（文淵閣四庫全書本）。

(6) 李鳴復「論定大本建大権疏」（『全宋文』第三〇八冊、上海辞書出版社・安徽教育出版社、二〇〇六年、四二九頁）。

(7) 兪徳鄰『佩韋斎輯聞』巻二（文淵閣四庫全書本）。

(8) 劉克荘「聞五月八日宸翰口号十首」（『劉克荘集箋校』第六冊、中華書局、二〇一一年、二三〇〇頁）。

(9) 方回『瀛奎律髄』巻二十七（『瀛奎律髄彙評』中冊、上海古籍出版社、二〇〇五年、一二二一頁）。

(10) 周密『癸辛雑識』別集上「方回」条に、「是れより先、回庶官たりし時、嘗て「梅花百詠」を賦して以て賈相に諛《へつら》い、遂に朝除を得たり。賈の貶せらるるに及び、時に方りて安吉の倅と為り、禍の己に及ばんことを慮り、遂に鋒を反して十の斬すべしの疏を上り、以て其の迹を掩う」（中華書局、一九八八年、二五一頁）とある。

(11) 勾承益「晩宋詩壇対于権相専制的制約意義」（『四川師範大学学報』二〇〇八年第一期）。

(12) 周密『癸辛雑識』別集下、二八八頁。

(13) 王邁『臞軒集』巻十三（文淵閣四庫全書本）。

(14) 『四庫全書総目』「葦航漫遊稿提要」に「南宋末年、詩格日に下る。四霊の一派、晩唐の清巧の思いを攄《の》べ、江湖の一派、五季衰颯の気を多とす」とある。

(15) 朱熹「蔡季通に答う」（『朱子全書』第二十五冊、上海古籍出版社・安徽教育出版社、二〇〇二年、四六七八頁）。

(16) 朱熹「呂仁甫諸公の帖に跋す」（『朱子全書』第二十四冊、三九三五頁）。

(17) 銭志熙「試論〝四霊〟詩風与宋代温州地域文化的関係」（『文学遺産』二〇〇七年第二期）参照。

(18) 欧陽光『宋元詩社研究叢稿』（広東高等教育出版社、二〇一一年）参照。

(19) 趙汝回「瓜廬詩序」（『全宋文』第三〇四冊、一二六頁）。

(20) 王綽「薛瓜廬墓誌銘」（『全宋文』第二八四冊、一〇一頁）。

(21) 劉壎『隠居通議』巻九「黄希声古体」条（文淵閣四庫全書本）。

(22) 劉克荘「劉瀾詩集に跋す」（『劉克荘箋校』第十冊、四五二〇頁）。

(23) 鄭思肖「中興集自序」（『鄭思肖集』上海古籍出版社、一九九一年、九九頁）。

(24) 史偉『宋元之際士人階層分化与詩学思想研究』（人民文学出版社、二〇一三年）参照。

(25) 林希逸「跋玉融林鏻詩」（『竹渓鬳斎十一稿続集』巻十三、文淵閣四庫全書本）。

(26) 林希逸「林君合詩四六跋」（『竹渓鬳斎十一稿続集』巻十三）。

(27) 劉子健『中国転向内在――両宋之際的文化転向』（江蘇人民出版社、二〇一二年）参照。

江湖詩人と儒学——詩経学を例として

種村和史

たねむら・かずふみ——一九六四年青森県三戸町生まれ。慶應義塾大学商学部教授。専門は詩経解釈学史。主な論文に「詩人のまなざし、詩人へのまなざし——『詩経』における詩中の語り手と作者との関係についての認識の変化」（慶應義塾大学日吉紀要『中国研究』第五号、二〇一二年）、「作者の意図から国史と孔子の解説へ——厳粲詩経解釈における小序尊重の意義」（慶應義塾大学日吉紀要『中国研究』第六号、二〇一三年）などがある。

江湖詩人というと詩作に専心する文学者のイメージが強い。しかし彼らの中にも、学術の分野で大きな業績を残した人がいた。『詩経』の名注釈書『詩緝』を著した厳粲はその一人である。その学問から、江湖詩人の活動の多様性が窺えると同時に、詩人かつ民間学者という彼の立ち位置が詩経学に新たな展開を与えた様子も知ることができる。

一、江湖詩人による詩経注釈の名著『詩緝』

一、厳粲——江湖詩人にして詩経学者

厳粲《げんさん》（生卒年不詳）という名前を聞いても、ピンと来る人は少ないだろう。彼は江湖詩人の一人に列せられ、この詩派の代表的詩人として名高い戴復古《たいふっこ》とも交遊があった。しかし、彼の詩は今ではほとんど取りあげられることはない。『滄浪詩話』の著者厳羽《げんう》の族弟であり、彼とともに当時「二厳」と称され詩名を謳われたと言えば、はじめて、「ああ、そうか」とある種のイメージを持ってもらえるに止まるのではないだろうか。

ところで、彼は詩人としての顔の他に、別に詩経学者としての一面を有していて、『詩緝《ししゅう》』三六巻という『詩経』の注釈書を著した。これも今では一般にはほとんど知られないだろう。しかしこちらに関しては、忘れられるのもしかたがないですますことはできない。なぜならば、『詩緝』は南宋詩経学の中で、朱熹《しゅき》（一一三〇～一二〇〇）の『詩集伝』、呂祖《りょそ》

謙《けん》（一一三七～一一八一）の『呂氏家塾読詩記《りょしかじゅくどくしき》』と並ぶと評価されるほどの優れた業績だからである。事実、清代においても『詩緝』は詩経学者によって盛んに引用されている。考証学盛んなりし当時の学問水準に照らしても、参照すべき価値を充分に有していたのである。

二、現代にも通じる感性を持った詩経解釈

清朝考証学だけではない。厳粲の解釈が我々が慣れ親しんだ解釈の源流であるのを知り驚いてしまうこともある。その一つとして鄭風《ていふう》「女曰鶏鳴《じょえつけいめい》」の例を挙げよう。仲睦まじい夫婦の語らいを詠ったこの詩の冒頭、

女曰鶏鳴　女曰く　鶏鳴きぬ
士曰昧旦　士曰く　昧旦《まいたん》なり

を、現代の例えば目加田誠《めかだまこと》・松枝茂夫《まつえだしげお》・白川静《しらかわしずか》といった人々はそろって、「朝ですよ、あなた、そろそろ起きてくださいな」と言う妻に対して、夫が「もう少し寝させてくれよ、まだ空も暗いじゃないか」と布団の中でぐずぐずしている様子と解釈している。現代でもあちこちの家庭で見かけられそうな光景で、古代の人々も我々と同じなんだなと親近感を抱いてしまう。ところが、昔はこのような解釈は一般的ではなかった。妻が「朝ですよ」と言えば、夫も「そうだ、朝だ。早く仕事に行かなければ」と跳び起きて、妻に輪をかけて仕事に怠りない、と解釈するものがほとんどであった。勤勉ではあるが、いささか優等生すぎて、おもしろみに欠けると思うのは筆者だけではあるまい。これを先の三氏と同じように解釈したのは誰あろう、厳粲その人である。

これから窺えるように、厳粲の『詩緝』が優れているのは、何も学者受けのする詳細で厳密な注釈を施しているからだけではなく、現代の我々にも親和性の高い感性を具えた解釈を提示しているからでもある。

二、常識の重視から導き出される解釈の文学性

一、常識を重んじた理性的な読み

厳粲の優れた解釈はどのような態度に支えられているだろうか。二つの例から考えてみたい。

ひとつは、周南《しゅうなん》「螽斯《しゅうし》」を巡る解釈である。螽斯、すなわちイナゴの多産に擬えて新婚の夫婦の子孫繁栄を祈る本詩には、「螽斯、后妃の子孫衆多なり。言うこころは螽斯の若《ごと》く妬忌せずんば、則ち子孫衆多なりと」という小序《しょうじょ》が附されていて、これが躓きの石になってきた。「小序」とは、『詩経』の各詩の内容・道徳的意義を述べた短い文章で、孔子の教えを承けて弟子の子夏《しか》が著したとされ、漢代から唐代にか

けては『詩経』解釈の絶対的なよりどころとされた。そのような権威を持つ小序が、「螽斯の若く妬忌せず」と、イナゴは嫉妬しないという奇妙な博物学的言及をしているものだから、これをいかに説明するか、歴代の学者は頭を悩ませた。ある学者が「イナゴは決まったつがいを持たず相手かまわず交尾するから嫉妬することもないのだ」と言えば、「いやいや、イナゴは交尾せずに子を産むから嫉妬しないのだ」と言い、あるいは、そもそも「イナゴのように嫉妬しなければ……」と読む読み方が間違っていると言う者も出るというように、議論が紛糾していた。

南宋に入ると、朱熹のように小序の信憑性を全面的に否定する学者も出現するが、厳粲は小序を尊重する立場をとっていた。しかし、彼はこの問題について、「イナゴのようにちっぽけな虫が嫉妬するかどうかなどわかるはずがないではないか」と、歴代の議論を一蹴し、イナゴが群れなして飛んでいる様を見て、人もかく多産であれかし、との思いを発したまでのことと解釈した。

さらに、この詩をめぐってはイナゴが一度に産む子の数について、「八十八匹産む」「いやいや九十九匹だ」「百匹だ」と、厳密な数を明らかにしようという議論も、北宋の蘇轍《そてつ》や南宋の朱熹など盛んに行われたが、これに対しても厳粲は、「別に決まった数を産むと考える必要はない。イナゴほど一度に多くの子を産む生物はないから、多産の象徴として用いたまでだ」と切り捨てている。

ここには、常識的かつ理性的な思考が躍動している。宋代詩経学の幕開けを告げる欧陽脩《おうようしゅう》『詩本義《しほんぎ》』以来、常識的・理性的であるということは、『詩経』研究の基本的な姿勢になっていたが、厳粲もその伝統を受け継ぎ、常識人としての自らの健全な判断を重んじ、いかなる権威にも盲従することがなかった。近代中国史学の泰斗陳寅恪《ちんいんかく》は、知識人のあるべき態度を「独立の精神、自由の思想」と表現したが、厳粲はそれを高度に実践している。

二、大雅「生民」の解釈をめぐる論争

もうひとつの態度は、神話を巡る考え方に見られる。周王朝の始祖后稷《こうしょく》を詠った大雅《たいが》「生民《せいみん》」は、母親の姜嫄《きょうげん》が彼を身ごもった顛末を次のように詠っている。

厥初生民　厥《そ》の初めて民を生《な》せるは
時維姜嫄　時《こ》れ維《こ》れ姜嫄《きょうげん》
……　……
履帝武敏歆　帝《みかど》の武《あと》を履《ふ》むこと敏《びん》なれば歆《かみはう》けたまう（帝《かみ》の武《あしあと》の敏《おおゆび》を履《ふ》めば歆《こころうご》く）

このうち、「履帝武敏歆」の句については、詠われている

のが人事か神話かをめぐる議論があった。毛伝を著した毛亨《もうこう》は、「帝」を姜嫄の夫である天子高辛氏《こうしんし》ととり、姜嫄が夫に従って敬虔かつ機敏に祭祀を行い、それを嘉みした天帝の加護によってめでたく后稷を授かったと解釈した。

それに対して後漢の大学者鄭玄《じょうげん》は、「帝」を上帝ととり、姜嫄が夫について祭祀に赴く途中、天帝の残した巨大な足跡を踏んで后稷を身ごもったという、いわゆる感生帝説が詠われていると解釈した。

いずれの解釈に従うべきか、宋代でも揺れていた。欧陽脩は、鄭箋の説に反対した。彼は、孔子が厳正な態度で編纂した至高の書である『詩経』に荒唐無稽なことが詠われているはずがない、詠われているのは歴史上実際に起こった事柄であるに違いないと確信し、超自然的な内容を解釈から排除しようと努めたのである。ただし彼の目には、毛伝の説も解釈上無理があると映ったため、これにもくみすることができず、結局、この句は解釈不能とさじを投げた。

一方、蘇轍や朱熹などは、感生帝説を読み取る鄭玄の説を支持した。蘇轍はその理由を、「神人の事績には、常人の理解に収まりきれない怪異なことがあっても不思議ではない」と説明し、朱熹もそれに賛同している。彼らの考え方は欧陽脩とは正反対のものと見える。しかし、よく考えると両者は、詩中に詠われているのが歴史上実際に起こったことだという認識を基盤にしている点では同じである。この認識を共有しつつも、常識では計れない神話的な出来事が実際に起こったことを受け入れるか否かという点で、立場を異にしているだけである。

三、神話的解釈と文学的解釈の融合

これに対して、厳粲の説明の仕方はユニークである。彼は、姜嫄が天帝の足跡を踏んで后稷を身ごもったというエピソードが詠われていることは認める。この点、鄭玄・蘇轍・朱熹と同じである。しかしながら、その上で彼は次のように言う。『詩経』や『書経』の中で、天帝のことを述べるのに人間界の事柄に借りて表現しているのは、おしなべてすべて「形容」の言葉であるから、それが実際にあったかどうかに拘る必要はない

「形容」という言葉に注目したい。彼は、姜嫄が神を祀り子を授かるよう祈ったその誠心誠意に天が感応して福を授けた、それがまるで天帝が肉体を持って下界を訪れ足跡を残したかのようだと表現したと解釈する。つまり、この句に詠われているのは、実事ではなく作者の比喩的イメージであると考え、それを「形容」と呼んだのである。このようにして彼は、神の足跡を踏んで子を身ごもったという非合理な出来事

が現実に起こったと考えることなく、かといって常識に適うようにと強引に解釈することもなく、詩句に即した平易な解釈と、常識的かつ理性的な解釈を両立させることに成功したのである。

詩中に詠われているのが歴史上実際に起こったことだという認識は、『詩経』の理性的解釈を支え、宋代のみならず、古典中国を通じてきわめて大きな影響を与え続けてきた。その反面、詩句と実事との対応に拘るあまり、硬直した解釈に陥ってしまう弊害ももたらした。

厳粲ももちろん、基本的にはこの認識を重んじたが、その一方で必ずしも詩の内容と現実とを一対一対応させる必要はない、詩人は言語表現によって、現実の枠組みを超越して独自の世界を作り上げると考えた。「形容」、あるいはこれと同趣旨の「想像」、「設」などの術語は『詩緝』にしばしば現れる。詩の内容のすべてが実事ではなく、作者の空想・虚構が詠い込まれることがあるという認識によって、厳粲は先人の解釈の行き詰まりを往々にして突破することができた。このような文学性豊かな柔軟な思考も、『詩緝』の大きな魅力である。

三、『詩緝』執筆の動機

一、童蒙の書

劉毓慶氏の『歴代詩経著述考（先秦～元代）』（中華書局、二〇〇二年）は、詩経学の著述を網羅したもっとも詳細な目録である。その中の「宋代詩経著述考」によれば、北宋期に書かれた詩経学の論著が七十種ほどなのに対して、南宋期のそれは二三〇種に上る。なぜ南宋期にかくも多くの詩経注釈書が作られたのだろうか。しかも特徴的なことに、北宋期の『詩経』の注釈の著者は、欧陽脩・王安石《おうあんせき》・蘇轍・程頤《ていい》など、時代の学術と文化を牽引し、社会的地位も高かった人物が多かったのに対して、南宋期の著者にはそうした地位に就かなかった者が目立つ。厳粲にしろ、役人としては地方の県令止まりで、詳しい伝記も、生卒年すらも不詳という人物である。そのような人々がなぜこぞって『詩経』の注釈に勤しんだのであろうか。この問題を考える準備のためのケーススタディとして、厳粲がなぜ『詩緝』という書物を著したのかについて考えてみたい。

『詩緝』自序に次のように言う。

私の二人の息子が『詩経』周南・召南を、呂祖謙『呂氏家塾読詩記』によって学ぼうとしたが習得できずにいた。

そこで、私は諸家の『詩経』解釈を集め、詩の構成を分析し、その要旨をまとめて一目瞭然の形にした……この書を著したのは、童蒙の学習に便利なようにと思ったまでのことである。

厳粲が自分の著書を「童習に便あらんとせしのみ」と言っているのは、もちろん謙辞である。『詩緝』のために彼の友人林希逸《りんきいつ》(生卒年不詳)が書いた序は、厳粲が臨安にて林希逸と初めて会った時、『詩緝』を見せて、「これを書くのに私は長い年月をかけてきました」と語ったと伝えているから、決して初学者向けの手軽な参考書として『詩緝』は書かれたわけではない。

ただし、わかりやすく『詩経』の意味を説き明かすということが、彼の著述の主眼であったことは間違いないであろう。例えば詩を解説する際に、同様の詩境を詠った後世の詩文を引き合いに出したり、詩の難読語の発音を丁寧に記したりなど、だれもがわかりやすく『詩経』を読めるよう工夫した跡はそこかしこに見られる。

二、集注というスタイル

それとともに、自序に「諸家の説句を緝《あつ》め」と言っているのも注目される。同じ事は、林希逸の序でも、厳粲の言葉として「独りよがりの解釈をせず、諸家の説を収拾し、正しい意味を求めた」と紹介されている。先人たちの業績を咀嚼し取捨選択し編み直すことによって自分自身の解釈を提示するという著述スタイルは、南宋の『詩経』注釈に一般的なものとなっている。そして、これは北宋の『詩経』注釈とは大きく異なる点である。

欧陽脩の『詩本義』、王安石等の『詩経新義』など、書名からして当時規範的解釈としての絶大な存在感を誇っていた唐の孔穎達等が編纂した『毛詩正義』に取って代わろうという意図が窺える。程頤の「詩解」にしても、時代の学術の最先端にいるという自負のもとに前人未発の『詩経』の真の意味を道破しようという気概にあふれている。

それに比べると、南宋期の注釈の多くはより謙虚な印象が強い。世間の耳目を驚かす新説を開陳することにやっきになるのではなく、先行研究を極力利用しつつ、自分自身の観点や研究成果を盛り込み、より穏当な解釈に仕立て直そうというところに研究の重点が変化している。その淵源は、『呂氏家塾読詩記』あたりに求められるが、厳粲は呂祖謙の手法に則りつつもよりいっそうの簡明化、親しみやすさを追求したことが自序からわかる。

北宋期の学者たちは、斬新な観点を導入し、様々な研究方法に挑戦して、自分たちの時代の詩経学を作り上げようとしたが、南宋期にはその成果が充分に蓄積され、方法論もおおむね出揃ったことにより、それらを素材にそれぞれの観点によってまとめあげる時期に至ったと言える。革新から普及の時代に移ったのである。南宋期に必ずしも有名とは言えない学者たちによって注釈書が盛んに書かれたのも、学問の重点の変化がひとつの理由になっているだろう。こう考えれば、大詩人たちが切り開いた宋代独自の文学世界を、より広い層へ普及させようとした江湖の詩人たちの、宋代文学史における意義と符合している。そのような著述の優れた例である『詩緝』を、江湖詩人でもあった厳粲が著したことはたいへん興味深い。

四、朱熹『詩集伝』と厳粲『詩緝』との関係

一、ポスト『詩集伝』としての『詩緝』

厳粲が『詩緝』（淳祐八年、一二四八自序刊）をものしたのは、朱熹が『詩集伝』（淳熙十三年、一一八六。束景南『朱熹年譜長編』に拠る）を刊行して約六十年たっての後である。そこで、「厳粲はなぜ『詩緝』を著したのか」という問いは、「厳粲はなぜ朱熹が『詩集伝』を発表した後に、あえて『詩緝』を著したのか」という問いにフォーカスすることもできる。

元代以降『詩集伝』が詩経解釈の絶対的なスタンダードとされたことにより、我々はともすれば南宋における『詩集伝』以後の詩経学の展開、注釈書の存在を忘れてしまう。たとえ存在は意識したとしても、所詮『詩集伝』の亜流にすぎないと軽視しがちである。

しかし、それは事実に合わない。『詩集伝』以後にも『詩経』に対する研究は盛んに行われ、中には高度な学問的価値を有するものもあったことは、『詩緝』を見れば一目瞭然である。宋代詩経学は『詩集伝』によって集大成され、もはや発展の余地なきまでに完成の高みに登り詰めてしまった、というのは我々の思い込みにすぎない。少なくとも、当時の学者たちは決してそうは考えておらず、さらなる研究の可能性を信じ、模索を続け、新たな成果を生み出し続けていたのである。詩経学史の実相を捉えるには、歴史の流れにおける様々な要因により、たまたま『詩集伝』に脚光が当たり特別な地位に奉られただけと考えてみる視点も必要であろう。

見方を変えれば、南宋の学者は朱熹の詩経学に弱みを見出し、それを突破口として独自の研究を進めたということになる。このことを厳粲について見た場合、彼には朱熹の詩経学はどのような弱みがあると映ったのだろうか。それは逆説的に思われるかもしれないが、朱熹が小序に反対する立場をとったということではなかったかと考えられる。

二、朱熹の反序

宋代詩経学は、『毛詩正義』に集大成される漢唐の詩経学の不合理な解釈を批判し、『詩経』本来の意味を明らかにするのを目的に発展した。その際、漢唐詩経学の不合理性の根源として次第に小序が俎上に上るようになった。朱熹はそれを突き詰めて、『詩経』解釈から小序を排除し、読者が詩篇を自分自身で熟読玩味することによって本当の意味に到達できると説き、自身の透徹した読解によって見出した意味を『詩集伝』にまとめた。

彼はその過程で、『詩経』の中にはどう読んでも道徳的とは言えない内容の詩篇が存在することに気づき、それを説明するために「淫詩」という概念を提唱した。『詩経』の中には男女が自らの欲望のままに結んだ道徳に悖った恋愛関係を臆面もなく謳歌した詩があるが、これは『詩経』の編者である孔子が、あえて不道徳な詩を収めることにより、読者がそこに詠われている行動に嫌悪の念を抱き、自らはそのような行動をとるまいと決意することで、結果的に道徳的に覚醒することをねらったのだ、と説明したのである。

この「淫詩」説は、逆説的にではあるが『詩経』の中に道徳に縛られない男女の率直な恋愛感情を詠った詩が存在することを認め、『詩経』の詩を古代の恋愛詩として理解する道を切り開いた。このように、朱熹は小序を否定したことにより、『詩経』を本来の意図のもとに解釈することを可能にしたと高く評価されている。

三、伝統的詩経学における反序の限界

こう見ると、厳粲が小序を尊ぶ立場をとったことは、時代遅れの学問的態度に後退したとしか思えないかもしれない。だとすれば、厳粲の優れた研究姿勢もそれに邪魔されて十全な発展を遂げられなかったということになるだろう。はたしてそうであろうか。

前提として、現代の我々とは異なり、当時の人々にとって『詩経』はなによりもまず儒教の経典であり、人間を道徳的に教化するために作られたものであったことを忘れてはならない。これは、朱熹であれ厳粲であれまったく変わらない。とするならば、尊序派であれ反序派であれ、いったいだれがどのような道徳的メッセージをいかに発しているかを問うことなしに『詩経』は解釈できなかったことになる。このような歴史的制約の下で、今一度、朱熹が小序を否定して解釈を行ったことを考え直してみる必要がある。

漢唐の詩経学においては道徳的メッセージは小序に収斂しているから、事は単純である。小序は、子夏が孔子の教えに基づいて各詩篇の作詩の意図をまとめたものであり、そこに

述べられた孔子の理解は詩人の意図を充分に受け伝えているものであるから、読者は安んじて小序の解釈に従って詩篇を読み味わえばよい。

これに対して、朱熹が小序を否定したということは、読者にとって道徳的メッセージを伝達してくれる仲介者がいなくなったということを意味する。したがって、詩篇から道徳性を見出す責任が読者それぞれに転嫁されたということになる。すべての読者にそれを求めることは、はたして可能であろうか。不可能であるとしたら、人々は結局『詩集伝』で朱熹が述べた説を金科玉条にして『詩経』を読まなければならず、自分自身の目で詩を読む契機は失われてしまう。詰まるところ、朱熹の注釈が小序の代替品となってしまうのである。

視点を変えれば、人々が自力で『詩経』の道徳的メッセージを受け取れるためには、各詩篇が道徳的教化のために作られ、しかも道徳をだれの目にも明らかに表現していなければならない。あるいは、淫詩の場合は、だれもが道徳的な嫌悪感を覚えるように詠われていなければならない。微妙な表現では読者の理解を迷わせてしまいかねないからである。例えば、はじめに見た「女曰鶏鳴」では、朱熹も従来の解釈と同様、夫が妻以上に勤勉な言葉を発していると解釈したが、これも詩の登場人物は誰の目にも明らかに道徳的な必要があったためであろう。朝仕事に出かけるのをおっくうがる夫が出てきたのでは、批判すればいいのか褒めればいいのか、読者は迷ってしまうだろう。

このように見ると、儒教の経典という枠組みの中で『詩経』を解釈する際には、小序を捨てて読者自身の目で詩を解釈すべきという朱熹の主張は、かえって詩篇の微妙な表現を否定し、読者の自由な理解を阻害しかねない。

四、『詩集伝』の限界を超えるための「尊序」

厳粲は小序に従う立場をとったが、そのスタンスは漢唐の詩経学とはかなり違う。まず、彼は小序の第一句のみを依拠すべきものとし、第二句以下は場合によっては大胆に否定した。先の「螽斯」のケースがこれに当たる。小序の第一句は抽象的な規定がほとんどであるから、これによって小序に従いながら自由に解釈する余地をいちじるしく広げることができた。

さらに重要なことには、厳粲は小序が述べる道徳的教えは、必ずしも詩の内容を忠実に反映したものとは限らないと考えていた。彼にとっては、詩とはあくまで詩人が個別的で一回限りの情況に出会って抱いた個人的な感慨を生々しく詠ったものであった。たとえて言うならば、詩に詠われている事柄は不定冠詞の“a”ではなく定冠詞の“the”が冠せられるべきものである。それ自体としては人間全体に道徳を教えようとして作られたものではなかった詩に道徳的な有用性を見出したのは小序の作者、あるいは『詩経』を編纂した孔子であった。小序とは、本来個別的・個人的な詩をこのように読めば人類普遍の道徳的な教えとなるという読みの指針を示すために著された。厳粲はこのように小序を位置づけた。この場合、読者は小序に従うことによってはじめて詩を道徳的に読むことができる。逆から言えば、『詩経』の注釈者は詩の道徳性の規定は小序に委ねておけばよく、自らは道徳性の追求に過度に縛られず、自身の目で内容を見極めて解釈すればよいということになる。

例えば、「女曰鶏鳴」では、朱熹は道徳的内容がだれの目にも明らかに詠われていなければならないと考えたので、夫は妻以上に勤勉であるという伝統的な解釈を踏襲せざるを得なかったわけであるが、厳粲においては、詩人が道徳的に人々を教化するために作ったと考える必要がなかったからこそ、布団を恋しがる夫というリアルな姿を読み取ることができたのである。

このように考えれば、厳粲が小序を尊重したことは、儒教の枠組みの中で、朱熹以上に自由な解釈を進めるための合理的な選択であったとも言えるのである。

厳粲の詩経学は、朱熹の業績にきわめて大きな影響を受けている。『詩緝』自序に、「三百篇の性情に涵泳すれば則ち悠然として詩人の言外の趣を見る」と言うが、「涵泳三百篇」、詩の世界にどっぷりつかって自由に泳ぎ回ることを通して本当の意味に到達する、というのは朱熹から学んだ読詩の態度である。しかし、朱熹は反序という立場をとったことにより道徳的な視点に拘って詩を解釈せざるを得ず、かえって自由に詩を読み味わうことを完全に実現できなかった。対して、厳粲は小序を尊重し、道徳的教えを小序に肩代わりさせたことによって、かえって詩自体を道徳に縛られずに読む自由を手に入れた。こう考えると、厳粲は朱熹の詩経学を修正し、朱熹が途中で足をとどめた道のさらに奥深く分け入った、小序に対する立場の違いは、決して両者の学問そのものを対立させるものではなく、むしろ朱熹の詩経学を継承し発展させるために、あえて朱熹とは異なる態度で小序に対したとも考えることができる。その意味で、厳粲は朱熹の優秀な後継者として位置づけられる。

五、江湖派詩人の多様性と実力

厳粲の詩経解釈に、族兄厳羽が『滄浪詩話』の中で展開したような超越性、高踏性を求めようとすれば肩すかしを食らうであろう。彼の解釈態度はもっと質朴で現実的なものである。しかし、逆に常識を重んじた思考、生活実感に根ざした堅実な読みの持つ強さ・射程の長さを存分に感じとることができる。さらに、彼が『詩経』の文学的性格を強く意識し、詩句の虚構性を鋭く感受したことは、やはり族兄の文学センスと相通じるものを感じさせる。

江湖詩人と言えば、文化の大道の中央を威風堂々と闊歩する存在ではなく、むしろ庶民的、通俗的に薄められた文学運動に関わる周縁的な人々というイメージで捉えられがちである。しかしその中にも、詩経学という、学術の王道中の王道で研究にいそしみ、しかもその水準は、朱熹の『詩集伝』の到達点をさらに前進させるほどの者が存在したという事実に注目すべきであろう。

厳粲に限らない。『詩緝』の序を書いた林希逸も江湖詩派のメンバーと目される人物であるが、経学の著述を複数著している。江湖派と総称される人々の文化空間は当時のハイパーカルチャーの一翼を荷う広さと深さ、複雑さをもっていたのである。あるいは、南宋期の文化においては、中心と周縁とが分かちがたく融合していたと見ることもできよう。メンバーそれぞれの生涯と業績を詩人としてのみならず多角的に見ることで、江湖派も新たな姿を現すだろう。

参考文献
厳粲『詩緝』(台湾、広文書局影印明刊本、一九七〇年再版本)
黄忠慎『厳粲詩緝新探』(台湾、文史哲出版社、二〇〇八年)
劉毓慶『歴代詩経著述考(先秦~元代)』(中華書局、二〇〇二年)
束景南『朱熹年譜長編』(華東師範大学出版社、二〇〇一年)

謁客の詩

阿部順子

南宋中末期に現れた江湖詩人は全国を遊歴しながら、顕官や貴人に面会、いわゆる「謁客」を行ない、その経済的援助によって生計を立てていた。謁客に際しては相手に自作の詩を献呈するのが通例であった。本稿では、このような詩を「謁客詩」と呼び、その修辞と表現の特徴について少しの考察を試みる。

一、「江湖詩人」の出現と謁客

一、布衣の士大夫詩人たちの出現

南宋中末期、独特な生活様式を持つ士大夫詩人の一群が出現した。南宋の遺臣であり、元朝にも仕えた方回（一二二七～一三〇七）は、自らが編纂した唐宋の詩歌選集『瀛奎律髄』の中で、彼らについて特に言及している。

慶元、嘉定年間（一一九五～一二二四）以降、謁客を行なう詩人が出現し、劉過のような輩は一人だけではなく、戴復古もまたその一人であった。彼らは互いに率先して謁客の風潮を成し、科挙を受けようともしなくなり、数名の要人の手紙を求めて紹介状とした。これを「濶匾《かつへん》」という。それに詩を添え、ともすれば数千緡から一万緡も手にしていた。たとえば宋自遜が賈似道に一回謁見しただけで、二十万緡を得て豪邸を造営したのがこの例である。浙江、湖南、湖北では、この手合いが十倍にも百倍にも膨れ上がって群をなし、阮秀実、林洪、孫季蕃、高九万など、詩文をものする士大夫たちの口吻は畏れら

あべ・じゅんこ――一九六九年千葉県柏市生まれ。慶應義塾大学他非常勤講師。文学修士。専門は六朝文学、宋代文学。主な論文に「南宋における『為地』の詩語化について――散文語彙の詩への導入とその意味用法の特徴」（宋代詩文研究会『橄欖』第一五号、二〇〇八年三月）、「阮籍の研究――作者、作品と研究者のあいだ」（慶應義塾大学藝文学会『藝文研究』第一〇〇号、二〇一一年六月）などがある。

れ、彼らが門に至るやいなや、地位のある人々でさえみなあわてて彼らを迎えに出たほどであった。

（巻二十梅花類・戴復古「梅を尋ぬるに寄す」評）

方回は、これら布衣の士大夫詩人たちの詩名が途絶えてしまったため、戴復古の詩を採録したのを機に、彼らについて詳しく記しておく、と書いている。『瀛奎律髄』は元初の至元二十年（一二八三）に成立した（方回序）。元初にはすでに、こうした布衣の士大夫詩人たちは姿を消していたとみられ、彼らの存在は、南宋中末期に限定される特異な現象だったことが察せられる。

彼らは全国を遊歴してほうぼうの顕官貴人に謁客を行ない、謁客で生計を立てて一生を過ごした。特徴的なのは、謁客の際には詩を献呈するのが常であったことである。方回は彼らのことを「江湖游士」、「処士」と呼んでいるが、彼らは後に「江湖詩派」、「江湖詩人」、「江湖派詩人」などと呼ばれるようになった。本稿でもこれを踏襲し、以下は統一して「江湖詩人」の称を用いる。

二、唐代の謁客と南宋中末期における謁客の違い

すでに唐代において、士大夫が謁客を行なって援助を求める現象は存在した。清の紀昀が「古来、杜甫（七一二〜七七〇）や韓愈（七六八〜八二四）もまた、他人に援助を乞うことから免れられなかったのだ」と述べる[1]が如くである。

しかし、杜甫や韓愈は生涯にわたって謁客で暮らしを立てていたわけではない。彼らは不遇・困窮の時期に、一時の援助を朋輩たちに乞うたに過ぎない。第一にこの点において、唐代詩人の謁客と江湖詩人の謁客とは性質が異なる。

第二に、たとえば杜甫は科挙を受験して官僚たらんとし、韓愈は実際に進士に及第している。唐代士大夫にとって、科挙受験は必須の道程であり、唐代の謁客はこれに付随した行為であった。つまり、受験志望者が高名な文人高級官僚に面会して自作の詩文を前もって見てもらい、その官僚の知遇を得て科挙合格への足固めとするのである。

「推敲」の故事で有名な賈島（七七九〜八四三）の韓愈に対する謁客が、その最も有名な例であろう。唐代士大夫の謁客の最終目標は科挙合格にあったが、江湖詩人の場合は、金銭的援助の獲得あるいは就職の斡旋が主目的であった。唐代詩人と江湖詩人の謁客の決定的な違いは、まさにこの点にあるといえる。

二、謁客詩の特徴(一)
壮大と卑小のコントラスト

一、「謁客詩」の定義

江湖詩人の謁客詩を考察する前に、謁客詩の定義を確認しておく。江湖詩人の作品には、自身の謁客を描写したものが多く残されている。しかし、これらは「謁客をテーマにした詩」である。本稿で考察したい「謁客詩」とは、「謁客を行なった際に相手の顕官貴人に献呈した詩」である。

ただし、「謁客詩」をこのように狭く定義することは難しい。なぜなら、江湖詩人は顕官貴人に面会を求めた際だけでなく、顕官貴人の知遇を得た後も、継続して詩を用いた援助要求を行なっていることが多いからである。

従って本稿では、「謁客詩」の定義を広く設定する。つまり、江湖詩人が顕官貴人に面会を申し込んだ折に献呈した詩に加えて、その後も金銭、斡旋、交友関係(人的コネクション)の持続などを求めている詩も「謁客詩」に含めたい。実際そうしたほうが、「謁客詩」の修辞と表現の特徴がより鮮明になる。

二、謁客詩の解釈の困難さ

以下、戴復古(一一六七〜一二四六?)の作品を通じて、謁客詩の特徴をみていきたい。戴復古は字を式之、号を石屏といい、台州黄巖(現浙江省温嶺市)の出身である。科挙を受けた、また官職に就いた形跡がみられず、全国を遊歴しての謁客に一生を費やした。方回によれば、「若いころにはあまり書物を読まなかったが、中年のころには詩をもって諸公の間を遊歴し、非常に名声があった。寿は八十余歳にまで至り、詩で生涯を過ごして一家を成した」(2)という。

戴復古のこの履歴によって、謁客において詩は形式的な道具ではなく、実際的な価値を有していたことが知られる。江湖詩人たちは、謁客の際に献呈した詩の中で援助を求める意思を示したが、直截で露骨な表現は用いず、間接的で婉曲な修辞による表現を用いた。ところが、修辞に工夫を凝らした結果、その表現はほとんど符牒的なものと化した。戴復古の詩「歳暮真翰林に呈す」(3)を挙げる。

歳事朝朝迫、　歳事朝朝に迫り、
家書字字愁。　家書字字に愁う。
頻沽深巷酒、　頻りに沽《か》う深巷の酒、
独倚異郷楼。　独り倚る異郷の楼。
詩骨梅花瘦、　詩骨梅花のごとく痩せ、
帰心江水流。　帰心江水のごとく流る。
狂謀渺無際、　狂謀渺として際《きわ》無く、

忍看大刀頭。　看るに忍びん大刀の頭《かしら》。

この詩は大学者にして高級官僚であった真徳秀（一一七八～一二三五）に献呈した作品であり、『瀛奎律髄』巻十四晨朝類に収録されている。方回はこれが謁客の詩だと指摘し、痛烈な批判を加えている。

戴復古のこの詩は、前の六句はみな良い。尾聯は前と釣り合っていない。結局は自分の窮乏を訴え、相手の憐れみを乞うているだけである。相手からの書信を求め、金品をねだっているのは、謁客の口調である。江湖を遊歴していた詩人たちは、みなこのような情けない内容（衰意思）を真似ており、それで人をうんざりさせるのである。

方回は尾聯「狂謀渺として際無く、看るに忍びん大刀の頭」が「謁客の口調」だと言い切っている。宋末元初に生きた方回は、自身が江湖詩人の最後の世代に属する人々と親交があった。従って、方回が尾聯をこのように断定したのは正しいだろう。しかし、この二句のどこがどう「謁客の口調」なのか。

三、同時代人には理解できた謁客詩のレトリック

清の紀昀（一七二四～一八〇五）は『瀛奎律髄刊誤』を著した。尾聯「狂謀渺として際無く、看るに忍びん大刀の頭」について、紀昀はただ「『狂謀』の二字は難解だが、妄想の意味のようである。『渺として際無し』は、まだ達成していないことである」と第七句を説明するにとどめている。

補足すると、第八句の「大刀の頭」は、刀剣の柄の先端に付いている輪「鐶」や「環」のことで「還」と音が通じ、古楽府以来「還る」の隠語として用いられる。よって「看るに忍びん大刀の頭」は、故郷に帰りたい意を述べている。しかし、この尾聯が「謁客の口調」であると理解するのはなおも困難である。

ここで、方回が他の江湖詩人を批判している例が参考となる。『瀛奎律髄』巻二十四送別類には、王居安「劉改之を送る」其の三が収録されている。劉改之とは、やはり江湖詩人の代表とされる劉過（一一五四～一二〇六）のことである。この詩は、劉過が立派な容姿と弁舌の才とを有し、生活が困窮していることを意に介さず、街中を堂々と闊歩する「烈丈夫」だと讃える内容である。しかし方回は評語において、劉過は「侠士」であったと認めた上でこう断じた。

外面は侠であっても内実は生活に困っているので、詩を作ると多くが干謁を行なって物乞いをする様になるということだ。

外面は豪爽であるのに、詩では金銭をねだる、劉過のこう

した情けない落差を方回は嫌悪した。方回が戴復古の「狂謀渺として際無く、看るに忍びん大刀の頭」を批判した理由も、基本的に同じであろう。壮大な夢を語りながら卑小な願いをちらつかせる、これが方回の癇にさわったのである。

　第八句は帰郷への願いを述べている。この第八句との対比から考えると、前の第七句の「狂謀」は、官途に就いて国事に関わりたい大望を指すのだろう。尾聯二句における意味の重点、ひいては一首の詩の意味の最重点は、もちろん最終句にある。尾聯は「天下国家のために尽力したいという大それた望みは果てしなく広がるばかり、ふるさとに帰りたい気持ちなどは堪えられましょう」といった意味になろうが、結局は故郷に帰りたいと言いたいのである。

四、謁客詩における定番の表現

　しかも、これは「ほのめかし」的な表現である。紙幅の制約上、ここでは挙げないけれども、遊歴中の戴復古の謁客詩には、帰郷への願いを示すことで、暗に生活資金の援助を求めているらしい例が複数みられる。この「歳暮真翰林に呈す」でも、肝心の最終句で帰郷願望を出してきている。ここでの帰郷への思いも口実であり、本当は当座の生活資金の援助を求めているのである。

　このように、天下国家のために奔走したいという壮大な志を前面に出しつつ、故郷に帰りたい旨を同時にちらつかせるのは、謁客詩の定番表現の一つだったと考えられる。婉曲な表現手法だが、壮大な志を隠れ蓑にしているからこそ余計に、小金をせびる本音のいじましさが強調される。エリート士大夫の正統的な文学観を有していた方回にとって、こうした表現は「うんざりだ（令人厭之）」と吐き捨てるほど堪えられないものだったのである。

三、謁客詩の特徴（二）挑発、皮肉、批判

一、謁客詩の特徴の凝縮例

　次に、戴復古による連作の謁客詩「帰りし後書を遣わして李敷文に問訊す」四首(4)を挙げる。この連作には戴復古の謁客詩の特徴が凝縮されている。

　詩題にある李敷文とは、李華、字は実夫という人物を指す。李華は建寧建安（現福建省建甌市）の出身で、嘉定四年（一二一一）の進士である。文官として有能な実務家であると同時に、軍人としても抜きん出た人物であった。そのため特に朝廷から指名されて、南方の情勢不穏地域の治安維持、内乱の鎮圧、外寇の討伐を命ぜられては着実に功績を挙げ、金との国境地帯であった淮河流域の統治と防衛にも派遣されている(5)。

　戴復古は江西一帯を遊歴したことが現存する詩から知られ、

その時期に李華と贛《かん》州で知り合った。[6] 李華に対して、詩題の中で敷文という官称を用いていることから、このとき李華は敷文閣学士、敷文閣直学士、敷文閣待制、直敷文閣のいずれかの官歴を有していたことが分かる。

　この連作四首は構成の上で有機的なつながりを持っており、四首の詩の次序は本来このとおりだったと思われる。第一首では、まず伝え聞いた李華の近況と自分の近況を記した上で、手紙を書き送る口上を述べている。

繡斧離章貢、　繡斧《しゅうふ》章貢を離れ、
旋聞帥寿沙。　旋《たちま》ち聞く寿沙に帥《ひき》いると。
先生方易節、　先生方に節を易え、
客子已還家。　客子已に家に還る。
別後仙凡隔、　別後仙凡隔たり、
帰來道路賒。　帰來道路賒《とお》し。
秋風両行字、　秋風両行の字、
也勝寄梅花。　也《ま》た勝る梅花を寄するに。

「章貢」とは章水と貢水の併称で、贛州を指す。「寿沙」は長沙の古名である。具体的な時期は定かでないが、李華の官歴には潭州知州が記録されている。一方の戴復古は、詩題の「帰りし後」、また第四句「客子已に家に還る」から、故郷の黄巖に帰っていたことが知られる。戴復古は李華が潭州知州として長沙に赴任するに応じて手紙を送り、この詩を添えたのであろう。

二、称賛の中に潜む批判への伏線

　第二首では李華が優れた軍人であることを讃える。相手の事績を盛り込んで称賛することは、謁客詩における基本鉄則である。

身退謀家易、　身退きて家を謀るは易く、
時危致主難。　時危うくして主を致すは難し。
才能今管楽、　才能今管楽、
人物旧張韓。　人物旧《もと》張韓。
吾国日以小、　吾が国日に以て小さく、
辺境風正寒。　辺境風正に寒し。
平生倚天剣、　平生倚天の剣、
終待斬楼蘭。　終に待つ楼蘭を斬るを。

「管楽」は春秋の管仲と戦国の楽毅、「張韓」は漢の張良と韓信、みな稀代の軍略家の代表である。「倚天の剣」は宋玉「大言賦」にもとづき、将軍が帯びる長剣を意味し、「楼蘭を斬る」は、漢の傅介子が匈奴に与していた楼蘭王を斬殺した故事を踏まえる。戴復古は李華の武人としての才を讃え、金に圧迫されて国土が狭まっていく宋の現状を憂い、李華が金を打ち破るよう期待する。

しかし、次の第三首をみると、称賛一辺倒のようにみえるこの第二首には、批判への伏線となる句が織り込まれていることに、後から気づくのである。すなわち起聯「身退きて家を謀るは易く、時危うくして主を致すは難し」である。この二句は、李華の最近の行動に対して批判を加え、李華を諫めるための伏線的な役割を果たしている。

三、称賛から批判へ

第三首において、戴復古はその独特な詩才の本領を発揮する。前半の四句、戴復古は李華が新しい邸宅を造営したことを伝え聞いたとして祝いを述べ、目に見ぬ邸宅の庭、邸宅を取り巻く自然の美しさと、楼閣に流れているであろう音楽の調べを想像して描写する。表現は穏やかである。

聞説営新第、　聞説《きくならく》新第を営むと、
無従從賀落成。　落成を賀するに従《よ》る無し。
門庭山水色、　門庭山水の色、
楼閣管弦声。　楼閣管弦の声。

ところが、後半から雰囲気が一変する。

海内二三傑、　海内二三の傑、
胸中十万兵。　胸中十万の兵。
寧爲一区計、　寧《いづ》くんぞ一区の計を爲し、
不使九州平。　九州をして平らかならしめざらん。

「一区」は漢の揚雄の祖、揚季の故事にもとづき、小さな宅地のことをいう。「一区の計を爲す」は、小さな家を建てて安住しようとすることである。立派なのであろう李華の新邸宅を、このように貶めて表現していること自体がすでに失礼であるが、更に「寧《いづ》くんぞ」という反語を用いることによって、挑発的で皮肉な語気がいっそう強まっている。

この第三首は、李華の新邸宅の完成を祝うかのように見せかけて、実は李華が邸宅の建設にうつつをぬかし、天下泰平という大事を怠っていることを非難している。前半四句は穏やかで、批判めいた雰囲気は毛ほども漂わせていなかった。それだけに後半からいきなり激しい語気で批判に転じたのは、なおさら強いインパクトをもたらす効果がある。更に後半二聯をともに対句構成にし、各句の三字目にすべて数字を配置したことで、一気にまくしたてるような語調を生み出したであろう。

四、称賛と批判の巧妙な配置

この第三首を踏まえると、先の第二首の起聯「身退きて家を謀るは易く、時危うくして主を致すは難し」も、李華の武勲に対する称賛にかこつけて、実は李華が邸宅を築いたことを諷刺している可能性がある。厳しい時世の今、李華が皇帝に尽くすことを忘れ、新しい館で風雅な暮らしを楽しんでいることに対して、あてこすりを言っているとも考えられる。

以上のように、戴復古は第二首と第三首において、称賛と批判とを前後させながら巧みに配置し、享楽に溺れず、宋の失土回復のために尽力するよう、李華に手厳しく注文したのである。

実は、戴復古の謁客詩は、援助を求める対象である顕官貴人に対して、皮肉めいた複雑な表現を用いて批判を述べるのが特徴である。相手が自分の謁客に応じざるを得ないよう牽制したり、援助してくれた顕官貴人たちに向かって、反抗的な言辞を弄したりする。

五、矛盾する願望の並列呈示

しかし、最後の第四首で、戴復古は自分の現在の窮状を述べ、李華に援助を求める意を示してこの連作を終えている。

憶作南州客、　憶《おも》う南州の客と作るを、
帰來東海浜。　帰り來たる東海の浜。
尚懐憂世志、　尚《な》お懐く世を憂うるの志、
忍説在家貧。　説くに忍びん家に在るの貧。
老作山林計、　老いて作す山林の計、
夢随車馬塵。　夢みて随う車馬の塵。
鬱孤台上月、　鬱孤《うつこ》台上の月、
無復照詩人。　復た詩人を照らす無し。

「憶う南州の客と作るを」は、戴復古が江西を遊歴したことをいい、「東海の浜」は戴復古の郷里である黄巖を指す。「車馬の塵に随う」とは、貴人の乗る車の後を追いかける、ここでは江湖を遊歴し、顕官貴人に謁客して回る生活をいう。「鬱孤台《うつこだい》」は贛州にある有名な台の名、「詩人」は戴復古自身である。

この第四首では、前に挙げた「歳暮真翰林に呈す」で、方回が「謁客の口調」と非難した「狂謀渺として際無く、看るに忍びん大刀の頭」と似た言い回しが二対もみえる。頷聯「尚お懐く世を憂うるの志、説くに忍びん家に在るの貧」、頸聯「老いて作す山林の計、夢みて随う車馬の塵」であり、国を憂える心と郷里での生活の貧しさ、隠遁生活と俗世への未練とを並列させている。

この二聯の意味の重点もやはり後の句にある。戴復古は李華に対して、郷里での窮乏ぶりを訴え、あわせて自分が再び江湖を遊歴する生活に戻れるよう、援助を求めているものと考えられる。

援助を求める理由は、遊歴中は帰郷の願いだったのが、帰郷を果たした後は、憂国の情と遊歴生活再開の意欲に変わる。壮大で高尚な志と卑小な望みを並列呈示して暗に援助を求める謁客詩の表現が、この第四首でもみられるのである。

四、謁客詩が提起する問題

謁客詩は金銭的援助を求めるのが最終的な目的であるため、我々はつい方回と同様、エリート士大夫の正統的文学観に則って謁客詩の価値を判断してしまいがちである。しょせんは物乞いをしているのだから、いくら表現が婉曲で巧妙であろうと、逆に婉曲で巧妙であればあるほど、卑屈、矮小、ひねくれている、情けない、惨め、といった類の評価を下してしまうのである。

しかし、本稿で取り上げた戴復古の謁客詩が、援助を乞うと同時に、無位無冠の自分とは比べようもない顕官貴人に向かって、強い表現で批判を加えているのには、批判された本人の顕官貴人たちがそれを許していたという背景があったはずである。そこで、江湖詩人と呼ばれる布衣の士大夫詩人たちと官位を有した正統的士大夫たちとの関係性について、一つの疑問が生ずる。

つまり、南宋中末期に存在した布衣の士大夫詩人の集団は、当時の士大夫社会において何らかの実際的な役割を果たしており、現実的に一つの政治的勢力に発展していた可能性があるのではないか。そうでなければ、当時の顕官貴人たちが謁客に訪れた布衣の士大夫詩人たちを恐れ、時に莫大な経済的援助を行ない、自分への批判さえも許容した現実的な説明が、結局のところはつかないように思われる。

そう考えざるを得ないほど、謁客の詩には理解の難しい複雑な修辞と表現が多く残されているのである。

注

(1)『瀛奎律髄』巻十四晨朝類・戴復古「歳暮呈真翰林」刊誤。
(2)『瀛奎律髄』巻二十梅花類・戴復古「寄尋梅」評。
(3)『全宋詩』巻二八一四・三三四七七頁。
(4)『全宋詩』巻二八一四・三三四九三―九四頁。
(5)『萬暦粤大記』巻十一宦蹟類、『嘉靖建寧府志』巻十五選挙、『嘉靖汀州府志』巻十二秩官による。
(6) 該詩の末に「『後夜鬱孤台上の月、更に何処徒りか詩人を照らさん』、敷文の送行詩なり」という戴復古の自注が附されており、李華が贛州で戴復古を見送ったことが知られる。

参考文献

金芝山点校『戴復古詩集』（浙江古籍出版社、一九九二年）
北京大学古文献研究所所編『全宋詩』（北京大学出版社、一九九一―一九九九年）
元・方回撰、清・紀昀刊誤、諸偉奇・胡益民点校『瀛奎律髄』（黄山書社、一九九四年）
張宏生著『江湖詩派研究』（中華書局、一九九五年）
呉茂雲・鄭偉栄校点『戴復古集』（浙江大学出版社、二〇一二年）

江湖詩人の詠梅詩——花の愛好と出版文化

加納留美子

かのう・るみこ——東京大学大学院人文社会系研究科博士課程在籍。専門は宋代文学。主な論文に「夜雨對牀——蘇軾兄弟を繋いだもの」（日本中国学会『日本中国学会報』第六一集、二〇〇九年十月）、「蘇軾詠梅詩考——梅花の『魂』」（同上第六三集、二〇一一年十月）、「神仙から花へ——水仙の変遷と水仙花の受容」（宋代詩文研究会『橄欖』一九号、二〇一二年九月）がある。

宋代には、花の品種改良など園芸栽培技術が著しい発展を遂げた。四季折々の花を愛でる習慣が身分の貴賤を問わずに浸透し、厖大な数の花を主題とする詩（詠花詩）が詠まれていく。南宋の江湖詩人たちもまた数多くの詠花詩を作った。彼らの創作意欲はとりわけ梅花に注がれ、その結果、「梅花百詠」や集句、小題付連作詩など多様な作品が登場した。

＊本稿で取り上げる江湖詩人とは、陳起撰『江湖小集』などの関連詩集に見える詩人に加え、彼らと交流していた周辺人物を含めている。あらかじめ了解されたい。

一、宋人と花——生活を彩った花々

宋代（北宋九六〇～一一二六、南宋一一二七～一二七九）の人々は、四季折々の花を愛でて暮らしていた。花は専門業者の手で育てられ、売買される商品として流通し、各地の都市には大小の花市場が置かれた。園芸業者たちは一獲千金を狙って品種改良に励み、結果、様々な花の品種が急速に増えていくこととなる。

例えば中国の国花・牡丹を見てみよう。中国には牡丹の名所が各地にあるが、古来知られたのは洛陽（河南省）である。景祐《けいゆう》二年（一〇三五）、欧陽脩《おうようしゅう》（一〇〇七～一〇七二）が「洛陽《らくよう》牡丹記《ぼたんき》」を撰した際、洛陽で特に知られた牡丹は三十種類あるとし、うち二十四の名を列挙した。だがその約五十年後の元豊《げんぽう》五年（一〇八二）、周師厚《しゅうしこう》が撰した「洛陽花木記《らくようかもくき》」には、一〇九種類もの牡丹の名が挙がっている。

図1　宋・李嵩「花籃」（台湾故宮博物館所蔵）
籐籃の中に、椿や水仙、梅花、沈丁花などの色鮮やかな花々が描かれている。宋代には、生け花もよく為されていた。

かくも熱心に開発と改良が進む中、牡丹の珍品は愛好家たちの高い注目を集めた。十七世紀オランダで発生したチューリップ・バブルほど激烈ではないが、その四世紀以上も前から、中国では花の価格高騰が発生していたのである。例えば陸游《りくゆう》（一一二五～一二一〇）の「天彭牡丹譜《てんぽうぼたんふ》」に、南宋の頃に天彭（四川省成都市）の市場で双頭紅《そうとうこう》なる名の牡丹が初めて売られたとき、一本で三万銭もの高値になったとある（風俗記第三）。陸游が四川に到る道中を記した『入蜀記《にゅうしょくき》』には、途中で通った村の米価が一斗で六、七十銭だったという（巻三）。かの花は人々にとって、まさに高嶺の花だったと想像される。

花の愛好は裕福な特権階級に限られたものでなく、庶民（もちろんその全てではなかっただろうが）の間にも広く浸透していた。欧陽脩が「洛陽の風俗では、多くの人が花を好む。春には城中、貴賤を問わず皆が花を髪に挿す。これは庶民も同様である。花が咲けば、士大夫も庶民も競って見物に出かける」と述べたとおりである（「洛陽牡丹記」風俗記）。その象徴的な例が、節句である。ここで幾つか、宋代の節句と花の関係を挙げたい。

日本で花の節句と言えば三月三日の桃の節句だが、中国では、菊を愛でる旧暦九月九日の重陽節《ちょうようせつ》が有名である。古来行われてきた重陽節は、南宋の臨安（現在の浙江省杭州）では菊の種類も飾る規模も拡大していた。ある者は「士大夫も庶民も重陽節には菊の花を買い求め、菊の種類は七、八十種にも上っていた」と言い（呉自牧《ごじぼく》『夢梁録《むりょうろく》』巻五）、またあまりに大量の菊が売られる様子を、「菊の花が千株も万株も並んですべてを見渡せないありさま、一・二本の花など誰が大切にするだろう（千株万株都不看、一枝両枝誰復貴）」と詠んだ詩人もいた（楊万里《ようばんり》「経和寧門外売花市見菊」）。

同じく南宋の頃、春に咲く花々を楽しむための節句が登場した。それが二月十五日の花朝節である。呉自牧の『夢粱録』に拠れば、この節句の頃、花は一番の盛りを迎え、臨安の人々は皆あちこちの名園に出かけ、様々な花を愛でたという（巻二）。庭園の所有者の中には「張太尉」のような官僚の名前も見え、彼らが私有する庭園が、一般庶民にも公開されていたと分かる。

　五月五日の端午節も興味深い。耐得翁《たいとくおう》『西湖老人繁勝録《せいころうじんはんしょうろく》』は、「花瓶がない下級の家でも小さな酒瓶を代用して花を活ける。それがこの地〔筆者注・臨安のこと〕の風俗である。普段の節句では花がなくとも笑われないが、ただ端午だけは花が無ければいけない」と、各家庭で石榴（ザクロ）、蜀葵花（タチアオイ）、梔子花（クチナシ）の花が愛でられたという。花朝節が庭園の花を愛でたのに対して、こちらは切り花を飾って楽しんだようである。

　このように花を愛でることが日常的になっていた、特に南宋の時代、在野の知識人を多く含む詩人群――江湖詩人たちは花とどのように接し、詩に詠んだのか。以下、紹介したい。

二、花と江湖詩人
――花の号を名乗ること

　宋代、知識人たちの間で密かなブームが生じた。それが知識人たちの花の号である。号とは、本名と字以外に自ら名乗った名を指す。唐の頃より増え始め、北宋には蘇軾《そしょく》の東坡居士《とうばこじ》のように、広く一般化していた。そして南宋に到って、梅や菊、蘭などの花を用いた号を名乗る人物が次々登場する。江湖詩人の間でも、この種の号を名乗っていた人物は少なくない。例えば、鄒登《すうとう》や許棐《きょひ》の梅屋、呉惟信《ごいしん》の菊潭、髙翥《こうしょ》の菊澗などがある。なお、許棐が梅屋と号したのは、隠居した地に梅を数十本植え育てたことに因る、と説明される（清・厲鶚《れいがく》『宋詩紀事』巻六十五）。

　菊花山人と名乗った沈荘可《しんそうか》もまた、江湖詩人の一人である。菊を好んで数一〇〇本も栽培し、しかも重陽節に亡くなったという、何とも菊と縁ある人物だった（『正徳袁州府志』巻九）。同じく江湖詩人の趙師秀《ちょうししゅう》（一一七〇～一二一九）は、沈荘可に詩を送ってかく称えた。

清事貧人占　　清事　貧人占む
斯言恐是虚　　斯《こ》の言　恐らくは是《こ》れ虚ならん
与花方作譜　　花の与《ため》に方《まさ》に譜を作らんとし

為米又持書　米の為に又た書を持す
（清雅な風流は貧者が占有するというが、それは恐らく誤りだろう。君は愛する花のために「譜」を編もうとし、米を得るために役所勤めに励んでいる）

第二句の「譜」は「花譜」のことで、花の品種や栽培法、関連する文化風俗など、花卉に関する事柄を論じた著述を指す。沈荘可が作成したのは、もちろん菊の花譜だった。その花譜は既に散逸してしまったが、後に『百菊集譜』（南宋・史鋳撰）に引用されている。当時、知られた存在だったのだろう。

一体、花の号を選び、名乗るとはどのような意味があるのか。許棐や沈荘可の号には、本人の趣味嗜好がよく反映されている。そこに花への愛着を読み取るのは容易なことだろう。のみならず、中国では花に何らかのイメージを仮託する伝統があったことも考慮する必要がある。例えば梅花は、春先のまだ寒い季節、他の花に先駆けて白い花を咲かせるその姿から、俗世に染まらない高潔な精神の象徴とされた。菊もまた、俗世と離れた地に身を置く隠者が愛する花とされた。つまり知識人たちにとって、花とは単に美しいから愛好するのでなく、そこに込められたイメージは常に意識されるもので、だからこそ名乗る意味があったのだ。

さて、花に親しみ憧れ、花の名を用いた号を名乗る人が増加した結果、大衆化も進んだ。元《げん》の劉辰翁《りゅうしんのう》は「梅軒記」の中で、「梅花を盛んに詩に詠んでもその徳を称えていない」と、人々が梅花の本質である美徳を理解していないことに不満を持っており、更に「梅花を見なくとも、梅坡・梅谷・梅屋などと名乗る人物に逢わなかった日はない」、「昨日は鄭君のために『梅軒詩』を詠み、今日また君（筆者注：彭姓の人物）のために『梅軒記』を書いている」と、当時そこここで梅花の号が名乗られていた様子を語っている（『須渓集』巻三）。劉辰翁が述べたような梅を用いた号の流行は、花の愛好者が増加し、花の象徴性への関心が高まった時代にあって、半ば必然的な現象だった。

三、宋代の詠花詩《えいかし》
——種類の多様化と梅花の台頭

宋代、花を詠む詩——以下、詠花詩と呼ぶ——の題材となった花の多彩さは、南宋・陳詠『全芳備祖《ぜんほうびそ》』を見ればよく分かる。この書は前集と後集から成り、前集二十七巻は花卉について、後集三十一巻は果物や草木などについて、それぞれの植物学的な特徴や品種、栽培法、関連する風俗や文学作品などを網羅的に採録している。そして前集には、梅花を筆頭に、牡丹・芍薬・海棠《かいどう》・酴醿《とび》（トキンバラ）など一一八種類の花が並ぶ。

宋代に熱心に栽培された花として、冒頭で紹介した牡丹の他に菊が挙げられる。菊の花譜である『百菊集譜』には、勝金黄・御愛黄・金銭菊など一六三種の名が見え、また作者の史鋳《しちゅう》が詠んだ数々の菊の詩も収められている。例えば、茘《れい》枝《し》菊という菊があり、その名は花がライチの実（茘枝）のような小さな毬状であることに由来する。そのため、史鋳はライチを好んだ唐代の美女・楊貴妃の典故を引き、ユーモラスに詠っている。

莫論枝上粟団黄　論ずる莫《な》かれ　枝上の粟団黄《ぞくだんこう》
且喜籬辺珍顆香　且《しばら》く喜ばん　籬辺《りへん》の珍顆香《ちんかこう》
若便唐家妃子見　若便《もしも》　唐家の妃子見れば
料応誤摘酔中嘗　料応《りょうおう》するに誤りて摘み酔中に嘗《な》めん

（枝の先に咲く、粟の穂のような花が（ライチと違って）黄色いことをとやかく言うな。家の垣根の辺りに漂う珍しい花の香りをしばし喜び楽しもう。もし唐の楊貴妃がこの花を見たならば、思うにライチと間違えて手に取り、酔いに任せて口に入れてしまったことだろう）

牡丹や菊以上に、宋代の詩人たちに詠まれた花が梅花である。梅花の種類は、南宋・范成大《はんせいだい》（一一二六～一一九三）の『梅譜《ばいふ》』では十種類余りしか見えず、改良・開発は牡丹や菊ほど進んでいなかったようだが、反面、詩人たちの梅花に注いだ熱意には目を見張るものがある。南宋の張道洽《ちょうどうこう》は、「嶺《れい》梅《ばい》」詩で次のように詠う。

到処皆詩境　到る処　皆詩境
随時有物華　時に随いて　物華有り
応酬都不暇　応酬　都《すべ》て暇《いとま》あらず
一嶺是梅花　一嶺　是《こ》れ梅花なり

（山のどこに行っても詩興が掻き立てられる盛りのとき、刻々と変じていく美しいその姿に目を見張る。そんな情景を詩に詠むのに忙しく、手を休める暇など全くない。山一面に広がるこれは梅花の木々なのだから）

詩人がいったい何にそこまで夢中だったか、最後に種明かしがされる。このように、梅花の盛りになれば心躍らせ梅花の下へ足を運び、詩を詠む行為が、当時一等の風流とされたのである。

ある研究者によると、唐代の梅花の詩――以下、詠梅詩《えいばいし》と呼ぶ――の総数が一〇〇首足らずであるのに対して、宋代には四八〇〇首近く詠まれたという（程傑『中国梅花審美文化研究』二〇〇八年）。特に南宋の時期、作品数は跳ね上がった。それは、経済発展に伴い文化が成熟した結果、詩を詠む人口が増加したことと密接な関わりがある。更には、他の詠花詩にはない、大規模な連作詩が多く詠まれたことも見逃せない。詠梅詩の従来の連作が、二首や三首、多くて十首であったのに対し、南宋には三十首や五十首、果ては一〇〇首というように大型の連作詩が次々に登場した。その創作には、江湖詩人たちも大いに関与していたのである。

四、南宋の詠梅詩
——詠梅詩の専著と読者たち

江湖詩人の作品を見る前に、彼らの活動した南宋の出版事情を確認しておきたい。南宋には、詠梅詩の専著が複数出版されていた。先に挙げた張道洽《ちょうどうこう》には『梅花詩』一巻があり、後述する李龏《りきょう》の『梅花衲《ばいかのう》』や李縝《りしん》『百詠』もまた詠梅詩の詩集だった。

梅花をテーマとした詩集が次々と出版されたのは、売れる見込みがあったからだろう。南宋とは、詩集を読み、作詩を嗜む層が以前に比べ遥かに広がった時代だった。新興知識人となった彼らの読書欲に敏感に反応したのが出版業者で、彼らをターゲットにした書籍が次々と出版されていた。

例えば、杭州の書肆《しょし》・陳起の出した唐詩シリーズ、いわゆる「書棚本《しょほうぼん》」は大いに好評を博したという。シリーズ中の詩集の大半が一詩人につき一・二冊程度の分量で、読者にとって安く購入でき、気軽に読めるものだった。そのことが、新興知識人たちの購買意欲を刺激した（内山精也「古近體詩における近世の萌芽——南宋江湖派研究事始」、『江湖派研究』第一輯二〇〇九年）。厳しい科挙をパスした官僚と違い、そこまで高度な教育を受けていない人々には、一組数十冊の大著を幾つも相手にするのは難しく、むしろ現代の文庫本のような気軽な書物が好まれた訳である。

さて詠梅詩も、こうした読者の反応を期待して出版されたのではないか。何しろ主題が明快で、内容は初学者にも親しみ易く、自分で詩を作る際の手本としても参考にできる。更には、どれも一・二冊程度の量だから割合安価に購入できる。恐らく、諸々の文献に見える書物以外にも、同種の詠梅詩集が幾つも編まれたことだろう。そうした出版流通によって、個々人が梅花を詠んで楽しむだけでなく、作品がより広く共有されるようになった。それが、江湖詩人たちの詠梅詩を語る上で重要な要素となる。

五、江湖詩人の詠梅詩（一）
——梅花百詠《ばいかひゃくえい》

ここより、在野の知識人を含む江湖詩人たちの詠梅詩に着目し、幾つか紹介していく。三章でも指摘したように、この時期大型の連作詩が次々と作られており、江湖詩人の詠梅詩もそうした例が多く含まれる。

大型連作詩で特に有名なのが、「梅花百詠」――梅花をテーマに詠み重ねられた一〇〇首の連作詩――である。一〇〇首連作は既に唐代に登場していたが、花をテーマに一〇〇首詠むことは南宋期の詠梅詩に始まり、当時何人もの詩人がこの形式に挑戦した。

「梅花百詠」で知られる詩人に、江湖詩人を代表する劉克《りゅうこく》荘《そう》（一一八七～一二六九）がおり、何故一人で一〇〇首もの詠梅詩を詠んだのか、自ら経緯を説明している。曰く、郷里の福建省にいた劉克荘の元に、親族である林兄弟の詠梅詩（何首の作品かは不明）が届き、その作品を評価した劉克荘はそれに唱和して合計一〇〇首――但し一度に一〇〇首詠んだのではなく、十首連作を十回に分けて作成した――すなわち「梅花百詠」を作り上げた。だがその後、劉克荘は李縝《りしん》（一一〇九～一一六四）なる人物の詩集『百詠』を知って感銘を受け、その作風にならって再度一〇〇首詠もうと決意した、と。

この話には後日談がある。劉克荘は多忙で時間が取れず、代わりに林兄弟が「梅花百詠」を作り上げた（南宋・葉寘《ようし》『愛日斎叢抄』巻三）。これが発端となって、魏定清・徐用虎・黄祖潤ら総勢二十人を超える、福建在住の友人たちが、林兄弟と同様に百詠の創作を競ったという（劉克荘「黄戸曹梅詩」）。

残念ながら、唱和した人の多くが歴史書に名が残らず詳細が不明で、また大半の作品は今日に伝わっていない。だが逆に言えば、そうした「無名」の人々ですら一〇〇首詠むのが可能な程、福建では詩人の層が広く、厚かったことが分かる。

六、江湖詩人の詠梅詩（二）
――集句《しゅうく》の登場

詠梅詩の中には、現代から見れば少し変わったタイプの詩も確認できる。それが集句《しゅうく》である。集句とは作詩における技法の一つで、他人の詩から句をそのまま引用し、随意に組み合わせて新たに一首作ることを指す。

集句は北宋の王安石《おうあんせき》（一〇二一～一〇八六）が得意とした技法だったが、詠梅詩の集句はやはり南宋に盛んに詠まれるようになった。例えば江湖詩人の一人、釈紹嵩《しゃくしょうすう》は、集句で七言絶句の連作詩五十首を作っている（「詠梅五十首呈史尚書」）。その釈紹嵩以上に大量の集句を詠んだ人物が、同じく江湖詩人の李龔《りきょう》（一一九四～一二七二？）である。詩集『梅花衲《ばいかのう》』一巻には、一四七首の七言絶句と六十五首の五言絶句が収められており、全てが集句である。それはつまり、一首につき四句、合計八四八の詩句を古今の作品から借りたことを意味する。容易には成し得ない作業だろう。

　釈紹嵩や李龏の場合、ほぼ同時代の人物の詠梅詩を積極的に取り入れる傾向が強い。例として、李龏の五言絶句を挙げたい。

　枯株囲古寺　　枯株　古寺を囲む
　老怪昔誰栽　　老怪　昔　誰か栽《う》う
　水国花開早　　水国　花開くこと早く
　疏花晩自開　　疏花　晩《くれ》に自《おの》ずから開く

（枯れた木々が古寺を取り巻いている。年経た珍《めずら》かな古木は昔、誰が植えたのか。水の豊かな地にあって花は早くに咲き開き、夜にはまばらに咲き始める）


　集句は効率よく詩が「作れる」ように見えるが、反面、本来関係ない句を並べる為、前後を如何に自然に繋げるかが肝要となる。それに照らすと、第三・四句の繋がりがいささか判然としない。だが引用元の詩に着目すると、興味深いことが分かる。第一句は徐照《じょしょう》（?～一二一一、「訪可公宿」）、第二句は翁巻《おうかん》（?～?、「道上人房老梅」）、第三句は趙師秀《ちょうししゅう》（一一七〇～一二一九、「撫欄」）、第四句は徐璣《じょき》（一一六二～一二一四、「題方上人古梅房……」）からそれぞれ採っている。この四人は李龏より一世代上で、「永嘉四霊《えいかしれい》」として知られた江湖詩人たちである。李龏が意図して四人の句を選び取ったのは明らかだろう。

　本詩に限らず、李龏は永嘉四霊の他にも、高翥《こうしょ》（一一七〇～一二四一）や姜夔《きょうき》（一一五五?～一二二一?）ら江湖詩人、先に挙げた『百詠』の作者・李縝、更には無名詩人の作品もよく引用していた。同時代の詩人に依拠して多くの詩を作れたのは、それだけ豊富な量の詩集が広範かつ安定的に、人々の間で流通していたことを意味する。「梅花百詠」と同様、大量の集句もまた当時の出版流通に支えられた創作だったのだ。

七、江湖詩人たちの詠梅詩（三）
——時系列による小題付連作詩

　劉克荘らの「梅花百詠」も李龏の『梅花衲』も、江湖詩人の詠梅詩の中でも目を惹く存在である。だが、数の多さでは確かに人を圧倒するものの、一首それぞれにどのような優れた表現があるのか、数が厖大であるからこそ見出すのが難しい。

　一方で、表現に特色ある連作詩もまた幾つか確認できる。その例として、江湖詩人の張至龍《ちょうしりゅう》「梅花十詠」を見てみよう。この作品は、十首それぞれに小題《しょうだい》がある、という特徴を持つ。実は、「梅花百詠」や李龏らの集句、更に遡って歴代の詠梅詩を見ても、小題付きの連作詩はおよそ確認できない。或いは張至龍の作品がその初期に属するのではないか。

それでは小題がどのようなものかを見てみると、

梅梢↓蓓蕾↓欲開↓半開↓全開↓欲謝↓半謝↓全謝↓小実↓大実

と、十首を通じて、梅の枝に蕾《つぼみ》が付いて生長し、満開となり、散り落ちて実が成る過程を辿っている。十の小題は、時系列に従って付けられ、それによって各首で描かれる梅の姿をより想像しやすい効果がある。

開花から落花までの変化を描くこと自体は詠花詩ではよく見られるが、張至龍は連作詩によって各瞬間を写真のように切り取り、よく観察している。桜と比べれば分かり易いが、寒い季節に咲く梅花はゆっくりと時間をかけて姿を変える。だからこそ、各瞬間に注目した連作詩が可能だったのである。例として、第三首「欲開」と第五首「全開」を挙げる。

凝成姑射姿　凝成す　姑射《こや》の姿
幽潔世所独　幽潔　世に独りある所なり
春近迫芳心　春近づきて　芳心に迫る
羞渋破唇玉　羞《は》じ渋《しぶ》る　唇玉《しんぎょく》を破るを

（凝《こご》って出来た仙女の肌の如き白い花、幽艶で清らかな姿はこの世に一つだけのもの。春が近づき開花を促すものの、彼女は玉の如き唇を開くのを恥じらいためらっている）

昨夜東風多　昨夜　東風多し
花神莫之禦　花神　之を禦《ぎょ》すること莫《な》し
玉立対幽人　玉立　幽人に対し
十分尽情吐　十分　情を尽くして吐く

（昨夜は春風が強く吹いたのに、花の神は風を制御してくれなかった。楚々と咲く花は隠者と対面し、心を尽くして花を開き切ろうとしている）

それぞれ最後の句の表現が面白い。前者では、開きそうで開かない花の様子を「羞じ渋る」と奥ゆかしい女性の姿に擬《なぞら》え、後者では、花が開き切るまでの僅かな変化を、「十分情を尽くして吐く」と花を観る人の為に咲こうとする、と表現する。いずれも花を擬人化し、感情豊かな存在に描いている点に、詩人の梅花に対する愛着の深さが読み取れる。

張至龍が一人でこの構成を作り上げた訳ではないだろう。例えば、墨梅画《ぼくばいが》の妙手として当時広く知られた揚無咎《ようむきゅう》（一〇九七～一一六九）に「四梅図《しばいず》」という作品があり、そこでは梅花が蕾から落花まで、四段階に分けて描かれている。つまり梅花の変化を段階的に追って描く手法は、既に絵画の分野

図2　梅花喜神譜より「大開一十四枝・彝」
彝とは古代中国の祠廟に置かれた青銅器の一種。花弁の形をそれに擬えた。
（清・阮元編纂『宛委別蔵』本）

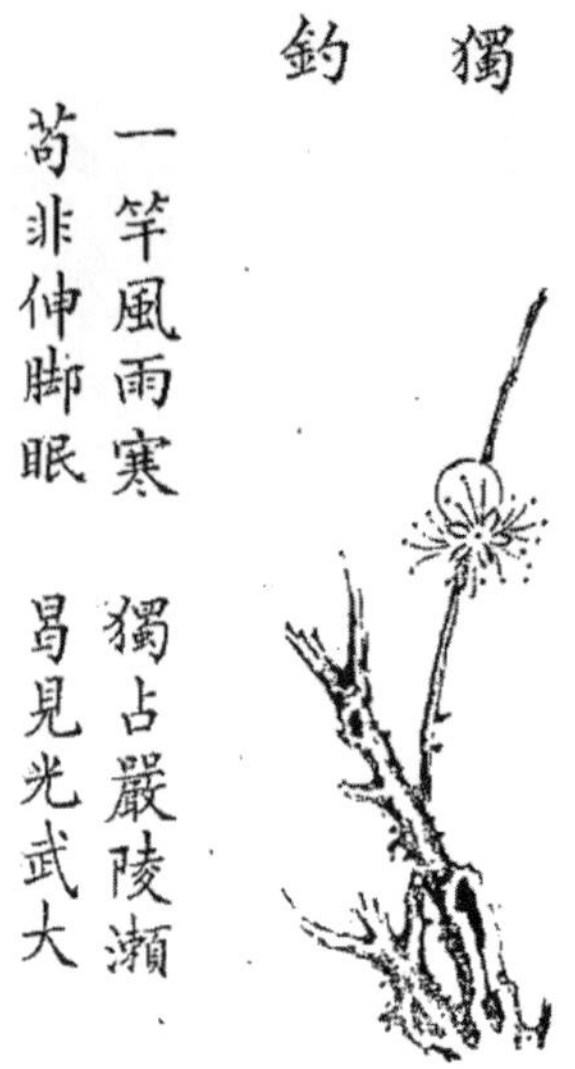

図3　梅花喜神譜より「就実六枝・独釣」
最後に残った一枚という数字から、一人で釣りをした漢の厳光の故事を用いる。
（清・阮元編纂『宛委別蔵』本）

で試みられており、張至龍はそうした作品に啓発を受けた、という可能性がある。同時に、十首連作の構成を活かす小題を付し、巧みな表現を為した点に、詩人の個性が見出せる。

八、江湖詩人たちの詠梅詩（四）
——梅花喜神譜

数多の詠梅詩の中でとりわけ個性的な作品が、江湖詩人の一人、宋伯仁《そうはくじん》（一一九九〜？）の『梅花喜神譜《ばいかきしんふ》』二巻である。「喜神」とは絵画のこと。本作品は張至龍の詩と同じく小題付き連作詩で、蕾から開花、落花までの変化を一〇〇の場面に分け、それぞれに画と詩が付されている。或いは、揚無咎らの墨梅画との関わりを考察する必要があるだろう。

宋伯仁の小題には、個性的なものが多い。古来、梅花の比喩には、雪や氷、白玉など、白くて冷たい、清らかな存在が用いられてきた。翻って宋伯仁の小題では、主に花の形状に着目して様々なものに擬えている。例えば冒頭の「蓓蕾《ばいらい》四枝」では、蕾を麦の粒やカニの眼に見立てる。或いは「大開一十四枝」では、開いていく花弁を彝《い》や鼎《かなえ》など古代の青銅器の形に擬《なぞら》えている。そして最後の「就実六枝」では、五枚の花弁が一枚ずつ散り落ちる過程を、「橘中四皓」「呉江三高」「二疎」「独釣」と、数字から連想される典故をもって表現しており、このようにほとんど梅花との関連性がない小題も少なくない（図2・3）。

『梅花喜神譜』の制作動機について、宋伯仁は自序で説明している。曰く、もとは『清臞集《せいくしゅう》』という詩集に収める詠梅詩を作ったのだが、その出来に不満が残った。そこで梅花の絵を二〇〇点以上描き、厳選して一〇〇点に絞った上で、五言詩を附して完成させたのが『梅花喜神譜』である、と。『清臞集』は既に散逸したが、痩せた清らかな姿を意味する「清臞」は梅花の形容に用いられることがあり、詠梅詩の専著だった可能性もある。

宋伯仁の自序に、客人の言葉を借りて「この書物には、憂国の志士たちの心を動かし、社会に資するものがある」とある。宋伯仁は、自らの著書を閑人《ひまじん》の余事《よじ》などではなく、世に貢献し得ると自負していた。その自負心を反映してか、五言詩は梅花を詠むというよりも、教訓的・道徳的な色彩を帯びた例が少なくない。例えば「大開一十四枝・彜《い》」ではかく詠む。

五采会章服　　五采もて章服を会し
汝明以垂教　　汝　明にして以て教えを垂る
虎蜼宗廟器　　虎と蜼《い》は宗廟の器
于以象其孝　　于《ここ》を以《もっ》て其の孝を象《かたど》る

（五色の絹糸で朝廷の礼服に刺繡が施され、一方そなたは〔その白さが表す〕聡明さによって世を正しく教化する。虎や蜼《さる》の文様が刻まれた彜は宗廟の祭器だが、梅花はその形をもって孝徳を表している）。

梅花を朝廷の礼服や宗廟の祭器と並ぶ存在と見做し、その色が世を教化する聡明さを、形が祖先を敬う精神を体現していると称えた。先述したように、梅花は高潔な精神の象徴として、知識人たちに慕われる花であった。宋伯仁は更に踏み込んで、周囲を教化する有徳の花と考えたようである。

おわりに――詠梅詩と出版文化

北宋の林逋《りんぽ》（九六七～一〇二八）は詠梅詩をよくすることで知られ、特に「疏影　横斜し　水は清浅、暗香　浮動し　月は黄昏（疏影横斜水清浅、暗香浮動月黄昏）」で名高い一首は、後世の詩人たちに多大な影響を与えた。一方、南宋の劉克荘らの「梅花百詠」は、大規模な数が周囲の人々を惹きつけ競作を促した。両者の数量の対照性が、南宋期の詩人たちによる詠梅詩の創作状況――質だけでなく、如何に多くの作品を創れるかという面でも技量を競った――を、端的に物語っていると思われる。

江湖詩人を始め、南宋の詠梅詩を通して見えてくるのは、当時隆盛期を迎えていた出版業の存在である。詠梅詩の作者には多くの在野の知識人が含まれ、彼らは作者であると同時に読者であった。読者としては流通する出版物を読むことで知識を蓄え、作者としては書肆を通じて作品を発表するという循環が、詠梅詩という限定的なテーマの中ですら確認できる。従って詠梅詩の増加とは、単に梅花愛好の気風が高まったというだけでなく、宋代の出版文化を語る上で重要な現象だと考えるべきだろう。

江湖詩人の詞

保苅佳昭

ほかり・よしあき――一九五九年東京都新宿区生まれ。日本大学商学部教授、文学修士。専門は宋詩。主な著書に『新興与伝統蘇軾詞論述』（上海古籍出版社、二〇〇五年）などがある。

江湖詩人の中には詞を作っている者も少なくなく、江湖詩人の作った「謁客の詞」も興味深い。姜夔は詞の名手として有名で、范成大と辛棄疾とに贈った詞を見てみると、かなりの作風が異なることが分かる。それは、姜夔がそれぞれの好みに合った詞を作ったのであって、彼は「謁客詞」の名手と言えるのである。

一、典雅派詞人の姜夔《きょうき》

江湖詩人が世に出た南宋の時、韻文文学には詩の他に詞があった。詞は歌詞のことで、唐に起こり宋で発展し、主に宴席で作られ歌われた。かりに詩を伝統、理性、硬、雅の文学とすると、詞は新興、情感、軟、俗の文学と言える。江湖詩人は、詩を仲立ちとして、高位高官と付き合い、援助を受け、職を得ようと試みたが、彼らの多くは、一方で詞も作っていた。彼らの詞を見ていくと、当時の有力者に献呈した作品も少なからず見いだせる。江湖詩人が「謁客」として作った詞は、どのようなものであったか。彼らの「謁客の詞」を考察することは、江湖詩人の更なる理解の一助になると言えよう。(1)

江湖詩人の姜夔（一一五五?～一二二一?、字は尭章、号は白石道人、江西省番陽《はよう》の人）は、無官の専業的文人ながらも、高級官僚、権門、著名人、名家の人々と対等に付き合い、その交遊相手の華麗さは際立っている。彼は音楽に通暁し、作詞作曲を手掛け、村上哲見博士が提唱された「典雅派」詞人の代表と言える。(2)そこで本稿では、姜夔を取り上げ、范成大と

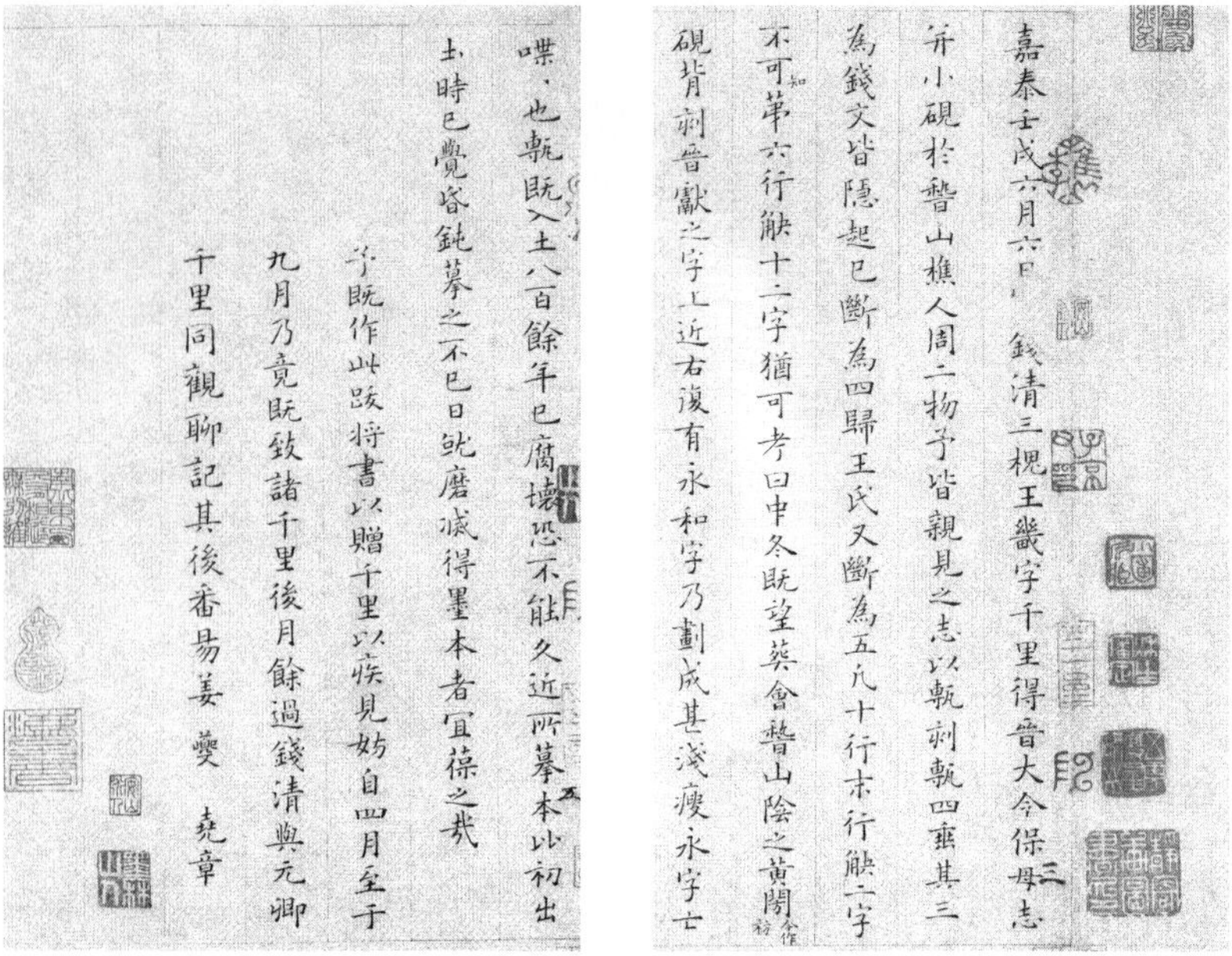
嘉泰壬戌六月六日錢清王畿字千里得晉大令保母志
并小硯於晉山樵人周二物予皆親見之志以甎刻甎四垂其三
為錢文皆隱起已斷為四歸王氏又斷為五凡十行末行缺二字
不知可革六行缺十二字猶可考曰中冬既望葬會稽山陰之黄閍
硯背刻晉獻之字上近右復有永和字乃劃成甚淺瘦永字亡
喋、也甎既入土八百餘年已腐壞恐不能久近所摹本以初出
土時已覺昏鈍摹之不已日就磨滅得墨本者宜葆之哉
予既作此跋將書以贈千里以疾見妨自四月至于
九月乃竟既致諸千里後月餘過錢清與元卿
千里同觀聊記其後番昜姜夔　堯章

図　**「姜夔の筆蹟」**（「王献之保母志跋」／江西美術出版社『南宋姜夔小楷精選』2014年8月）

辛棄疾に贈った詞を読んでみる。この范、辛の二人に注目したのは、それぞれ姜夔と地位、詞風の違いがありながらも、それを超えて交遊したからである。范成大は、参知政事（副宰相）まで務めた大政治家であり、また文人としても名高い。一方の辛棄疾は、愛国、憂国詞人であり、文学史に名を残す南宋の大詞人である。彼は、閑居の時期もあったが、終始官僚としての人生を送り、その詞は官僚文人の生活に根差したもので、専業的文人の「典雅派」とは非常に対照的な士大夫の「現実派」の詞であった。(3) 姜夔は、このような地位、作風の隔たりがある二人に詞を贈る際、かなり気を遣ったに違いない。結果、その詞には、江湖詩人の「謁客」としての配慮の跡が色濃く出ていると思われるのである。

二、范成大に贈った詞

淳熙十四年（一一八七）、姜夔は楊万里の紹介で范成大と知り合った。その後、二人の交遊は紹熙四年（一一九三）九月、范成大が没するまで続いたが、その間、姜夔は范成大に詞を五首贈っている。その中には姜夔の代表作「暗香」、「疏影」の二詞が含まれている。そこで、范成大については、この代表作二首を読んでみることにする。

「暗香」「疏影」詞には、「辛亥の冬、予雪を載せて石湖に詣《いた》る。止まること既に月にして、簡を授け句を索め、且つ新声を徵せられ、此の両曲を作る。石湖 把玩して已まず、工妓をして之を隷習《れいしゅう》せしむ。音節 諧婉にして、乃ち之を名づけて暗香、疏影と曰う」という序が付いている。「辛亥」は、紹熙二年（一一九一）。姜夔は雪の降る中、范成大を訪ねた。一か月以上滞在し、范成大に作詞作曲を命じられた。そこで作ったのが、この二作である。范成大はしきりに賞翫してやまず、歌妓にこの曲を習わせた。音節が柔らかく整っていたので、これを「暗香」「疏影」と名付けた。

「暗香」「疏影」の名は、北宋・林逋の梅を詠んだ傑作「山園小梅二首」詩の「疏影 横斜して水は清浅、暗香 浮動して月は黄昏」から取ったもの。「まばらな枝の影（疏影）」「どこからともなく漂って来る香り（暗香）」は、共に梅を意味する。范成大は梅を愛し、『范村梅譜』を著し、自宅の南、川を隔てた「范村」に梅林を持っていた。姜夔は范成大から作詞作曲を命じられると、全精力を傾けて范成大が好きであった梅を詠んでこれに応えた。そのかいあって、范成大はこの二詞が大いに気に入り、更に、姜夔の代表作として世に広く伝わった。

暗香

旧時月色　　旧時の月色
算幾番照我　　算うれば　幾番か照らす　我が
梅辺吹笛　　梅辺に笛を吹くを
喚起玉人　　玉人を喚び起こし
不管清寒与攀摘　　清寒を管せずして与《ため》に攀摘せしむ
何遜而今漸老　　何遜は而今漸く老い
都忘却春風詞筆　　都《すべ》て春風の詞筆を忘却す
但怪得竹外疏花　　但だ怪しみ得たり　竹外の疏花
香冷入瑤席　　香冷　瑤席に入るを

江国　　江国
正寂寂　　正に寂寂たり
歎寄与路遥　　歎く　寄与せんとするも路は遥かに
夜雪初積　　夜雪　初めて積もるを
翠尊易泣　　翠尊　泣き易く
紅萼無言耿相憶　　紅萼　無言なるも耿として相い憶う
長記曾携手処　　長く記す　曾《かつ》て手を携えし処
千樹圧西湖寒碧　　千樹　西湖の寒碧を圧するを
又片片吹尽也　　又た片片として吹き尽きるなり
幾時見得　　幾時　見得ん

詞の前半は、梅を用いて、女性との旧遊と老いた自分を詠む。かつて、月明かりの下で、何度も笛を吹き梅の花を愛でた。そして、寒さなど構わずに、美女を呼び起こして、梅の枝を私の為に折り取らせた。しかし、梅好きの私も老い、春風の詞の描き方も忘れた。竹林の先にまばらに咲く梅の花から、酒席に漂って来る涼しげな香りを嗅いで、不思議な気持ちになった。

姜夔は、若い時、笛を吹き美女と一緒に梅を愛でた。ところが今は「春風の詞の描き方も忘れた」。この「春風の詞」は、若さにまかせ美女と戯れながら作る詞、ということ。「都て春風の詞筆を忘卻す」は、要するに、年をとった自分は、もう若い時のような梅の楽しみ方はできない、と言っているのである。そんな時、竹林の向こうから仄かな梅の香り、すなわち「疏影」の「暗香」が漂って来た。姜夔はその香りを嗅ぎ「あれ?おかしいな」と感じる。なぜ「あれ?」と感じたのか。それは、今まで抱いたことない気持ちになったからである。若い頃、「暗香」に興味を抱くことはなかった。ところが今は「なかなか良い」と感じる。咲き誇る梅よりも、まばらに咲く梅、一面に匂い立つ香りよりも、仄かな香りを「なかなか良い」と思う。それは、年を取って初めて理解できる趣であろう。范成大も大いに共感したに違いない。

詞の前半は、女性との旧遊、老いた自分を描きながら、「疏影」「暗香」と命名した意図を綴っている。

詞の後半は旅愁から詠い起す。美しい水郷も、旅先であれば、わびしい。郷里の人に梅を届けようにも道は遠く、夜に降る雪が積もり始めたことが辛い。酒を飲めばすぐに涙がこぼれ、梅は何も言わないが、見れば以前の事がはっきりと思い出される。

詞の結びは、その思い出を綴る。千本もの梅が西湖の冷たい緑の水を圧するほどに咲いていた時、美しい人と手をつないで遊んだ。その梅の花は、今年もまた、風に全て散ってしまったことだろう。いつまた見ることができようか。

この「暗香」詞は、終始「梅」を通して、若い時の思い出、自らの老い、老いたからこそ味わえる興趣、旅愁を詠んでいる。これらは姜夔の経験に基づいていよう。しかし、読者は、自らの身に置き換えて味わえ、感傷に浸りつつも、年輪を重ねたからこそ気づく梅の魅力を、改めて知ることができるのである。次に「疏影」詞を読んでみる。

疏影

苔枝綴玉　　苔枝　玉を綴り
有翠禽小小　　翠禽の小小たる有りて
枝上同宿　　枝上に同に宿る
客裏相逢　　客裏に相い逢うは
籬角黄昏　　籬角の黄昏

無言自倚修竹　無言に自ら修竹に倚る
昭君不慣胡沙遠　昭君　胡沙の遠きに慣れず
但暗憶江南江北　但だ暗に江南江北を憶う
想佩環月夜帰来　想う　環を佩して月夜に帰り来たり
化作此花幽獨　化して此の花の幽獨たるに化すを
猶記深宮旧事　猶お記す　深宮の旧事
那人正睡裏　那《か》の人　正に睡裏
飛近蛾緑　飛びて蛾緑に近づくを
莫似春風　似る莫かれ　春風の
不管盈盈　管せずして盈盈たるに
早与安排金屋　早に与《ため》に金屋を安排せよ
還教一片随波去　還《かえっ》て一片をして波に随いて去らしめ
又卻怨玉龍哀曲　又た卻て玉龍の哀曲を怨む
等恁時重覓幽香　恁《こ》の時を等《ま》ちて重ねて覓《もと》むれば
已入小窓横幅　已に小窓の横幅に入る

本詞も梅の花を詠んでいるが、「梅」の字を全く使っていない。枝の梅の花を玉《ぎょく》に喩え、夕暮れに竹のそばで咲く梅の花を、前漢の悲劇の宮女である王昭君に見立てる。彼女は匈奴に王妃としておくられたが、砂漠での生活に慣れず、心の中でひたすら江南江北を思い続けた。梅の花は、王昭君が環を腰に帯びて、月の夜に戻り、花に身を変えひっそり咲いているかのようだ。姜夔は梅の花の美しさに、宝石が持つ石の冷たさと、内に秘めた情念を感じ取ったのだろう。それは「ゾクッとするような美しさ」かもしれない。

後半は、劉宋の武帝の娘である寿陽公主の「梅化粧」の逸話から始まる。彼女が寝ている時、梅の花びらが眉の近くに散り落ちた。宮女達はそれをわざわざ真似て化粧をしたという。この逸話に続き、姜夔は「春風に散る前に、折り取って部屋に飾らなければならない」と訴える。しかし、梅の花は散ってしまった。この時期になって梅の花を探し求めてみても、もう小窓の横に掛けられた絵でしか愛でることはできない。この「疏影」の詞は、梅の字を使わず、梅に関する故事、逸話を次々と詠み込み、最後は散り落ちた後の空しさまで書き及ぶ。

以上、「暗香」「疏影」の二詞を簡単に見た。各々書きぶりは異なっていたが、范成大が梅の愛好家であることを踏まえ、梅の清楚な美しさを典雅な筆致で、淀みなく滑らかに描いている。南宋末の詞人である張炎は、「詞は清空（澄み切った美しさ）でなければならない」とし、姜夔の詞を挙げたが、[4] この二首の作品は、まさにそれを体現したものと言えよう。

三、辛棄疾に贈った詞

姜夔は、嘉泰三年（一二〇三）、辛棄疾と鎮江（浙江省）で知り合った。おりしも中央では、韓侂冑《かんたくちゅう》が権力を握り、金を討とうと考え、金に対する強硬派の人々を呼び戻した。辛棄疾も閑居していた鉛山（江西省）の瓢泉から知紹興府兼浙東安撫使に起用され、六月、紹興に着任した。この年の暮れ、辛棄疾は蓬萊閣で「会稽の蓬萊閣にて古を懐う」という小序の付いた「漢宮春」詞を作り、姜夔はそれに唱和している。ここではまずこの「漢宮春」詞を取り上げてみる。初めは辛棄疾の「漢宮春」詞を見よう。

漢宮春　会稽蓬萊閣懐古　会稽の蓬萊閣にて古を懐う

秦望山頭　秦望山頭
看乱雲急雨　看る　乱雲急雨
倒立江湖　江湖　倒立せるがごときを
不知雲者為雨　知らず　雲が雨と為るか
雨者雲乎　雨が雲となるか
長空万里　長空万里
被西風変滅須臾　西風に変滅せらるること須臾たり
回首聴　首を回して聴く
月明天籟　月明の天籟
人間万竅号呼　人間《じんかん》の万竅　号呼するを
誰向若耶渓上　誰か若耶渓の上《ほとり》に向かい
倩美人西去　美人に倩《こ》いて西に去き
麋鹿姑蘇　姑蘇を麋鹿《びろく》なさしむ
至今故国人望　今に至るも故国　人は望む
一舸帰歟　一舸　帰らんかと
歳云暮矣　歳　云《ここ》に暮れたり
問何不鼓瑟吹竽　問う　何ぞ瑟を鼓し竽を吹かざらん
君不見　君　見ずや
王亭謝館　王亭謝館
冷煙寒樹啼烏　冷煙寒樹啼烏なるを

蓬萊閣は、呉越王の銭鏐《せんりょう》が会稽の臥竜山に建てたもの。本詞はまず、そこから眺めた風景を描写する。見れば、秦望山の山頂には雲が乱れ飛び、すさまじい勢いで雨が降っている。それは「川と湖をひっくり返した」かのよう。そこに西風が吹いて、雨と雲を一瞬にして吹き散らした。空には明るい月が掛かり、風の音がゴーゴーと響く。

これに続く後半は、越王の勾践が西施を使って呉を滅ぼしたことを詠う。辛棄疾は今、会稽にいる。そこは、越の国である。そして、呉はその北側にある。言うまでもなく、ここでは、越が南宋の地を表し、呉が今は金に占領されている北方の地を意味する。范蠡《はんれい》は美女の西施を呉王の夫差に贈った。夫差は彼女にのめりこみ、政務をおろそかにし、ために越に滅ぼされてしまった。その功臣である范蠡は、目的を遂げた後、越を離れて船に乗り海に出て、斉の国に行った。詞の「人は望む」「一舸帰らんかと」とは、越の人が范蠡の帰国を待ち望んでいることを意味する。それを宋に置き換えれば、国民が北方の地を取り返してくれる英雄の出現を期待していることになろう。最後は、音楽を楽しむ気持ちになれないことを言う。目の前には「荒れ果てた王氏、謝氏の館」がある。それは世の栄枯盛衰を象徴している。それを目にしては、心楽しむ気にはなれない。もちろん辛棄疾の眼には、「荒れた開封の町」が重なって映っていたに違いない。「北方を奪われた状態で、どうして音楽を楽しむ気が起ころうか」という彼の声も聞こえてきそうである。

　本詞の前半は実景であろう。ただその瞬時に変化する天気に、辛棄疾は人間世界の転変を重ね合わせているように読み取れる。後半は、越王の臥薪嘗胆の故事を持ち出しつつ、宋の失地回復を願っている。憂国詞人辛棄疾の典型的な作である。次に姜夔の唱和の作「漢宮春」詞を読んでみる。

漢宮春　次韻稼軒蓬莱閣　　稼軒の蓬莱閣に次韻す

一顧傾呉　　一顧すれば呉を傾ける
苧蘿人不見　　苧蘿の人　見えず
煙杳重湖　　煙は重湖に杳《くら》し
当時事如対弈　　当時　事は対弈《たいえき》の如し
此亦天乎　　此れも亦た天なるかな
大夫仙去　　大夫　仙去し
笑人間千古須臾　　人間《じんかん》の千古　須臾なるを笑う
有倦客扁舟夜泛　　倦客　有り　扁舟を夜に泛かべるも
猶疑水鳥相呼　　猶お水鳥　相い呼ぶかと疑う

秦山対楼自緑　　秦山　楼に対して自ら緑に
怕越王故塁　　怕《おそ》らくは越王の故塁
時下樵蘇　　時に樵蘇　下るならん
只今倚闌一笑　　只だ今　闌に倚りて一笑す
然則非歟　　然らば則ち非なるかな
小叢解唱　　小叢　解《よ》く唱い
倩松風為我吹竽　　松風に倩《こ》いて我が為に竽を吹かしめん
更坐待千巌月落　　更に坐して待てば　千巌に月　落ち
城頭眇眇啼烏　　城頭は眇眇として　啼烏あり

本詞はまず、西施から詠い起こす。西施は苧蘿村（浙江省諸曁）出身の人。「重湖」は、普通、洞庭湖を言うが、ここでは、紹興のある鑑湖一帯の湖沼を指すのであろう。范蠡は越を離れて船に乗って斉の国に行ったが、西施を伴っていたという伝説もある。「煙は重湖に杳し」は、この伝説を踏まえ、彼女の乗った船が旅だった先の湖には、煙霧が暗く掛かるばかりで、彼女のその後の人生が謎に包まれていることを言う。「大夫」は、范蠡と共に呉を滅ぼした文種のこと。范蠡は呉を滅ぼした後、越を出て行ったが、文種は越に残った。范蠡は斉から彼に手紙を送って、早く越王のもとを去らないと身に危険が及ぶと忠告した。しかし、文種は聞かずに、結局、越王から自刎を迫られ自殺した。かつての呉越の戦いには、様々な人間模様があった。それも既に遠い過去の事で、西施も范蠡も、そして文種もいない。世の転変は、どうにもならない。ただ笑うしかない。それに続く前半の最後は、当時の姜夔自身の心境を詠う。彼は江湖を渡り歩く「疲れた旅人（倦客）」である。ゆっくり一人になって、疲れを癒そうと夜に小舟を浮かべた。ところが、どうも落ち着かない。水鳥の声まで自分のことを呼んでいるように感じられてしまう。この表現、口うるさい連中が、当時、姜夔の周囲にいたことを匂わせる。

詞の後半は、まず秦山（秦望山）が緑に染まっていることを描き、越王の遺物も既に木々に埋もれてしまったことだろうと想像する。姜夔は、呉を滅ぼした越も木こりが立ち寄るだけの遺跡になっている、と言う。時間が経てば、かつての勝者も敗者もない。それを彼は「一笑」する。本詞二度目の「笑」である。もちろん、愉快なのではない。笑う以外、他にすべを持っていないのである。「笑」という動作は、過去の出来事、人物、建物に対する姜夔の態度を象徴している。これは、「松風に歌女の伴奏をお願いしましょう」という言葉にもつながる。辛棄疾は「音楽を楽しむ気は起こらない」と言ったが、姜夔はむしろ嘆いても、悲しんでも仕方がないのなら、「風に伴奏を頼」み歌を聴こうとする。しかし、こうは言っても、姜夔は憂国の情を抱き、心穏やかならず、寝付けない。結局、月が沈みカラスが鳴き出す朝を迎えてしまう。心の葛藤、矛盾の現れである。

辛棄疾は、急変する天候を描写し、失地回復の思いを詠い、天候栄枯盛衰に心を痛める。姜夔はそれに唱和しながらも、天候については「風」以外触れず、この世は天が決めているかもしれないと言い、どうしようもないと「笑う」。姜夔は、辛棄疾の失地回復への思いと現状に対する沈む気持ちを十分に分かっていた。しかし、むしろ違う角度から、歴史の出来事を眺めてみせる。それは、辛棄疾の考えを否定しようとするものではない。彼の高ぶった気持ちを落ち着かせ、沈んだ心を慰めようとしたのである。ただ、彼もけっして楽天家ではない。故国の将来を考えると、横にもなれず、座って朝を迎えてしまう。姜夔は、目の前の国情に対して「范蠡の再来を望む」とは言わない。ただ「寝られずに夜明けを迎える自分」を描くことで、憂国の思いを詠み込む。「現実派」の詞に対して、淡々とした筆致で世の無常を綴り、最後に余韻を残す「典雅派」の詞で答えている。「現実派」の詞風に合わせようとする姿勢はほとんど感じられない。ところが、次に読む「永遇楽」詞は、少々書きぶりが異なる。

「漢宮春」詞が作られた二年後の開禧元年（一二〇五）、辛棄疾は鎮江の長江岸にある北固亭（楼）で、「永遇楽」詞を作る。辛棄疾は、この詞で、六十六歳の自分がもう北伐の将軍に起用してもらえないことを嘆く。

永遇楽　京口北固亭懐古　　京口の北固亭にて古を懐う

千古江山　　千古の江山
英雄無覓　　英雄
孫仲謀処　　孫仲謀を覓《もと》むる処　無し
舞榭歌台　　舞榭歌台
風流総被　　風流　総て
雨打風吹去　　雨に打たれ風に吹かれ去る
斜陽草樹　　斜陽の草樹
尋常巷陌　　尋常の巷陌
人道寄奴曾住　　人は道《い》う　寄奴　曾《かつ》て住めりと
想当年金戈鉄馬　　想う　当年　金戈鉄馬もて
気呑万里如虎　　気は万里を呑みて虎の如きを

元嘉草草　　元嘉　草草として
封狼居胥　　狼居胥《ろうきょしょ》を封ぜんとせしも
贏得倉皇北顧　　贏《か》ち得たり　倉皇として北顧するを
四十三年　　四十三年
望中猶記　　望中　猶お記す
烽火揚州路　　烽火　揚州の路
可堪回首　　回首するに堪うべけんや
仏狸祠下　　仏狸の祠の下
一片神鴉社鼓　　一片の神鴉と社鼓を
憑誰問　　誰に憑《よ》りてか問わん
廉頗老矣　　廉頗《れんぱ》　老いたるとも
尚能飯否　　尚お能く飯するや否やと

本詞も北伐の故事を並べ、失地回復の志を述べている。今ここには、英雄の孫権（孫仲謀）をしのぶ跡は無く、楼台も消え去った。また、土地の人は「ここは劉裕が兵を挙げた地」と言うけれども、今はその名残も無く、普通の街並みが続く。当時の勇ましい武将たちの姿は想像するしかない。「寄奴」は、劉宋の初代皇帝であった劉裕のこと。彼は北伐して、南燕、後秦を滅ぼした。「元嘉」は、劉宋の文宗の年号。文宗は元嘉二十七年（四五〇）、王玄謨《おうげんぼ》に命じて北伐を行ったが、準備不足のために後魏に敗北を喫した。「狼居胥」は、内蒙古自治区にある山の名。前漢の将軍霍去病《かくきょへい》が匈奴を破り、祭壇を設けて戦勝を祝った所。「四十三年」は、辛棄疾が南宋に帰属してから今日までの時間を言う。彼は金の占領下の歴城（山東省済南）に生まれ育ち、金に抗する義勇軍に加わり、紹興三十二年（一一六二）、揚州を経て長江を渡り南宋に脱出した経歴を持つ。南宋の地に来て既に四十三年という長い時間が経っているにもかかわらず、辛棄疾の目には、自分が金を脱出した時の揚州の戦火が焼き付いている。「仏狸」は、北魏の太武帝の字。彼は長江の北岸の瓜歩山まで劉宋を攻め込み、山頂に行宮を建てた。後、そこに太武帝を祭る祠が作られた。今、目の前ではその祠の祭りが行われ、一帯に太鼓が響き、空にはカラスが飛び交う。一見、平和な風景であるが、北魏は異民族の拓跋氏の王朝である。辛棄疾からすれば、宋の人々が失地回復を忘れて、異民族の王の祠の祭りを楽しんでいるのが耐えられない。とても振り返って見られないのである。最後は、自分を廉頗に比して、北伐の将軍に任用してほしいけれども、起用してもらえない嘆きを綴る。廉頗は、戦国趙の将軍。趙の王は、老齢になった廉頗を再任用しようとして、使者に彼の様子を見に行かせた。廉頗は使者の前で、一斗の米と十斤の肉を平らげ、甲冑を着けて馬に乗り、十分に体力があることを示した。辛棄疾はここで、六十六歳の自分を老いたとはいえ矍鑠としていた廉頗になぞらえる。しかし、誰も自分に「将軍の任に堪えられますか」と尋ねに来てはくれない。本詞の結びには、誰も自分に声をかけくれない嘆きが詠み込まれている。

　姜夔はこれに唱和して次の「永遇楽」詞を作る。

永遇楽　次稼軒北固楼詞韻　稼軒の北固楼の詞の韻に次す

雲隔迷楼　　雲は迷楼を隔て
苔封很石　　苔は很石を封じ
人向何処　　人は何処に向《あ》る
数騎秋煙　　数騎秋煙
一篙寒汐　　一篙寒汐
千古空来去　　千古より空しく来去するのみ
使君心在　　使君の心は
蒼厓緑嶂　　蒼厓緑嶂に在るも

苦被北門留住　　北門に留め住まる
有尊中酒差可飲　　尊中の酒　有りて差《や》や飲むべく
大旗尽繍熊虎　　大旗　尽く熊虎を繍す

前身諸葛　　前身は諸葛
来遊此地　　来たりて此の地に遊び
数語便酬三顧　　数語　便ち三顧に酬ゆ
楼外冥冥　　楼外　冥冥
江皐隠隠　　江皐　隠隠
認得征西路　　認め得たり征西の路。
中原生聚　　中原の生聚
神京耆老　　神京の耆老
南望長淮金鼓　　南のかた長淮の金鼓を望む
問当時依依種柳　　問う　当時の依依たる種えし柳
至今在否　　今に至りて在りや否やと

本詞は冒頭で、今、歴史上の英雄達の姿は無く、遺跡は生彩を欠き、何事も無かったような佇まいであることを詠う。「迷楼」は、揚州にあった隋の煬帝が建てたもの。「很石」は、孫権と劉備が一緒に座り曹操を破る作戦を練ったという石。北固山の甘露寺にあった。ただ、迷楼は靄に邪魔されて見えず、很石は苔に覆われている。それら歴史上の遺物も今は色あせ、目に映るのは、千年前から変わることのない平々凡々とした庶民の生活である。これは、先に見た姜夔の「漢宮春」詞と同じ描き方である。これに続く六句は、辛棄疾の「誰も私に『討伐の将軍になる気はあるか』と尋ねてくれない」という叫びに対する応えの言葉である。姜夔は辛棄疾に「知事様（辛棄疾）は将軍に取り立ててもらえないので、山中の隠棲生活に戻りたいとお考えです。しかし、知事を務められているここ京口（鎮江）も酒はうまいし兵は強いです。ここで力を発揮されたらどうですか」と職に留まるように勧める。

これに続く詞の後半も隠棲に心傾く辛棄疾を引きとめようとする言葉が続く。彼を称えて「あなたは諸葛孔明の生まれ変わりで、孔明と同じようにこの地にやって来て、数語の言葉だけで三顧の礼に酬いる働きをしています」と言う。そして、長江の対岸は、はっきりと見えないけれども、金を破る道は認められ、中原の民、開封の古老は、南の方角の淮水の陣太鼓が鳴るのを望み見てると言い、北方の民が自分達を救いに来てくれる人を待ち望んでいることを詠う。詞の最後の「当時植えたヤナギは今もありますか」は、辛棄疾の郷愁を誘う作戦である。東晋の桓温《かんおん》は北伐して金城（江蘇省句容）を通った。その時、昔自分が植えたヤナギが大きくなっているのを見て「木すらこうなのだから、人はどうして変わらずにいられよう」と嘆き泣いたという。ここでは、この故事を踏まえ、辛棄疾に「長い間帰っていないあなたの故郷は変わっていますか」と尋ねている。彼は先に述べた通り、金の占領下の歴城に生まれ育ち、南宋に脱出した経歴を持つ。それから「四十三年」。金の占領下である歴城には容易に行けず、辛棄疾の故郷をもう一度見たいという思いは当然強くなっている。その思いを姜夔は巧みに利用し「北方の地を取り戻し、故郷の様子をご覧になって下さい」と言っているのである。おそらく辛棄疾は、この詞を読んで、ニヤッとして「うまいことを言うやつだ」と思ったに違いない。

先に見た姜夔の「漢宮春」詞は、「典雅派」の詞風で描いた。一方、この「永遇楽」は、冒頭で人事転変の速さを詠んではいるが、その後は、自分が起用されないことを嘆く辛棄疾を励ます言葉が続く。最後はヤナギの故事を置いて、いささか情に訴えた書き方をしているけれども、作品を通じて、強い言葉で失われた国土を奪回してほしいと訴えている。辛棄疾と知り合った年の作である「漢宮春」と、二年後の作の「永遇楽」とで、このような違いが見られるはなぜか。それは、姜夔が辛棄疾の人となり、嗜好を段々知ったからである。つまり、この「永遇楽」は、姜夔が辛棄疾の歓心を買うために「典雅派」の看板をしばらく下ろして「現実派」を真似て作った「謁客の詞」と言えるのである。

四、謁客の詞

以上、姜夔が范成大と辛棄疾とに贈った詞を読んだ。「謁客」としては、相手の好みに合った詞、相手をうならせる詞を作らなければならない。詞曲を趣味として愛好する風流人には、優美な詞を作り、失地回復を唱える憂国の詞人に対しては、国土奪還を訴える勇ましい作を贈る。これは、当然である。本稿で見た「疏影」「暗香」の詞と「永遇楽」の詞は、作風にかなりの違いがあるけれども、「謁客の詞」という一点から見れば共通するものがある。それは、極論してしまえば、自己の芸術性の追求よりも、受け手の反応に気を使うということである。「疏影」「暗香」は、姜夔の代表作に違いない。しかし、「謁客の詞」から見直してみると、風流人の范成大を満足させるために作られたもので、たまたま運よく彼の嗜好と姜夔の詞風とが合致したために、本領が十分に発揮されて傑作となったのである。一方「永遇楽」は、辛棄疾の好みに合わせて、自分の作風を敢えて殺して詠ったもので、当然、典雅な趣は無い。しかし、「謁客の詞」として見れば、充分に秀作と言えよう。「永遇楽」を「疏影」「暗香」と同列に並べようという気はないが、姜夔の「永遇楽」も「謁客の詞」を論ずる上では、けっして看過することのできない重要な作と思われるのである。また、作風の異なる「疏影」「暗香」と「永遇楽」を見事に作り分けたという点から言えば、姜夔は「謁客詞」の名手と言えよう。

注

（1）郭鋒氏は『南宋江湖詞派研究』（巴蜀書社、二〇〇四年）を著し、「江湖詞派」という考え方を提起している。

（2）村上哲見著『宋詞研究　南宋篇』（創文社、二〇〇六年）第一章「綜論」第三節「典雅派、文人の詞」参照。

（3）同前、第一章「綜論」第二節「現実派、士大夫の詞」参照。

（4）『詞源』に「清空」の章がある。詳しくは詞源研究会『宋代の詞論』（中国書店、二〇〇四年）参照。

〝鑑定士〟劉克荘の詩文創作観

東　英寿

江湖詩人の一人である劉克荘が様々な先人の作を鑑定していることについては、これまで注目されてこなかった。実は彼の作品を調べると、多くの鑑定を行っていることが確認できる。しかも、鑑定において重視した視点は彼の詩文創作観と密接に関連しており、こうした劉克荘の鑑定士的側面は、彼の詩文創作を考える上で看過できないのである。

一、南宋の〝鑑定士〟

家にあるお宝を鑑定するテレビ番組が放映されている。フリーマーケットでわずか千円で購入した絵画に、なんと数百万円の値段がついたときの驚き。博物館で見た国宝の壺と形や色彩も同じに見えるので、自信満々にその壺に一千万円の自己評価額をつけたところ、実際の鑑定結果は単なる本物の写しの壺で、たった一万円と評価されてしまいがっくりとうなだれる依頼者。鑑定前の得意満面の依頼者の自説を簡単に一蹴してしまう、その道のプロである鑑定士の解説を聞くと、会場の観衆やテレビの視聴者だけでなく、もちろん依頼者も「なるほど、ごもっとも」と即座に納得してしまう。

南宋江湖詩人の中にも、鑑定士と言うことができる人物がいた。それは、劉克荘（一一八七～一二六九）、字は潜夫、号は後村居士、その人である。もちろん、南宋当時、鑑定士は職業として確立していないが、彼は鑑定士的役割を果たし、多くの鑑定を行っているのである。

東晋に活躍した、書聖と言われる王羲之やその子である王

ひがし・ひでとし――一九六〇年福岡県生まれ。九州大学大学院比較社会文化研究院教授、博士（文学）。専門は中国文学。主な著書に『歐陽脩古文研究』（汲古書院、二〇〇三年）、『復古與創新――歐陽脩散文與古文復興』（上海古籍出版社、二〇〇五年）、『歐陽脩新発見書簡九十六篇――歐陽脩全集の研究』（研文出版、二〇一三年）などがある。

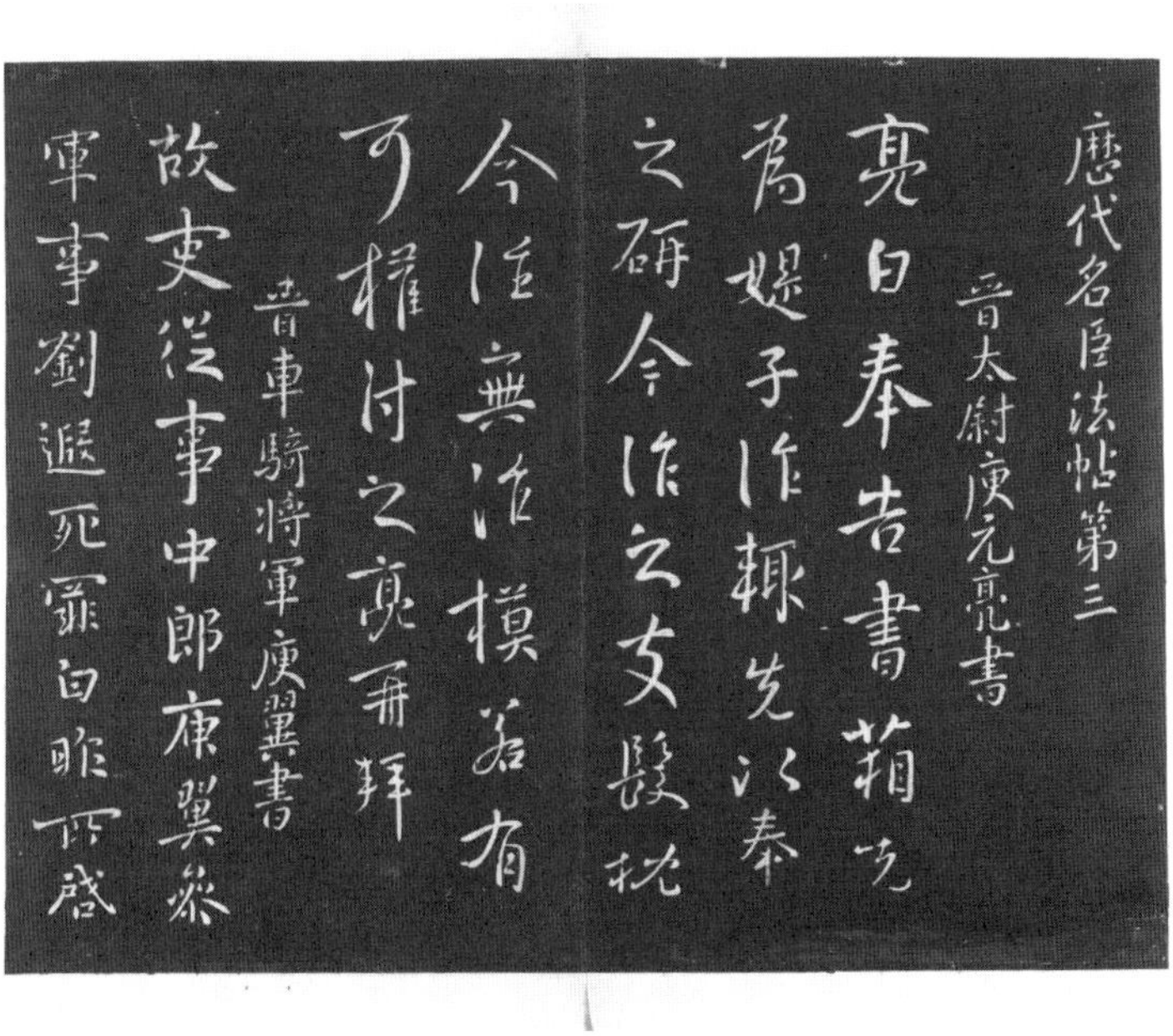

写真　『淳化閣帖』（国立国会図書館所蔵）

献之等の書跡を編纂して、宋代にできた『淳化閣帖』（**写真**参照）を手に入れた劉克荘は、それが真蹟である理由について次のように分析した。

　然るに真帖と辨ずるべきは、数條の墨色有るは、一なり。它本の刊は巻數上に在りて、板數下に在り、惟だ此の本のみ巻數板數の字皆相ひ連屬するは、二なり。它本の行數字は、帖字に比べて小にして痩、此の本の行數字は帖中の字に比べて皆大にして濃なるは、三なり。余の得る所の江東本は、毎板皆全し、紙に接黏の處無く、一部十巻にして、一板として汪氏の記する所と合はざる無し。乃ち知る、昔人は装背の際に、寧ろ使《も》し毎板の行數或は多く或は寡くとも、肯て剪截湊合せざらんことを。舊帖の真面目を存せんと欲すは、四なり。　（『閣帖』）

彼は自分が入手した江東本『淳化閣帖』について、まず数条の墨色があること、次に「巻数と板数」の記載が連なっていること、更に他本と比べて行数の字が大きく濃いこと、つなぎ合わせたところがないという紙の材質、毎板の行数が不揃いなことなど、あらゆる角度から検討してるのがわかる。その結果、彼は江東本『淳化閣帖』を真蹟と確認したのであり、まさにここは真蹟と鑑定した理由を列挙した箇所である。こうした多角的視点からの分析を見ると、劉克荘の鑑定の知識が相当豊富であったことが窺える。この記述の後に、郷里の鄭氏、方氏が所持している『淳化閣帖』について、劉克荘は次のように述べている。

吾が郷の前の一輩は好古博雅にして、肯亭の鄭氏、雲荘の方氏の如きは、収むる所は皆贋本なり、而れども相ひ誇りて曰く、惟だ我と爾とのみ是れ有るかと。（「閣帖」）

故郷の鄭氏、方氏が誇らしげに自慢している『淳化閣帖』は、全て「贋本」であるとしてばっさりと切り捨てる。豊富な知識を持つ劉克荘だからこそ、かくも鋭く断言できるのであろう。鑑定の番組に自信満々で出てきた素人を、ばっさりと切り捨てる現在の鑑定士の姿を彷彿とさせる。偽物を本物と思い込み、自慢する人々は、いつの世にも存在していたわけである。

二、鑑定

劉克荘の鑑定について、もう少し確認しておきたい。北宋の書家で、蘇軾・黄庭堅・米芾とともに宋の四大家の一人に数えられる蔡襄（一〇一二〜一〇六七）が、唐人の詩を書き付けた詩帖について、劉克荘は次のように記述する。

右蔡公の唐人四絶句を書す、劉禹錫一、李白二、杜牧一、……劉詩二十八字は、濃墨淋漓にして、固より大字の常法を作す。李詩に及べば、則ち筆は漸に痩せ、墨は漸に淡なり、杜詩に至り、愈々痩せ愈々淡なり。然れども間架位置は端勁秀麗にして、濃淋漓なる者と少異あらず。書家に在りては、惟だ公のみ之れを能くす。

（「蔡端明書唐人詩帖」）

劉禹錫、李白、杜牧の詩を書写した蔡襄の詩帖について、劉克荘はそれぞれの書における筆墨の濃淡、字の配置に着目し、劉禹錫詩の書写は濃い墨が滴り、一定の法則に則っていると指摘する。一方、李白詩の書写については、その筆は痩せて墨は薄くなり、杜甫詩の書写に至っては、ますます痩せて薄くなっている。しかし、この詩帖の構成と配置は整い強く美しく、濃い墨が滴っているものと変わらないようであり、これこそが蔡襄独自の特色として高く評価しているのがわかる。筆の動き、墨の濃淡、全体の構成など、細部を詳細に検討した結果、彼はこの詩帖は蔡襄しか書けないという結論を出している。

同じく北宋の書家で、四大家の一人である米芾（一〇五一〜一一〇七）の「焦山銘」を見た劉克荘は、豊穣なイメージ力を発揮して分析する。

米老の此の銘は、獨に筆法超詣するのみならず、文も亦た清跋にして、揮毫する時の神遊八極、眼空四海を想見す。

（「米元章焦山銘」）

米芾の筆の勢い、書写された文章の清らかさを絶賛するのみならず、揮毫の際の有り様を眼前に思い浮かべている。目の前の「焦山銘」から、米芾の創作時の状況までに思いを馳せ広げて、その作を評価していたことになる。

また、北宋の章子厚（一〇三五～一一〇五）の書帖を見て、劉克荘は次のように鑑定する。

程沙隨は、章子厚の書を評して本朝の冠と為し、又た曰く後五百年議論乃ち定れりと。果して程氏の云ふ所の如ければ、則ち此の帖は真蹟に非ざるに似たり、末の一幅恐らくは李資深に非ず、字名偶々同じのみ。

（「丁晋公諸帖」）

劉克荘は、この書帖の真贋を鑑定した結果、真蹟ではないと言う。たまたま名前が同じだけで、別人であるという結論であった。

もちろん、このように歯切れ良く鑑定の結果を打ち出せるものばかりではない。いわば鑑定士泣かせの作に出会うこともあったようで、劉克荘は蕭棟の所蔵している画巻を鑑定した際に次のように記述している。

洛神賦を畫くは、余數本を見るも、皆龍眠の臨する所と曰ふ。使《も》し善く鑑定する者と雖も、其の真贋を辨ずること能ふ莫し。廬陵の蕭君の此の本は、末に澗泉の跋語有り、必ずしも伯時の真蹟ならずも、自から重んずべし。

（「蕭棟所蔵畫巻」）

「洛神賦」の絵画は鑑定する人もその真贋を見分けることが難しいと述べており、蕭棟の所蔵するものも非常に判断に迷う作品だったようである。そこで、劉克荘の出した結論は、必ずしも李伯時の真蹟ではないが、しかし重視すべきというものである。絵画に書き付けられた跋語に注目すると、価値がないとして切り捨てることができなかった。鑑定士は様々な要素を勘案した上で結論を出す必要があるので、白黒つけにくい場合があるのは仕方がない。むしろ「鑑定」という語句を用いた、このような劉克荘の記述が残っていることこそ、彼が鑑定という行為を意識して行っていたことを如実に物語っているのである。

三、コレクター

こうした劉克荘の鑑定の技量は、世間でも評判になっていたようで、「総跋」の中では次のように述べる。

伯昌と真公の子仁夫は各々篋中の書畫を出し、余をして鑑定せしむ。

鄭伯昌と真公（真徳秀）の子である仁夫が、箱の中より書画を取り出して、余（劉克荘）に「鑑定」させたと記述している。この頃、古代の金属器や石刻の銘文、先人の法帖等を収集することが流行していた。こうした収集の嚆矢は、北宋の歐陽脩（一〇〇七〜一〇七二）だと言われる。歐陽脩は、古代の金石、石刻の拓本を蒐集するなどして『集古録』を編集し、更に収集した資料に考察を書き付けた『集古録跋尾』十巻を作成した。現在、『集古録』自体は散佚して伝わらないが、『集古録跋尾』十巻を見ると、歐陽脩が集めた豊富なコレクションを窺い知ることができる。こうした学問は後に金石学と称されるようになる。劉敞（一〇一九〜一〇六八）は古代の青銅器を集めて『先秦古器記』としてまとめ、徽宗皇帝（在位一一〇〇〜一一二五）も青銅器をはじめとした古器物を収集して大観年間（一一〇七〜一一一〇）に『宣和博古図』を編纂させ、北宋末から南宋にかけての趙明誠（一〇八一〜一一二九）は古器の銘文や石刻等を収集して『金石録』三十巻を編纂した。彼らはいわば先人の作品のコレクターと言うことができるであろう。

劉克荘の知人にも先人の作を収集するコレクターがいた。そのことについて劉克荘は「好一集録」の中で次のように記述している。

歐陽公は金石録千巻、趙徳甫は續録二千巻を集む。……南渡の後、北碑は寖に致し難し。方君敬則は妙年にして儒雅を被服し、凡そ世間の貴介公子の裘馬、劍射、槊棋、聲色の事は、率ね皆好まず。惟だ酷だ古文奇字を嗜む。間《ま》一善碑、一真蹟有らば、必ず高價にて訪ね求め、得ざれば止まず。………他日、君、年は益々壯、仕は益々顯にして、網羅収拾すること益々廣ければ、則ち其の数は必ず歐趙二家に侔し。余は老ゆると雖も、之れを見んことを庶幾ふ。

宋代に金石学を創始したと言われる歐陽脩、その後に続いた趙明誠のことから書き始め、南宋になってからは北方の碑文が入手しづらくなったと言う。もちろん、女真族の金に北方の領土を奪われてしまったためだが、そういう情勢の中、方敬則は世間の貴公子が嗜む行いなどに目もくれずに善い碑文や真蹟があれば、高値でもひたすら求めようとしたことを述べる。更に、収集を続ければ歐陽脩や趙明誠に匹敵すると言い、最後にそのコレクションを見たい旨を劉克荘は綴っている。このように、劉克荘がコレクターである知人について具体的に言及し、そのコレクションを見たいと書き記して文章を締めくくっていることからも、彼自身が先人の作品収集やコレクションに十分に関心があったことを端的に見てとることができる。事実、劉克荘自身も先人の多くの作を収集していたコレクターなのであった。彼の全集に収録されている題跋から、そのことが窺える記述を幾つかあげると、次のようになる。

此の帖は余の家に蔵する所の斷石本と點畫は毫髪も異なる無し。（「跋林竹溪禊帖・斷石本」）

此の序は余の蔵する所の三略字體と毫髪も異なる無し。（「蔡公書朝賢送行詩序」）

此の五字は缺本ならず、余の舊蔵の者を校するに一點一畫も同じからざる無し。（「跋鄭子善通守諸帖・禊帖」）

余の家の舊本を以て参校するに、余の本に中裂一痕あり、而れども首尾は全し。（「跋鄭子善通守諸帖・率更千字文」）

通守鄭君子善は余に此の帖を示す、前後各々五巻なり。余の蔵する所の古絳を以て参校するに、一點一畫互に異なる無し。（「鄭子善絳帖」）

此の梅花蘭亭三段石本は、余の家に蔵する所の本と小異無し。（「右軍禊帖」）

此の本は余の家に蔵する所の薛本と、毫髪も異なる無し。（「虚齋書畫・禊三帖」）

これらの題跋に見られる「余家所蔵」、「余所蔵」、「余舊蔵者」、「余家舊本」等の記述から、劉克荘は先人の多くの書や法帖等を収集・所蔵していたことが如実に窺える。現在でも鑑定士自身がその道のコレクターであることは多い。むしろ、多くの作をコレクションする過程で、鑑定眼を養ったと言うべきであろうか。

四、蘇東坡の書の鑑定

劉克荘は自ら収集した作と比較する方法で、しばしば鑑定を行っていた。たとえば、蘇東坡（一〇三七～一一〇一）の書について次の如く記述する。

巻首に畫く所の背面美人は、余の家の舊蔵本と毫髪も異なる無し。此の巻後の坡詩は、墨濃筆縦にして、暮年の書なり。（「坡公題背面美人行」）

ここでは、自分の所蔵本との比較をした上で、墨の濃淡や筆使いからこの作の書かれた時期を蘇東坡の晩年の頃だと推定している。自らのコレクションに基づいて、鑑定を行った実例である。特に蘇東坡の書については、鑑定を得意として

いたようで、劉克荘は「坡公石鍾山記」において、

余は平生、坡字を閲すること多し、此の巻は當に楷書第一と為すべし。

と記述し、これまで彼が蘇東坡の多くの書を見てきたことに裏打ちされた意見を提出する。この作が「楷書第一」と断言する劉克荘の口吻から、蘇東坡の書については自分こそが一番詳しいという自負が窺える。また、蘇東坡の「東坡玉堂詞草」について、

或ひと此の巻は塗抹多くして點畫拙く、公の書に非ざるに似たりと疑ふ。………則ち此の巻は乃ち真蹟にして疑ふべき無し。

と記述して、これまで多くの疑義が出ていたが、彼が見た「東坡玉堂詞草」は蘇東坡の書に間違いないと鑑定する。特に、文末が「則此巻乃真蹟無可疑矣」と記述されていること、すなわち最後に断定の虚詞「矣」を用いていることからも、劉克荘がその鑑定に自信を持って「真蹟」と断言していたことが如実に窺えるのであった。

そもそも鑑定の技量は、一朝一夕に獲得できるわけもなく、多くの経験に基づいた上で、やっと身につくものであり、前述した『淳化閣帖』の墨色や版式、字の大きさや濃さ、紙の材質等に注目して出した劉克荘のあの鑑定の文章中には、「予、偶たま故家に於いて、第五巻一軸を得、………其の秋召されて少蓬と為る」という記述がある。劉克荘が少蓬、すなわち秘書少監になった頃に『淳化閣帖』を入手していたことがわかり、それは淳祐六年（一二四六）、六十歳の時である。従って、前述した『淳化閣帖』の鑑定の記述も、それを入手した六十歳以降に作成されていたことになり、なるほど鑑定の知識は、様々な経験に基づくもので、こうした詳細な鑑定の記述が彼の晩年の作であるのは首肯できるであろう。そして、このような劉克荘の鑑定は、世間でも評判となり、多くの人が彼に鑑定してもらおうとしたようで、前掲した劉克荘に鑑定品を持ち込んだ鄭伯昌と真仁夫もそういう依頼人だったのであろう。

ところで、こうした劉克荘の鑑定技量に対して、当然ながらその秘訣を教えてもらいたいという輩が出てきた。自己の鑑定の秘訣を教えないことを咎めた人について、劉克荘は次のように記述している。

或ひと余の當に其の訣を以て人に授くべからずを咎む。余曰く、贋帖は人を惑はすこと多し。余の説傳はり、贋帖息みて真帖出づは、亦た書畫家の一快ならずや。（「閣帖」）

鑑定は、豊富な経験に基づくことが必要で、その秘訣な

ど、教えようとしても簡単に教えることができる代物ではないのは自明の理である。そこで、劉克荘は鑑定の秘訣ではなく、自ら出した鑑定の結果により、世の中より贋作がなくなり、真帖が出てくることになればそれが喜びであると答えたのである。かくの如く、真贋鑑定の喜びや世の中への貢献をはっきりと意識していることこそ、劉克荘は現在で言うところの鑑定士、更に一歩進めて腕利きの鑑定士であったことを物語っているだろう。

五、力量と気魄

劉克荘は妙善の法帖を鑑定した際に、次のように述べている。

> 此の老、翰墨に工みなるを求めず、而して英傑の氣の自ら掩ふを容れざるは此の如し。其の逢掖を衣し、章甫を冠せしめ、力量氣魄は、朱晦庵、陸象山の輩の人なり。
> （「妙善帖」）

妙善の法帖を鑑定した劉克荘は、それが老年の作であり、無理に工みを求めていないが、そこには英傑の風格があり、朱熹や陸九淵のようだとして大いに評価している。劉克荘が鑑定の際に特に重視していたのは、「力量」、「気魄」なのであった。作品に見られる勢いや力を感じ取っていたのである。

ところで、信庵の詩稿と書簡を受け取った劉克荘は、信庵に宛てた返書（「回信庵書」）の中で次のように述べる。

> 某、伏して鈞慈を蒙り賜はるに信庵詩稿一帙を以てし、且つ鈞翰を辱けなくし、……工みを求めて工みなる能はざる者は、滔滔として皆な是れなり、工みを求めずして自ら工みなる者は、大気魄、大力量有るに非ざれば能はざるなり。

信庵の詩稿を見た劉克荘は、詩の創作に当たり工みを求めずに工みになるためには「大気魄」、「大力量」がなければならないと主張する。「大気魄」、「大力量」は、前述した「妙善帖」を鑑定した際に用いた「気魄」、「力量」に「大」字を加えて強調したもので、ここに詩の創作と鑑定における重要点が共通しているのが窺える。

また、文章の作成に当たっては、「陳秘書集句詩」において次のように記述する。

> 昔の文章家は、未だ諸を人に取り以て善と為さざる有らず。然るに衆作を融液して一家の言を成すは、必ず大気魄有り、萬象を陵暴して一物として吾が用と為さざる無きは、必ず大力量有り。

ここでは、昔の文章家は文章を作成するに当たって、「大気魄」、「大力量」を持っていたと指摘する。このように、彼は文章を創作するに当たっても「大気魄」、「大力量」を重視しており、これは前述した詩の創作において重視していた「大気魄」、「大力量」と同一である。しかも、詩や文章創作において重視した「大気魄」、「大力量」という観点は、いずれも鑑定の際に重視していた「気魄」、「力量」と繋がっているのは間違いない。

六、詩文創作観

また、劉克荘には『後村詩話』があり、その中で陸游について次のように記述する。

惟だ放翁のみ記問以て貫通するに足り、力量以て駆使するに足り、才思以て發越するに足り、気魄以て陵暴するに足り、南渡して後、故に一大宗と為る。

ここでは陸游の詩を評価するが、その際に「力量」と「気魄」という語句が使用されていることは注目されよう。「力量」が駆使され、「気魄」が溢れているという陸游の詩への評価は、前述したように劉克荘が作品を鑑定する際に重視した視点と同一だからである。このように、詩を評価する際においても彼の鑑定眼との密接な繋がりが明らかになる。

一方、劉克荘は絵画を鑑定して、詩文創作との繋がりについて「楊補之詞畫」の中で、

藝の至る者は両つながら能はず、畫を善くする者は必ずしも詞翰に妙ならず、詞翰有る者は畫に工みならざるに類す。

と記述するように、鑑定の経験から絵画と詩文のどちらもに優れている人はいないという結論を導き出している。更に「花光補之梅」において次のように述べる。

畫の至る者は両つながら能はず、花光補の専ら梅花の真を写すを為すは、天下に妙たる所以なり。文湖州の竹に於ける、李伯時の馬に於けるは皆然り。今畫く者は畫かざる所無ければ、既に皆工みなる能はずして、皆拙に帰すのみ、詩と文も亦た然り。

絵画の鑑定から、絵を描くにあたり、花光補が梅花、文湖州が竹、李伯時が馬というように、一つのテーマに専心する必要があると指摘する。しかも、詩文創作においてもそうであるとして「詩與文亦然」と言うのは注目される。なぜなら、これは絵画の鑑定における見解が詩文創作に関連することを明確に述べたものだからである。事実、劉克荘は方信孺の著作『詩境集』に関する記述の中で次のように記述する。

藝の至る者は両つながら能はず、涑水は四六に工ならず、南豊は詩に能はず、公は何を以て能く衆長を集めて、一家を擅すや。

（「詩境集」）

前述した「楊補之詞畫」における絵画の鑑定の際と同じく「藝之至者不両能」と記述して一つに専心すべきことを主張する。一つに専心できていない例として、司馬光（涑水）、曾鞏（南豊）を持ち出し、司馬光は四六文が巧みではなく、曾鞏は詩が巧みではないと指摘する。多くの絵画の鑑定経験から導き出した見解を司馬光や曾鞏の詩文創作にも当てはめていることがわかる。まさに鑑定と詩文創作観が密接に繋がっていることを端的に物語っている。

以上から明らかなように、鑑定において重視した観点は、詩文創作においても要石となる視点なのであった。劉克荘の詩文創作観を考察するに当たり、彼が〝鑑定士〟であったこと、これは決して無視できないのである。

劉克荘と故郷＝田園

浅見洋二

あさみ・ようじ——一九六〇年埼玉県生まれ。大阪大学大学院文学研究科教授。専門は唐宋詩学。主な著書・論文に『中国の詩学認識』（創文社、二〇〇八年）、「眼中に歴歴として豳風を見る——陸游の詩にうたわれた楽土としての農村」（『懐徳』第八二号、二〇一四年）などがある。

劉克荘は、生涯の多くを故郷の田園で過ごし、そこでの日常を詩にうたった。陶淵明が切り開き、陸游・楊万里を経て受け継がれた故郷＝田園のテーマは、劉克荘によってどのように表現されたのか。また、それは江湖派の時代の文学的営みにあってどのような意味をもつのか。晩年の詩を中心に考察する。

劉克荘（一一八七～一二六九、字潜夫、号後村、莆田《ほでん》（福建省莆田）人）はいわゆる江湖派を代表する文人とされるが、派内にあってやや例外的な存在でもある。江湖派と言うときの「江湖」とは在野・民間を意味し、「魏闕」すなわち仕官の場としての朝廷と対立する概念である。その名があらわす通り、江湖派文人の多くは野にあって無位無冠の生涯を送った。なかには官となった者も少なくないが、その地位はきわめて低かった。ところが、劉克荘の場合は官僚として相当の地位にまで達しており、まずはこの点で他と異なっている。

だが、江湖派における劉克荘の特異さは、これだけにはとどまらない。劉克荘は、八十三年の生涯のうち、合わせて五十年近くに及ぶ長い期間を故郷の田園、地域社会（郷村社会）のなかにあって過ごした。単に過ごしただけでなく、そこでの日常生活を数多くの詩にうたっていった。私見では、こうした点にこそ他の江湖派文人と異なる劉克荘の独自性が存する。(1) 以下、この問題をめぐって、陸游と楊万里あるいは戴復古などとの比較も交えながら考えてみたい。

一、劉克荘と陸游・楊万里
――故郷＝田園の系譜

南宋期を代表する文人として、陸游（一一二五～一二〇九、字務観、号放翁、山陰〔浙江省紹興〕人）と楊万里（一一二七～一二〇六、字廷秀、号誠斎、吉州吉水〔江西省吉水県〕人）をあげることに異論はないだろう。では、この二人のほかに誰があげられるか。范成大（一一二六～九三）をあげる向きも多いかもしれないが、元の陸文圭は劉克荘をあげ、陸・楊・劉を南宋の「三大家」と称する（「跋苔石翁詩巻」）。「三大家」のひとりとする評価が妥当であるかについては措くとして、劉克荘が南宋後期にあって陸游と楊万里の後を継ぐ重要な位置を占める文人であることは間違いない。

劉克荘にとって、二世代ほど年長にあたる陸游・楊万里は文人として尊崇の対象であった。「初め余《われ》は放翁由《よ》り入り、後に誠斎を喜び、又た兼《あまね》く東都（北宋）、南渡（南宋）の江西の諸老を取り、上は唐人の大小家数に及ぶ」（「刻楮集」）と述べているように、自らの創作活動が二人の影響下にあったことを認めてもいる。実際、劉克荘の詩を読んでいると、陸游・楊万里と共通する点が少なくないと感じられる。その全体に渉る詳細な検討は後日に期するとして、ここでは三家に共通する特徴として次の一点に注目したい。すなわち、ともに人生のなかで故郷に暮らした期間が長く、田園・農村の日常生活をうたった作品が多いという点に。

まずは三家の故郷との関わりについて確認しておこう。陸游は出仕の後、引退するまでに合わせて六度故郷に帰っている。在郷の期間は長短さまざま。うち三度は弾劾されての帰郷である。南宋期の中国は「半壁の天下」と呼ばれるように淮河以北の地を異民族に支配されていた。陸游はかかる状況を憂え、北方領土奪還を強硬に主張するなどしたため、穏健な和平路線をとる朝廷の主流派との間に軋轢が絶えなかったようだ。六十五歳のときに弾劾されて帰郷した後は、一時的に出仕することはあったものの、八十五歳で没するまでの約二十年間を故郷の農村で過ごした。

楊万里は、陸游よりも頻繁に故郷に帰っている。進士及第後、引退までに九度の帰郷を数える。理由は、父母の喪に服するためであったり、転勤に伴う一時的な立ち寄りであったりとさまざまである。陸游と同じく、楊万里もまた引退後の長い晩年を故郷で過ごした。その期間は、六十六歳から八十歳で没するまでの約十四年に及ぶ。

では、劉克荘の場合はどうか。門蔭により官となり、二十四歳で下級地方官の職に就いてから七十六歳で引退するまでの間、合わせて十一度帰郷している。在郷期間は数ヶ月から八年あまりに至るまでとさまざま。特に注目されるのは、弾劾されての帰郷が七度の多きに及ぶ点である。劉克荘は筆禍事案（「江湖詩案」）に巻きこまれるなど、官界での政治的地位は不安定であったが、それが度重なる帰郷につながったようだ。引退後は、八十三歳で没するまで六年あまりを故郷で過ごした。

このように出仕の期間中、頻繁に帰郷するだけでなく、官を退いた後に晩年の一定期間を故郷で過ごすという経歴のあり方は、きちんと調べたわけではないが南宋に至って広く見られるようになった現象ではないだろうか。(2) 南宋期のエリート＝士大夫層について、米国の宋代史研究の分野では「地方化localization」ということが説かれてきた。(3) 言い換えるならば、地域社会の成熟とそれに伴う「郷紳」＝ローカル・エリート層の成立ということになるだろうか。これについては少なからず反論も提出されているが、陸游・楊万里や劉克荘など主要な文人の例について見るならば、ある程度の妥当性をうかがわせる説と言えよう（本稿には取りあげないが、同様のことは范成大にも当てはまる）。

陸・楊・劉三家のような故郷密着型の生涯を送った文人の最も早い先例としてあげるべきは、東晋の陶淵明（三四五〜四二七）である。彼もまた出仕と帰郷を繰り返し、四十一歳で官を辞して以降は、六十三歳で没するまでの二十年あまりを故郷で過ごした。その間、田園での隠逸生活をテーマとする数多くの詩を作る。陶淵明によって、はじめて「故郷としての田園・農村」が詩的テーマとして開拓されたのである。陸游・楊万里や劉克荘の詩的営みもまた、陶淵明の系譜のもとにあって繰り広げられたものであることは間違いない。

次にあげる劉克荘「田舎」にも、そのことは見て取れよう。父の喪に服するため帰郷していた二十八歳頃の作か。本来ならば服喪中の作詩は慎むべきであるが、必ずしも厳格には守られなかったようだ。

稚子呼牛女拾薪、萊妻自鱠小溪鱗。安知曝背庭中老、不是淵明輩行人。

（息子は牛を追い娘は薪を拾い、妻（老萊子の妻）は手ずから川魚を調理する。庭でひなたぼっこする老いぼれは、まるでかの陶淵明の同類ではあるまいか。）

自らを陶淵明になぞらえたものだろう。村里で見かけた他人の姿をうたったとも解せるが、やはり自分自身の姿をうたったものと解したい。

陶淵明から南宋文人に至るまでは七〇〇年あまりの時が経過している。その間の状況についてはどのようなことが言えるだろうか。六朝期の段階にあって陶淵明の後継者はあらわれていない。貴族制のもと宮廷文学が主流であった時代には、故郷＝田園のテーマが顧みられる可能性はほとんどなかったということだろう。陶淵明に対する認識が大きく転換するのは、唐代半ば以降、杜甫や白居易の生きた時代であろうが、しかしこの段階にあってなお故郷＝田園は本格的な詩的テーマとして浮上するには至っていないと考えられる。そもそも杜甫にしても白居易にしても、故郷密着型の生涯を送ったわけではなかった。つづく宋代になっても、北宋の段階では事情はさほど大きくは変わらないのではないか。やや極端な例かもしれないが、蘇軾の場合、出仕した後に故郷に帰ったのは父と母の喪に服するための二度。晩年も故郷には帰れず、ついには旅の途中に没している。黄庭堅の場合も、帰郷したのは三度、しかもそのうちの二度はごく短期間、ついでに立ち寄ったようなものである。晩年は流罪となり、やはり故郷に帰ることなく没した。

このように見てくるとき、陸游・楊万里や劉克荘ら南宋文人の持つ文学史的意義はきわめて大きい。彼らの詩に陶淵明が切り開いた故郷＝田園のテーマはどのように継承されたのか、南宋文学の特質について考えるうえで重要な問題と言えよう。

二、劉克荘の晩年の詩における故郷＝田園

劉克荘は、淳祐十二年（一二五二）、六十六歳のときに弾劾されて帰郷する。八年あまりを故郷で過ごした後、景定元年（一二六〇）に都に召還されるが、同三年に引退し、咸淳五年（一二六九）、八十三歳で没するまでの六年あまりを郷里で過ごす。範囲を広く取るならば、淳祐十二年以降の十四年あまりを晩年の郷居期間として位置づけることも許されよう。その時期に書かれた作として、まずは次にあげる「小園即事五首」其一を読んでみたい。宝祐二年（一二五四）の作。

投老誅茆水竹村、未論避謗且逃喧。屋低穏似于誰屋、園小賢於楽彼園。待小車来時上閣、有高軒過勿開門。蝸牛不暁虫魚法、作意麻搽篆粉垣。

（年老いたわたしは竹の生ずる水辺の村に茅を払って庭をひらいた。他人の譏りを避けるためか、はたまた世間の喧しさから逃れるためか。住まいはみすぼらしいが誰の家よりも安らか、庭は小さいがよその立派な庭よりも好ましい。質素な車で訪ねてくる人を待って時に楼上に立ち、華美な車に乗った人が来ても門を開けはしない。蝸牛《かたつむり》は篆書法など知りはしないだろうに、ことさら白壁にぼんやりと筆の跡をのこしてゆく。）

第二句の「避謗」は、弾劾を受けたことを意識しての言葉であろう。そのような世俗のしがらみを逃れた閑居の私的空間が確保されたことへのささやかな満足が述べられる。頷聯の「于誰」「楽彼」はそれぞれ『詩経』小雅・正月、同・鶴鳴の語を用いたもの。

「小園」とは、故郷の田園に設けられた隠逸・閑適の暮らしを保証してくれる場所、小さいながらも自足した空間を意味する語と言える。「小園」の語は、陸游の詩にはきわめて数多く用いられる。楊万里の場合、この語の使用例はあまり多くないが、晩年の隠居所として整備した「東園」なる庭園はまさしくこの「小園」に相当する場と言っていい。楊万里は、その庭について「三三径」と題する詩にうたっている。詩の序文には、東園に三掛ける三、合わせて九本の小径を開き、それぞれに異なる種類の花木を植えたことが述べられる。詩には

三径初開自蒋卿、再開三径是淵明。誠斎奄有三三径、一径花開一径行。

（「三径」〔松竹菊の小径〕を初めて開いたのは漢の蒋詡《しょうく》、ふたたび開いたのは晋の陶淵明。そして、わたくし誠斎はここに「三三径」を開き、ひとつの花が咲くごとにその道を歩く。）

とあって、やはり陶淵明の系譜を受け継ぐ隠逸空間がうたわれる。劉克荘の右の詩が提示するのも、これと同様の空間と言っていい。なお、劉克荘の詩の尾聯には蝸牛がうたわれているが、ここには小動物を好んだ楊万里の詩に通じるものを見て取れよう。

陶淵明が詩に表現した隠逸空間としての故郷＝田園は、高踏的な文人趣味をかなえるための場である以上に、農民たちとともに暮らす生活の場、労働の場であった。そのなかにあって彼は自らを農夫として位置づけ、晴耕雨読の暮らしを営む農夫＝文人としての自画像を詩にうたっていった。かかる農夫＝文人像が陸游の詩にも継承されていること、すでによく知られていよう。一方、楊万里には自ら農作業に勤しむことをうたった作はほとんど見られないが、農民との親しい交わりをうたった作は少なくなく、故郷の地域社会の一員として自らを位置づけていたことが見て取れる。

劉克荘もまた、自らをかかる農夫＝文人の系譜に位置づけ、その自画像を繰り返し詩にうたった。例えば「病起窺園十絶」其一、宝祐二年の作。

夜起飯牛薄暮舂、古人既老始明農。残年尚欲勤東作、未肯将身旁痩筇。

（夜も明けぬうちに起きて牛に餌をやり日暮れには臼を搗《つ》く。

古人も年老いてから百姓仕事に励んだものだ。残りの人生、百姓仕事に精出すつもり、杖ついて歩くのはご免被りたい。）

「田舎即事十首」其一、宝祐五年（一二五七）の作。

閩士資生少、農家作苦多。尚能蓋牛屋、未肯入鶏窠。社裏戴花舞、原頭拾穂歌。設令生漢代、堪冠力田科。

（閩《びん》（福建）の土地は痩せ、農家の苦労は多い。それでも牛小屋ほどの家は建てられたし、鶏の巣に住むようなことは免れている。村の社《やしろ》では花を頭に載せて舞い、田畑では落ち穂を拾いながら歌をうたう。漢の世に生まれたならば、「力田科」の試験にも首席となれよう。）

同じく「田舎即事十首」の其二。

場圃先修築、困倉次補完。坐居鄰叟下、身雑役夫間。荷篠侵星出、肩禾束蘊還。小窓残巻在、未敢便偸閑。

（まずは田畑を整え、次いで米蔵を建てなおす。寄り合いでは隣家の老人の下座にすわり、みずから小作人に立ち混じって働く。籠を背負いまだ星があるうちに出かけ、稲を担ぎ麻束に種火《たねび》をもらい受けて家に帰る。窓辺には読みさしの本、怠りなく読書にも励む。）

こうした作品からは、農民のなかに立ち混じって暮らす劉克荘の姿が浮かびあがってくる。その姿は、ある種の幸福感に包まれていると言ってもいい。

ところで、故郷＝田園とは、どのような住人によって構成される世界なのだろうか。農民たちを除けば、老人と子供の住む世界であると言っていいのではないか。青年は仕官のため故郷を去って都へと向い、壮年は官界にあって転勤のため各地を旅する。故郷の農村にのこされるのは、家を守る女たちのほかには出仕する年齢に達していない子供とすでに出仕を辞めて退いた老人。実際、文学や絵画にあっては、古くから老人と子供は農村＝田園に不可欠の構成要素として表象されてきた。例えば西晋の張協「七命」（『文選』巻三五）には、晋の治世を称えるなか「玄髫《げんちょう》は巷歌し、黄髪は撃壌す（黒髪の子供は街角で歌をうたい、黄ばんだ髪の老人は地面を叩いて喜ぶ）」と、また陶淵明「桃花源記」にも「黄髪と垂髫《すいちょう》（前髪を垂らした子供）と、並びに怡然《いぜん》として自ら楽しむ」とあって、老人と子供がともに歓び暮らす豊かな村里の情景が描かれている。

陸游・楊万里の詩には、子供に寄り添い、子供と戯れる年老いた詩人自身の姿をうたった作が多く見られるが、劉克荘にも同様の作は数多い。例えば「雑詠七言十首」其九、咸淳二年（一二六八）の作。

老憐幾箇小孫児、不減添丁与阿宜。漸有墨鴉掃窓興、絶勝竹馬走廊嬉。

(老いてからというもの、幼い孫たちをかわいがる。唐の盧《ろ》仝《どう》や杜牧が愛した添丁《てんてい》や阿宜《あぎ》にも劣らぬほど。孫たちは窓に墨を塗りたくって喜ぶようになったが、回廊を竹馬で駆けまわって騒ぐよりはずっとましだ。)

また、年老いた自分を子供と同類の存在と見なしてうたう作も少なくない。例えば「乙丑元日口号十首」其三、咸淳元年（一二六五）の作。

癡獃已肖木鶏状、行走不減竹馬時。太平期恰当今日、嬉戯翁渾如小児。

(愚かなることまるで木彫りの鶏だが、動きまわるのは竹馬にまたがっていた頃にも劣らない。いまはまさに太平の世、遊び暮らすこの老いぼれはまるで子供そのもの。)

「立春七首」其六、咸淳二年の作。

八十公公三歳児、一孩一耄総憨癡。向来略識童蒙訓、老去惟吟豁達詩。

(八十の爺さんと三つの子供、一方は幼く一方は老いぼれだが、どちらも愚かなのは一緒。昔は「子供のための教え」もだいたいは憶えていたのに、年老いてからはただ自由気ままな詩を吟ずるばかり。)

いずれの詩にも、自嘲的・自虐的なユーモアを伴って、穏やかな老後の日々を送る詩人の自画像が提示されている。

ユーモアを伴った自嘲・自虐、これも劉克荘の晩年の詩に見られる特質のひとつと言える。例えば、右にその一首をあげた連作「乙丑元日口号十首」の其四。

方坐皐比開講肆、忽看傀儡至優場。此翁奇奇又怪怪、若非偽学即陽狂。

(虎の皮の敷物に坐って講義をしたかと思えば、芝居小屋に出かけて傀儡《くぐつ》の演《だ》しものを観る。この老いぼれの奇妙奇天烈《きてれつ》なこと、インチキ学者でなければニセ気狂いか。)

これらに表現された自嘲・自虐は、劉克荘の余裕のあらわれであって、陰惨さや悲痛さとは無縁のものである。平穏な故郷＝田園の暮らしが髣髴としてくるのではないだろうか。

以上、故郷＝田園の暮らしをうたった劉克荘の晩年の詩を見てきた。それらを通じて表現されているのは「楽土」とも言うべき農村の世界である。陸游・楊万里の詩にも同様の世界が表現されている。陸游の場合は、それを『詩経』豳《ひん》風の世界に重ねてうたった。豳風は周王朝創業期の歌。特に冒頭に収める「七月」は、周の祖先が豳（陝西省西北部）の地で農事に勤しんだ頃の暮らし、いわば民族の始原の記憶をうたう。歴代の詩人のなかにあって、陸游は例外的と言ってもいいほどに数多く『詩経』豳風に言及している。豳風の精神を継承し、豳風の世界をこの地上に実現すること、それが故郷

＝田園に身を置く陸游の目指すところであった。例えば「邠（豳）風」、七十七歳のときの作。

少学詩三百、邠風最力行。春前耕犢健、節近祭猪鳴。簷日桑楡暖、園蔬風露清。金丹不須問、持此畢吾生。

（子供のころに学んだ詩三百篇、最も力を込めて実践するのは豳風の教え。春を迎えて牛は健やかで力強く、祭が近く屠られる豚の鳴き声が聞こえる。軒に射し入る陽差しは桑や楡を暖かく照らし、畑の菜は風に吹かれ清らかな露を結ぶ。不老長寿の術など要らぬ、このまま我が人生を完うするがいい。）

劉克荘にもまた豳風に言及する作品がある。「秋旱継以大風即事十首」其十、宝祐五年（一二五七）の作。

少耽章句老明農、無意為文忽自工。戯作小詩説場圃、細看似可続豳風。

（若かりしときは学問に勤しんだが、老いては農業に精を出す。文章に工夫を凝らそうという気が失せたら突然文章が上達した。試しに短い詩を作り畑仕事をうたってみた。よく見ると豳風の詩を継ぐにふさわしいものとなっているではないか。）

第一句の「明農」とは農作業に励むこと。『尚書』洛誥《らくこう》に出る語。劉克荘には多くの用例があり、先にあげた「病起窺園十絶」にも見える。本詩に読み取れるのもまた、陸游と同様の志向、すなわち豳風の精神の継承を目指そうとする思いであろう。彼らの文学的眼差しは、陶淵明を超えてさらに遠く『詩経』にまで及んでいたのである。

三、劉克荘と戴復古――魏闕・江湖・故郷

「魏闕」と「江湖」――中国の士大夫（知識人）にとって旧くからおなじみの二項対立の図式である。出仕の場としての朝廷を中心に置いて、それ以外の世界を江湖と呼んだものであるが、ひとくちに江湖と言ってもその指し示すところは多岐に渉る。ときには「隠逸」「閑居」の場であり、ときには「行謁」「漂泊」の場であるといった具合に。本稿でこれまで見てきた故郷＝田園は前者を、江湖派と言うときの江湖は主として後者を指していよう。通常、魏闕と江湖という二項対立図式のもとでは、故郷は江湖の一部としてあつかわれる。だが、そのとき故郷の持つ独自性は見過ごされてしまいかねない。特に劉克荘のような文人について考える場合、この図式は必ずしも有効ではない。「魏闕」「江湖」のほかに「故郷」という第三項を加えた三項鼎立の図式をこそ念頭に置くべきではないだろうか。

そのうえで、もうひとりのいわゆる江湖派を代表する文人

戴復古（一一六七～一二四六?、字式之、号石屏、台州黄岩〔浙江省温嶺〕人）の詩を読んでみよう。戴復古は、仕官することなく行謁の旅に明け暮れた、江湖派文人の典型とも言うべき存在である。次にあげるのは「出閩」、閩（福建省）の地を出て、さらに南へと向かう道中の作。

千山万山閩中路、六尺枯藤両芒屨。去歳梅花迎我来、今歳梅花送我去。梅花豈解管送迎、白髪胡為又南征。天荒地老終無情、帰去帰兮老石屏。

（千万の山々が連なる閩の旅路、六尺の藤の杖に二つの草鞋。去年の梅花はわたしを迎え入れ、今年の梅花はわたしを送り出す。実のところ梅花は送り迎えなどできはしないのに、どうしたことか白髪頭のわたしはさらに南へと旅ゆく。天地は尽き果てる時に至るまで無情のままか、ああ、故郷の石屏山に帰りゆき、老いの日々を過ごしたい。）

旅のさなか、故郷での「隠逸」生活へのあこがれがうたわれている。同様の思いは「寄梅屋趙季防県尉」、友人の趙季防（字梅屋）に送った作にも見て取れる。

疇昔交游密、暌違歳月多。石屏今老矣、梅屋病如何。世路生荊棘、家山足薜蘿。共尋深処隠、此計莫蹉跎。

（昔は君と深くつきあったものだが、離ればなれになって多くの歳月を経た。わたし石屏は今やすっかり年老いた。君梅屋の病はどんな様子だろう。世間の道はイバラだらけだが、故郷の山には隠者の衣の材料となる薜蘿《へいら》がたくさん生じている。お互い世間から遠く隠れようとしているが、この目論見こそは違えずに実現したいもの。）

この種の思いは、戴復古に限らず江湖派文人たちに広く共有されるものであったと考えていいだろう。

戴復古の経歴については不明な点が多いが、故郷を離れた後、絶えず旅にあったわけではない。数度、帰郷しているし、また晩年の十年あまりは故郷で過ごしたようだ。そうした時期に書かれた作も少なくない。例えば、次にあげる「小園」。おそらくは晩年の作。

小園春欲半、老子作児嬉。政喜花開蚤、還愁客到遅。詩当得意処、酒到半酣時。蜂蝶来無数、無知却有知。

（小さな庭に春も半ばを過ぎるなか、この老いぼれは子供のように嬉々として暮らす。花が早々と咲いたのを喜び、客がなかなか訪ねてくれぬのを悲しむ。詩の出来はすばらしく、酒の酔いは深く。蜂や蝶は数知れず飛び来るが、知恵無きものこそ人の思いをよく知るのだろうか。）

故郷の「小園」での満ち足りた閑適の暮らし。本稿で見てきたような故郷＝田園にも通ずる世界がうたわれている。だが、戴復古の詩集全体を見渡すとき、この種の詩はきわめて数少ないと言わねばならない。特に、劉克荘の詩に見られたような農夫＝文人としての自画像に至ってはほとんど示されることはない。「田園吟」に「狂夫本是農家子、拋却一犁游四方（狂人とも言うべきわたしはもとは百姓のせがれ、鍬《くわ》をなげうって四方を旅してきた）」とうたっているのだから、故郷に帰れば農作業に勤しみ、農民たちと交わってもよさそうなものなのに。それをもっと多くの詩にうたってもよさそうなものなのに。

文人としての戴復古の本領は、行謁の場である江湖にこそあったのであり、故郷＝田園にはなかったということだろう。戴復古こそは江湖派に名を列せられるにふさわしい文人であった。そして、この戴復古などと比較するとき、劉克荘の江湖派内における独自性はいっそう際立つように思われる。陶淵明に始まり、陸游・楊万里を経て受け継がれた故郷＝田園のテーマ、それを数多くの詩に表現しえた文人として。

注

（1）劉克荘の郷居期間の長さに着目した重要な研究成果として、侯体健『劉克荘的文学世界——晩宋文学生態的一種考察』（復旦大学出版社、二〇一三年）がある。

（2）南宋の官僚の帰郷頻度の高さについては「待闕」すなわちポストの空席待ちを考慮する必要があろう。南宋は「半壁の天下」なのだから官僚の数は少なくてすむはずであるが、実際はむしろ増加する傾向にあった。必然的に人員過剰となり、それを解消するために任期を終えた官僚が故郷に帰って次のポストを待つことが常態化する。一種のワークシェアリングでもあったと考えられる。

（3）Robert Hymes, *Statesmen and Gentlemen: The Elite of Fu-chou, Chiang-hsi, in Northern and Southern Sung*, Cambridge University Press, 1986 や Peter K. Bol, *This Cluture of Ours: Intellectual Transition in T'ang and SungChina*, Stanford University Press, 1992（『斯文：唐宋思想的転型』劉寧訳、江蘇人民出版社、二〇〇一年）などを参照。

陳起と書棚本

羅　鷺（翻訳：會谷佳光）

南宋の書商陳起（?～一二五五）とその子続芸は、首都臨安府（現在の浙江杭州）の棚北大街で書舗を開業し、百にものぼる唐人詩集や江湖小集を刊行し、俗に「書棚本」と呼ばれた。書棚本は古代中国の商業出版が文学運動と結びついた典型例であり、南宋の詩壇が晩唐体と江湖詩を広める上で重要な媒介ともなった。本稿では南宋の御街をめぐり、陳起と江湖詩人の足跡を訪ねる。

一、書商としての陳起

陳起は、字《あざな》を宗之《そうし》といい、芸居《うんきょ》と号した。銭塘《せんとう》（現在の浙江杭州）の人。若い時に学問に励み、科挙に合格して官僚たらんと志し、「陳解元」「陳秀才」と呼ばれた。官途を断念した後、家族を養うため繁華街に陳宅書籍鋪を開業した。陳起は老練な人物で（葉茵『順適堂吟稿』「陳芸居に贈る」詩「気貌老成にして聞見熟す」）、商才があり、書舗は大いに繁盛した。一書商として成功した秘訣は、主に次のいくつかの点にある。

まず書舗に選んだ場所が非常によかった。近くにあった宗学・太学・貢院・銭塘県学等の教育機関は書舗に固定客を供給し、店先は活気溢れる御街《ぎょがい》で、ふらりと立ち寄る客も多かった。南宋の首都臨安は、御街（現在の中山路）を中心に、両側に商店が密集して軒を連ねていた。御街の東にある「小河」（「市河」とも言い、故道は現在の光復路にある）の上には棚橋がかかり（現在の中山中路と平海路の交差点の東南側）、その名の由来は近くに棚心寺があったことによる。棚橋から北に

ら・ろ——一九八一年中国湖南省新化県生まれ。四川大学中国俗文化研究所専任講師。文学博士。専門は宋元文献学。主な著書に、『元詩選与元詩文献研究』（巴蜀書社、二〇一〇年）がある。傅璇琮編『宋才子伝箋証』四冊（遼海出版社、二〇一一年十二月）の「南宋後期巻」を分担し、陳起の伝を執筆した。
あいたに・よしみつ——一九七二年東京都生まれ。東洋文庫図書部、博士（文学）。専門は漢籍書誌学。主な著書に、『宋代書籍聚散考 新唐書芸文志釈氏類の研究』（汲古書院、二〇〇四年）がある。

図1　陳宅書籍鋪旧址の北にあった小巷「石貫子巷」（1970年代の写真）

向かい衆安橋（現在の中山中路と慶春路が交差する所）に至る区域は、俗に「棚北大街《ほうほくたいがい》」と呼ばれていた。衆安橋の南には臨安城最大の歓楽街「北瓦《ほくが》」（「下瓦子」とも言う）があり、北瓦の南は睦親坊《ぼくしんぼう》（大体現在の平海路と石貫子巷の間にあたる）であった。睦親坊の路地口の南にあって御街に面していたのが、著名な陳宅書籍鋪であった。書舗の前には御街に沿って小川が流れ、俗に「官河」と呼ばれた（趙師秀『清苑斎詩集』、「陳宗之に贈る」詩「門は対す　官河の水」）。門外には高い梧桐が植わり（葉紹翁『靖逸小集』、「陳宗之に贈る」詩「官河の深水緑悠悠たり、門外の梧桐数葉の秋なり」）、暑い日差しの照りつける夏の日には一服の清涼感をもたらした（許棐『梅屋集』巻一、「陳宗之に贈る」詩「書を買う人散ず桐陰の晩《くれ》、臥して看る風水上を行きて文なすを」）。繁華街の中心地にあって、これほど芸香の香り漂う幽邃な場所ともなれば、南宋末年における臨安城の文化的名勝であったに違いなく、全国各地の読書人がその名を慕って訪れた。

次に、陳起は交遊を好み、幅広い人脈を持っていた。上は王公大臣から下は江湖の游士まで、陳起は誰とでも熱心に交際した。[1] 書商として、陳起は一日中書籍とともに過ごした（趙師秀『清苑斎詩集』、「陳宗之に贈る」詩「四囲皆な古今、永日中心に坐す」）。蔵書を拡充するため、労苦を厭わず遠出して書籍を買い集め、時には蘇州まで足を運び（『前賢小集拾遺』巻四、周文璞「陳宗之に贈る」詩「呉下の異書渾《な》お未だ就《な》らず、佳処に逢うごとに輒ち留連す」）、安価で買い求め（周文璞「陳宗之に贈る」詩「収価売卜の銭より清し」）、高値で売って儲けていた。書籍を売りに来る客もいた。例えば江湖詩人の葉紹翁は、都の賑やかさを嫌い、都を離れようと、蔵書を売りに訪れた（葉紹翁『靖逸小集』、「陳宗之に贈る」詩「随車尚お書の千巻有り、君の家に向《お》いて売却して帰らんと擬す」）。蔵書の豊富さ故に、書籍を買ったり、借りる人は後を絶たなかった。しかし陳起は利益一辺倒の商人と異なり、客に書籍代の後払いを認めたり（『前賢小集拾遺』巻四、黄簡「秋懐、陳宗之に寄す」詩「慚愧す陳徴士、書を賒《おきの》り（掛売りすること）金を問わず」）、惜しみなく貸し与えたりした。例えば趙師秀・張弋等は陳起に書籍を借りていた（趙師秀『清苑斎詩集』、「陳宗之に贈る」詩「最も感ず書焼き尽くさるれば、時に借りて検尋する（調べものすること）を容《い》るるを」。張弋『秋江煙草』、「夏日、陳宗之より書を借りて偶成す」詩「案上 書堆《うずたか》く満つるも、多応《たいはん》は借り得て帰る」）。店頭にない珍本でも客の求めに応じて必死に探した。劉克荘の依頼を受けて『史記』を探し求め、数年後、蜀刻本を入手して贈ったこともある（陳起『芸居乙稿』、「『史記』を後村劉秘監に送り、兼ねて之を見るを欲せし悰《そう》に致す」）。陳宅書籍鋪は行き届いた書籍売買活動によって、様々な階層の読書人と緊密な繋がりを持つようになった。

次に、陳起は市場の動向を熟知し、確実に商機をつかんだことが挙げられる。全国の政治・経済・文化の中心たる臨安府には書舗が林立し、市場競争が苛烈を極めた。陳起の書舗があった棚北大街附近には、「衆安橋南賈官人経書舗」・「棚前南鈔庫相対沈二郎経坊」・「棚前南街西経坊王念三郎家」等の書坊、御街の南端から北に向かうと、順番に「太廟前尹家書籍鋪」・「中瓦南街東開印経史書籍鋪栄六郎家」・「保佑坊前張官人諸史子文籍鋪」・「猫児橋河東岸開箋紙馬舗鍾家」等があり、西河の沿岸には「銭塘門里車橋郭宅紙舗」・「鞔鼓橋河西岸陳宅書籍鋪」等があった。このほか比較的著名なものに、陳思が開業した「陳道人書籍鋪」があった。これらの中には、賈官人経書舗のように仏教経典の印刷販売を主とする者、尹家書籍鋪のように筆記小説の刊行を主とする者、陳思書籍鋪のように書道や芸術類の典籍の編輯刊行を主とする者がいた。よって成功を望めば、経営の独自性を打ち出す必要があった。陳起は臨安の書商の中で数少ない詩歌の愛好者で、詩の閲読・作成・編輯・批評・刊行を好み、多くの江湖詩人と交際するうちに、当時の詩壇における晩唐体の流行を鋭敏に嗅ぎつけ、晩唐・江湖の小集の編刻・販売に特化することを決断した。「江湖詩禍」に巻き込まれても、釈放後には変わらず書舗としての活動を続け、巨大な商業的成功を収めた。現存の晩唐詩集と江湖詩集のほとんどは書棚本であることから、陳起の刊行物がこの分野の市場シェアをほとんど独占していたことがわかる。

図2　陳宅書籍鋪旧址のすぐ南に位置する農貿市場。「棚橋」の地名が今も残る。

　最後に、陳起の書籍刊行はその効率の良さに明確な特色がある。陳宅書籍鋪が刊行した唐宋詩集は一・二巻物が多く、十巻を超えるものは少ない。書籍市場に出回っていた『六臣注文選』・『千家集註杜工部詩史』・『五百家註音弁昌黎先生文集』等の大部の文学経典に比べ、書棚本の唐宋小集の巻数はずっと少なかった。これによって刊行経費の大幅な削減と迅速な出版を実現して、さらに価格を引き下げ、携帯にも便利であったから、一般読者の読書需要と購買能力に十分かなうものであった。陳起はさらに書籍の外観を入念にデザインし、唯一無二の「書棚本」の容貌を生み出した。その主な形式的特徴は、書中に「臨安府棚北大街睦親坊南陳宅書籍鋪印行」等の刊記がある点、行款が毎半葉十行十八字である点、字体は柳体（柳公権の書体）を主とし、欧体（欧陽詢の書体）の運筆を兼ね備え、筆画は正方形で、筆勢がやや右上方に傾く点、版面がシャープで、美しく上品である点にある。このように良質安価な優れた読み物は、客の購買欲を非常に刺激するものである。

　要するに、書舗に選んだ場所から人脈・経営、書籍の内容から外観のデザインに至るまで、すべて陳起の明敏な商業的センスをよく表しており、それ故に苛烈な競争から抜きん出て、南宋末年における臨安の書籍業のキーパーソンたり得たのである。

二、詩を刊行して晩唐体を広めんとす

南宋の詩壇による晩唐詩の推賞は、楊万里等中興の詩人に始まる。しかし「晩唐体」を一世を風靡する詩学の潮流となさしめたのは、間違いなく「永嘉の四霊」の功績である。「四霊」は当初永嘉（現在の浙江温州）のローカルな詩人グループに過ぎなかったが、葉適に顕彰されて（葉適は『四霊詩選』を編輯し、陳起が刊行した）有名になった。とりわけ趙師秀（一一七〇〜一二一九）は、「四霊」のうち比較的遅くに没したので、陳宅書籍鋪の力を借りて晩唐詩を大量に出版し、最も江湖詩人に歓迎された読本となった。こうして晩唐詩は天下に盛行したのである。

嘉定初年、趙師秀は銭塘に身を寄せてから、頻繁に陳宅書籍鋪に出入りして書籍を借覧し、また陳起と詩を応酬し、酒を酌み交わした。陳宅書籍鋪の名声も、趙師秀によって友人達の間で宣揚され、広く人々に知られるようになった（『前賢小集拾遺』巻三、杜耒「陳宗之に贈る」詩）。

往来曽見趙天楽　　往来曽て趙天楽に見《まみ》ゆ
数説君家書満床　　数《しば》しば説く君が家　書床に満つると

趙師秀はかつて唐詩の選本『衆妙集』一巻・『二妙集』一巻を編纂した。中国国家図書館所蔵の明嘉靖十五年（一五三六）景宋鈔本は、その行款（十行十八字）と避諱から、書棚本が底本であったと推測される。『衆妙集』は七十六家の唐人の詩を選録し、『二妙集』は賈島・姚合二人の詩のみを選んでいて、趙師秀の詩学の宗旨を最もよく代表している。陳起は趙師秀の影響を受け、「四霊」が推賞する姚合『姚少監詩集』・賈島『長江集』といった晩唐詩集を刊行した。陳起の出版事業の初期において、趙師秀との交遊が成功の要因となったことは間違いない。

陳起が書舗を開業した主目的は、書籍を売って利益を得ることにあった。よって彼が晩唐詩集の出版に特化しようと決めるに当たっては、慎重に市場の需要を調査し、読者の関心の在りかを探った。陳宅書籍鋪は繁華街に位置し、付近には悠々自適に楽しめる場所が多くあった。にもかかわらず人々が様々な誘惑を抑えてまで、非実用的な詩集に金銭を使う気になったのは何故なのか?幸いなことに、賑やかな人波の中、江湖にさすらう落ちぶれた詩人の一群がいた。彼らは生活のため四方に奔走し、心身共に疲れ果て、喧噪に溢れた都会の生活に嫌気を感じていた。江湖詩人の朱継芳に「城市」七絶十首（『静佳龍尋稿』）があり、その第四首では、

山人只合住山中　　山人只だ合《まさ》に山中に住むべし
入得城来調不同　　城に入り得てこのかた　調べ同じからず
満面紅塵無処避　　満面の紅塵　処として避くる無し
手携白羽障西風　　手に白羽を携えて　西風を障《さえぎ》る

と、長い山林生活に慣れ親しんだ身には、都会の喧噪と土埃にまみれた暮らしが合わないと詠み、第十首では、

身遊城市髪将華　　身城市に遊びて　髪将に華ならんとし（真っ白になろうとし）
眼見人情似槿花　　眼のあたりに人情を見れば　槿花《きんか》（ムクゲ。一日で花がしぼむ）に似たり
惟有梁間双燕子　　惟だ梁間の双燕子有りて
不嫌貧巷主人家　　嫌《いと》わず貧巷《ひんこう》主人の家

と、都会の人情の冷淡さと、貧乏を嫌い富貴を好む世情を描いた。この都会に対する嫌悪感は、宋代以後の都市の繁栄が中下層の文人の心に落とした暗い影である。大多数の江湖詩人にとって、幽遠なる陳宅書籍鋪は臨安の繁華街の中で最も心安まる場所であった。江湖詩人の趙汝績は「陳宗之に柬《かん》す」詩（『江湖後集』巻七）の中で、

有銭不肯沽春酒　　銭有るも肯えて春酒を沽《か》わず
旋買唐詩対雨看　　旋《かえ》って唐詩を買いて雨に対して看る

と詠んでいる。江湖詩人は酒楼よりも書舗を好み、お気に入りの唐詩数巻を購入して、花が咲き月光がまばらに影を映す場所で吟誦して、その心地よさに浸った。江湖詩人の武衍は「藕花の風裏（ハスの花の香りを運ぶ風の中）に唐詩を看る」（『蔵拙余稿』、「客去」詩）と詠み、兪桂は「桂花の香裏（キンモクセイの香の中）に唐詩を看る」（『漁渓乙稿』、「偶成」詩）と詠み、呉仲孚は、

看徹唐人詩一巻　　看徹す唐人詩の一巻
夕陽猶在杏花枝　　夕陽猶ほ杏花の枝に在り

と詠んだ（『菊潭詩集』、「春詠」詩）。このような情景は人を惹き付けてやまないものである。

詩人達はみずから唐詩を閲読しただけでなく、友人と一緒に体験を共有することも好んだ。林尚仁は友人が集まると、みな時候の挨拶もそこそこに、待ちきれず晩唐詩の感想を語り合い、その場に居合わせた人はみな胸襟を開いて酒を酌み交わし、春風の中で沐浴するような暖かみと心地よさを満喫した（『端隠吟稿』、「飲薬房陳戸山の居にて分韻して「閣」字を得たり」詩）。

不叙寒暄説晩唐　　寒暄を叙《の》べず　晩唐を説き
満座春風屡傾榼　　満座の春風　屡《しば》しば榼《さかずき》を傾く

陳起もしばしばこのような集会に参加して、江湖詩人の晩唐

詩に対する情熱を実感しながら、一商人としてその背後にひそむ巨大な商機を冷静に見出していたものと想像できる。

周端臣は陳起を「詩刊しては唐を遍くせんと欲す」（『江湖後集』巻三、「芸居を挽す」詩）と称賛したが、これは誇張であり、少なくとも陳起が李白・杜甫・韓愈・白居易等の大家の詩集を刊行した確証は今のところ見つかっていない。しかし多くの中晩唐の詩人の小集が陳起によって刊行されたことで世に流伝したことは、紛れもない事実である。不完全な調査ながら、書棚本の唐人詩集の数は約一一六種にのぼり、(2) そのうち最も代表的なものは書棚本の刊記を持つ宋版十種、すなわち『常建詩集』・『朱慶余詩集』・『周賀詩集』・『唐女郎魚玄機詩』・『王建詩集』・李咸用『唐李推官披沙集』・『李群玉詩集』・李中『碧雲集』（挿図参照）・羅隠『甲乙集』・李龏編『唐僧弘秀集』と、刊記のある景宋鈔本四種、すなわち李賀『歌詩編』・孟郊『孟東野詩集』・司空曙『唐司空文明詩集』・『郎士元詩集』である。そして明鈔本『唐十八家詩』・『唐四十七家詩』（中国国家図書館蔵）、明嘉靖十九年（一五四〇）朱警刊『唐百家詩』、清康熙四十一年（一七〇二）席啓寓刊『唐詩百名家全集』等は、大部分は書棚本を直接あるいは間接の底本として伝鈔・翻刻されたものである。清光緒二十一年（一八九五）江標刊『唐人五十家小集』に至っては、書棚本を底本とした景宋刊本であると誤認されてきたが、実際は朱警『唐百家詩』の翻刻本である。(3)

陳起は己の力だけを頼りに、これほど多くの唐人詩集を刊行した。宋代で匹敵するのは蜀刻本『唐六十家詩』だけである。しかし『唐六十家詩』が名家・大家の詩集を主に刊行したのに対し（上海古籍出版社に『宋蜀刻本唐人集叢刊』がある）、陳起は大した名声もない中・晩唐の小作家の詩集を主に刊行しており、両者は互いに補い合って、ともに流行した。現存する宋版の唐人詩集では書棚本と蜀刻本が最も多く、影響も最も大きいことから、陳起の出版に対する眼力を知ることができる。もちろん陳起は儲けのためだけに出版したわけではなく、唐詩を愛好する江湖詩人に、しばしば無償で書籍を寄贈している。例えば許棐・汪起潜・朱継芳等は陳起から書籍を寄贈されている（許棐『梅屋四稿』、「陳宗之畳ねて書籍を寄せ、小詩もて謝を為す」詩、『永楽大典』巻九〇三引、『江湖集』の陳起「汪起潜謝して唐詩を送り、用韻して再び劉滄小集を送る」詩、朱継芳『静佳乙稿』、「桃源の官罷め、芸居唐詩拙作を以て贈別す」詩）。書籍を贈る他に、陳起は求めに応じて書籍を貸し与えた。例えば杜耒は「陳宗之に贈る」詩の中で彼を「巻を成す好詩人借りて看る」と称賛した（『前賢小集拾遺』巻三）。要するに、陳起は書籍を刊行・流通させることで伝播の媒介者と

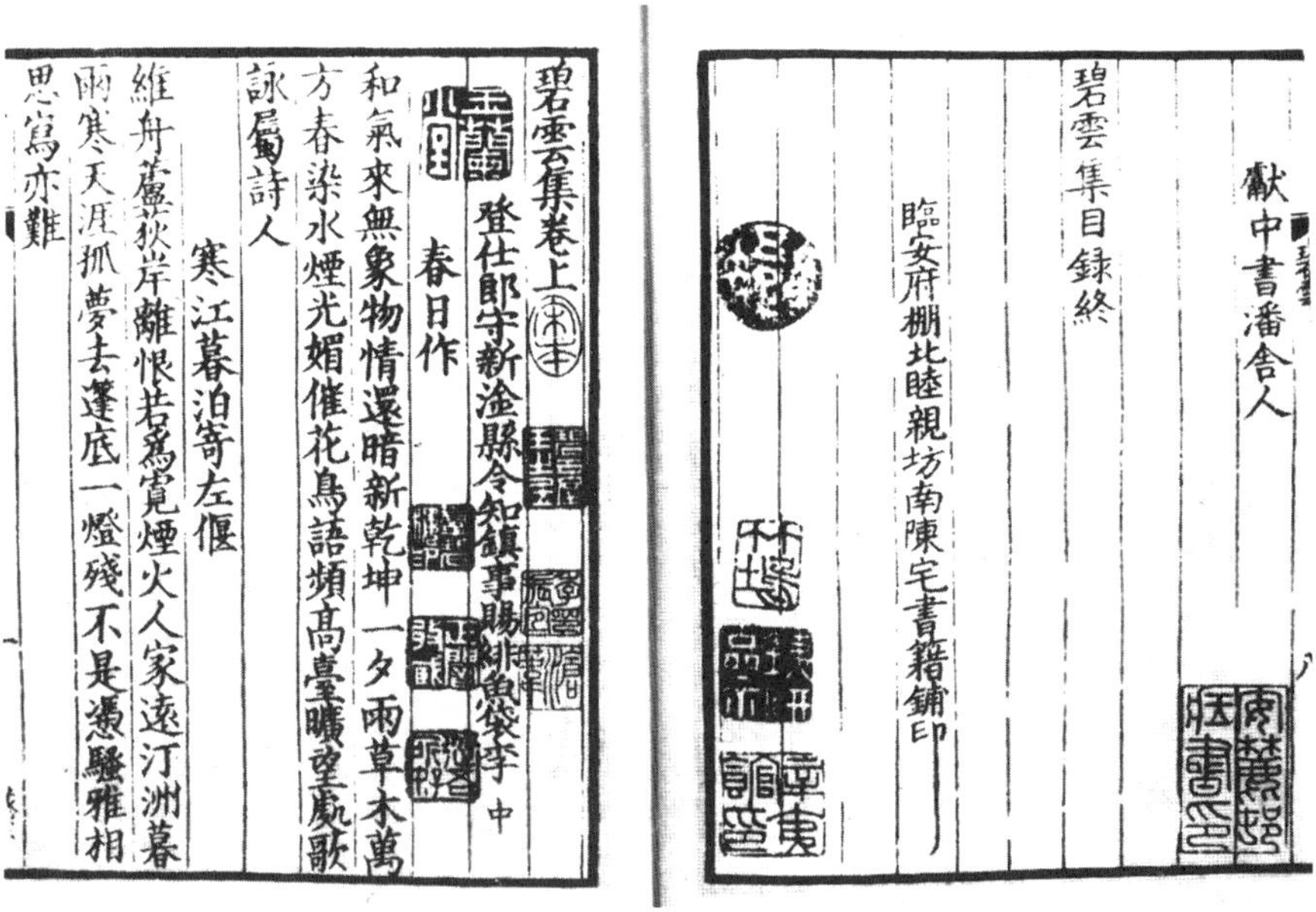

図3　陳宅書籍鋪刊、李中『碧雲集』書影。「臨安府棚北睦親坊南陳宅書籍鋪印」の牌記が見える。

なり、忠実な晩唐詩の読者を大量に養成し、一時の詩学の潮流を牽引したのであり、これは彼の晩宋文学に対する特筆すべき貢献である。

三、南宋の名詩ことごとく刊行さる

陳起の出版事業は、『江湖集』を刊行した宝慶元年（一二二五）を境に前後二期に分けられる。前期に刊行した晩唐詩集が成功したことで、江湖詩集の出版に着手したのであるから、『江湖集』の編輯はその象徴的な出来事なのである。『江湖集』九巻は主に南渡中興以後の江湖詩人の詩を収録することから『中興江湖集』とも呼ばれる。選集としての『江湖集』はすでに散佚したが、『永楽大典』等に引用され、三十三家（佚名・無名氏四家を含む）六十五首を存し、輯佚が可能である。[4]『江湖集』が世に出るや広範な関心を呼び、多数の読者を生んだ。江西の詩人韓淲《かんこ》に「誰か中興を把りて後に収拾せるや、自ら江左に応ずるも久しく参差《しんし》たり（時機を失する）」と詠んだ詩があり（『澗泉集』巻十四、「『江湖集』銭塘にて近人の詩を刊す」）、張世南は『江湖集』所収の劉過の詩に「警策（人を感動させる名言）」が多いと称賛し（『游宦紀聞』巻一）、蔵書家の陳振孫もかつて本書を読んだ（『直斎書録解題』巻十五）。婉曲な批判もあるものの、『江湖集』が大した名声もない江湖詩人に才能を披露する機会を与えたことは確かである。

『江湖集』を編輯する前か、それと同時に、陳起は江湖詩人の小集の出版を企図した。その最初の成果が劉克荘の『南岳五稿』の刊行である。江湖詩人の敖陶孫《ごうとうそん》は劉克荘と知り合った当初、その詩が「典雅さ質朴さ」に欠けると評していた。劉克荘は『南岳稿』の自跋で、若い時に作った詩が千首近くあったが、嘉定十二年（一二一九）ほぼ全て焼失し、わずか百首を存するのみとなり、『南岳旧稿』を編輯したと述べているが、これは敖陶孫の批評に対する返答とみなしてよかろう。敖陶孫は後に陳宅書籍鋪から新刊の『南岳稿』を入手し、陳起に「劉克荘が真の悟りを開いたことを、ともかくも喜ぼう」と語った（葉紹翁『四朝聞見録』巻三、「趙忠定を悼む詩」条）。『南岳稿』は斬新な外観で世に出るや、たちまち読者に支持され、江湖詩人の鄒登龍は当時の盛況ぶりを「人は競って『南岳稿』を宝蔵し、商は金を留めて（商人たちも金を使わずにその金で）後村の編（劉克荘の詩集）に易《か》ふ」と詩に書き留めている（『梅屋吟』、「後村劉編修に寄せ呈す」詩）。『南岳稿』がもたらした商業的利益は、陳起が江湖小集の今後の需要に自信を持つに十分であったと想像できる。

しかし不幸なことに『江湖集』と『南岳稿』は陳宅書籍鋪に名声と利益をもたらすと同時に、陳起に災難をもたらした。宝慶初年、太子を廃された済王趙竑が殺され、主謀者が丞相史弥遠であったことから、その関係者は士大夫に取りざたされることを怖れ、宝慶三年（一二二七）に詩禍事件を捏造した。[5] 詩禍事件で迫害された江湖詩人は、個々の性格と政治的立場が原因となって、早くから権臣ににらまれていた。例えば敖陶孫は慶元二年（一一九六）に詩を作り、貶謫されて死んだ丞相趙汝愚を哀悼した。政治には言及しなかったものの、その名をかたって、この詩を三元楼に書き付けた者がいたため、敖陶孫は権臣韓侂冑によって追っ手をかけられた。曽極は慶元三年（一一九七）に詩を作り、道州に左遷される朱熹の弟子蔡元定を送別した。劉克荘は一生に何度も政治紛争に巻き込まれた。彼らの政敵は早くから彼らを眼中の釘とみなしていたが、陳起はこともあろうに彼らの詩を集めて『江湖集』に収録したのであるから、詩禍事件を誘因するのは避けられなかった。

『江湖集』の中には、陳起の「秋雨梧桐皇子の府、春風楊柳相公の橋」の句があり（一説に敖陶孫あるいは曽極の詩とも）、また曽極の「春」詩に「九十日の春晴景少く、百千年の事乱時多し」の句があり、そして劉克荘の『南岳稿』には「黄巣戦場」詩に「未だ必ずしも朱三ならざるに能く跋扈し、都《すべ》て鄭五に縁《よ》りて経綸を欠く」の句、「落梅」詩に「東風謬って花の権柄を掌り、却って孤高を忌みて主張せず」の句があり、これら数首の詩は御史李知孝・梁成大等によって時政を風刺するものと讒言された。丞相史弥遠はこれを知って激怒し、『江湖集』の版木を廃棄させ、『南岳稿』を禁書とし、さらには士大夫の詩作を禁じた。

　鄭清之が救いの手を差し伸べたため、有罪とされた江湖詩人が重罰に処せられることはなかった。例えば劉克荘は建陽の県令のままであったし、敖陶孫は一級の降格、曽極は道州への左遷、陳起は流罪となった程度で済んだ。紹定六年（一二三三）に史弥遠が没して、江湖詩禍の痕跡はやっと完全に消え去った。

　端平元年（一二三四）、理宗が親政をはじめ、鄭清之が丞相に任ぜられると、政治も正常な状態を取り戻したが、これは江湖詩人にとっても幸運な出来事であった。人生の挫折を経験した陳起は書舗を再開した後、権力者との付き合いが商売上いかに重要かを痛感した。朱継芳の詩「近吟（最近の詩を）丞相喜び、往事諫官嗔《いか》る」（『静佳乙稿』、「芸居に挽す」詩）の前半は陳起と鄭清之等、時の宰相との交遊を詠んだものである。端平元年九月、陳起は詩を作って枢密院知事喬行簡の長寿を祝ったが（『詩淵』四五二八頁に引く、陳起「喬枢密を寿《ことほ》ぐ」詩）、喬行簡は翌年六月に右丞相に任ぜられると、しばしば陳起を引き立てた。淳祐四年（一二四四）、陳起が病気にかかると、鄭清之（号安晩）・呉潜（号履斎、のち右丞相となる）は薬を贈り（『芸居乙稿』、「安晩先生、貺《たま》うに丹剤四種を以てし、古調もて之に謝す」詩・「履斎先生下頒し、往体を参附して以て謝す」詩）、淳祐六年（一二四六）、陳起は詩を作って鄭清之の七十歳の誕生日を祝い（『芸居乙稿』、「「仁者寿」を以て韻と為し、侍読節使鄭少師を寿ぐ」詩）、陳宅書籍鋪で鄭清之の『安晩堂詩集』十二巻を刊行した。端平元年（一二三四）から宝祐三年（一二五五）までの二十年間、陳起の出版事業は有利な政治情勢のもと新局面を切り開いたのである。

　江湖詩禍に巻き込まれたことで、陳起と江湖詩人との交誼は一層深まった。端平三年（一二三六）、陳起は友人胡仲弓のために『葦航漫游稿』を刊行した。その巻一「「陳芸居、後村を問訊す」の韻に次す」詩に、

人心真灔澦　　人心　真に灔澦《えんよ》（三峡の暗礁、灔澦堆のように、危険極まりない）
世路多殽函　　世路　殽函《こうかん》（殽山・函谷関のような難関）多し
此険久已渉　　此の険　久已《つと》に渉り
此味久已諳　　此の味　久已に諳《そら》んず

易節固不可　節を易《か》ふるは　固より不可なるも
貧賤分所甘　貧賤なれば　甘き所を分かつ
浩歌一長慨　浩歌　一たび長慨し
書与識者談　書して　識者と談ず

とある。世の艱難辛苦を経験した江湖詩人は苦難の中で培った友情を大切に思い、何の迷いもなく自身の詩集を陳起に託して編集出版させた。江湖詩人の許棐『梅屋四稿』自跋に「甲辰の年の春に作った詩は全部で四、五十篇あり、書き写して詩友の陳起に認可を求めた」とある。甲辰は淳祐四年（一二四四）である。その「陳宗之畳ねて書籍を寄せ、小詩もて謝を為す」詩に、

君有新刊須寄我　君に新刊有れば　須らく我に寄《よ》すべし
我逢佳処必思君　我佳処に逢えば　必ず君を思はん

とある。また黄文雷『看雲小集』自序に「私は陳起に（原稿を）求められ、箱をひっくり返して出したものの、選ばれたのはわずかにこれだけである。「昭君曲」より前は、大概かつて先生の認可を受けたものである」とある。許棐・黄文雷等、江湖詩人にとって、陳起は彼らの詩集の出版業者にして詩友であり、さらにはその創作と修訂にも関わっていた。

陳起が晩年に刊行した江湖小集は、大部分が嘉熙（一二三七～四〇）・淳祐（一二四一～五二）年間に出版された。例えば宋伯仁『雪岩吟草』は嘉熙二年に作られ、王同祖『学詩初稿』には嘉熙四年自序、武衍『適安蔵拙余稿』には淳祐元年自序、李龏『梅花衲』には淳祐二年自跋、林尚仁『端隠吟稿』には淳祐十一年陳必復序がある。宝祐三年（一二五五）秋、陳起が没した後、子の続芸が陳宅書籍鋪を継承し、江湖の友人の助力のもと引き続き多くの江湖詩集を出版した。例えば朱継芳『静佳乙稿』、釈斯植『采芝集』・『采芝続稿』、周弼『端平詩雋』、林希逸『竹渓十一稿詩選』、毛珝『吾竹小稿』、薛嵎『雲泉詩』等がある。現在知られている中で最も遅くに刊行されたのは『雲泉詩』であり、その中に「永嘉の前政和県趙大猷を追惜す、時に景定改元す」詩があるから、景定元年（一二六〇）以後の刊行と考えられる。十数年後、臨安城が元軍に攻め落とされると、陳宅書籍鋪も戦乱の前後に衰亡・離散した。かつて陳宅書籍鋪によく足を運んだ詩人方回は感傷を禁じ得ず、次のように記した（『瀛奎律髄』巻四十二、趙師秀「売書陳秀才に贈る」詩）。

　陳起、字宗之、睦親坊で書肆を営み、私は丁未（一二四七）の年にそこに通い出してから、辛亥の年（一二五一）までの五年間、陳起本人と知り合い、その息子とも知り合った。いま四十年近くが過ぎ、書肆は焼け、人も亡くなり、面影もない。

陳宅書籍鋪は結局南宋の首都とともに姿を消したが、陳起父子の刊行した唐宋詩集は蔵書家によって代々珍蔵されることとなったのである。

　宋末元初の頃、江湖詩の愛好者は陳起父子の刊行した江湖小集を彙編して『江湖前・後・続集』と総称した。『永楽大典』の残存巻には『江湖前集』七種・『江湖後集』十二種・『江湖続集』三十九種・『江湖集』若干種が引用され、その他の文献を合わせると、現在知りうる『江湖前・後・続集』所収の江湖小集は少なくとも九十種にのぼる。明代中期の蔵書家晁瑮（一五〇七〜六〇）の『宝文堂書目』巻上に宋刊『江湖前・後・続集』を著録するが、これ以後著録を見ない。明末清初、毛晋・曹寅等蔵書家が力を尽くして散乱した江湖小集を捜し集め、少ないもので十数種、多いもので五、六十種を集め、中には宋版もあり鈔本もあり、『南宋群賢小集』・『南宋六十家小集』・『江湖小集』・『宋人小集』等と名づけた。現在最も収蔵点数が多いのは台湾の国家図書館蔵の宋版『南宋群賢小集』五十八種で、曹寅の旧蔵に由来し、一九四六年、上海来青閣の書商楊彭齢の手を経て南京国立中央図書館に売却され、一九四九年以後、台北に運ばれた。『南宋群賢小集』は大部分が書棚本であるが、『方泉先生詩集』・『亜愚江浙紀行集句詩』（浙江嘉興刊本）・『学吟』（浙江海塩刊本）・『学詩初稿』（福建建安刊本）等、他地域の宋版が若干混ざっている。上海図書館蔵の清初毛氏汲古閣景宋鈔本『南宋六十家小集』のうち七種は宋版『南宋群賢小集』にないものであり、趙汝鐩『野谷詩稿』・鄭清之『安晩堂詩集』・岳珂『棠湖詩稿』（天津図書館に宋刊本を蔵す）・宋伯仁『雪巌吟草乙巻・西塍集』・周弼『汶陽端平詩雋』・羅与之『雪坡小稿』・張至龍『雪林刪余』がこれである。『江湖前・後・続集』と『南宋群賢小集』・『南宋六十家小集』とを一つに集め、重複を除き、さらに天津図書館蔵の宋版『中興群公吟稿戊集』を加えると、現在知りうる書棚本の南宋詩集は少なくとも一二〇種に及ぶ。このことは詩人の蒋廷玉が陳起に書き送った言葉「南渡の好詩都《すべ》て刻し尽くす」をまさに裏付けるものである（『詩淵』第五一八頁引、蒋廷玉「陳宗之に贈る」詩）。

　陳起父子が開設した陳宅書籍鋪は、半世紀の長きにわたって二百余種の晩唐詩集と江湖詩集を刊行し、南宋末年における晩唐体と江湖詩の盛行を後押しした。これは中国書籍出版史上の奇跡であるばかりでなく、中国文学史上の美談でもある。

注

（1）陳起の交遊については、張宏生「『江湖集』編者陳起交游考」（『文献』一九八九年第四期）、胡益民・周月亮「『江湖集』編者陳起交游続考」（『文献』一九九一年第一期）を参照。

（2）羅鷺「書棚本唐宋小集発微」（第二回南宋江湖詩派研究国際シンポジウム、二〇一二年十月二十日、京都）を参照。

（3）黄永年「関于「唐女郎魚玄機詩」」（『蔵書家』第七輯、斉魯書社、二〇〇三年）三三―三四頁を参照。

（4）羅鷺「『江湖前・後・続集』『江湖集』探源」（江湖派研究会『江湖派研究』第二輯、一―三二頁、會谷佳光訳）を参照。

（5）江湖詩禍の詳しい状況については、程章燦『劉克荘年譜』宝慶三年丁亥附考「梅花詩案（江湖詩禍）考」（貴州人民出版社、一九九三年第一版）九九―一〇三頁、張宏生『江湖詩派研究』附録三「江湖詩禍考」（中華書局一九九五年版）三五八―三七〇頁、本書コラム原田愛「江湖詩禍」を参照。

◎コラム◎

江湖詩禍

原田　愛

はらだ・あい――一九八一年福岡県生まれ。九州大学大学院専門研究員。専門は中国古典文学。主に蘇軾の詩文集の編纂及び蘇軾と蘇氏一族についての文学研究を行っている。主な論文に「蘇轍による蘇軾「和陶詩」の繼承」（『日本中国学会報』第六三集、日本中国学会、二〇一一年）、「蘇軾と蜀の姻戚――程氏一族を中心に」（『九州中国学会報』第五二巻・九州中国学会、二〇一四年）などがある。

一、史弥遠と済王廃立事件

靖康元年（一一二六）に始まる金の侵攻、所謂「靖康の変」によって宋が南遷して建てられた南宋では、初代の高宗に仕えた秦檜《しんかい》を始め、韓侂冑《かんたくちゅう》・史弥遠《しびえん》・賈似道《かじどう》ら有力な宰相による長期政権が敷かれた。彼ら専権宰相の出現は南宋の時代性や国体、それぞれの政治情勢などに原因を求められるが、総じて独裁傾向の強さ故に悪名の方が高い。

また、それぞれ自らの政治見解に合わない学術や書物を執拗に弾圧したことは、彼らの悪行の一つであった。このうち、史弥遠（字は同叔、一一六四～一二三三）が行ったのが『江湖集』の禁書であり、これを「江湖詩禍」という[1]。ここで禁書とされた『江湖集』は、南渡中興以後の多くの民間詩人の詩集を集めた『江湖集』九巻本であり、『中興江湖集』とも言われた。臨安（杭州）の棚北大街睦《ほうぼくだいがいぼく》親坊《しんぼう》の書店主である陳起（字は宗之）によって刊行されたものである。そして、この「江湖詩禍」には、当時の皇帝である寧宗の後継者問題が関わっていた。

南宋の第四代皇帝の寧宗（在位：一一九四～一二二四）には九人の子がいたが、いずれも夭折していたため、嘉定十四年（一二二一）六月、おいの趙竑《ちょうこう》を太子に立てた。この趙竑は、常々史弥遠に敵意を持ち、寵姫に地図を指し示して「これは海南島の瓊州《けいしゅう》・崖州《がいしゅう》であるが、いつか必ず史弥遠をここに飛ばしてやる（此瓊崖州也、他日必置史彌遠於此地）」と言ったり、机上において「弥遠は八千里に配流と決定しよう（彌遠當決配八千里）」と書いたりしていた。実は、趙竑の左右の者は皆史弥遠に送りこまれた腹心で、それらの情報は全て報告されていたという。それを聞いて趙竑の即位に危機感を持った史弥遠は、寧宗の皇后楊氏に諮り、一計を案じた。嘉定十七年（一二二四）閏八月、病床にあった寧宗が崩御した際、即位したのは趙竑ではなく、趙昀《ちょういん》（理宗、在位：一二二四〜一二六四）であった。

失意の中、済王に封じられ、湖州に赴くこととなった趙竑は、宝慶元年（一二二五）正月、その湖州で起こった潘壬《はんじん》・潘丙《はんへい》兄弟とそのいとこ潘甫《はんほ》による叛乱「霅川《とうせん》の変」によって擁立されたが、彼の本意ではなかった上、その失敗を予見したため、自ら朝廷に報告し、朝廷軍の協力を得て平定した。史弥遠は、後顧の憂いを断つべく、趙竑を病と偽り、医者とともに使者の秦天錫《しんてんしゃく》を湖州に派遣し、聖旨を伝えて趙竑に自害を迫った。歿後の趙竑は病死とされた上、王位を剥奪され、巴陵郡公、次いで県公にまで身分を貶されたのである。[2] そして、この廃立事件に端を発して「江湖詩禍」が起こった。

二、「江湖詩禍」の標的とされた詩

宝慶元年（一二二五）八月、後に「史弥遠の鷹犬」と評された監察御史《かんさつぎょし》の李知孝の列伝（『宋史』巻四百二十二「李知孝伝」）によれば、彼は、真徳秀ほか済王趙竑の無実を訴えた士大夫を「汲々として名を求める」者として暗に貶め、九月には、「近年来、多くの大家が老い衰え、後学の者が出てきましたが、先達を見習わず、正しい道理を学ばず、三綱五常を説くこともせず、識見も狭く低く、議論は偏向していて、人の意見に容易く合わせ、人心を惑わすこと、あたかも風を吹かして扇を開いて煽るようで、その害は実に根深いものです。どうか私に印章をお与えになり、各々つつしんで仕事に勤しむように、内外を激励し、騒乱の芽を摘み取らせて下さいませ（近年以來、諸老凋零、後學晩出、不見前輩、不聞義理、不講綱常、識見卑陋、議論偏詖、更唱迭和、蠱惑人心、此風披扇、爲害實深。乞下臣章、風厲内外、各務靖共、以杜亂萌）」と言上し、その結果、中書省右正言を拝命したという。

数多の詩人の詩集を集めた『江湖集』は、「霅川の変」の起きた宝慶元年（一二二五）に刊行されたもので、宝慶年間（一二二五〜一二二七）、李知孝・梁成大などの言官は、『江湖集』の多くの詩人のうち、五人をターゲットとした。それが発起人である陳起及び劉克荘（字は潜夫、一一八七〜一二六九）、曽極（字は景建）、敖陶孫《ごうとうそん》（字は器之、一一五四〜一二二七）、趙汝迕《ちょうじょご》（字は叔午）である。[3] 彼らの作品で咎められたものを以下に挙げる（＊「詩題」を表す）。

・陳起（もしくは趙汝迕、敖陶孫、曽極とも）[4]…詩題不詳

秋雨梧桐皇子府　春風楊柳相公橋

秋雨 梧桐 皇子の府、
春風 楊柳 相公橋。
（秋雨が梧桐《あおぎり》に降る皇子の府よ、春風が柳を揺らす相公橋よ。）

・劉克荘…「落梅」

東風謬掌花權柄　却忌孤高不主張

東風 謬《あやま》りて花の権柄を掌《つかさど》り、
却て孤高にして主張せざるを忌む。
（春の東風が間違って春を告げる梅花の持つ権力を手にしたことで、却って孤高にして主張をしない梅花を忌避するようになった。）

・劉克荘…「黄巣戦場」

未必朱三能跋扈　都緣鄭五欠經綸
未だ必ずしも朱三の能く跋扈せず、
都《すべ》て鄭五の経綸を欠くるに縁《よ》る。
（朱温が思うままに勢力を振るうまで至っていなかったのだから、現状は天子に任された鄭綮が天下を治める智略に欠けていたがためだ。）

・曽極…「春」

九十日春晴景少　百千年事亂時多
九十日 春 晴るる景少なく、
百千年 事 乱るる時多し。
（ここ九十日の春に晴れた景色はほとんど見られず、ここ百年、千年ずっと社会は乱れてばかりである。）

済王趙竑が叛乱鎮圧の後に史弥遠に迫られて自害したのが、宝慶元年（一二二五）正月、即ち、季節は「春」であった。そして、これらの詩が発表された時期や、詩句の意味に鑑みれば、史弥遠による済王廃立に対する諷刺の意が見て取れるかも知れないが、それでも断定し切れるかは甚だ疑問である。しかし、史弥遠は、言官たちの言を受けて弾圧を開始した。我が世の春のために、「江湖詩派」という、士大夫と庶民の間にあって創作を行う数多くの詩人たちの声を封じる必要性を感じたのである。その結果、やり玉に挙げられたのが、かの五人――上掲の詩篇の作者及びその創作に関係した者たちであった。

三、五人が「江湖詩禍」の標的とされた理由

また、もともと彼ら五人は、生まれや政治的な立場、その性格などによって、当時の権臣たちとの間に軋轢があった。敖陶孫はまだ太学生であった慶元二年（一一九六）、朱子学を弾圧する「慶元党禁」によって貶謫され、そこで命を落とした丞相趙汝愚を哀悼し、その忠義を周公旦や屈原に比して歴史に遺るべきものとして称え、そのため、韓侂冑から捕縛の手をかけられて逃亡したことがあった。曽極も、慶元三年（一一九七）に「慶元党禁」によって道州に左遷された朱熹の弟子蔡元定のために送別の詩を寄せた。また、彼は李知孝との間に私怨があり、それが弾劾に繋がったという。嘉定年間（一二〇八〜一二二四）に及第した趙汝迕も詩で名を馳せたが、この詩禍を含めて、詩作によって権臣に逆らうことが多く、後には志を得ずに雷州の僉判となった末で亡くなっている。また、劉克荘は、その父劉弥生《りゅうびせい》が韓侂冑の信任を受けていた関係上、史弥遠から警戒されていた。そんな彼らの詩集の刊行をプロ

モートしたのが陳起であり、それらの詩集の総集が『江湖集』であった。

　結局、史弥遠は、『江湖集』の版木を焚棄させ、さらには士大夫の詩作を禁じたが、理宗即位の際、史弥遠と共謀した鄭清之が江湖詩人に救いの手を差し伸べたため、司法機関である大理寺による厳罰は取りやめとなった。だが、当然ながらお咎めなしというわけにはいかなかった。敖陶孫・趙汝迮は左遷され、曽極も道州へと左遷され、陳起は遠流となった。劉克荘は建陽令のままであったが、後に「病後訪梅九絶」其一（『後村集』巻十）において、

　夢得因桃數左遷　長源爲柳忤當權
　幸然不識桃幷柳　却被梅花累十年

　夢得は桃に因りて数《しば》しば左遷され、
　長源は柳の為に当権に忤《もと》る。
　幸然《さいわい》にも桃と柳とを識《し》らず、
　却って梅花に十年累《わずら》わさる。

（中唐の劉禹錫（字は夢得）が桃花の詩（「再遊玄都観」）を作って何度も左遷され、盛唐の李泌（字は長源）が柳を詠んで権力者の楊国忠に睨まれたという。
幸いにも私は桃も柳も知らないから大丈夫だろうと思っていたら、自分の「落梅」の詩によって十年も災禍を被った。）

と詠んでおり、ここからおよそ十年間、詩文の創作や出版流通とともに、やはり官途においても差し障りが生じたと考えられる。

　「江湖詩禍」は、独裁を続けた史弥遠の死をもって終結した。紹定六年（一二三三）十月のことである。この間に版木を毀された『江湖集』九巻本は散佚し、今は『永楽大典』に引用された残巻に見えるだけである。後世への流伝が叶わなかったのは、「江湖詩禍」が少なからず影響したと見て間違いなかろう。

四、宋代の詩禍――「烏台詩案」から「江湖詩禍」へ

　この「江湖詩禍」の原因は、上述したように、済王趙竑の廃立事件であることは間違いないが、そうした政治情勢のみならず、南宋時代特有の社会的・文化的な背景にも注目すべきである。

　宋代において最も有名な詩禍といえば、北宋の元豊二年（一〇七九）に蘇軾（字は子瞻、号は東坡居士、一〇三七～一一〇一）を襲った「烏台詩案」であろう。これも多くの詩句が朝廷誹謗――つまりは新法批判に当たるとして弾劾され、蘇軾は黄州安置に処され、二十九人もの連座者を出した。ここで、蘇軾が標的となったのは、その文学的な才華は勿論、北宋における出版業と交通網の発展が影響している。時は宋に至って、製版印刷の技術が向上し、官刻（政府出版）は勿論、家刻（個人出版）や坊刻（商業出版）による出版が広く行われたことは有名な話である。

特に文人による文学の別集が刊行されることが一般化し、加えて交通網が整備され、その伝播のスピードや範囲も格段に上がり、文学の社会全体における影響力も大きくなった。そして、それによって政府による禁書の目が、経書や史書のみならず、文学にも注がれるようになったのである。特に、蘇軾は、当時の文壇を牽引しており、その人気の高さは士大夫だけに留まらないものであった。その蘇軾の影響力こそ、出版流通の飛躍的な発展という当時の社会的条件に拠るものであり、それ故に政敵たる新法党の要人の警戒と敵視を招いたと言える。(5)

それから約半世紀を経て起こった「江湖詩禍」も、時の権力者が政権安定のために特定の文人を攻撃し、それによって詩文創作に制限をかけるという点は同じであろう。しかし、決定的に違うのが、『江湖集』が多くの文人の詩集を集めたものであり、その構成員が蘇軾のような文壇をリードするような存在ではなく、士大夫及び準士大夫、そして士大夫とならなかったものの、文化的素養のある庶人など層が多様であった点である。そうした江湖詩人たちの詩集も、出版されて市場に出回るようになったこと、それによって多様多彩な表現・発想が為されるようになったこと、それが商業的に成り立ったことは、南宋における文学の発信と受容の更なる拡大を表す。そして、済王廃立事件という直接的要因が発生したことで、政府は、特に五人の江湖詩人を標的としつつ、そうした文学の多様化、拡大化を抑えるべく圧力を加えなければならないと判断したと言えよう。このように、「江湖詩禍」からは、北宋から南宋に至る、政治・社会・文学における変遷が窺い知れるのである。

注

(1)「江湖詩禍」については、(宋)羅大経『鶴林玉露』乙編巻四「詩禍」、(宋)周密『斉東野語』巻十六「詩道否泰」、(元)方回編『瀛奎律髓』巻二十などに記載がある。また、程章燦『劉克荘年譜』宝慶三年丁亥附考「梅花詩案〈江湖詩禍〉考」(貴州人民出版社、一九九三年)、張宏生『江湖詩派研究』附録三「江湖詩禍考」(中華書局、一九九五年)、章培恒・安平秋主編、氷上正・松尾康憲訳『中国の禁書』(新潮社、一九九四年)などに詳しい。

(2) 済王廃立事件の顛末については、『宋史』巻四十一「理宗紀」、同巻二百四十三「寧宗恭聖仁烈楊皇后伝」など参照。景定五年(一二六四)十月に理宗が崩御、その年の十一月に済王趙竑は名誉を回復した。

(3)「江湖詩禍」の標的たる人物については、「陳起・劉克荘・曽極・敖陶孫」についてはほぼ確定しているが、『斉東野語』では、詩の作者たる劉克荘・曽極とその詩を挙げた後、「同時に連座された者で、敖陶孫・周文璞・趙師秀や刊行した陳起などは、皆処罰を免れることはできなかった(同時被累者、如敖陶孫・周文璞・趙師秀及刊詩陳起、皆不得免焉)」とし、趙汝迕ではなく、趙師秀・周文璞を挙げる。しかし、張宏生氏の「江湖詩禍考」の考察によると、趙師秀・周文璞は宝慶元年(一二二五)より数年前に亡くなっているため、該当しないとのことだ。

（4）この「秋雨梧桐」詩の作者については、『鶴林玉露』では敖陶孫、『斉東野語』では曽極、『瀛奎律髄』では陳起であり、『永楽清県志』巻七「人物志」では趙汝迕とする。諸本では、陳起の作とすることが多いのでここではそれに倣った。

（5）「烏台詩案」とメディアの関連性については、内山精也「東坡烏臺詩案考――北宋後期士大夫社會における文學とメディア（上）」・「同（下）」（『橄欖』第7号、第9号、宋代詩文研究会、後に内山精也『蘇軾詩研究――宋代士大夫詩人の構造』（研文出版、二〇一〇年）に収録）に詳しい。

◎コラム◎

陳起と江湖詩人の交流

甲斐雄一

かい・ゆういち——一九八二年宮崎県日向市生まれ。九州大学人文科学研究院専門研究員、博士（文学）。専門は中国古典文学、とりわけ南宋の王十朋や陸游の詩文の研究。主な論文に「陸游と四川人士の交流——范成大の成都赴任と関連して」（『日本中国学会報』第六二集、二〇一〇年）、「陸游の嚴州赴任と『剣南詩稿』の刊刻」（『橄欖』第一八号、二〇一一年）、「王十朋『会稽三賦』と史鋳注」（『九州中国学会報』第五一巻、二〇一三年）などがある。

宋末の江湖詩人たちのキーパーソンは誰か、と問われれば、必ずや陳起《ちんき》の名が挙がるであろう。確固たる集団とは言い難いこの詩人群を一つの現象たらしめたものが、陳起等が編集し刊行した『江湖集』シリーズに求められるからである。

陳起は科挙の地方試験、解試でトップ合格してはいるものの、その他の経歴は未詳である。しかし、我々は彼と友人の江湖詩人にインタビューする手だてを持っている。ここでは、その唯一とも言える手だてである彼らの贈答詩を中心に、陳起と江湖詩人の交流の様相を追いかけてみたい。

一、出版者としての陳起

陳宅書籍鋪（臨安府棚北大街睦親坊に店を構えた）の主人・陳起は、書物を販売するのみならず、編集・出版までもを生業とした書商であった。陳起と交流を持った江湖詩人の詩文にも、その出版者としての姿を認めることができる。まずは、陳起との交流をその詩文に多く記録する許棐《きょひ》（号梅屋）の証言をみてみたい。

江湖詩人の中でも重要な地位を占める「永嘉の四霊（趙師秀《ちょうししゅう》、字は霊秀・翁巻《おうかん》、字は霊舒・徐照《じょしょう》、字は霊暉・徐璣《じょき》、字は霊淵）」の詩は、永嘉学派の大成者である葉適《ようてき》（一一五〇～一二二三、字は正則、号は水心）の選を経て、陳起の手によって出版されている。版本そのものは今に伝わらないが、許棐の跋文によってそのことが確認される。

藍田《らんでん》種種の玉あり、蒼林《せんりん》片片の香あり。然《しか》るに玉択《えら》ばずんば則ち純ならず、香簡《えら》ばずんば則ち妙ならず。水心（葉適）四霊の詩を選ぶ所以《ゆえん》なり。選多からざるに非ざるに、文伯猶《な》お以て略ありと為し、復《ま》た焉《これ》に加うる有り。嗚呼《ああ》、斯《こ》の五百篇、天成自《よ》り出で、神識に帰す。多くして濫ならず、玉の純なる、香の妙なる者か。芸居（陳起）宝を私せず、刊して天下に遺《おく》る。後世の学ぶ者、之を愛し之を重んぜよ。

（許棐「跋四霊詩選」、『江湖小集』巻七十六「融春小編」）

許棐は任官した形跡がない在野の江湖詩人であるが、彼は四霊の詩を宝玉、香木に譬え、それに加えられた彫琢として、葉適及び文伯（未詳）による編集及び陳起による刊行について述べている。許棐にとって陳起という友人は、玉や香に比すべき詩という宝を天下に送り出す出版者であった。

次に、許棐の陳起に贈った詩をみてみよう。

江海帰来二十春
閉門為学転辛勤
自憐両鬢空成白
猶喜双眸未肯昏
君有新刊須寄我
我逢佳処必思君
城南昨夜聞秋雨
又拝新涼到骨恩

江海　帰来　二十春
門を閉じ学を為して転《うた》た辛勤す
自《みずか》ら憐む　両鬢　空しく白きを成すを
猶《な》お喜ぶ　双眸　未だ昏《くら》きを肯《がえ》んぜざるを
君　新刊有らば　須《すべか》らく我に寄すべし
我佳処に逢わば　必ず君を思わん
城南　昨夜　秋雨を聞く
又拝す　新涼の骨に到れる恩を

（許棐「陳宗之叠寄書籍小詩為謝」、『江湖小集』巻七十七「梅屋稿」）

第五句、「新刊の書があれば絶対私に送ってくれ」という口吻からは、許棐が陳起の出版物を心待ちにしている様を見て取ることができよう。宋代、とりわけ南宋以降にめざましい出版業の隆盛と版本の普及は、詩を作る文人たちに、自らの作品の編集刊行という流通の過程を意識させ、そしてその実践をも視野に収めさせた。出版者・陳起と江湖詩人の交流は、こうした変革の一つの結実として位置づけられよう。

二、江湖詩人と蔵書

印刷術が登場するまで、書物を複製するには人の手で書き写すしか術がなかった。出版とは、そのテキストの複製を一定数（書写よりも圧倒的に早く）生み出す行為である。その複製されたテキストが売り買いされることによって、文人が書物を蓄える蔵書という営為は、それ以前と比べてはるかに容易なものとなったであろう。

蔵書を自らの営みに加えた南宋末の江湖詩人の交流には、書物のやりとりが散見される。『四朝聞見録《しちょうぶんけんろく》』を撰した葉《よう》紹翁《しょうおう》（字嗣宗、福建建安の人）の詩には、蔵書を売却しようとする彼の姿が詠み込まれる。

十載京塵染布衣
西湖烟雨与心違
随車尚有書千巻
擬向君家買却帰

十載の京塵　布衣を染め
西湖の烟雨　心と違《たが》う
随車　尚《な》お有り　書千巻
擬《ぎ》すらくは君が家に向かいて買却して帰らんと

（葉紹翁「贈陳宗之」二首の其二、『江湖小集』巻十「靖逸小集」）

十年を過ごした臨安を離れるときの作であろうか、葉紹翁は千巻の蔵書を前にして、陳起に対し「君に売り払って帰ろうと思う」と言っている。深読みすれば、持って帰らねばならない書物の多さに閉口した葉紹翁が「君に売り払ってしまえば身軽になるんだがな」と、陳起に向けて戯れた一種のユーモアとも取れるかもしれない。いずれにせよ、江湖詩人は千巻単位の蔵書を有しており、それは陳起のような書商から購入したものも少なくなかったと推察される。

書籍を扱う商人である陳起の蔵書は、単なる文人のそれとは異なる意味合いもあったであろうが、ともあれ江湖詩人にとっても大いに利用しうるテキストであった。例えば陳起の親しい友人である武衍《ぶえん》（字朝宗、号適安）は、その蔵書をこのように詩に詠み込んでいる。

鄴侯架中三万籤
半是生平未曽見

鄴侯《ぎょうこう》の架中　三万籤
半ばは是《こ》れ生平未《いま》だ曽《かつ》て見ざるなり

（武衍「謝芸居恵歙石広香」、『江湖後集』巻二十二）

「鄴侯」は唐の李泌《りひつ》を指す。彼は父・承休《しょうきゅう》が蓄えた蔵書を引き継いで整理した。「籤」とは検索の便のために巻子本に付される札で、書物のタイトルが記される。つまりは「三万巻」と言っているのに等しい。李泌にも匹敵する陳起の蔵書のうち、その半数が目にしたことのない書物であった、と武衍は言う。これだけの蔵書がある陳起のもとには、書物を借りに来る江湖詩人の姿も見られる。

案上書堆満
多応借得帰

案上　書　堆満す
多応《まさ》に借り得て帰らん

（張弋「夏日従陳宗之借書偶成」、『江湖小集』巻六十八「秋江烟草」）

「机の上には書物が所狭しと積まれているが、それらを借りて帰るとしよう」、張弋《ちょうよく》（字は彦発、本籍は河陽）の詩からは、陳起と江湖詩人が単なる商売人と顧客の関係ではないことが窺えるであろう。そして、こうした書物の貸し借りのやりとりが、江湖詩人の詩作に大いに寄与したことも想像してよいだろう。

三、詩友としての交流

出版者であり、蔵書家であること。これは、陳起が書商である以上必要不可欠な要素であり、いままで見てきたように彼と江湖詩人の交流からもその姿を確認することができる。加えて、江湖詩人の陳起への信頼の深さは、彼が自らも詩を作るような、詩に対する確かな「目利き」であったことに由来している。その詩友としての交流の様相は、まず江湖詩人の詩集に付される序跋から見て取ることができる。

> 右甲辰（淳祐四年、一二四四）一春の詩なり。詩 共に四十余篇、録して芸居《うんきょ》（陳起）吟友の印可を求む。棐皇恐す。
> （許棐『梅屋稿』末尾の跋文、『江湖小集』巻七十七）

> 芸居《うんきょ》（陳起）に索《もと》められ、篋《はこ》を倒《さかしま》にして之を出だす、料簡（取捨・整理）するは僅《わず》かに此に止まる。「昭君曲」自《よ》り而上《じじょう》、蓋《けだ》し嘗《かつ》て先生の印正を経ると云う。
> （黄文雷『看雲小集』自序、『江湖小集』巻五十）

ここに許棐が「芸居吟友の印可」といい、また淳祐十年（一二五〇）の進士である黄文雷《こうぶんらい》（字は希正、号は看雲、江西南城の人）が「先生の印正」というのは、陳起の詩に対する鑑識眼を信頼している言い方であり、いわば「陳起先生のお墨付き」であることをここでアピールしているわけである。それは、彼らが編集者としての陳起に信を置いていたと同時に、陳起の詩人としての力量をも認めていたことを意味するであろう。

なお、許棐はここで陳起のことを「吟友」と言っている。これについては、陳起が許棐の死を悼んだ「挽梅屋」詩（『芸居乙稿』）に「桐陰の吟社 当年を憶《おも》う」という句があることから、彼らが臨安で共に詩作する「吟社（詩社）」というグループを結成していたことがわかる。

このような詩作を競い合い、また詩について論じ合うような交友関係を詠っている詩が陳起にある。詩題の「適安」は武衍の号で、「静佳」とは朱継芳《しゅけいほう》の号である。

> 情同義合亦前縁
> 得此蘭交慰晩年
> 旋爇古香延夜月
> 試他新茗瀹秋泉
> 君停逸駕談何爽
> 客寄吟編句極円
> 可惜病翁初止酒
> 不能共酔桂花前

> 情は同じく義は合うも亦《ま》た前縁ならん
> 此《こ》の蘭交を得て晩年を慰む

爇《や》ける古香を旋《めぐら》して夜月を延《ひ》き
他《か》の新茗を試みて秋泉に瀹《やく》す
君は逸駕を停めて談ずること何ぞ
爽なる
客は吟編を寄せて句 極めて円《まった》し
惜しむべし 病翁初めて酒を止《や》め
共に桂花の前に酔う能《あた》わざるを
（陳起「適安夜訪読静佳詩巻」、『江湖小集』巻二十八「芸居乙稿」）

朱継芳、字は季実、福建建安の人。彼の詩集は『静佳龍尋稿』と『静佳乙稿』があるので、そのいずれかであろうか。夜訪ねてきた武衍を香と茶でもてなしながら、一緒に朱継芳の詩集を読んで議論を交わしたのであろう。北宋から南宋、あるいはそれ以前において士大夫階層に属する詩人同士であれば散見されるありふれた交友の光景であるが、市民と呼んでさしつかえない階層の詩人たちがこうして詩を論ずるところに、この時代の新しさを見ることができよう。書商の衣を脱いだ詩人としての陳起が確認できる貴重な例である。

まとめ

江湖詩人との交流から見えてくる陳起は、出版商であり、また詩人であるという二面性を併せ持った人物である。出版は、書物そして学問を社会に広く開放するものであり、この開放は書物や学問の通俗化をもたらす。故に士大夫たちは出版業とその産物である版本を利用しつつも警戒し、諸手を挙げて賛成しないのである。南宋の大詩人・陸游《りくゆう》（一一二五～一二一〇）は唐・盧肇《ろちょう》の詩集への跋文の中で、版本への不信感を吐露している。

子発（盧肇の字）嘗《かつ》て春州に謫せらるるに、而《しこう》して集中「青州」に作るは、蓋《けだ》し字の誤りならん。「遠峡観音院に題す」詩を「青州遠峡」に作るは、則ち又《また》州名に因《よ》りて妄《みだ》りに竄定するなり。前輩 印本の害を謂ふらく、「一たび誤れるの後、遂に別本の証すべき無し」と、真に知言なるかな。
（陸游「跋唐盧肇集」、『渭南文集』巻二十八）

「先人は版本（印本）の害を『一度字句を誤ったら、もう校正するための他のテキストが無い』と言ったが、まったく至言である」と陸游は言う。故郷・紹興でも屈指の蔵書家であった彼の見解は、南宋前期の士大夫階層のそれを代表しうるであろう。

版本に対して宋代士大夫が有するある種の嫌悪感を江湖詩人が共有しないということは、彼らが士大夫の外側ないしは周縁に位置づけられることを意味しよう。周端臣《しゅうたんしん》（字彦良、号葵窓、江蘇建業の人）の陳起の死を悼む詩には、次のような対句表現が見られる。

字画堪追晋

詩刊欲偏唐
字画は晋を追うに堪え
詩刊は唐を偏《あまね》くせんと欲す
（周端臣「挽芸居二首」其一、『江湖後集』巻三）

彼の書く字が六朝の晋人のそれに匹敵し、彼の刊行する詩集は唐を網羅しようとするものであった、という故人への称賛には、出版や版本への嫌悪感を見ることはできない。嘉定元年（一二〇八）の進士である鄭斯立《ていしりつ》（字立之、福建懐安の人）の詩に見える対句表現は、より直截である。

読書博詩趣
鬻書奉親歓
書を読みて詩趣を博くし
書を鬻《ひさ》ぎて親歓を奉ず
（鄭斯立「贈陳宗之」、『宋詩紀事』巻六十四）

「書を読む」ことと「書を鬻ぐ」ことが対になること自体、旧来の感覚ではあり得ない表現であろう。最後に、江湖詩人の中でも重要人物である劉克荘《りゅうこくそう》（一一八七～一二六九、字は潜夫、号は後村居士、福建省莆田の人）の詩を見てみよう。

陳侯生長紛華地
却似芸香自沐薫
鍊句豈非林処士
鬻書莫是穆参軍
雨簷兀坐忘春去
雪屋清談至夜分
何日我閒君閉肆
扁舟同泛北山雲
陳侯　紛華の地に生長し
却《かえ》って似る　芸香　自ら沐薫するに
句を錬るは豈《あ》に林処士に非ざらんや
書を鬻《ひさ》ぐは是《こ》れ穆参軍なる莫からんや
雨簷に兀坐して春の去《ゆ》くを忘れ
雪屋に清談して夜分に至る
何《いず》れの日ぞ　我　閒にして君肆《みせ》を閉じ
扁舟　同《とも》に泛《うか》ぶ　北山の雲
（劉克荘「贈陳起」、『瀛奎律髄』巻四十二）

第三句の「林処士」は杭州に隠棲し、鶴と梅を愛した北宋の林逋《りんぽ》を、第四句の「穆参軍」は柳宗元《りゅうそうげん》の詩集を刊行して売ろうとした同じく北宋の穆修《ぼくしゅう》を指す。商人として士大夫の外部に在る存在が、士大夫の文芸であった詩歌を創作し、その成果を編集刊行することで流通へ乗せてしまう。それを生業とする陳起は当然として、彼と交流する江湖詩人たちも官僚・非官僚の身分を問わずそうした人的ネットワークの中にあること、これこそが宋一代を通した江湖詩人の特徴であり、彼らは後の元明清に続く近世の先駆的存在であると言えよう。

そして、陳起と江湖詩人の交流の様相に鑑みるに、南宋末の江湖詩人の具体像をイメージする際、創作内容の雅・俗、そして創作主体の官僚・非官僚の二項対立では捉えきれないところがあるように思われる。そこに明確なラインを引くことは難しく、むしろこの両者が混ざり合う融合点に彼らの交流を置くことで、後の雅俗混淆する近世の文学・文化とのつながりを見いだせるのではないだろうか。

参考文献

深澤一幸「陳起「芸居乙稿」を読む」（梅原郁編『中国近世の都市と文化』京都大学人文科学研究所、一九八四年）

張宏生『江湖詩派研究』附録四「『江湖集』編者陳起交游考」（中華書局、一九九五年）

井上進『中国出版文化史――書物世界と知の風景』（名古屋大学出版会、二〇〇二年）

内山精也「古今体詩における近世の萌芽――南宋江湖派研究事始」（『江湖派研究』第一輯、二〇〇九年）

江湖詩人の詩集ができるまで
――許棐と戴復古を例として

内山精也・王　嵐

うちやま・せいや――一九六一年新潟県柏崎市生まれ。早稲田大学教育・総合科学学術院教授、博士（文学）。専門は宋代文学。主な著書に『伝媒与真相 蘇軾及其周囲士大夫的文学』（上海古籍出版社、二〇〇五年）、『蘇軾詩研究 宋代士大夫詩人の構造』（研文出版、二〇一〇年）などがある。
おう・らん――一九六五年中国浙江省杭州市生まれ。北京大学中文系教授、文学博士。専門は宋代文献学。『全宋詩』（北京大学古文献研究所編、北京大学出版社、一九九八年）の編集に加わり、著に『宋人文集編刻流伝叢考』（江蘇古籍出版社、二〇〇三年）がある。

南宋後期の江湖詩人の詩作は、民間の書肆、陳起の手によって刊行されたことにより、一世を風靡し、あまつさえ今日にまで伝えられた。つまり、出版という営為と切っても切り離せない関係にある。本稿では、江湖詩人の代表として許棐と戴復古の二人を採り上げ、彼らの詩集がどのようにして編集され刊行されるに至ったかを、当時の文献に基づきながら再現し、江湖詩人と出版の関わりを具体的に論じる。

一、「晩唐体＋小集」という出版戦略

南宋の江湖詩人たちはおおむね、晩唐の寒士たちが――中唐後期の賈島や姚合の詩風を襲い――創り出した「晩唐体」と呼ばれる詩風を愛好した。「晩唐体」の最大の特徴は、日常卑近な題材を五律や七絶を中心とする近体の短詩型を多用して詠じるところにあり、伝統的に中心的な創作主体であった士大夫の詩作スタイルとは鮮明な対照をなす。士大夫が「晩唐体」の詩をまったく作らなかったわけではないが、彼らは、社会批判や愛国・憂国等、天下国家に関わる題材や、典故を多用し学識を競う表現手法、そして古体の長編詩を第一と見なす復古主義的詩歌観をより尊重した。「晩唐体」は、題材的にも、手法的にも、かつまた形式的にも、士大夫の伝統的詩歌観の大枠から離脱する傾向を胚胎している。「晩唐」と「晩宋」、およそ三世紀の時を隔て、奇しくも王朝の滅亡前夜に、士大夫階層の底辺、さらには民間の詩人たちによっ

て、このような詩風の作品群が量産され、一世を風靡したのであった。

　このように共通項の多い両者ではあるが、少なくとも次の一点において、両者の間には顕著な異同が存在している。それは、作品の伝播を速め、流伝の範囲を拡める印刷出版業の有無である。十世紀の晩唐にあって、書物はすべて人の手によって筆写された写本であった。それゆえ、かりに作者の生前に詩集が編まれていたとしても、それがにわかに広範囲に流通し、不特定多数の人々によって一斉に読まれるということは、ほとんど期待できなかったに違いない。しかし、十三世紀の南宋＝晩宋は、版本の時代に突入して時すでに久しく、民間の出版業が隆盛して、多様な種類と内容の版本がすでに巷間に溢れていた。それとともに、作者の生前に、詩集が編纂刊刻されるということも、けっして珍しくはなくなってきている。晩唐の頃まだ存在しなかった、新たなメディア環境のなかに、晩宋の江湖詩人たちは確実に身を置いていたのである。

　そもそも、彼ら江湖詩人の活躍は、南宋の都・臨安の書肆、陳起《ちんき》（?～?、字は宗之《そうし》、芸居《うんきょ》と号す、銭塘〔浙江省杭州〕の人）のプロデュースなくしては、実現し得なかったといっても過言ではない。陳起とその息子続芸《ぞくうん》の二代に跨がる陳宅書籍鋪は、書肆のひしめく都大路にあって、他の書肆との差別化を図るべく、唐宋の詩集を主たる対象に定めて編纂刊行するという独自の出版戦略を敷き、それらを陸続と刊行して、都の評判を集めた。彼らの出版活動の詳細については、本書掲載の羅鷺氏論文にゆずるが、出版件数は、現存するものに限っても、優に百種を超えている。

　注目に値するのは、その量的な多さばかりではなく、彼らが売り出した詩集が、一つの明確なコンセプトによって系統的に選び出された対象であったことである。すなわち、中晩唐を中心とする唐代のマイナーポエットと南宋の江湖詩人の詩であった。この両者は「晩唐体」もしくはそれに近似する詩風をもつという一点で共通している。しかも、陳宅書籍鋪は、大家の手になる数十～百巻に上るような大部な集はほとんど刊行せず、強半が一巻か二巻、つまりは一冊の冊子で収まる分量の「小集」を陸続と大量に出版したのである。それによって、一部の書物の売価は低く抑えられたはずである。

　書物は、宋代にあっても、為政者階級「士」の文化と教養を象徴するアイテムであった。それゆえ、書物に向き合うときには、書斎に端座して襟を正し、丁寧にページをめくることが求められた。とりわけ経書の類はそうである。一方、陳宅書籍鋪が刊行した詩集は、二千年の伝統に連なる雅なる文化を表象する点では、経書と変わりないが、経書のような堅苦しさ重々しさはもはやそこには存在しなかった。しかも、一冊の書ともなれば、丸めて懐にしのばせておくこともでき、随時の携帯が可能である。価格に加えて、このような気安さが備わったことにより、それまで書物に余り縁のなかった人々でも比較的容易にアプローチできたに違いない。陳宅書籍鋪が企画出版した書物の内容と形態は、従来の士大夫を中心とする伝統的な読者層とは相異なる、新たな読者層の開拓に大いに寄与したことであろう。

本稿では、江湖詩人の詩集がどの様にして刊行されたかという問題を、二つの実例を通して具体的に考察する。まずは、もっとも代表的なケースとして許棐《きょひ》を、つづいてやや例外的なケースとして戴復古《たいふっこ》を採り上げる。

二、許棐のばあい

南宋江湖詩人の作品が今日に伝わった最大の要因は、陳起が彼らの詩集を編纂刊行したことにある。むろん、そのなかには、劉克荘《りゅうこくそう》、林希逸《りんきいつ》等の士大夫や、姜夔《きょうき》、劉過《りゅうか》、後に詳述する戴復古等、当時すでにひとかどの名声を博していた江湖詩人も含まれており、すべてが陳起のプロデュースによって著名になったわけではない。しかし、百名を超える当時の江湖詩人の全体から見れば、強半は陳宅書籍鋪の詩集によってようやくその名を今日に伝えるマイナーポエットであったことも、またまぎれもない事実である。

許棐も、そのような一人であった。許棐、字は忱夫《しんほ》、杭州湾の入口にほど近い海塩県（浙江省）の人。生没年を始め細かな経歴はほとんど分からない。ただし生涯、官に就かなかったことは、陳起が彼の死を悼んで詠じた詩（「梅屋を挽す」『芸居乙稿』。後の**図2**参照）のなかに「弓旌《きゅうせい》至らず 遺賢を歎く」の句があることによって知られる（「弓旌」は朝廷が民間の人材を士として招く時に用いる）。その他、宝慶年間（一二二五～二七）の前後に、海塩の秦渓に隠居し、屋敷の傍らに梅を数十本植え、梅屋《ばいおく》と号したこと、居室に所狭しと数千巻の書を所蔵したこと、白居易と蘇軾の肖像画を掛け尊崇したこと等が辛うじて知ることのできる彼の個人情報である。おそらく彼は地主階層に属した詩人であろう。

陳起は、彼の『梅屋詩稿』『融春小綴《ゆうしゅんしょうてつ》』『雑著』『梅屋第三稿』『梅屋第四稿』『詩余』計六種の著述を編纂刊行している。現存諸本（台湾国家図書館所蔵宋本『南宋群賢小集』所収本、汲古閣影宋鈔本『南宋六十家小集』所収本、四庫全書所収江湖小集本等）ではともに、その『融春小綴』と『第三・第四稿』の巻頭に、それぞれ許棐の小序が掲げられ、『第三・第四稿』

の末尾に短い識語が附されている。それらによって、これら一連の集がどの様な経緯で編集刊行されたのかが、うっすら見えてくる。

① 乱書の中より、旧稿数紙を得たり。稿は甲午より己亥に至るの詩にして、三十に満たず。更に散失して伝うるを得ざれば、則ち日月と倶《とも》に棄てられん。数文を併綴して融春小編と為す。……（『融春小綴』小序。図1参照）

② 己亥より癸卯に至るの詩、二十首に満たざるに、甲辰の一春、却って四十余篇を得たり。疑うらくは詩の多寡遅速は数《すう》（運命）有るに似たるかと。天或いは予を寿せば、予が詩の数固より此に止まらざらん。然れども当《まさ》に多を貪り速に務むるを以て戒めと為すべし。（『第三稿』小序）

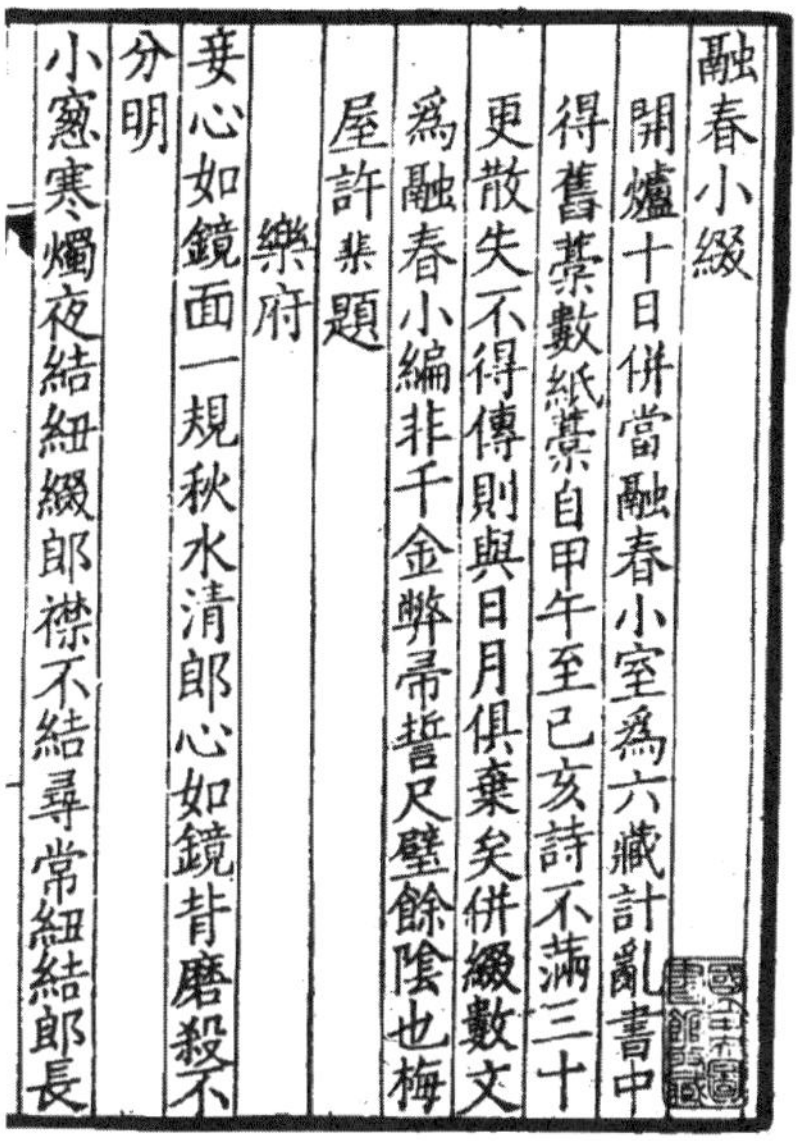
融春小綴
開爐十日併當融春小室爲六藏計亂書中
得舊藁數紙藁自甲午至己亥詩不滿三十
更散失不得傳則與日月俱棄矣併綴數文
爲融春小編非千金弊帚惜尺璧餘陰也梅
屋許棐題
樂府
妾心如鏡面一規秋水清郎心如鏡背磨殺不
分明
小窻寒燭夜結紐綴郎襟不結尋常紐結郎長

図1　台湾国家図書館所蔵『南宋群賢小集』所収の宋本『融春小綴』巻頭部分（藝文印書館、1972年）

③ 右、己亥より癸卯に至るの詩。（『第三稿』巻末識語）

④ 右、甲辰一春の詩。詩共《あわ》せて四五十篇、録して芸居《うんきょ》が吟友の印可を求む。棐皇恐す。（『第四稿』巻尾識語）

この四則から推測すると、まず『梅屋詩稿』は許棐の第一詩集であり、第二詩集が端平元年（一二三四）以後の作品を収めることから判断すれば、紹定年間（一二二八～三三）までの作品を収めたものであろう。『南宋六十家小集』本では、計一〇四題一一二首の詩を収める。

第二詩集の『融春小綴』は、「甲午」＝端平元年（一二三四）から「己亥」＝嘉熙三年（一二三九）までの詩、計二十二題二十六首と、十篇の散文を併せた集で、散文の部分は、『梅屋雑著』という内題が附されている。

『第三稿』と『第四稿』、すなわち第三、第四詩集は、②の小序が何れにも言及している事実を踏まえると、おそらく合刻されたものであろう。『第三稿』では、「己亥」＝嘉熙三年（一二三九）より「癸卯」＝淳祐三年（一二四三）までの詩十五首が、『第四稿』では、「甲辰」＝淳祐四年（一二四四）の春三ヶ月の詩三十三題三十七首が収められる。

このように、第一詩集の後、ほぼ五年ごとに第二、第三

（第四）詩集が編集刊行されている。許棐は五年を目安として詩稿を整理して陳起に送り、陳起は詩稿のなかからさらに選りすぐって上梓していたようである。許棐は多作詩人ではなかったようだが、それにしても端平元年～嘉熙三年の五年間に三十首未満、嘉熙三年～淳祐三年の五年間に至っては二十首未満しか作っておらず、あまりに寥寥たる数である。この少なさは、②で吐露されているように、許棐がスランプに陥っていたことと関わりがあるようだが、おそらくはそればかりではあるまい。おそらく陳起の厳しい批評眼を念頭に置いて、許棐自らが自作を厳選しつつ詩稿を整理したからに違いない。陳起は解元＝科挙の郷試を首席合格した経歴をもち、士大夫と同等の学識を備えていた。詩歌についても確固たる批評眼を備え、自ら詩社を結んで作詩もし、『芸居乙稿《うんきょおつこう》』という詩集を今日に伝えている。名エディター兼プロデューサーの陳起から好評を得るために、許棐も相当の気構えで旧作を篩にかけたのであろう。それでも、『第四稿』は、もともと「四五十篇」（前掲④）あったはずなのに、現存テキストでは三十七首しか収録されていない。残りの十首近くはおそらく、陳起とその「吟友」の「印可」を得られずに、選外の憂き目に遭ったのであろう。

三、詩人と編者

ところで、許棐と陳起の詩集には、それぞれ相手に寄せた詩が複数収められており、両者の細やかかつ風雅な交流の様が偲ばれる。

○許棐……a「陳宗之に贈る」（『梅屋詩稿』）
b「宗之梅窠水玉牋《ばいかすいぎょくせん》を恵まる」（『融春小綴』）
c「陳宗之畳《かさ》ねて書籍を寄す、小詩もて謝《しゃ》を為《な》す」（『第四稿』）

○陳起……d「紙帳《しちょう》を梅屋に送る、小詩もて之に戯《たわむ》る」（『芸居乙稿』）
e「梅屋を挽《ばん》す」（『芸居乙稿』）

まず、bとeの詩によって、許棐の海塩退隠以前、両者が都臨安で詩酒の交わりをしていたことを確認できる。b詩に「憶《おも》う君と同《とも》に孤山（杭州西湖の島の名）の下に在りて、春風に商略（品評する意）し筆を弄びし時」の句があり、e詩には「桐陰の吟社 当年（若かりし当時）を憶う」の句がある。「桐陰の吟社」というのは、陳起が主催した詩社であろう。a詩のなかに、「書を買う人は散《さん》ず桐陰の晩《くれ》」という句があり、陳起の書籍鋪の旁らに桐が植わっていたことが分かる。それに因んで「桐陰吟社」と称したのであろう。許棐の海塩退隠後は、折にふれ書簡を交わし（e詩「航は双魚に便なれども復た得ること無し〔手紙のやりとりには船があって相も変わらず便利なのに、君の手紙はもう二度と届かない〕」の句から類推できる）、陳起は新刊の書が出来上がると、許棐に郵送していた（c詩題）ほか、詩箋紙（b詩題）や紙帳（d詩題）を送ったりもしている。

b詩の「水玉牋」というのは、蘇州特産の「彩箋」の一種で、「水玉」＝水晶のように光沢のある紙。それにたくさんの「梅窠」＝梅花をあしらった最上級の詩箋紙である。詩の冒頭で許棐は「百幅の呉氷千蘂《せんずい》の雪」と形容している。d詩の「紙帳」については、彼らの二三世代前の林洪が『山家清事』のなかで詳細に記述している（「梅花紙帳法」）が、寝台の周囲にめぐらす、文人の清供品である。陳起は「十幅の渓藤《けいとう》皺縠《しゅうこく》の紋、梅花の夢裏《むり》氤氳《いんうん》を閟《とざ》さん（清和の気を閉じこめる）」と詠じている。「渓藤」とは、剡渓《せんけい》、すなわち会稽名産の紙。紙帳の高級品であろう。「紙帳」は一般に、寝台の四隅に立てた四本の支柱の間にめぐらせ、粗い通気性のある布で上部を覆うが、上の布には梅の花が描かれるのが通例で、そのため「梅花紙帳」ともいわれる。

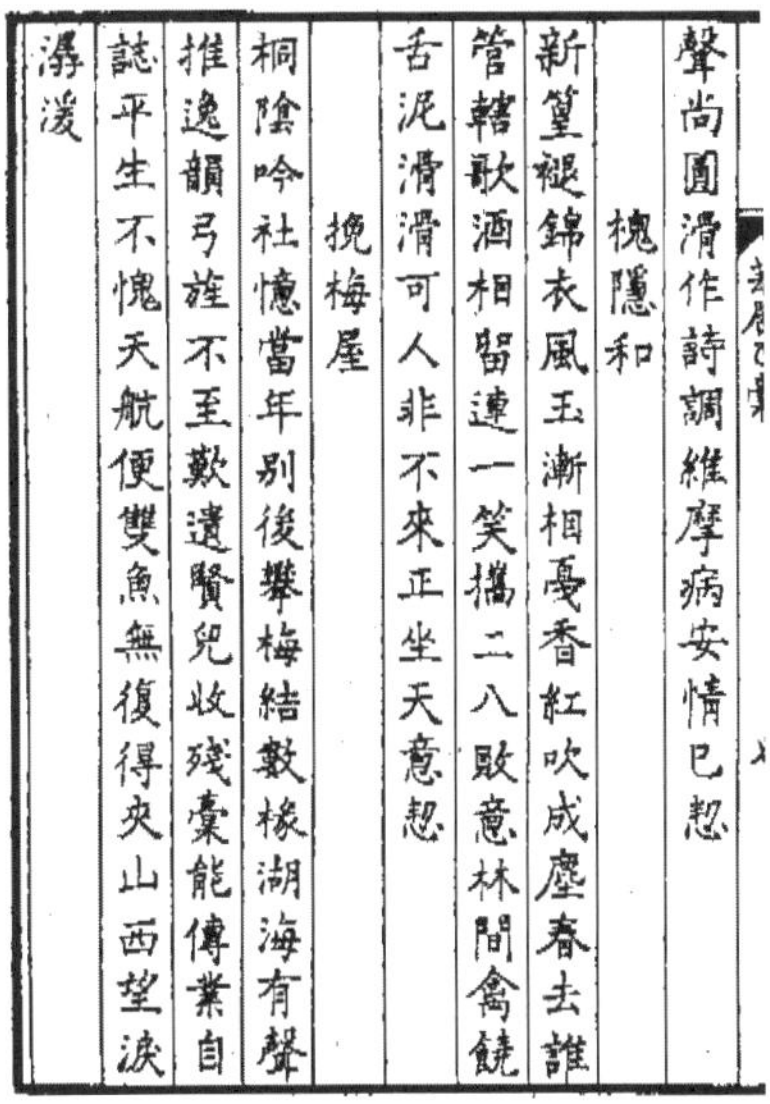
聲尚圓滑作詩調維摩病安情已恝
槐隱和
新篁褪錦衣風玉澌相戛香紅吹成塵春去誰
管轄歃酒相留連一笑攜二八敗意林間禽饒
舌泥滑滑可人非不來正坐天意恝
挽梅屋
桐陰吟社憶當年別後攀梅結數椽湖海有聲
推逸韻弓旌不至歎遺賢兒收殘稾能傳業自
誌平生不愧天航便雙魚無復得夾山西望淚
潸潸

図2　陳起「梅屋を挽す」詩（汲古閣影宋鈔本『南宋六十家小集』所収『芸居乙稿』）

つまり、陳起は、梅をこよなく愛する許棐に、梅に因んだ清供の逸品を送り届けたのである。この心遣いに許棐が何も感じないわけがない。――私のいる城南で昨夜、秋雨の音を聞きました。秋の涼しさが訪れたばかりのこの時、骨身に浸みるあなたの篤い恩情にまたも深く頭を垂れています（城南昨夜聞秋雨、又拝新涼到骨恩）と、c詩の末尾で詠じている。

陳起のこのような心遣いを受けていた江湖詩人は、許棐一人ではなかったであろう。彼らは作家と編集者という関係を超え、相互に信頼し尊敬し合える詩友として、「晩唐体」の流行を根底から支えていたといってよい。

出版プロデューサー陳起によって編集刊行された許棐の詩集のケースは、南宋後期の江湖詩人にとって、もっとも一般性の高い形であったと考えられる。前述したように、南宋後期、民間の出版業はかなり発達してはいたが、とはいえ、さしたる名声のない同時代の布衣詩人の詩集を出版することは、商業的にかなりのリスクを負うことになったであろう。そのリスクを冒してもなお陳起が成功を収めることができたのは、まず第一に、彼に時代を読む確かな目が備わっていたことが挙げられる。そして第二に、彼が許棐のような布衣詩人たちに対し物心両面の心細やかな支援を欠かさず、そのため彼らから絶大なる信頼を得て、彼を中心とする広域のネットワークが自然と形成されていたことと深い関わりがあろう。むろん、彼が都大路に店舗を構えていたことが、ネットワーク形成に大いに与ったことは疑いようもない。許棐を始め地方出身の布衣詩人は、上京の折、必ずや真っ先に陳起の書籍鋪に立ち寄ったであろう。そして、そのうちの一部は彼の主催する詩会や詩酒の宴に誘われたことであろう。こうやって知遇を得た詩人のなかから、陳起のお眼鏡に適った者が小集という形式で自作を上梓するという僥倖に恵まれることになった、と推察される。

四、戴復古のばあい

陳起が活発に出版活動を始めるのは、嘉定年間（一二〇八～二四）の後半以後のこと、そして江湖詩人の小集を集中的に出版し始めるのは、端平年間（一二三四～三六）以後のことである。陳起の書籍鋪が都で評判を取るより早くに活躍していた布衣詩人の多くは、むろん陳起のプロデュースと関わりなく、独自に活路を開いて自作詩集の上梓を目指さざるを得なかった。早期江湖詩人の代表、姜夔《きょうき》（一一五五？～一二二一？、字堯章《ぎょうしょう》、白石道人《はくせきどうじん》と号す、鄱陽《はよう》〔江西省〕の人）と劉過《りゅうか》（一一五四～一二〇六、字改之《かいし》、龍洲道人《りゅうしゅうどうじん》と号す、吉州太和〔江西省〕の人）の二人は陳起の活動本格化以前にすでに死去しており、生前、陳起と交流した記録はない。また、これから採り上げる戴復古（一一六七～？、字式之《しょくし》、台州黄岩〔浙江省〕の人）は、書籍鋪全盛期の端平年間には、すでに七十歳前後（享年は八十余）であり、それまでに幾度となく全国行脚をして、かなり名を知られていたようであり、陳起のプロデュースによって名を知られるようになったその他大勢の江湖詩人とは明らかに異なっている。

　もっとも、戴復古が陳起とまったく繋がりがなかったわけではなく、陳宅書籍鋪刊、いわゆる書棚本の『石屏《せきへい》続集』四巻（**図3**参照）と『長短句』一巻が現存していることから分かるように、両者の間にはなにがしかの交流があったようである。しかし、陳起が刊行したのは続集と詞集の二種だけであった。それでは、その他の集は誰の手により、どのような経緯で編集されたのであろうか。

五、戴復古の第一詩集

戴復古の今日における通行本は、明の弘治十年（一四九七）に刊行された『石屏詩集』十巻である。このテキストには、戴復古自身の文を含む、彼と同時代の人士による序跋が数多く附録されており、それによって彼の詩集の編纂過程がかなり具体的に分かる。弘治本『石屏詩集』には、のべ十七篇が掲載されており、それをその製作時間の順に並べ変えると、以下のようになる。

①楼鑰《ろうやく》序（嘉定三年〔一二一〇〕十二月）
②鞏豊《きょうほう》題跋（嘉定七年〔一二一四〕一月）
③楊汝明題跋（嘉定七年〔一二一四〕冬）
④真徳秀題跋（嘉定七年〔一二一四〕）
⑤戴復古「戴復古自書」（嘉定十六年〔一二二三〕二月）
⑥趙汝談《ちょうじょだん》題跋（嘉定十七年〔一二二四〕夏）
⑦趙汝騰《じょとう》「石屏詩集序」（紹定二年〔一二二九〕三月）
⑧趙蕃《ちょうはん》題跋（製作年未詳。ただし、趙蕃は紹定二年に没しているので、それ以前）
⑨倪祖義《げいそぎ》題跋（製作年未詳。ただし、趙蕃の選本に言及し、袁甫の選本に言及しないので、⑧と⑩の間か）
⑩戴復古「又」（紹定五年〔一二三二〕六月）
⑪姚鏞《ようよう》題跋（紹定六年〔一二三三〕三月）
⑫趙以夫題跋（端平元年〔一二三四〕十月）
⑬王野題跋（端平元年〔一二三四〕）
⑭姚鏞題跋（端平三年〔一二三六〕五月）
⑮李賈《りか》題跋（端平三年〔一二三六〕九月）
⑯包恢《ほうかい》序（淳祐二年〔一二四二〕四月）
⑰呉子良「石屏詩後集序」（淳祐三年〔一二四三〕五月）

まず、彼の第一詩集が編集された過程は、⑦趙汝騰《じょとう》の序によって分かる。すべては、戴復古が詩稿を携え、趙汝讜に自作の選別と編定を依頼したことに始まるようである。

趙汝讜は、字蹈中《とうちゅう》、懶庵《らんあん》と号し、余杭（浙江省）の人、太宗八世の孫。嘉定年間に彼が湖南転運使（『宋史』巻四一三では「湖南提挙常平」）の任に在った時、戴復古は平生の自作すべてを携えて彼の許を訪ね、彼に自作の選定を依頼した。趙汝讜は最終的に百三十首を選び、『石屏小集』と名づけ、さらに趙汝騰（?〜一二六一）に序文の執筆を依頼している。氏名から類推できるように、趙汝騰も太宗八世の孫、汝讜と同じく宗室に連なる。字は茂実、庸斎と号した。福州（福建省）に仮寓し、こののち吏部尚書兼給事中にまで昇っている。趙汝讜は嘉定十六年（一二二三）に卒した（⑥趙汝談題跋）が、兄の汝談《じょだん》（?〜一二三七、字履常、号南塘）が戴復古の「題後」詩を見て深く感じ入り、跋文を寄せている（⑤戴復古自書、⑥および⑦）。戴復古が自作の編選を依頼した趙汝讜は、自らも詩を善くし、厳しい批評眼を備えた人物として聞こえていた。兄の汝談も弟が「詩に於いて許可すること少《まれ》なり」といっている（⑥）。

南宋後期を代表する詩人の一人であり、戴復古の詩友でもあった、趙蕃《ちょうはん》（一一四三〜一二二九、字昌父、号章泉、鄭州の人。玉山（江西省）に僑居）は、この趙汝讜の選集を基礎にしてさらに精選を加えている。倪祖義は「懶庵（趙汝讜）石屏戴式之の為に百余篇を摘取し、衆体を兼備して精なり。章泉（趙蕃）拈出《でんしゅつ》（つまんで取り出す）する所は則ち其の尤も精にして汰《よな》ぐ者なり」といい、「式之の詩を愛する者、之を読めば足れり」と評し（⑨）、この選集に戴復古の詩のエッセンスがすべて詰まっているといっている。

六、戴復古の続集ならびに第三〜第五稿

趙汝讜が『石屏小集』を編んでから数年の後、戴復古は友人の勧めに従い、未整理のまま放置していた新作を整理し、四百余篇を得た。これを第一詩集の序を記した趙汝騰と金華の王佖《おうひつ》（字元敬）の二人に渡し編選してもらった。王佖は、王柏（一一九七〜一二七四、字会之。長嘯や魯斎と号す。金華（浙江省）の人）に師事し、福建転運副使を歴任した。趙・王の二人はそれぞれ自分の嗜好に照らして一集ずつ編み、二人の選んだものを合わせ、原稿の半数、すなわち二百篇前後が選ばれた（⑩）。しかし、集名は不明で、おそらくは上梓刊行されなかったようである。

ほどなくして、袁甫（?〜?、字広微、号蒙斎、鄞県（浙江省寧波）の人）は、趙・王の選んだ二種の選本にもとづき、そのなかからさらに百首を厳選し、趙汝讜編選の『石屏小集』の後に附して『続集』とした。四百余首のなかから、繰り返し選りぬかれて百篇となり、「精粋」と呼ぶに相応しい選本となった。戴復古自身もこの集に選録された自作にかなりの自信をもっていたらしく、自ら「明珠純玉にして、万口好しと称し、揀択《れんたく》すべき無く、是れ至宝と為す」と称している（⑩）。

明人の記載によれば、蕭泰来《しょうたいらい》も戴復古のために『第三稿』を編んだ、という（弘治本巻首、明・馬金「石屏詩集の後に書す」）。蕭泰来は、字学易《がくえき》、またの字を則陽、陽山といい、小山と号した。臨江（江西省樟樹市西南）の人。紹定二年（一二二九）の進士、知隆興府、監察御史等を歴任し、『小山集』がある。

さらに、『第四稿』もある。李賈《りか》と姚鏞《ようよう》によって編集さ

れ、李賈によって刊行された。李賈については経歴未詳である。姚鏞は、字希声、敬庵・雪篷《せっぽう》と号し、剡渓《せんけい》（浙江省嵊州）の人。嘉定十年（一二一七）の進士、著に『雪篷集』が有る。姚鏞は戴復古より二、三十歳も年少であったが、戴復古と忘年の交わりを結んだ。⑪姚鏞の題跋は、おそらく、紹定年間に成った袁甫の『続集』に対するもので、戴復古の詩が盛唐の高適に「大いに似」、「晩唐の諸子当《まさ》に一頭を譲るべし」と激賞している⑪。この若き詩友、姚鏞が知贛州在任中、「帥臣」（安撫司長官）に逆らい衡陽（湖南省）に左遷されるという事件が起きたが、戴復古はわざわざ遠路を厭わず衡陽まで会いに出かけ、近作を手渡し、姚鏞に佳作の選別を依頼し

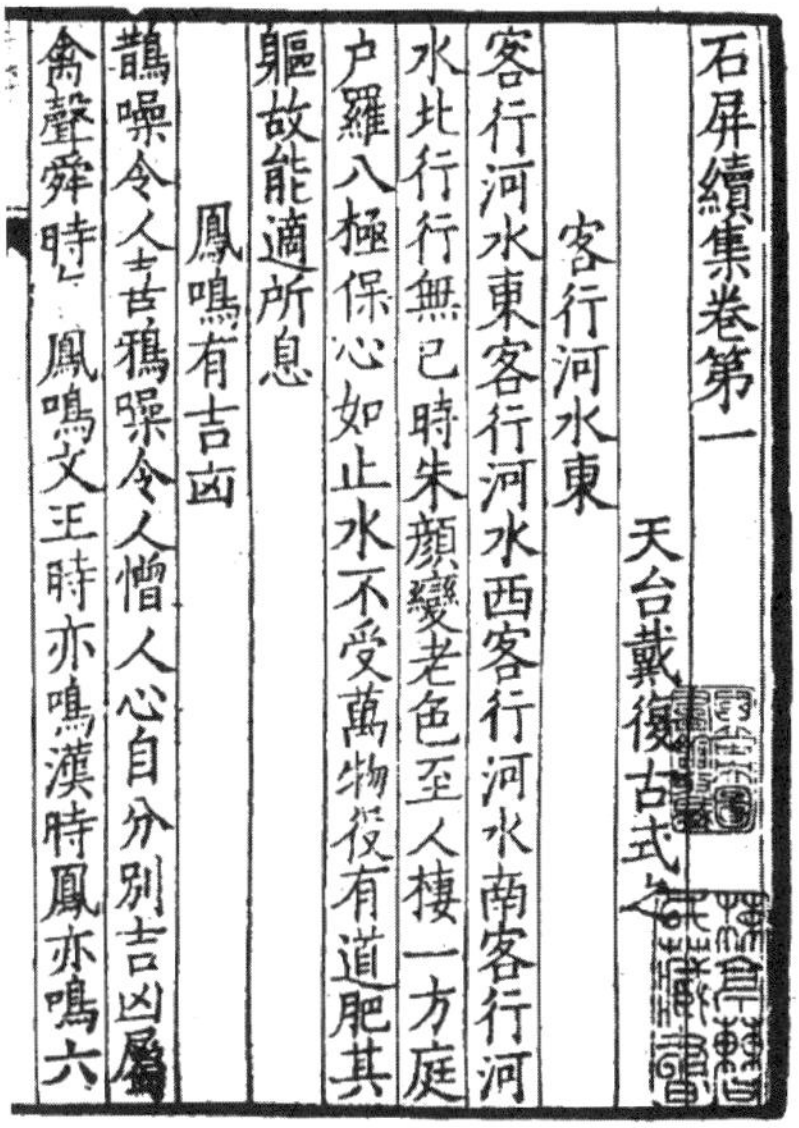
石屏續集巻第一
天台戴復古式之
客行河水東
客行河水東客行河水西客行河水南客行河
水北行行無已時朱顔變老色至人棲一方庭
戸羅八極保心如止水不受萬物役有道肥其
軀故能適所息
鳳鳴有吉凶
鵲噪令人吉鴉噪令人憎人心自分別吉凶屬
禽聲舜時鳳鳴文王時亦鳴漢時鳳亦鳴六

図3　台湾国家図書館所蔵『南宋群賢小集』所収宋本『石屏続集』（藝文印書館、1972年）

ている。姚鏞は六十首の詩を選び、『第四稿下』とした。時に端平三年（一二三六）の夏、戴復古はすでに七十歳の高齢であった⑭。

同年の秋、戴復古は衡陽から帰還の途次、渝江（おそらく江西省新喩）県尉の官舎を訪ね、もう一人の詩友、李賈友山に会った。すぐさま姚鏞が選んだばかりの『四稿下巻』を取り出し見せたところ、李賈は詩巻を手にしていつまでも吟誦をやめず、「并びに梓に入れ以て其の璧を全うせし」めた⑮。

姚鏞と李賈の言を総合すると、『第四稿下』は姚鏞の編選にかかり、『第四稿上』は李賈の編選になるものであろう。おそらく、戴復古は第四稿の前半をまず李賈に托して編集を依頼し、それを携え姚鏞の所に向かい、第四稿の後半と一緒に姚鏞に手渡し、選定を依頼したのであろう。⑭姚鏞の題跋には「且《しば》らく李友山に效《なら》い奇なるを左方に摘す」という文言があり、この間の経緯を証明している。前引⑮李賈の跋文に「其の璧を全うせしむ」とあるのは、姚鏞の選と合刻したことを意味している。

このほか、宋人の記載には見えないが、『第五稿』上下二巻があったようである。弘治本の出版に向け奔走した戴復古の子孫、戴鏞《たいよう》がそのことを伝えている。――『石屏詩全集』は宋の紹定年間にすでに刊行されたが、そののちだんだんと

散逸した。それでも戴鏞は、彼の父が天順年間の初めに抄録した『小集』と『続集』を見ることができた。また、彼の兄は『後集第四稿』下巻と『第五稿』上下二巻の刻本を見つけ出した、ともいっている。（弘治本巻尾の戴鏞題跋）。それが、誰の編選にかかり、いつ刊行されたかということは定かにできないが、『第五稿』上下二巻の刻本が確かに存在したことを明言している。また、姚鏞が選んだ『第四稿』下巻の刻本の正式名称が『後集第四稿』であったことも、この題跋の記述により確認できる。とすれば、同時に上梓されたはずの李賈の選『第四稿』上巻も、同じ書名であったはずだが、どうやら明代にはすでに散逸していたようである。

以上のように、戴復古の詩集も、許棐と同様、折々に編集刊行され、「五稿」の多きに至っている。これまでに言及した内容を踏まえると、戴復古のばあいも、一定期間に詠んだ作品を他人に托して選別してもらい百首前後を目途に一つの小集としていたようである。そして、それら全てが上梓されたようだ。

七、詩集出版の二つの形

許棐と戴復古の詩集出版の形には、共通点と相違点がそれぞれ一つずつある。

まず、共通点は、いずれも一定期間の所作を他人に選別してもらい、小集という形式で陸続と出版した、という事実である。生前の折々に自作を整理し詩集とした先例としては、楊万里（一一二七〜一二〇六、字廷秀、吉州吉水〈江西省〉の人）の例があり、彼は生涯に計九種の自作詩集を編定している。このうち少なくとも七種は、楊万里の生前に上梓されていた（中華書局『楊万里集箋校』巻頭の「凡例」参照）が、巻数は少ないものでも三巻（『江西道院集』）、多いものは十四巻（『江湖集』、『退休集』）に上り、一巻前後を標準とする江湖詩人の小集とは明らかに異なっている。楊万里は、いうまでもなく、生前から極めて高い評価を得ていた第一級の士大夫詩人である。よって万人が認める大詩人でもあった。それゆえ、彼の自編詩集の出版は、士大夫社会全体の揺るぎない支援を前提にしていたといっても過言ではない。

それに対し、江湖詩人はやはり何といっても知名度に乏しく、社会的信頼という点でも、士大夫にははるかに劣る。しかし、小集という形式ならば、費用対効果のリスクを最小限に抑えられる。おそらく、この点こそが、江湖詩人に独特な詩集形態の背景にあったものと判断される。すでに述べたように、出版経費を抑えられれば、売価を安く抑えられるので、懐具合が豊かになった市民階層の購買意欲を高める効果ももたらしたであろう。「新しい酒は新しい革袋に盛れ」という諺のごとく、「布衣詩人の手になる晩唐体の詩作」という新しい酒は、選りすぐられた佳作ばかり収められた「小集」という新しい革袋に盛るのが相応しい、という見方も成り立つが、同時にまた経営側のリスク回避がこのような形態を生んだ直接の原因であることも否定できない。

　つづいて、両者の相違について指摘しておこう。許棐のばあい、出版前の編定作業に責任を負ったのは、第一詩集から最後の第四詩集に至るまで、ずっと陳起一人であった。陳起は詩壇に新風を吹き込んだ辣腕の出版プロモーターではあったが、社会的身分の点からいえば、まぎれもなく非士大夫階層に属する商人であった。一方、戴復古のばあい、彼が自作の選別編定や序跋の寄稿を依頼したのは、例外なくすべてが士大夫であった。そのなかには、樓鑰や真徳秀のように今日なおよく知られた詩人・学者が含まれるほか、趙汝談・汝讜のように当時、宗室第一と目され「一代騒人の宗」（劉克荘「趙崇安詩巻」、中華書局『劉克荘集箋校』巻一〇七）と称された時の人も含まれている。

　このような異同は、おそらく両者の年齢差による部分が大きいのではないかと推測される。もっとも、許棐の生年が不明なので、実際にどのくらいの年齢差があったのかは不明であるが、おそらく戴復古の方が幾らかは年輩であっただろう。少なくとも、詩人としての活躍は戴復古の方が先行していたと考えられる。そして、戴復古は、陳起の出版事業が軌道に乗る嘉定年間以前から全国行脚を始めているので、旧世代と同じ常識に従って、我が身の振り方を決めていたはずである。その常識とは、科挙を経ずに仕官するためには、一人でも多く士大夫の知遇を得て、彼らから高く評価されることが不可欠であり、彼らの推挽なくしては、とうてい官職に与ることは叶わない、というものである。この点は、戴復古よりも半世紀ほど早く生を享けた江湖詩人、姜夔と劉過の足跡を見れば、きわめて分かりやすい。彼らも全国を股にかけ名士や権貴の門を叩きつづけた。

　かくて、戴復古は謁客詩人と揶揄されながらも、全国行脚しては各地の名士（士大夫）と交わり、自ら積極的に仕官への道を切り拓こうとした。彼が残した足跡は、福建、広西、湖南、湖北、江西、両淮……と、実に広域に及び、長期の旅を幾度となく体験している。当時の戴復古には、交流した士大夫たちに、得意とする平生の詩業を示して、己を高く評価してもらうという一念しか存在しなかったかに映る。

　かつまた、陳宅書籍鋪が成功するまで、江湖詩人が自作詩集を出版するためには、士大夫の支援は不可欠であった。戴復古の詩集に関連して出版元が具体的に推測できるのは、『第四稿』の、李賈のケースだけである。県尉の職に在った彼が、自ら率先して上梓したことを明言している以上、『第四稿』も、彼が職位上自由にできる公的資金を用いて出版された可能性が高い。すなわち、官署が出資する官刻本としての刊行である。他の詩集のすべてが官刻本であったか否かは不明であるが、もしも官刻ならば、いうまでもなく、士大夫の強い推薦と支援なくして、実現はとうてい覚束ない。よしんば、民間の坊刻であったとしても、士大夫のお墨付きをすでに得ているか否かは、出版するか否かの決定を大きく左右したであろう。戴復古が自作の選別を詩名のある士大夫に依頼し、多くの序跋を寄せてもらった背景には、おそらくこのような当時の実情が反映されていると考えられる。陳起の出現後は、彼も考えを改めることができたはずであるが、結局は己が信じ歩んできた道の方を選択したのであろう。

許棐にも仕官志向があったことは、前掲、陳起の挽詩「弓旌　至らず　遺賢を歎く」の句によって間接的に分かるが、彼の詩を読む限り、その姿勢はいたって受動的である。詩題から分かる彼の足跡は、故郷と臨安を除くと、あとは安徽の慈湖、江蘇の呉江、浙江の紹興くらいしかなく、いずれも江南一帯の、故郷ないしは臨安からそう遠くはない場所ばかりであり、戴復古とは好対照でさえある。おそらくは、彼の人となりが、このような行動パターンを生んだ内的要因であろうが、陳起に見出され、かつまた陳宅書籍鋪が新風を巻き起こす新たな出版の時代に巡り会えたことが、戴復古のような行動を取らずに済んだ最大の外的要因であろう。

民間の作者と民間の出版者が、士大夫の介在なく、ほぼ対等の関係で直接結ばれるという関係が、陳起の出現によって、初めて誕生した。江湖の詩人たちはこの時、――士大夫の知遇を得るために、長期、故郷を留守にして、全国行脚を繰り返すまでもなく、あるいはまた、士大夫から門前払いを食らったり、腰を低くして彼らのご機嫌を伺うような、屈辱的な思いをするまでもなく――己の詩作を誰に気兼ねすることもなく上梓できる新たなルートを獲得したのである。望んで手に入れたものではなかったかもしれないが、許棐は幸運にもそのような僥倖に恵まれた。

十二世紀の後半から目立つようになる南宋の江湖詩人に着目すると、世代によって、作者と出版の関わり方に小さからぬ変化が生まれていることに気づかされる。即時の出版というリアリティーのまだなかった第一世代が姜夔や劉過であるとすると、第二世代に属する戴復古にはすでにその意識が明確に存在している。しかし、その彼も姜夔や劉過と同様の方法論で士大夫に接近し、彼らの支援によって自作詩集の出版を実現するという考えしか念頭になかった。そして、おそらく第二世代の末期（あるいは第三世代）に属する許棐の時代になると、こと自作の発信という点に限れば、もはや士大夫の支援を仰がなくても、それが可能な時代に転じているのである。もちろん、このような変化は、時代の変化を読むのに長けた陳起という書商が現れ、彼が新たな出版戦略を敷いたことによって促された。しかしいずれにせよ、その結果、少なくとも――陳宅書籍鋪が存続した――晩宋の半世紀に生きた江湖の詩人たちは、旧世代の江湖詩人とは異なる、新たな夢と希望、さらには些かの自信と勇気を抱くことが許されるようになったのである。

参考文献

内山精也「古今体詩における近世の萌芽――南宋江湖派研究事始」（宋代詩文研究会江湖派研究班『江湖派研究』第一輯、二〇〇九年二月）

王嵐「戴復古集編刻流伝考」（宋代詩文研究会江湖派研究班『江湖派研究』第一輯、二〇〇九年二月）

◎コラム◎

近体詩の作法——分類詩集・詩語類書・詩格書

坂井多穂子

さかい・たほこ——因島生まれ。東洋大学文学部東洋思想文化学科准教授。専門は唐宋詩。主な論文に「士大夫における『滑稽』——周紫芝『滑稽小傳序』」（『飆風』第四一号、二〇〇六年）、「謔（たわむ）れを好んだ梅堯臣——「謔」字の用例を中心に」（『白山中国学』通巻一五号、二〇〇九年）、「白居易の戯題詩——他を妬きて心火に似たり」（『中国文史論叢』第八号、二〇一二年）、「楊萬里の『喜雨』詩について」（『東洋大学中国哲学文学科紀要』第二一号、二〇一三年）、『詩僧皎然集注』（共著、汲古書院、二〇一四年）などがある。

中国古典詩の詩体は古体詩と近体詩の二種に分類できる。「近体詩」（〈現代〉のスタイルの詩）とは、その詩体が成立した唐代での呼称が定着したものであり、「古体詩」は近体詩よりも成立の古い詩体という意味。古体詩は形式上の自由度が高いが、近体詩は、平仄・押韻・対句などの規則を守ることが求められた。詩作は士大夫必須の教養のひとつとみなされていた。

科挙制度が始まると、詩賦の制作が受験科目の一つとなり、受験生は士大夫となるために詩作の腕を磨いた。南宋には、一回の科挙の受験者総数が数十万人にも達したともいわれるが、合格者は千人以下、全体の一パーセントにも満たず、科挙のたびに大量の不合格者、いわば「非士大夫知識人」が生まれた。また、庶民や女性の間でも識字率が増加し、詩を書くことが士大夫の専有ではなく、人々の教養として広く認められるようになった。南宋後期（十三世紀前半）の非士大夫詩人による詩社の結成がこれを物語っていよう。必然的に、彼ら民間詩人のために詩作の啓蒙書が数多く出版されることとなった。

印刷術の普及した南宋においては民間の書肆も少なくない。江湖詩人の名の由来となった『江湖集』を刊刻した杭州の書肆陳商はその一人であるが、ほかにも建陽（福建省）や廬陵（江西省）の書肆が詩に関する書籍を刊刻したことで知られる。なかでも建陽の書肆で刊刻された『王状元百家注分類東坡先生詩』（後述）はロングセラーとなった。民間詩人たちはこうした啓蒙書を頼りに詩作の腕を磨いたのである。

詩作の手始めとしては、規則の多い近体詩の短詩型、とくに、七言絶句、五言律詩、七言律詩の順に初心者向きであるという。最も字数の少ない五言絶句は、言外の意趣を含ませる才が必要であるため、かえって初心者向きとはいえない。

ここでは、近体詩の吟詠の作法を教える数ある啓蒙書のなかから、南宋とその前後に刊行された啓蒙書を三種に大別して紹介しよう。一つめは、詩を主題ごとに分類した詩集。二つめは、詩語類書、すなわち詩の用語ごとに意味と作例を挙げた類書（百科事典）である。三つめは、詩格書と呼ばれるもの。「格」とは作風や風格を指し、詩格書とは詩を表現上の格式や風格ごとに分類した啓蒙書の意である。

一、分類詩集

詩集には個人の詩集（別集）と、複数詩人の詩を集めた詩集がある。まずは別集をとりあげよう。

別集には編年本と分類本の二種がある。制作年順に並べた編年本は詩人の人生と詩を関連付けて鑑賞するのに適しており、主題別に分類された分類本はある主題で詩人がどんな作品を作っているかを調べるのによい。民間詩人の詩作の手本となりうるのは、もちろん後者であろう。

前出の『王状元百家注分類東坡先生詩』（十二世紀後半に刊刻か）は、書名のとおり、北宋の蘇軾の詩を分類して「百家」の注を付したものである。状元（科挙第一位）王十朋の名を冠して購買者の目を引こうとする書肆の思惑がみえるものの、この頃に刊刻された蘇軾の注付き別集数種のなかでもよく売れた。

目次は、紀行・述懐・詠史から絶句・歌・行・雑賦までの七十七の項目からなる。内容による分類と形式による分類とが混在し、また節候の項目がないなどの偏りもみられる。配列は、後述する他の分類詩集や類書では天地や節候の項目が最初に置かれて人事はその後に並ぶのに対し、本書では紀行や歴史（詠史、懐古、古跡）関連の項目が冒頭に置かれ、天地の項目は婦女の後に追いやられている。この配列に詩数の多寡との関連はみられない。この分類と配列には斬新さあるいは無頓着ささえ感じる。成書に王状元の関与は疑問視されているようだが、同感である。

つぎに、複数詩人の詩を集めた詩選集の分類本を一種紹介しよう。南宋の江湖詩人、劉克荘が唐宋の「千家」の近体詩を分類して編んだ選集、『分門纂類唐宋時賢千家詩選』（刊刻年未詳、全二十二巻。以下『千家詩選』）である。唐宋の近体詩を主題別に、時令・節候・気候・晝夜・百花・竹林・天文・地理・宮室・器用・音樂・昆蟲・人品の十四門と、各門の下に子目を立てて収録したもので、注は付されていない。門と子目からなる分類は、あとに述べる「類書」の方式と同じで、『王状元百家注分類東坡先生詩』よりも系統立っていて調べやすい。

たとえば、「天文門　月」の項目をみてみよう。巻頭に「月　霜月　雲掩半月　十四夜月　新月　半月　翫月　十六夜月」との計七種の主題が掲げられ、そのいずれかを詩題とする十一首の絶句や律詩が並べられている。冒頭に全ての主題が並べられているため、一目瞭然である。

「四庫未収書提要」には、同時代の趙孟奎編『分門纂類唐歌詩』（一二六五年成立。全百巻。十一巻のみ残存）の分類に似ると述べる。詩篇と用語の違いはあるが、分類詩集は類書のように必要な項目を調べるための書であった。

また、編者劉克荘は唐宋詩のなかでも、江湖詩人や南宋後期すなわち同時代の詩を多く収録している。読者に当世風の詩例を示そうとする意図がうかがえよう。

二、詩語類書

類書とは初学者向けの字書と用語用例を兼ね備えた集である。内容別に複数の部門に分類されているところは前項の分類詩集と同様であるが、載せる範囲が異なる。たとえば、分類詩集は「月」を主題とする詩篇全体を載せ、類書は「月」を描いた句を抜き出して載せる。すなわち、分類詩集はおもにその主題を描くための全体的な構成を、類書は具体的な用語や典拠の使い方を教えるものである。

類書の古いものとしては、唐代の『藝文類聚』と『初學記』が知られる。『藝文類聚』は唐初に成立し、「天部」から「災異部」までの四十六部に分けて部ごとに計七二七の子目をたて、唐以前の詩文例を大量に載せている。

『初學記』は官製の類書で、唐の玄宗の皇子たちの作文の調べ物に供するために作られた。書名どおり、初心者用の書である。二十三部、三一三子目の項目数は『藝文類聚』の約半数であるが、内容はさらに「（くわ）精《くわ》」しい。『藝文類聚』はただ、字書の意味を引き、詩賦の例を並べるのみだが、『初學記』にはくわえて「事對」（人の事跡を並列したもの）の項がある。

たとえば「月」の事對をみると、「水氣　金氣」「觀蓂　視桂」「合兎　瑤蟾」「圓璧　破鏡」など、月にまつわる故事の事対を十三対も挙げ、それぞれについて詩賦の用例を挙げる。典故を盛り込んだ対句を作るための実用的参考書である。

宋以降の詩語類書では、次に紹介する三書はいずれも元代に入ってからの刊刻ではあるが、南宋の需要を反映していよう。

『聯新事備詩學大成』（林楨編、一三四九年刻）は、宋末元初の建陽の書肆、毛直方の旧編（『増廣事聯詩學大成』一三三二年刻）を増補したものである。目次は、天文・地理・時令・節序から、飛禽・走獸・鱗介・昆蟲の三十三門と八一四の子目からなる。朱文霆の序に「（編者の林楨は）古今の名公の佳句を選び取って付し、旧編よりも事類においては分野を絞り、詩語においては善くないものを削って善いものを増やした」というように、詩材になりやすい事物にしぼった類書である。目次には、旧編から増設された子目の下に「新增」と記され、とくに親屬門・百官門・人品門・慶賀門など人事関連の部門に「新増」された子目が多い。

　ページをめくると、改行も余白も少なく、文字が密集して見づらいものの、それぞれ「事類」の項に、表出漢字を最下位に含む二字から四字の語彙とその用例を挙げ、さらに「散對」の項には「起」「聯」「結」に分けて対聯の用例を五言・七言ともに豊富に挙げる。手とり足とりの懇切丁寧な指導で、初学者を読者層に想定して編まれたことがうかがえる。

　刊刻時期はやや遡るが、『韻府群玉』（陰時夫編、一三〇七年成立。全三十八巻）と『新編詩學集成押韻淵海』（厳毅編、一三四〇年刻。全二十巻。以下『押韻淵海』）は、どちらも書名に「韻」の字があるように、詩の押韻の参考書としての類書である。平水韻の韻目ごとに分類し、標出漢字を最下位に含む二字、三字、四字の熟語とその用例を挙げている。ただし、『韻府群玉』は平声・上声・去声・入声の一〇六韻の韻目全てを収録するが、『押韻淵海』は平声三十韻のみを対象とする。近体詩の押韻は平声で踏むのが一般的であるから、『押韻淵海』は近体詩の制作に最低限必要な部分のみを収めた手軽な参考書であったと言えよう。

　さらに、『押韻淵海』の各韻目の末尾に「詩料」の項があり、内容別に五言と七言の句例を載せている（**写真**）。たとえば、上平一「東」の「詩料」には、句末が「東」字である句が並ぶ。その中の「月」の、「宝鑑擁林東」「清輝玉海東」は、内容（月）と韻字（東韻）という二重の条件を満たす句例である。また、各頁の句や用語は同じ高さに揃えられ、頁の上下に適度な余白が設けられているので、『詩學大成』や他の類書よりも見やすく、すっきりしている。

　内容から詩句を練る際の参考書『詩學大成』。韻字をもとに詩を作るための参考書『韻府群玉』・『押韻淵海』。これらの参考書がこの頃に相継いで出版された背景に、民間詩人の増加による需要の拡大があることはあらためて繰り返さない。

三、詩格書

　詩篇を分類して並べるという点では詩格書も分類詩集の一部であるが、主題による分類ではなく、表現上の格式や風格によって分類したものである。詩格書は、南宋の周弼の編『三體唐詩』（全二十巻。一二五〇年序。以下『三體詩』）が創始とされる。唐（とくに中晩唐）の一六七人の近体詩約五〇〇首を収録する。范晞文の『對床夜語』（一二六二年）によれば、この書は出版されるやかなり評判になったらしい。「三體」は、初心者向きの近体詩型である七絶・七律・五律を指す。七絶を實接・虚接・用事・前對・後對・拗體・側體の七格に、七律を四實・四虚・前虚後實・前實後虚・結句・詠物の六格に、五律を四實・四虚・前虚後實・前實後虚・一意・起句・結句の七格に分類して載せ、「虚」（情思）の句と「實」（景事）の句の組み合わせについて法則を立

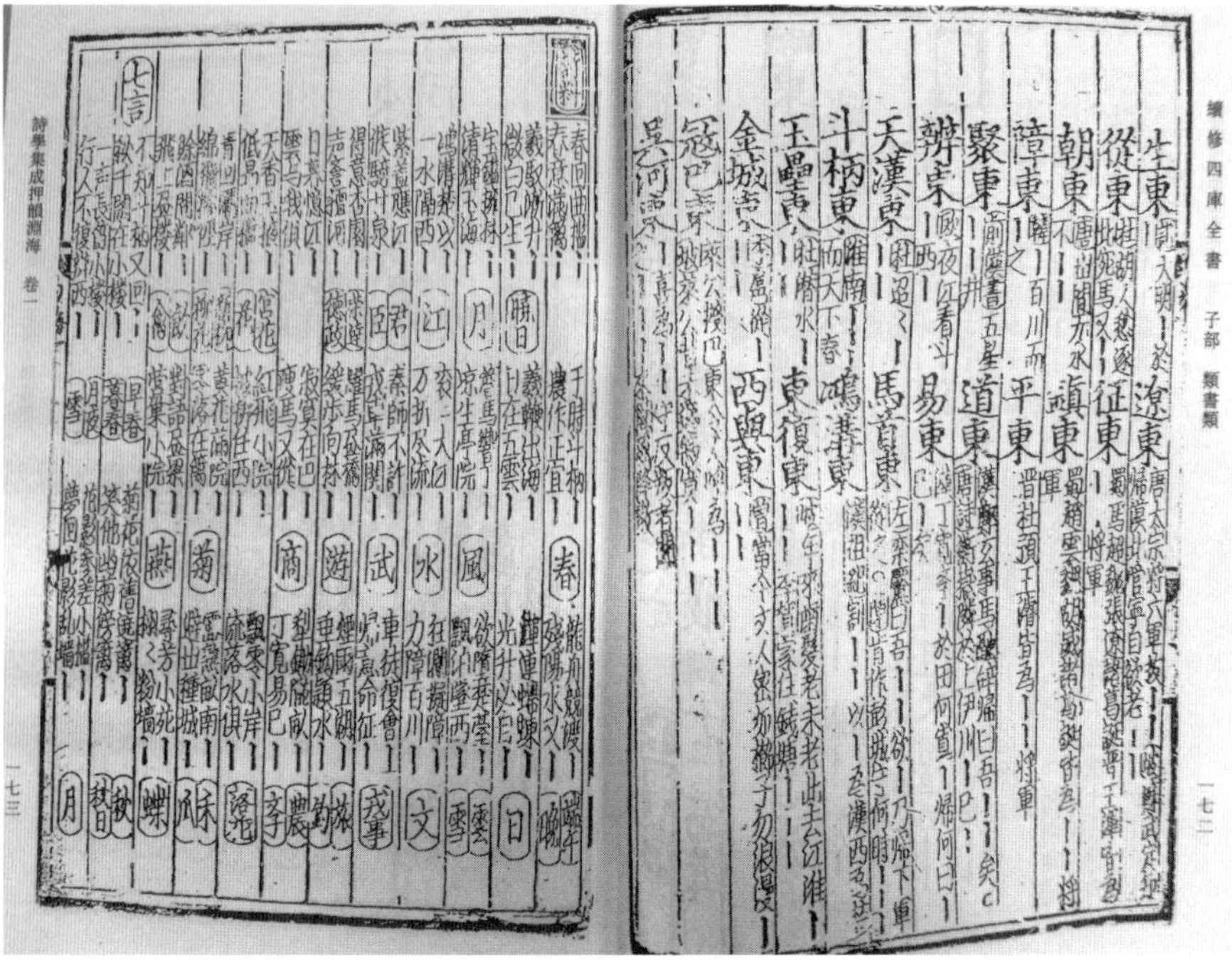

写真　『詩學集成押韻淵海』（續修四庫全書本）巻一「上平聲一　東」の事類と詩料。

てて唐の詩例を挙げる。たとえば七絶第一格の「實接」は、絶句の「主」である転句（第三句）が「實」句であるものを指し、「實接」は詩を重厚にすると編者周弼はいう。「實接」の詩例を一首挙げよう。晩唐の杜牧「江南の春」詩。

千里　鶯啼いて　緑　紅に映ず、
水村　山郭　酒旗の風。
南朝　四百八十寺、
多少の樓臺　煙雨の中。

この転句は実字（名詞など）からなり、動詞などの虚字が入っていない。「實」の句には実字が多用される傾向がある。

編者の周弼は江湖詩人の一人である。中晩唐の詩を多く収録するのは、江湖詩人を中心とする南宋後期の詩人たちが中晩唐の平明で抒情的な詩を作詩の範としたことによるだろう。前出の『千家詩選』を思い出してほしい。その編者の劉克荘も江湖詩人であり、南宋後期や江湖詩人の作品を多く収録していた。つまり、主題別か詩格別かという分類の違いはあるが、二人の選詩基準では、名作であるかよりも、「読者が時流に合った詩を作る際の手本となるか」が優先されている。

このほか、近体詩の詩格書としては、『唐宋千家聯珠詩格』（于済・蔡正孫編。全二十巻。一二九九年刊刻）がある。まず于済が「絶句中の字眼格に合する者を拈出し、類聚してこれを群分」して三巻を編み、元初に蔡正孫が二十巻に増訂して刊刻した。唐宋の七言絶句のみ一千首余りを、「四句全對」「起聯平側對」から「用後身字」までの三三五の格に分類する。詩格による分類ではあるが、『三體詩』とは違って、宋代の詩をも収録している。しかもこの書は劉克荘の『千家詩選』と同じく、江湖詩人を中心に南宋後期の作品を多く収める。江湖詩人ではない蔡正孫自身の詩も入れられている。禁書に指定されて早くに佚亡したのは、蔡正孫が宋の遺民を自認し、宋に節操を守った者の詩を多く採ったためだと言われるが、いっぽうでは、選詩の粗悪さを指摘する声もある。ともあれ、江湖詩人の詩を多く採った蔡が、江湖詩人の周弼・劉克荘の啓蒙的詩集を見て両書の特徴を取り入れたであろうことは想像に難くない。

また、詩格書の成立と発展には、同時期に生まれた詩話との関係も看過できないが、紙面の都合上、ここでは述べない。

『草堂詩余』成立の背景
——宋末元初の詞の選集・分類注釈本と福建

藤原祐子

ふじわら　ゆうこ——岡山大学言語教育センター准教授。専門は唐宋詞、詞籍と宋元期の出版文化。主な著書・論文に『中国文学のチチェローネ』（共著、汲古書院、二〇〇九年）、『詞学名詞釈義』訳注』（共著、汲古書院、二〇一〇年）、「『草堂詩余』の類書的性格について」（『風絮』第三号、二〇〇七年）、「『草堂詩余』と書会」（『日本中国学会報』第五十九集、二〇〇七年）、「『詳注周美成詞片玉集』の注釈をめぐって」（『橄欖』第十九号、二〇一二年）などがある。

南宋末に編纂された『草堂詩余』は、詞籍として非常に特殊な体裁をとる詞選集である。従来の『草堂詩余』研究において、その体裁の特殊さは、詞が「唱われるもの」であったという側面から、主に考えられてきた。本稿では、『草堂詩余』を同時代同出版地の出版物全体と対照することで、その体裁の意義を捉え直してみたい。

はじめに

唐代に興った詞という文学形式は、もともと宴席などにおいて即興で作られ唱われる「歌」であった。そのため、詞が最も隆盛した宋代にあっても、正統な「文学」とはなかなか見なされず、「詩余（詩の余り）」と呼ばれたりもしている。

個人単位で考えた場合、詩文集に比べて詞集の現存するものが非常に少ないのは、そのことも関係するだろう。

詞学研究において、この個人の詞集が少ないという資料的制約を補うのが、選集である。特に唐五代の詞作品は、基本的に選集によって残ったと言ってよく、その中でも五代後蜀の趙崇祚が編んだ『花間集』は、唐五代詞の最も重要な資料とされている。それが、北宋以後になると、士大夫層を含めた作詞人口の増加、詞作の蓄積、印刷出版技術の急激な発達といった要因によって、続々と個人の詞集や詞選集（以下、「詞籍」と総称する）も編まれるようになっていく。残念ながらそれらの大半はすでに散逸してみることができないが、南宋・陳振孫の蔵書目録である『直斎書録解題』巻二十一「歌詞類」には、全部で百十余種もの詞籍が著録されている。

さて、本稿が主に扱おうとするのは、南宋期に編纂された『草堂詩余』と呼ばれる詞選集である。成立当時から元明にかけて最も流通し読まれたと考えられているこの詞選集は、後述するように、詞籍の中では特殊な存在である。その「特殊」な『草堂詩余』が生み出され、人気を博した理由とは何だったのか。この問いに対する答えを、本稿では『草堂詩余』の体裁と当時の出版界の風潮を手がかりに、少し考えてみたい。

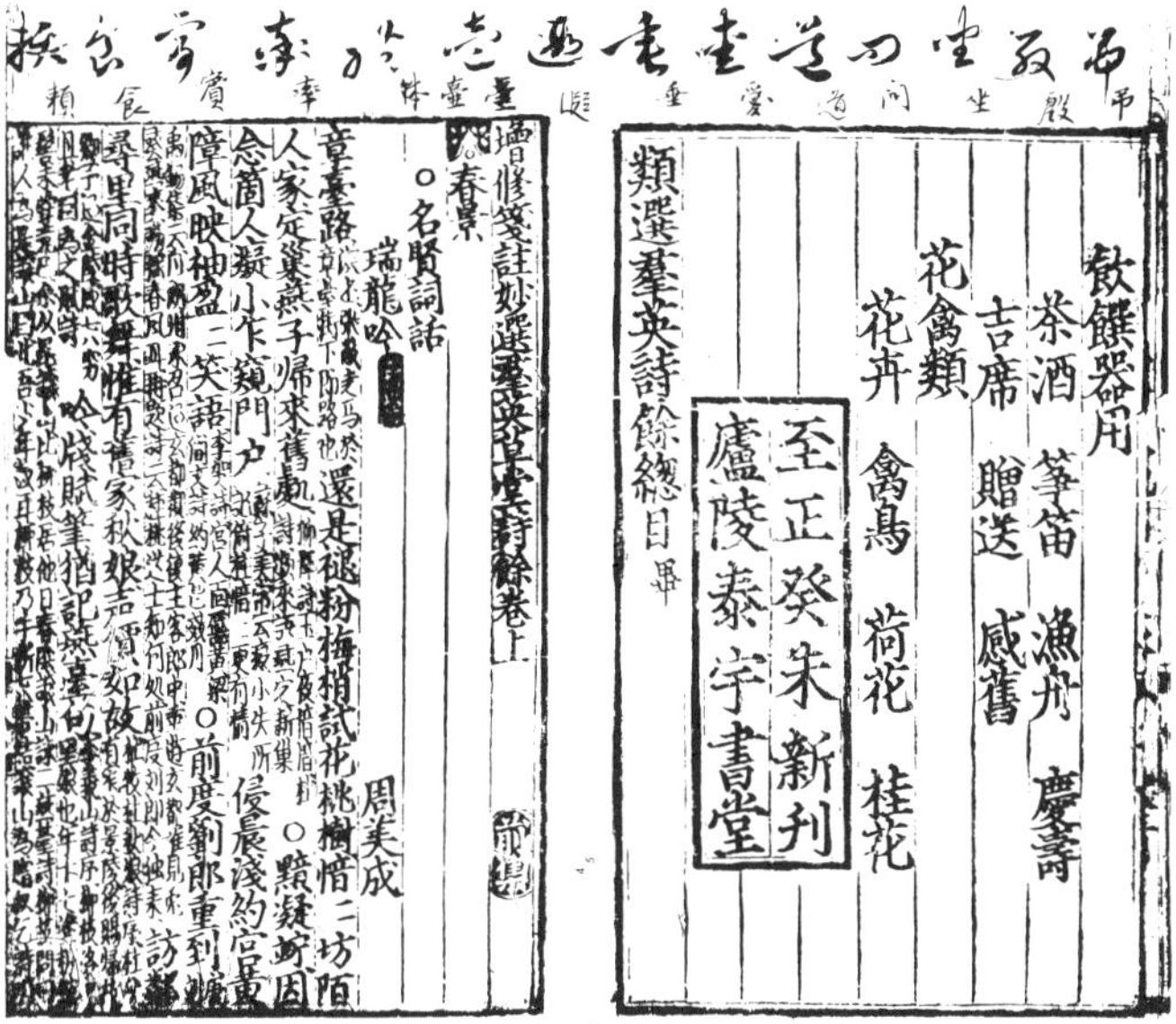
類選羣英詩餘總目

欽饌器用

茶酒　箏笛　漁舟　慶壽

吉席　贈送　感舊

花禽類

花卉　禽鳥　荷花　桂花

至正癸未新刊

廬陵泰宇書堂

增修箋註妙選羣英草堂詩餘卷上

春景

名賢詞話

瑞龍吟　周美成

図1　元・至正三年刊『増修箋注妙選群英草堂詩余』書影
（京都大学漢籍善本叢書第九巻、同朋舎、1980年）

一、分類本という体裁

まず、『草堂詩余』がどのような詞選集であるか、その概略を示しておく必要があるだろう。『草堂詩余』は編者不明、唐五代から南宋までの作品四百五十首あまりを、内容による分類によって配列し、それぞれに注釈や詞話（作品にまつわる様々なエピソード等）をつけて、収録している。南宋の末期には『草堂詩余』という名前の注釈付き詞選集が成立していたことが知られており、現存する最も古いテキストは京都大学所蔵狩野博士旧蔵の元・至正三年（一三三七）に廬陵（今の江西省）で出版された版本である（図1）。その最古の版本に記された正式な書名は『増修箋註妙選群英草堂詩余』、書名からわかるように、すでに「増修」を経たテキストと考えられるが、内容的には原『草堂詩余』とそれほど遠いものではないとされている。『草堂詩余』の版本の詳細については、すでに専論もあるのでここでは立ち入らないが、現存するだけでも約四十種類の版本があり、この詞選集がいかに人気で

あったかを物語っている。(1)

さて、先述したように『草堂詩余』は詞籍の中でも特殊な存在とされるのだが、その最大の理由は『草堂詩余』が採る体裁にある。『草堂詩余』の体裁の特徴は大きく次の二点、一つ目は分類編纂であること、二つ目は注釈を持つこと、である。本節では、まず一つ目の特徴である「分類」という編纂形式について考察していく。

この『草堂詩余』が採る分類編纂とは、収録した詞を作品の詠う主題別に載せる編纂形式である。(2)『草堂詩余』以外に分類編纂する詞籍は、現存するものの中では、北宋・周邦彦詞の注釈本である『詳注周美成詞片玉集』(以下『片玉集』と略称)程度しか見いだすことができない(**図2**)。前述の『直斎書録解題』「歌詞類」には、『類分楽章』と『万曲類編』という詞選集の名前が著録され、それらは書名からして分類編纂だったのではないかと考えられるが、すでに失われており、実態がどうであったかを知ることは出来ない。『花間集』『楽府雅詞』『花庵詞選』等、唐宋期に編纂された他の主な詞選集がすべて、作品を作者別に分けて収録することを併せて考えれば、分類編纂が詞籍として非常に珍しいことだけは確かといえよう。では、なぜ『草堂詩余』は分類編纂という形式を採ったのか。

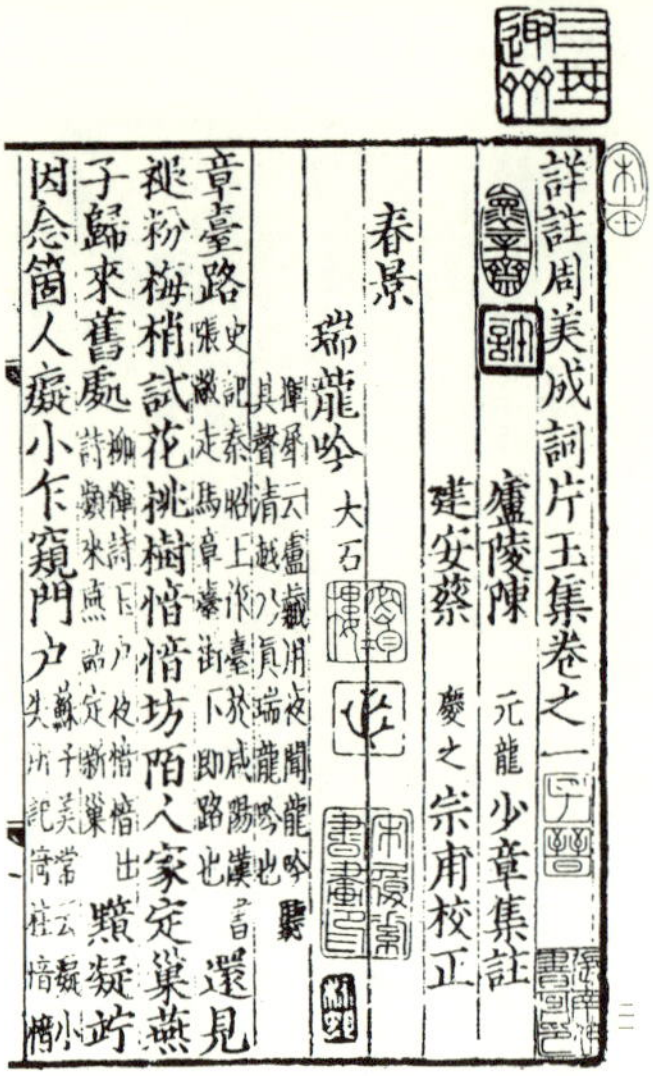
詳註周美成詞片玉集巻之一
廬陵陳　元龍　少章集註
建安蔡　慶之　宗甫校正
春景
瑞龍吟　大石
章臺路　還見褪粉梅梢試花桃樹愔愔坊陌人家定巢燕子歸來舊處　黯凝佇因念箇人癡小乍窺門戶

図2　宋刊『詳注周美成詞片玉集』書影(福建省文史研究館編「宋元閩刻精華」、福建人民出版社、2008年)

この問いに対して、これまでの『草堂詩余』研究においては「応歌」、すなわち宴席などで唱われる際に、歌妓がその場にふさわしい、あるいは求められた内容の詞を選ぶのに便利であるから、という理由がまず真っ先に挙げられてきた。詞が元来は宴席の余興、「歌」であったことからすれば、確かにそのような側面を持っていた可能性は否定できない。しかし、収録されているのが詞であるということを一旦措いて、分類編纂という形式そのものに着目した場合、それは当時の出版物の中で『草堂詩余』と『片玉集』のみが採るものでは、決してない。宋元期の出版全体を見渡してみると、分類編纂は出版形態の一つとして、むしろごく一般的なのである。

当時の書目に見えるもの、及び現存する宋元期の書物の中から、「分類」「分門」「類編」「類」などの謳い文句が冠せられた、分類編纂の体裁を採る書物名を、詩文の集本を中心にいくつか挙げてみよう（図3・4・5）。

詩集……『門類杜詩』『類集詩史』『分門集注杜工部詩』『分類補注李太白詩』『王状元集百家注分類東坡先生詩』『分門纂類唐宋時賢千家詩選』『唐詩類選』『呉興分類詩集』『東莱先生分門詩律武庫』

文集……『西漢文類』『三国文類』『唐類表』『宏辞総類』

その他……『左伝類編』『皇朝事類枢要』『観史類編』『唐宋分門名賢詩話』

類目の立て方は書物によって様々ではあるが、いずれも作品がその内容によって分類編纂されていることでは共通する。これら「分類本」の中に置けば、『草堂詩余』や『片玉集』

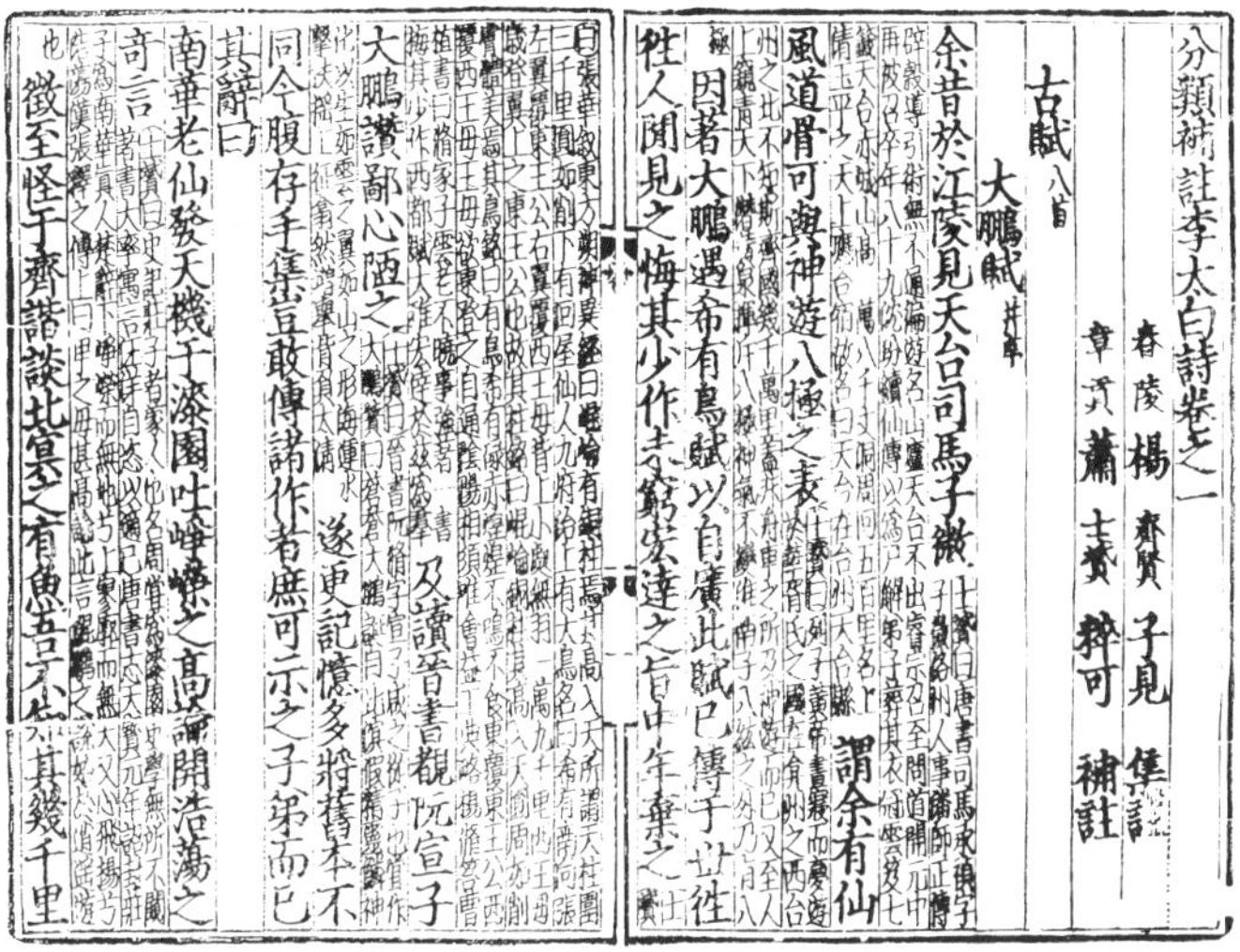
分類補註李太白詩卷之一
春陵 楊齊賢 子見 集註
章貢 蕭士贇 粹可 補註
古賦八首
大鵬賦 并序
余昔於江陵見天台司馬子微謂余有仙風道骨可與神遊八極之表因著大鵬遇希有鳥賦以自廣此賦已傳于世往往人間見之悔其少作未窮宏達之旨中年棄之及讀晉書覩阮宣子大鵬讚鄙心陋之遂更記憶多將舊本不同今腹存手集豈敢傳諸作者庶可示之子弟而已其辭曰
南華老仙發天機于漆園吐崢嶸之高論開浩蕩之奇言徵至怪于齊諧談北溟之有魚吾不知其幾千里

図3　元刊『分類補注李太白詩』書影（「宋元閩刻精華」第二輯、福建人民出版社、2013年）

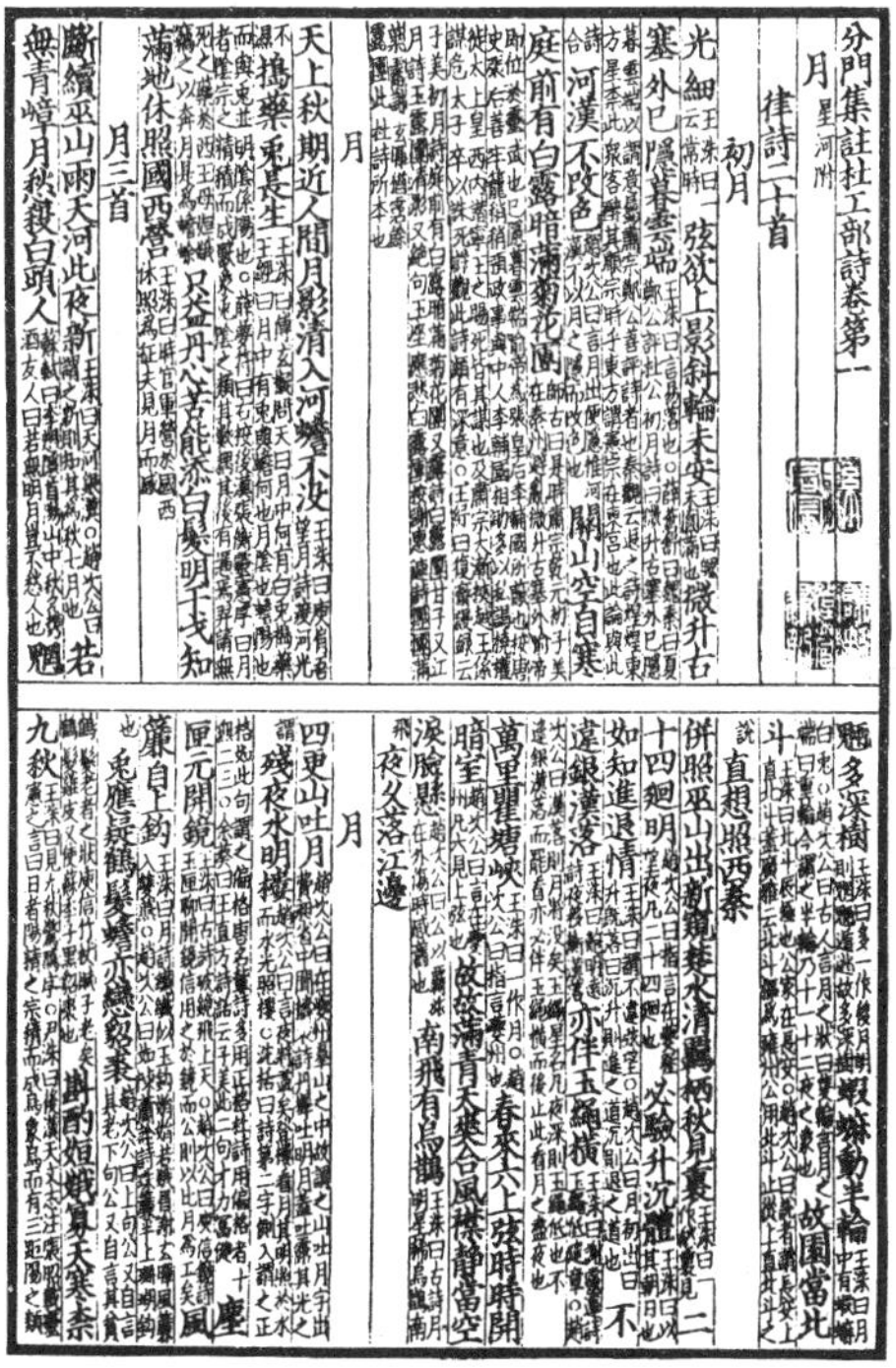
光細弦欲上影斜輪未安微升古塞外已隠暮雲端河漢不改色關山空自寒庭前有白露暗滿菊花團
天上秋期近人間月影清入河蟾不没搗藥兎長生只益丹心苦能添白髮明干戈知滿地休照國西營
斷續巫山雨天河此夜新若無青嶂月愁殺白頭人魍魎移深樹蝦蟆動半輪故園當北斗直想照西秦
併照巫山出新窺楚水清羈棲愁裏見二十四回明必驗升沈體如知進退情不違銀漢落亦伴玉繩横
萬里瞿塘峽春來六上弦時時開暗室故故滿青天爽合風襟静當空涙臉懸南飛有烏鵲夜久落江邊
四更山吐月殘夜水明樓塵匣元開鏡風簾自上鉤兎應疑鶴髮蟾亦戀貂裘斟酌姮娥寡天寒耐九秋

図4　宋刊『分門集注杜工部詩』書影（『四部叢刊初編』、商務印書館）

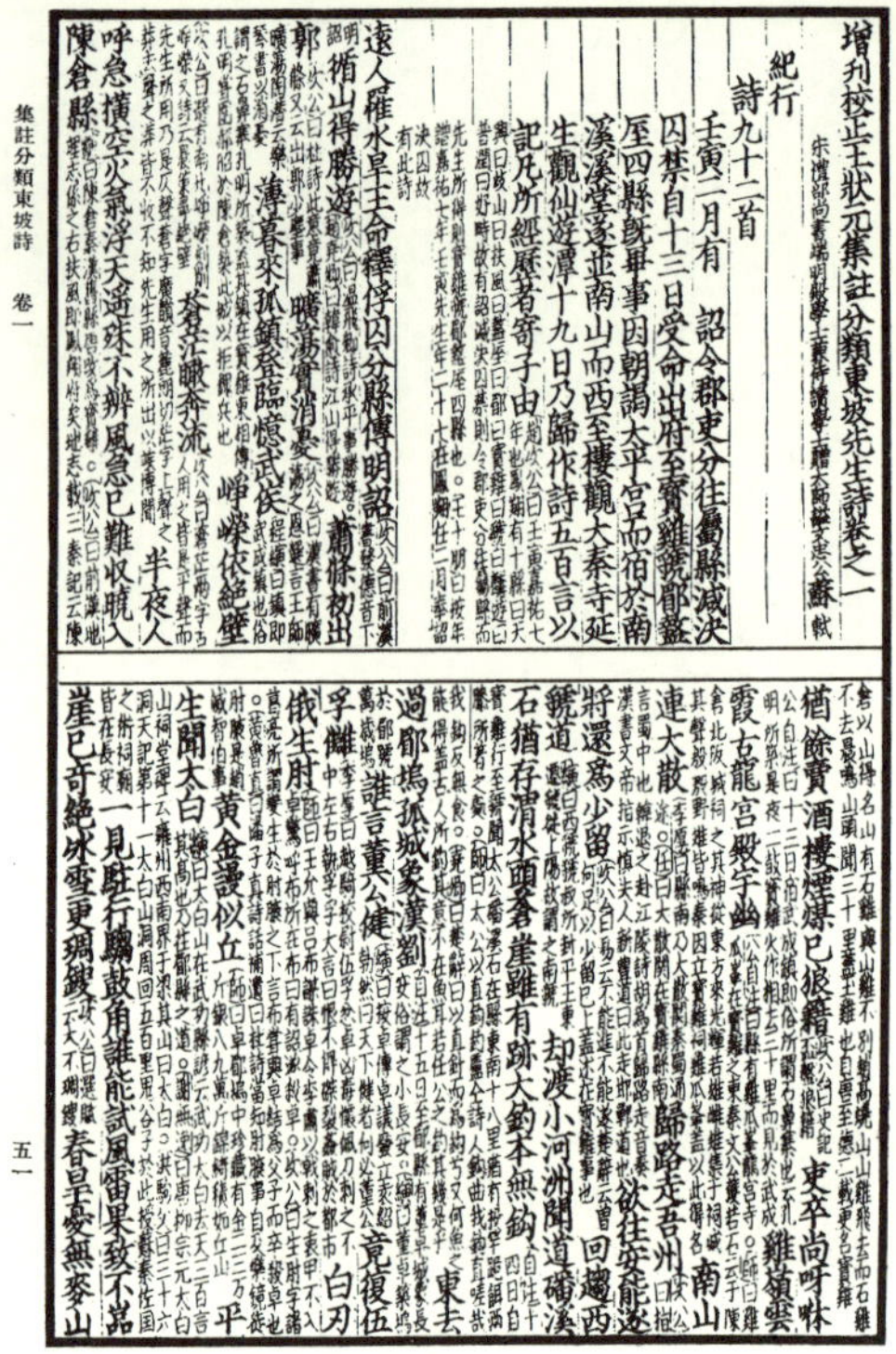

図5　元・建安虞平斎務本書堂刊『王状元集百家注分類東坡先生詩』書影（『四部叢刊初編』、商務印書館）

が、決して特別な体裁を採っているわけではないことは明らかである。詞は元来「唱われる」ものであったために、どうしても「応歌」という側面が目につきやすい。しかし、このように同時代同形式の多くの書物の存在を念頭において考えたとき、それが詞選集であることを理由に、分類という体裁の主たる目的を「応歌」とすることは、やや妥当性を欠くのではないだろうか。

そもそも、詩文を主題ごとにファイルして配列する、という分類本のスタイルは、「類書」と呼ばれる百科事典類の体裁に範を採るとされる。その百科事典的性質は、作品の編年や作者ごとの特徴をつかむ上では非常に不便であるが、類似の作品や語彙表現を一目で見ることができるという利点がある。これは詩文の創作をする人々にとっては、非常に便利な体裁だった。たとえば、「春」を主題にした詩を作ろうとして、たまたま自分の詠いたい内容にふさわしい語彙や表現が思いつかない、という場合を想定してみよう。現代の私たちであれば類語辞典を調べたり、あるいはインターネットを使って検索したりするだろう。しかし、そういったツールのない時代においても、「春」の項目が立てられた分類本があれば、「春」がどんな言葉や表現で詠まれてきたのかを、すぐに調べることができる。そしてそれらの中から自分の気に入る言葉や表現を選んで、参考にすればよいのである。この場合、その作品や表現の作者が誰で、いつどのような場面で作られたものか、ということは問題になるまい。文学作品における分類本の最大の利点は、この参照の際の利便性なのである。

とすれば、『草堂詩余』が「分類」という体裁を採る最大の理由も、この「参照の利便性」という点にある、と考えるのがより自然ではないだろうか。そしてその推測は、『草堂詩余』のもう一つの特徴から、さらに補強することが可能である。

二、注釈本、特に集注という体裁

『草堂詩余』のもう一つの特徴とは、収録される詞に注釈及び詞話がついている、ということである。詞の分野においては、そもそも注釈のついた集本自体が珍しく、現在確認できるのは、『草堂詩余』を除けば、蘇軾の詞に対する傅幹『注坡詞』、陳与義詞に対する胡穉『無住詞』、周邦彦詞に対する陳元龍『詳注周美成詞片玉集』、これで全てである。[3] しかも、このうち『無住詞』を除く三種の注釈本の間には、後述するような非常に密接な関係が存在している。

実は、『草堂詩余』の注釈は、その大半が一人の注釈者によってつけられたものではなく、『草堂詩余』に先行する詞の注釈本からの寄せ集め、一種の「集注」であると考えられている。特に、周邦彦詞の注釈における『片玉集』と『草堂詩余』の間の継承関係についてはつとに指摘がなされており、[4] 蘇軾詞についても『注坡詞』の注釈との間には多くの共通項を見いだすことができる。もちろん、現存する詞注の少なさから、収録する全作者全作品についての検証は到底不可能であるが、『草堂詩余』の収録作品数において一位二位の周邦彦と蘇軾の情況が、全体にも当てはまると推測することは、あながち無理ではあるまい。

さて、これら詞集の注釈本の出現は南宋期を待たねばならないが、文学作品に注釈をつけるという現象それ自体は、中国において古い歴史を持つ。『草堂詩余』の注釈を見る前に、まず簡単に注釈本の流れについて押さえておくことにしよう。

前述のように、注釈本の歴史そのものは非常に古い。例えば中国最古の詩集である『詩経』は、漢代にすでに毛亨・毛萇の二毛や、班固・鄭玄といった人々によって注釈が行われ、現在まで伝えられている。また、『楚辞』の王逸注や『文選』の李善注・六臣注等は有名である。ただし、唐五代までの文学関係の注釈本は極めて範囲が狭く、先に挙げた『詩経』『楚辞』『文選』のように、いずれも早い段階で文学の経典としての地位を確立したものにほぼ限られていた。その意味では注釈本はまだ一般の個人の作品集にまでは及んでいなかったといえる。

その情況が一変するのが、宋代である。この時期、杜甫や李白のような唐代の大詩人はもとより、同時代の著名な作者の詩文集にも注をつけることが始まる。前節において分類本の例として挙げた中にも、『分門集注杜工部詩』『分類補注李

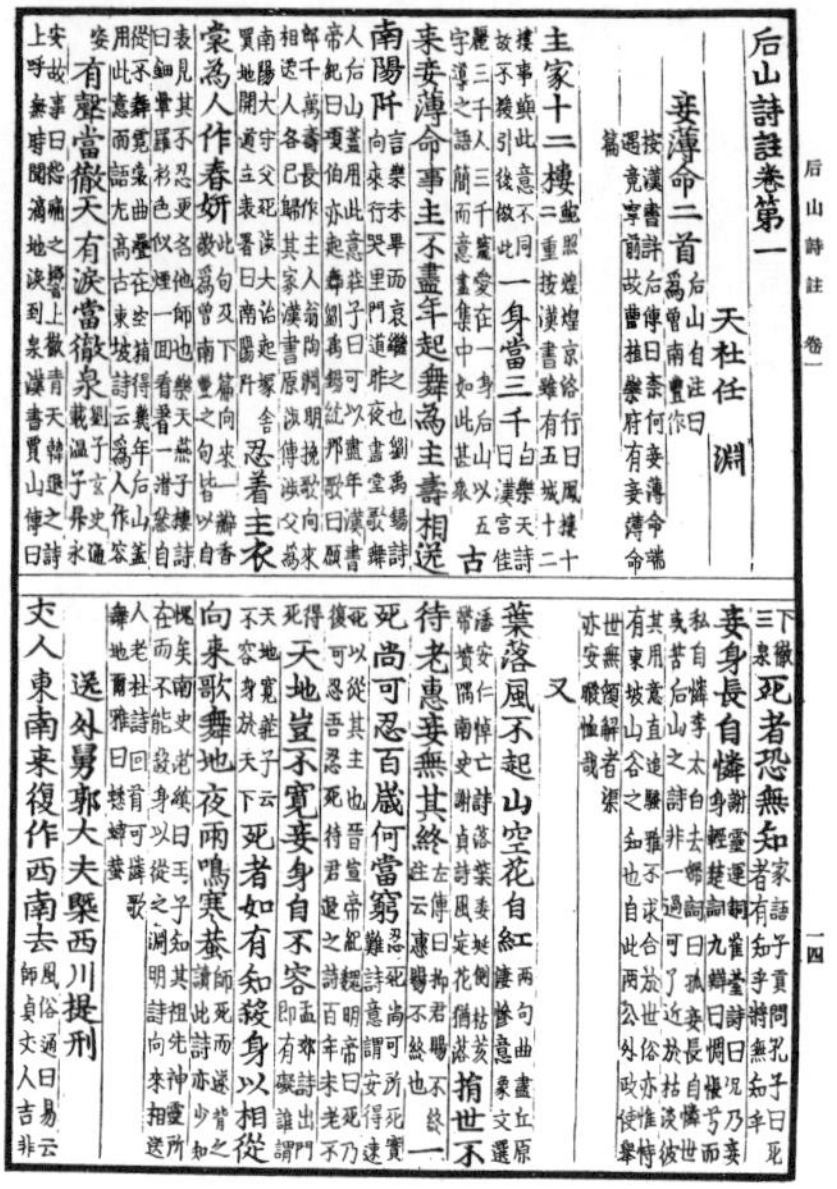

后山詩註巻第一

天杜任　淵

妾薄命二首

主家十二樓一身當三千古

來妾薄命事主不盡年起舞為主壽相送

図6　『後山詩註』書影（『四部叢刊初編』、商務印書館）

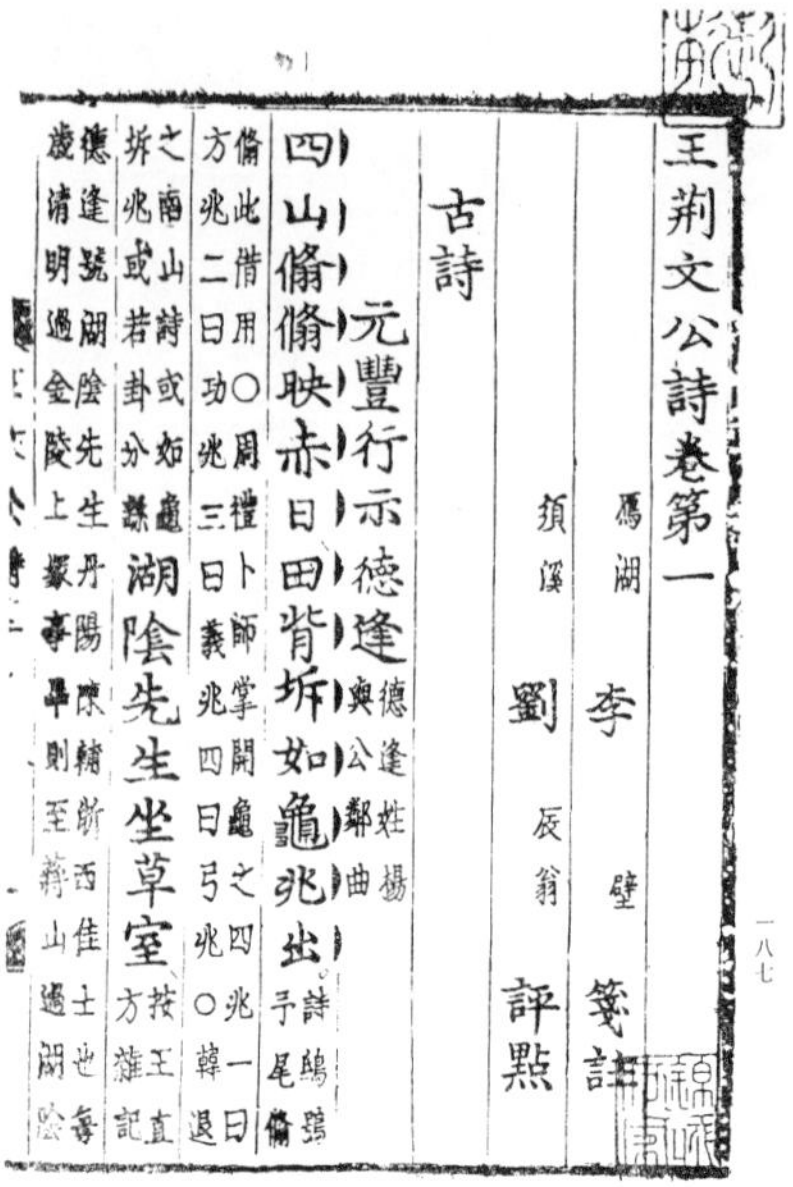

王荊文公詩巻第一

鴈湖　李　壁　箋註

須溪　劉　辰翁　評點

古詩

元豐行示德逢

四山翛翛映赤日田背坼如龜兆出

湖陰先生坐草室

図7　『王荊文公詩』書影（拠朝鮮活字本影印、上海古籍出版社、1993年）

太白詩』『王状元集百家注分類東坡先生詩』のように、書名に「注」の文字が入ったものが見られた。ここではさらに、宋元期に出版された文学関係の主な注釈本の書名をいくつか挙げておこう（図6・7）。

『陶靖節先生詩注』『杜工部草堂詩箋』『五百家注音弁昌黎先生文集』『五百家注音弁柳先生文集』『王荊文公詩』『山谷内集詩注』『山谷外集詩注』『後山詩注』『増広箋注簡斎詩集』

これらに加えて、詩話（詩にまつわるエピソード）や詩格（詩がもつ風格、またその評価）、評点（評語と批点）がついたものも一種の注釈本と見なせば、『詩林広記』や『瀛奎律髄』、『唐宋千家聯珠詩格』といった書名も挙げられる。また、「集注」「集百家注」「五百家注」といった書名からわかるように、一人の作者の詩文に対して複数の注釈者がそれぞれに注釈をつけることもあった。「百家」や「五百家」は言い過ぎだとしても、それ相応の数の注釈者がいたことは確かであろう。当時の注釈熱とでもいうべき風潮がうかがえる。そして、それらの注釈を集めた、いわゆる「集注」の形式を採る書物が登場するのも、同じく南宋頃のことである。

『草堂詩余』が注釈を持ち、しかもそれが集注の形式であるということは、確かに詞籍という範囲においては特徴的と言える。しかし、書物の形式として考えた場合、「注釈」も「集注」も、当時の出版物においては広く行われていた形式なのであり、『草堂詩余』もそのうちの一冊にすぎないのである。(5)

では、集注本の利点とは何か。それはもちろん、既存の主な注釈を一書ですべて見ることができる、という点である。誰かの何かの作品について調べたいとき、それまでであれば注釈者ごとに注釈本を手に入れて、一つずつ確認しなければならなかったところが、全部一冊にまとめてあるのだ。手っ取り早く先人の研究成果を確認するには、もってこいの形式と言える。

さて、注釈の形式だけでなく、内容についても少し見ておく必要があるだろう。ここでは、『草堂詩余』収録作品数が最多の詞人、周邦彦の「隔浦蓮」詞（前集巻下「夏景」類所収）を挙げる。まず、注釈が挿入されている箇所に番号をつけた詞の本文と日本語訳を載せ、その後に番号ごとに箇条書きで注釈を示す。なお、文字や格律の誤りについては校定せず、字体はすべて新字体に統一してある。

新篁揺動翠葆①。曲径通深窈②。夏果収新脆、金丸落、飛鳥③。濃靄迷岸草。蛙声鬧。驟雨鳴池沼④。水亭小⑤。○浮萍破処、簷花簾影顛倒⑥。綸巾羽扇⑦、酔臥北窓清暁⑧。屏裏呉山夢柯到。驚覚。依前身在江表⑨。

新竹が翠の羽根飾りのように揺れている。曲がりくねった道が竹林の奥深くへと続いていく。夏の果物は実ったばかりでみずみずしく、金色の実が落ちては、飛ぶ鳥を驚かせている。濃いもやにけぶる岸辺の草。蛙の鳴き声も騒がしい。にわか雨が池の水面を打つ。水際に小さな四阿。○浮き草が途切れる処には、軒端に咲く花や簾の影が逆さまに映る。繻子のかぶりものと羽扇を手に、酔って北の窓辺で寝転がったまま清しい朝を迎える。夢の中では屏風に描かれたあの呉山に到ったが。目が覚めてみれば。そこはやはり江南の地。

①唐「儀衛志」「天子有羽葆華蓋」②唐詩「竹径通幽処」③李賀「嘲年少」、「皆把金丸落飛鳥」④杜詩「驟雨落河魚」⑤韓愈詩「空涼水上亭」⑥杜詩「灯前細雨簷花落」⑦晋謝万常着白綸巾、見簡文帝。又『晋志』「顧栄伐陳敏、以白羽扇揮之、賊衆大敗」⑧晋陶淵明為彭沢令、解印綬、賦帰去来。嘗言夏月虚閑、高臥北窓之下、清風颯至、自謂羲皇上人。⑨後秦王猛謂符堅曰、「謝安桓中皆江表偉人」

まず気づくのは、注釈の全てが「意味を解説する注」ではなく、「語彙の先行使用例」あるいは「表現の典故」である、ということだろう。このような、使用例や典故のみを示す注釈方法それ自体は、「述べて作らず（以前からあることを学び伝えるだけで、創造しない）」という『論語』「述而篇」に見える言葉によって象徴される考え方を下敷きにしており、中国における非常に伝統的な注釈の在り方であった。そして、この「述べて作らず」式にとって非常に重要なのが、その語彙や表現が元とする、正確な典故や適切な用例を正しく引用するということである。注釈の機能は多岐にわたるため一概にはいえないが、典故や用例を正しく「述べて」こそ、注釈として作品の解釈を助ける役割を果たすことができるというものであろう。

宋代以後続々と生み出される詩文の注釈本も、基本的にはこの「述べて作らず」式を採っており、その意味で『草堂詩余』の注釈は、やはり特に異例というわけではない。ところが、先に挙げた『草堂詩余』の注釈を一つ一つ点検していくと、「述べて作らず」式にとって非常に大切な「典故や用例を正しく述べる」という姿勢が、実は非常に薄弱であることがわかる。たとえば、①の注釈は『新唐書』「儀衛志」の記述を踏まえるが、そこに用いられているのは「羽葆」という類似はするが別の語であり、内容的にも本文との関連を認めがたい。[6] また②と⑥は、語彙の用例として一見問題なさそうに見えるのだが、実はかたや「唐詩」ということだけしかわからない作者不明の作品、かたや詞話の中で「周詞の例はこの杜詩の意味とは全く異なる」という趣旨の言及が見える作品である。[7] 詳細は省くが、残りについても同様で、同じ語彙、同じ表現こそ使われているものの、詞の解釈上必ずしも必要なものとは言い難かったり、引用に誤りがある上に不適切だったりと、多くの問題がある。[8]

もちろん、『草堂詩余』全体で見ればそのような注釈ばかりではない。しかし、おおまかな傾向としては、「述べて作らず」式を採りながらも、その形式の注釈が本来持つべき重要な役割に対して無頓着といわざるを得ない例が、非常に多いのである。では、『草堂詩余』におけるそういった類の注釈の役割はなにか。結論から言えば、先に「同じ語彙、同じ表現」が使われていると述べたように、作中で用いられる語彙や表現の用例提示、ということになるだろう。その利点はもちろん、内容理解に役立つことよりもむしろ、作中の語彙や表現が他にどのような使われ方をしているか、あるいはどのような類似表現があるか、ということを参照するのに便利なことである。

結局のところ、『草堂詩余』という書物は、分類編纂・集注という形式といい、注釈の付け方・内容といい、どこまでも「参照の利便性」を強く意識した作りになっていると言ってよい。では、『草堂詩余』のように「参照の利便性」を追求した書物は、いったいどのような人々によって最も必要とされ、かつ有用と認識されたのか。そのことを、今度は出版地という側面から考えてみたい。

三、福建の出版

『草堂詩余』の最古の版本は、前述のように廬陵（江西省）で出版されたものである。しかし、その版本に編者や刊行者の名は記されていない。現存する『草堂詩余』の版本のうち、編者の名が記される最も早い版本は元・至正十一年双璧陳氏刊行のもので、そこには「建安古梅何士信君実編選」とある。[9]この版本が編者と謳う何士信という人物については、実はほとんど何もわからない。元代に出版された書物の数種に編者として彼の名が載ることからすれば、当時はそれなりに知られた人物であったのだろう。もちろん、状況的に考えて元人であろう何士信が、南宋後期にはすでに存在が確認される『草堂詩余』の原編者であった可能性は極めて低い。しかし、少なくとも『草堂詩余』がどこかの段階で「建安」、すなわち福建と関わることになったことだけは確実である。しかも、現行の『草堂詩余』の注釈や詞話に、福建と結びついた人物や書物の名、及びそれらの書物からの引用が頻繁に見えることからすれば、その関係が比較的早い段階において結ばれ、なおかつ非常に深かったであろうことが容易に推測される。[10]

『草堂詩余』の出版に深く関わったであろう、この福建という地域は、宋元期において浙江や四川等と並ぶ出版の一大センターであった。福建における出版は、五代にはすでに始まっていたとされ、遅くとも北宋中期には人々に知られる存在になっていたと考えられている。[11]なかでも建寧府の建陽・建安は、特に南宋になってから急激に発展し、当地の出版業の中心地となっていた。宋・祝穆『方輿勝覧』巻十一「建寧府」の条には、「土産書籍行四方（この土地は書籍を産出し、その書籍は四方に売られている）」という記述が見え、福建の出版が当時すでに相当の規模を備え、また中国各地への販路を持っていたことをうかがわせる。

宋元期の福建における出版物は、およそ次の三種に大別できる。現在知られている代表的な書名も併せて挙げておく。

一、経史百家の名著や詩文の別集

『漢書集注』『史記集解索隠』『纂図互注尚書』『監本纂図重言重意互注点校毛詩』『増広注釈音唐柳先生集』

二、史書の節略本と詩文の選集

『史記詳節』『東莱先生晋書詳節』『諸儒校正唐書詳節』『呂氏家塾増注三蘇文選』

三、字書・韻書・類書等の実用書

『海録砕事』『古今事文類聚』『方輿勝覧』『新刊足注明本広韻』

これらに加えて、第二・第三節で挙げた『王状元集百家注分類東坡先生詩』『分門纂類唐宋時賢千家詩選』『東莱先生分門詩律武庫』『分門集注杜工部詩』『五百家注音弁昌黎先生文集』『五百家注音弁柳先生文集』『山谷内集詩注』『山谷外集詩註』『杜工部草堂詩箋』、そして詞集では『片玉集』も、実は全て福建で出版された、あるいは福建と深い関わりを持った書物である。現存する書物の多さにおいて、福建は出版が盛んだった他の地域を圧倒する。

福建は中国の中心地である中原地域からかなり離れた地域であり、もともと文化的にも物質的にもそれほど注目されるような場所ではなかった。ところが、中国を襲った様々な政治的動乱によって、知識階級を含めた多くの人口が南遷し、それに伴って中原の文化も徐々に南に移植されていく。宋代には、科挙における福建出身の進士合格者が他の地域を凌駕するまでになり、文化レベルの飛躍的向上をみてとることができる。そして、この科挙合格者数を支えた要因の一つが、福建で出版された大量の書物であると考えられている。多数の科挙合格者と、さらにそれ以上に多数の受験予備軍及び落伍者が、当地の出版業を支えていたとも言えるだろう。

さて、先ほど挙げた書名を一見して気づくのは、「類」や「注」の文字がつくものが非常に多いことであろう。すなわち、前二節で『草堂詩余』の特徴として考察してきた「分類」と「注釈」、まさにこれこそが、福建における出版の最大の特徴なのである。

福建の出版物が採る「分類」「注釈」の形式について、『草堂詩余』に関する考察の中では触れられなかったことを、少し補足をしておきたい。まず、注釈の在り方についていえば、出版技術が発達する以前、すなわち抄本が書物の中心であった唐五代ごろまでは、本文（経）と注釈（疏）とは普通、別々に行われていた。本文だけの本と、注だけの本があって、両者を対照しながら読者は作品を読んでいたのである。この情況を一変させ、本文と注釈を一冊にまとめるということを始めたのが南宋期の書坊（本屋）である。特に、福建の書坊が出した書物には、この「経疏合刻」の形式をとるものが多く、前掲の『漢書集注』『史記集解索隠』もすべて「経疏合刻」である。合刻の仕方は、巻末に注を載せるもの、本文中に小字双行で注を挟むもの等、本によって様々であるが、福建のものは小字双行が比較的多い。また、「集注」の形式が出現し一般化するのも、おそらくはこの時期の福建においてである。「集注」「集解」「互注」といった語が書名に使われるものの多さは、先ほどの一覧を見ただけでも明らかであろう。

次に、編纂形式としての「分類」についてだが、少なくとも詩文集において、宋代以前にはあまり一般的な形式ではなかった。例えば選集の分野では、古くは『文選』が文体で分けた後の下位分類としてこの形式をとるが、六朝期の『玉台新詠』や唐五代の『才調集』『篋中集』『河岳英霊集』等は、全て作者別に作品を収録している。それが、福建の書物では分野を問わず、「分類」を謳う書物が一大勢力となっている。

では、福建の出版物の多くが「分類」「集注」の形式を採るのはなぜか。それには、これらの形式が持つ利点が深く関わっていると考えられる。本稿で考察してきたように、「分類」や「集注」という形式は、究極的には「参照の利便性」を最大の特長としている。参照に便利な書物というのは、つまりは参考書である。実際、福建の出版物のうち、「分類」「集注」の形式を採る一群の書物は「挙業書」、すなわち科挙受験のための参考書、と総称される。四書五経や歴史書、前賢の詩文の経疏合刻・分類集注本が、科挙合格を目指す学生たちにとって、どれほど便利な参考書だったかは想像に難くない。むしろ、そういった「参照に便利」な書物を求める彼らの思いが、福建の挙業書を発展させる原動力でもあったのではないだろうか。

また、この時代、参考書を求める人々として、文学を嗜む庶民の存在を忘れてはいけない。宋代は科挙制度の確立による士大夫層の台頭と都市文化の発展により、文学の大衆化が進んだ。南宋期における江湖派の誕生は、その流れを端的に物語る。[12] 庶民である彼らにとって、知識は士大夫層ほど専門的で深いものでなくてもかまわない。だが、大事なエッセンスは出来るだけ手軽にたくさん知りたいし、自分が文学作品を作るときに参考に出来ればなおよい。この欲求全てに応えることができるのは、やはり「挙業書」と総称される一群の分類注釈本だったのではないだろうか。

結局のところ、科挙受験を目指す士大夫予備軍であれ、江湖派を代表とする一般庶民層であれ、「学習者の要求」こそが、この時期の福建の出版を発展させ支えたといっても、過言ではないだろう。

おわりに

第二節でも述べたように、『草堂詩余』の研究史において、その詞集としては異例の形式の機能は、主に詞の文学的立場から考えられてきた。繰り返しになるが、すなわち詞は元来「歌」であったために、宴席などで妓女が唱うよう求められた内容の「歌」を探し出すのに便利、という「応歌」の機能である。詞という文学様式の在り方が、形式に対する考察に一定の先入観を与えてきたということもできるだろう。しかし、本稿で見てきたように、少し視野を広げると『草堂詩余』が採る「分類」「集注」という形式は、決して孤立した特別なものではない。それどころか、「福建」という地域の出版物、特に「挙業書」という分野においては、むしろごくありふれた形式ですらあった。言い換えると、『草堂詩余』は福建における挙業書の特徴が、最も典型的に表れた書物なのである。

このように考えてくると、『草堂詩余』の形式が「応歌」のために選択されたと考えるのは、むしろ不自然である。もちろん、その形式の持つ便利さの結果として、「応歌」の機能も持ったであろう。しかし、あくまでもそれは副次的な機能なのであり、『草堂詩余』は同形式を持つその他の挙業書と同じく、「参照」に便利であることを念頭に、且つ基本的な読者層としては士大夫を想定して、編纂された詞選集だったと考えるのが妥当ではないだろうか。

詞は、先に述べたようにその始まりにおいて「歌」であった。余興であり、文学としては低い地位に置かれていた。しかし、宋代以後は名の知れた士大夫で詞作品を残さない人が稀なことからも推測されるように、詞を作るということは士大夫層にとってほとんど必須の教養となっていたと考えられる。もちろん、詩文ほど重要ではなかったであろうが、それでも一定の知識と創作力は求められたに違いない。だとすれば、詞を学ぶための参考書が求められたと考えるのは、むしろ当然である。そして、詞が士大夫にとって必須の教養となれば、庶民の読者層にとってもその魅力は高まる。『草堂詩余』は、おそらくそういった学習者や読者の要求によって生み出され、詞選集としては空前絶後の人気を博すことになったとのである。

注

(1) 中田勇次郎『讀詞叢考』Ⅱ「詞集」三「草堂詩餘の版本」(創文社、東洋學叢書、一九九八年)、劉軍政「明代『草堂詩余』批評論」(河南大学研究生碩士学位論文、二〇〇三年)。

(2) 『草堂詩余』の刊本は、大きく分けてここで取り上げた「分類本」系統と、詞の長短及び詞牌別に配列された「分調本」系統の二種類に分けられる。ただし、「分類本」が「分調本」に先行することは内容から明らかであり、「分調本」系統は明代になってから出現するので、ここでは言及しない。

(3) 現存しないが書目等で確認できるものとして、葉夢得詞に対する曹鴻『注琴趣外篇』、周邦彦詞に対する曹杓『注清真詞』がある。

(4) 前掲注1中田氏論文、及び拙稿「『草堂詩余』の類書的性格について」（宋詞研究会編『風絮』第五号、二〇〇九年）参照。

(5) ただし、「選集」における「集注」という視点からいえば、『草堂詩余』を除いて同時代同分野の書物では他に例がないため、その意味ではやはり特殊といわざるを得まい。

(6) 『新唐書』巻二十三「儀衛志」「唐制、天子居曰衙、行曰駕、皆有衛有厳。羽葆、華蓋、旌旗、罕畢、車馬之衆盛矣、皆安徐而不譁」。

(7) 宋・恵洪『冷斎夜話』巻三「詩未易識」条「唐詩有竹径通幽処、禅房花木深」。宋・胡仔『苕渓漁隠叢話』前集巻五十九「長短句」条「周美成『水亭小。浮萍破処、簷花簾影顛倒』、按杜少陵詩「灯前細雨簷花落」、美声用此「簷花」二字、全与出処意不相合、乃知用字之難矣」。

(8) 前掲注4拙稿参照。

(9) この刊本の影印は、中国国家図書館編『原国立北平図書館甲庫善本叢書』第九七六冊（国家図書館出版社、二〇一三年）に収録されている。

(10) 『草堂詩余』がしばしば引用する資料に、黄昇『花庵詞選』や胡仔『苕渓漁隠叢話』がある。このうち、黄昇は福建出身で、『花庵詞選』はおそらく福建で刊行されている。胡仔は徽州（安徽省）の人とされるが、『漁隠叢話』は建陽（福建省）の書肆によって刊行されている。また、『片玉集』も集注者陳元龍は盧陵の人であるが、校正者は「建安蔡慶之宗甫」であり、実際には福建で刊行されたと考えられる。

(11) 以下、福建の出版情況と出版物に関する情報は、多く謝水順・李珽『福建古代刻書』（福建人民出版社、一九九七年）に拠っている。

(12) 江湖派については、張宏生『江湖詩派研究』（中華書局、一九九五年）、内山精也「古近体詩における近世の萌芽―南宋江湖派研究事始」（宋代詩文研究会江湖派研究班編『江湖派研究』第一輯、二〇〇九年）などを参照。

『咸淳臨安志』の編者潜説友

——南宋末期臨安と士人たち

小二田　章

南宋期、江湖の詩人たちが一斉に花開いた背景には、都市文化、わけても首都である臨安（杭州）の「繁栄」があった。本文では臨安の「繁栄」を造り出した当事者のひとりであり、地方志『咸淳臨安志』の編者として知られる潜説友にスポットをあてた。描こうと試みたのは、彼が造り出し現在の杭州にまで及ぶ臨安のイメージ、そして彼と江湖の詩人たちを含めた南宋士人を翻弄した時代の変動のひとこまである。

こにた・あきら——一九七九年栃木県生まれ。早稲田大学文学学術院助手（アジア史）。専門は中国近世史、地方統治と地方志。主な論文に「北宋初期の地方統治と治績記述の形成——知杭州戚綸・胡則を例に」（『史観』一六五冊、早稲田大学史学会、二〇一一年）、「『咸淳臨安志』の位置——南宋末期杭州の地方志編纂」（『中国——社会と文化』二八号、中国社会文化学会、二〇一三年）、などがある。

一二七七年（宋の景炎二年、元の至元十四年）の三月、元の統治下に入ってまだ日の浅い福州城内には殺気立った兵士たちが充満していた。彼らの憎悪は、自分たちに糧食を支給せず飢えさせた文官に向けられていた。その文官の役所（「宣慰使」という名前も、彼らには皮肉に映っただろう）に殺到した彼らの前に、その文官（おそらく初老ごろの）は引きずり出された。兵士たちの司令官・李雄が、昨日まで上役であった文官を難詰する。彼は自分と自分の率いる兵士の恨みつらみをぶつけたうえで、こう言った。お前のような私利私欲にまみれた奴は、腹の底まで真っ黒だろう、いまから確かめてやる、と。残酷なセレモニーの開始宣言に、兵士たちは歓声を上げた。一方で、引き倒された文官は、自分に降りかかった運命をかみしめるように、兵士たち、李雄、そしてその陰にいた自分のかつての副官、王積翁をじっと見ていた。

…以上、かつて首都・臨安の知事であり、南宋期最大にして後世の地方志編纂に多大な影響を残した地方志『咸淳臨《かんじゅんりん》安志《あんし》』の編者でもあった、潜説友《せんえつゆう》（?～一二七七）の最期についての筆者の想像である。その死に際して、彼はかつて自らがその一端をつくり上げた繁栄の都・臨安と、そこに集った人々を思い返しただろうか。その人生は、南宋末期という時期、士人たちの文化を色濃く映し出している。

潜説友、字は君高。処州縉雲《しんうん》（現・浙江省麗水市縉雲県）の人。「潜」という姓は珍しく、宋代で有名となったのは彼一人である。一方、その出身地である縉雲縣の地方志には、北宋末期から南宋期にかけて、数人の「潜」姓の科挙合格者、若干の地方の役職への任官者がいたことが記されている。そんな地域の小さな名族の声望を担い、彼は淳祐元年（一二四一）に進士に合格し、官歴を歩み始める。しかし、その前半十五年に関してはほとんど記載が残らない。彼が史料に顔を出し始めるのは、開慶元年（一二五九）知厳州建徳縣（現・浙江省建徳市）として経済政策を行ってからである。そして、おそらくこの前後の時期に、彼は「モンゴル軍を追い返した功労者」としてまさに権力の座に就いたばかりの宰相・賈似《かじ》道《どう》の知遇を得て、その腹心として活動を開始する。浙東提挙として租税の取り立てを励行し、中央で秘書丞を経由したあとは、浙江地域全体の財政を管轄する両浙転運副使となる。賈似道は軍事財政の安定化を狙い、「公田法」をはじめとする財政・税収改革を行っていたが、潜説友はいわばその実行役となったのである。

そんな彼だが、仕事の合間に仲間たちと故郷の山に登り、雅会を開いていた。

景定甲子（五年）四月六日、潜説友君高は田桂發徳芳と約束して仙都（山）に遊んだ。徳芳は舟を浮かべ、弟の仲猷・允夫と共に、客の王惟勤徳廣、沈瞻謙らが来た。たまたま雨となり、舟を急がせ時思庵に仮の宿をとった。説友は笠を被り草鞋を履いてやってきたが、したたかに飲み、夜更けてから寝た。翌日の正午過ぎに、玉虚宮に辿りつき、連れ立って天（高いところ）に昇ったが（あたりは）絵をひらいたかのようで、山川の景勝を一望し、今昔を思って興趣を抱いた。夜は集仙堂に宿をとり、道人たちと元虚について語り合ったが、興味深く、皆得るところがあった。この時（堂の）主人の陳觀定可翁は高溪に行って留守であった。説友題す。

（『光緒縉雲縣志』巻一二「仙都山題記」）

彼の仲間たちはほとんど史料上に見えない人々であり、純粋な故郷の仲間たちであろう。官界を順調に歩み始めたとはいえ、そのまわりにはさまざまな人々（「江湖」に集った人々と同様の、詩文と風雅を共にする人々）がいたのである。

そして、咸淳四年（一二六八）、彼は知臨安府として、首都の知事に就任する。

一、繁栄する臨安
――滅亡前夜の輝きは果たして真実か？

咸淳年間（一二六五～一二七四）は、元軍の本格的侵攻が開始され、湖北地域そして長江流域は風雲急を告げる中で、首都・臨安がいわば嵐の前の平和を謳歌した時代として知られている。その繁栄はさまざまな史料（例えば、『夢粱録』『西湖老人繁勝録』『武林旧事』などの都市繁盛記）に描かれた。後世の歴史研究者においても、例えばJ・ジェルネ『中国近世の百万都市』や、大室幹雄『西湖案内：中国庭園論序説』など、その風前の灯火のような臨安の繁栄に魅せられた人々は数多い。その史料の記載の大本となったのが、南宋最晩期に編まれた最大の地方志である『咸淳臨安志』であり、その編纂を含め、臨安の統治により繁栄の姿を作りだしたのが、咸淳四～七年まで臨安の知事を務めた潜説友であった。

では、なぜ臨安は王朝滅亡前夜という時期にこのような繁栄を迎えたのか。軍事的・政治的な優位を保つために臨安に物資を集中したためとする研究があり、それは確かであろう。ただ、今回はその説と並行してあるもうひとつの説、即ち「（国家・首都の安定を保つ目的で）ことさらに繁栄を演出したため」という側面を、史料の代表である『咸淳臨安志』を中心に考えてみたい。

『咸淳臨安志』の概要を述べておくと、咸淳七年（一二七一）八月ごろに編纂された。刊行時は全百巻であったが、現在に残るのは残欠の九五巻である。その内容は「行在所録十五巻、疆域六巻、山川十八巻、詔令二巻、御製文一巻、秩官九巻、文事武備風土貢賦各一巻、人物十一巻、中缺一巻、祠祀一巻、園亭古籍一巻、塚墓一巻、恤民祥異一巻、紀遺十二巻、中缺四巻」[1]である。宋代の地方志としては分量・内容ともに傑出し、後世には地方志の模範として扱われた。その潜説友による「序」によれば、「宋朝の三百年間、杭州の国家への功績は大きかった。祖宗の杭州に対する恩徳もまた深かった」とし、「杭州の福は国家の福である」と、杭州の繁栄が国家全体に及ぶ幸福であることを述べている。即ち、この地方志は「杭州」の繁栄を述べることで、国家の繁栄を示そうとするものなのである。それは、「王室を尊ぶ」目的で冒頭に置かれた「行在所録」が、皇帝の略歴や毎年の儀礼、宮殿や役所の壮観を示す一大部分になっていることにも見て取れる（**図1**）。

一方で、この繁栄を作りだした人物として、「序」は「太傅辯章国公」こと賈似道を挙げ、称賛している。賈似道はこの『咸淳臨安志』を通じて、繁栄の功績が自分にあることをアピールしているのである。後世、賈似道は南宋滅亡の責任を負わされ、糾弾の対象となった。そのため、あらゆる史料において、その事蹟には批判的評価が付されている。その批判のひとつが、『宋史』その他に見える、西湖の景勝地にある邸宅に引きこもり、宴遊にうつつを抜かして政治をないがしろにしたとするものである。だが、この「宴遊」には、繁栄の表現、あるいはいわゆる「よき趣味の鑑定者」としての地位を示すという、文化政策の側面があったのではないだろうか。

壺山の宋自遜、字は謙父。元は婺州《ぶしゅう》（金華）の人。父子兄弟みな詩をよくしたが、謙父は特に著名だった。賈似道は紙幣二十万貫分を贈り、（彼は）南昌に家を建てた。
（方回『瀛奎律髄』巻一三「冬日類」の「一室　宋自遜」に付された跋語より）

元に入り、方回が江湖の人々の詩をまとめた際に付された解説文だが、会子（紙幣、南宋末期には往々にして暴落していた）とはいえ二〇万というのは途方もない額であり、多分に伝説としての色合いを含む。しかし、一介の詩人に大金をポンと与えるパトロン・賈似道というイメージは、かつての臨安の繁栄への憧れとも繋がるのではないか。

その賈似道の意志を受け、文化政策の実行者となっていたのが潜説友である。『咸淳臨安志』の中に多くの「詩跡」記載があることは既に言及があるが、[2] 中でも杭州を代表する名地方官であり、かつ大詩人であった蘇軾の足跡については、特に復興改修に尽力している。

咸淳五年、朝廷は費用を支給し守臣の潜説友に命じて（蘇堤を）増築させ、土砂を運んで窪みを埋め立てた。堤の高さを二尺増し、全長は七百五十丈、幅は皆六十尺であった。堤の並びにはもともと亭が九つあったが、また修理して新しくした。さらに花木数百本を新たに植えた。
（『咸淳臨安志』巻三二「山川十一　湖上　蘇公隄」より）

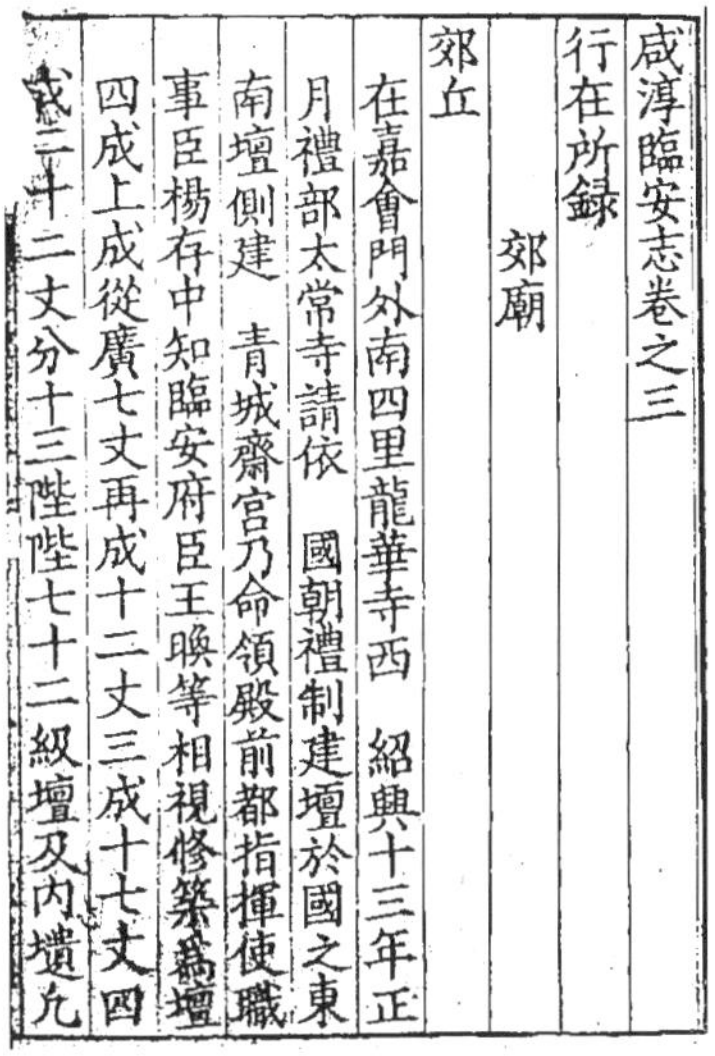
咸淳臨安志巻之三
行在所録
郊廟
郊丘
在嘉會門外南四里龍華寺西　紹興十三年正月禮部太常寺請依　國朝禮制建壇於國之東南壇側建　青城齋宮乃命領殿前都指揮使職事臣楊存中知臨安府臣王㬇等相視修築爲壇四成上成從廣七丈再成十二丈三成十七丈四成二十二丈分十三陛陛七十二級壇及内壝九

図1　『咸淳臨安志』（静嘉堂文庫蔵）の「行在所録」部分　700年を経ても色あせない美麗な宋版本に記載された臨安の「繁栄」は後世の読者をも魅了した。

現在にまで残る杭州の代表的な名所であり詩跡でもある蘇堤について、潜説友が工事を行っているが、この前提として示されている蘇軾の上奏文の最後には、「本文の真跡は賈魏公（似道）の家蔵である」という注が付されている。また、別の項目には、蘇堤の上に立つ亭の修復や花木について、賈似道が資金援助を行った旨が記されている。蘇軾を象徴とした名所の修築は、賈似道と潜説友の二人による共同事業でもあった。

潜説友自身も、機会があれば杭州一帯の名所をめぐり、詩を賦したり揮毫を行っていた。特に、前者については、詩人たちの活躍する臨安の気風の中に彼もいたことをうかがわせる資料がある。

「霊鷲寺《りょうじゅじ》にて手中 鳥 啄食《たくしょく》す」

霊鳥渾覺不相猜　霊鳥 渾《す》べて相い猜《うたが》わざると覚ゆ
啄食翩翩手上来　啄食 翩翩《へんぺん》として手上に来たる
自笑老軀頑似石　自ら笑う 老躯 頑にして石に似たれば
被渠認作出生臺　渠《かれ》に出生台と認め作《な》されしと

（『咸淳臨安志』巻八〇「寺観六　霊鷲興聖寺　題詠」より。『全宋詩』巻三三八九に「手中鳥啄食詩」として収録）

彼が西湖の西にある霊鷲寺に行ったときに残した詩である。鳥が自分の手から物を食べるのをみて、自分が「出生」（仏教の鬼神衆生に施す飯）の台になったようだという感想を述べている。この『咸淳臨安志』の項目では名だたる大官の詩が列挙されているのに過ぎないが、後世同じ場についてまとめた清・厲鶚『増修雲林寺志』では、同じ詩が江湖派の代表的詩人かつ出版者であった陳起、さらには薛嵎、張蘊らと並べて採録されている。大官と布衣・小官、立場も意識も違うにせよ、同じ場に行き、詩を詠むという点では共通した文化のなかにいたのではないか。

また、『咸淳臨安志』には、賈似道に唱和した潜説友の詩も残されている。

「咸淳庚午（六年）賈魏公が冬大いに雪ふるの詩に和す」

雲氣崢嶸衆俊林　雲気 崢嶸《そうこう》たり 衆俊の林
聖朝事事合天心　聖朝 事事 天心に合す
梅根依傍蒙嘉澤　梅根 依り傍《そ》いて 嘉沢を蒙り
竹力低垂愧重任　竹力 低く垂れて 重任を愧ず
有美江山秖如舊　有美の江山 秖《た》だ旧の如く
無塵宇宙幸逢今　無塵の宇宙 幸いに今に逢う
坐令清晝閑鈴索　坐して清昼《せいちゅう》をして鈴索に閑《しず》かならしむ
白戰工夫效汝陰　白戦の工夫 汝陰《じょいん》に效《なら》う

（『咸淳臨安志』巻九七「紀遺九　紀文　詩」の「大傅平章賈魏公舊題於潛道中」より。『全宋詩』巻三三八九に「和賈魏公冬

大雪詩並跋」として収録）

雪をたとえながら愛でる唱和に続けて、さらに二首ずつ、賈似道と潜説友は唱和を行っている。賈似道の「燮調」（宰相の仕事のたとえ）に対し潜説友は「重任」（知臨安府を暗示）で返し、「乾坤」に対して「有美」（共にその名前の役所の建物が存在する）という、自分たちの仕事に関する内容を織り交ぜた詩となっている。潜説友が詩中で述べているように、彼らの詩は欧陽脩の「白戦体」（欧陽脩がかつて雪を詠じる際、白・素・鶴・玉等、常套の字句の使用を固く禁じたことに発する詠物の技法。蘇軾が潁州＝汝陰で詠じた「聚星堂の雪」詩によって著名になった）に倣っているのだが、他の同じ技法の詩と比べると比喩の踏まえ方は甘い。続く跋に見られる、過剰な感激と「石に刻んで百世にわたり伝えたい」とする文言などから見ても、いわゆる「上司のカラオケに合わせる部下」であることは否めない。ただ、賈似道の「成此樂」に対する潜説友の「幸逢今」という言葉に、自分たちのつくり上げた「平和と繁栄」に対する満足を見出すのも可能であろう。

これらの「遊幸」には、先ほど挙げた方回の逸話に見られた、臨安の文化のいわば親分として存在しようとした賈似道と、その実行者であった潜説友の姿がある。この記載が『咸淳臨安志』のメモ部分である「紀遺」に残ったことは、彼らがそれをやがては表面に出そうとしていたことをうかがわせる。杭州の繁栄は文化的繁栄によって表現され、その一端には、詩文のやりとり、雅会と遊幸があり、後世の「江湖」を回顧する人々から、当時の臨安をいわば楽園とみなす雰囲気を生み出したように思われる。

二、臨安、故郷縉雲、嘉興そして蘇州
――南宋末士人たちの流転

近藤一成氏が述べるように、知臨安府時代の潜説友の昇進は、たった三年の間に七回遷転するという極めて異常な早さであった。[3] これは、賈似道の腹心として活躍したことによるものであることは間違いない。しかし、『咸淳臨安志』刊行から間もない咸淳七年十月、潜説友は突如、知臨安府を解任される。公的編纂史料にはその理由は書かれていないが、同時代に寄り添って眺めていた士人・周密の随筆『癸辛雑識』には、彼が賈似道の隠し財産を摘発してしまったためという、知り合いからの伝聞が書かれている。[4] 真偽を確かめるすべはないが、同時代の人々にとっても噂話を生み出すほど、突然の解任劇であったことがうかがえる。

もっとも、これは当時の賈似道そして臨安の置かれた立場も影響していると思われる。咸淳七年という年は、南宋の西

側の要である襄陽をめぐる攻防が風雲急を告げ、中央から兵士への見舞金が拠出されるようになっている。そして、翌年正月には皇帝の年始の詔に贅沢禁止が盛り込まれる。これらの状況は、賈似道がつくり上げてきた繁栄の夢を脅かすものであった。そして、その賈似道を焦らせ、首都・臨安経営のプランを中断させる結果を生んだのではないか。それは、全百巻の形式でありながら、最後に「紀遺」十二巻と原缺四巻を持つ『咸淳臨安志』に表れている。おそらく、潜説友が序文を書いた時点ではあくまで一旦の完成という体裁であり、その後も継続して編集・集成を行う予定であったのが、プランの縮小・中断を余儀なくされたための形式と考えられるのである。

知臨安府を解任された潜説友については、いくつかの記載で内容が分かれている。平江府《へいこうふ》（現・江蘇省蘇州市）の小官に左遷されていたという記載もあるが、はっきりしない。その中で、何度か故郷に帰っていたようだ。そこで待っていたのは、縉雲縣という田舎にあって、首都の知事にまで出世した彼に対する地元の歓迎であった。

獨峰書院　縣の東三十里にあり。朱文公（熹）が提挙常平としてここに来た際、その山水が故郷の武夷山に似ているとして愛した。嘉定年間に郡人の葉嗣昌が（書院を）建てた。咸淳七年、邑人の潜説友が書院跡に再建した。洪武年間に廃された。

（『乾隆縉雲縣志』巻三「学校志　書院」より）

故郷にて彼はいくつかの揮毫（碑文や題額など）、あるいは書院の後援などを行ったようだ。これらのものは、後世の彼に対する批判を耐え、清代の地方志の中に記録として窺うことができる。

その後、潜説友は嘉興府（現・浙江省嘉興市）の地方官（知府と知縣の説がある）として赴任する。嘉興は臨安に領域として隣接する地域であり、かつて両浙転運副使であった彼としては比較的勝手のわかる地域であったのは間違いない。彼はそこでも、書院の整備や地方志の編纂など、臨安で行っていた文化行政に精を出していた。彼にとっては、文化の繁栄こそが、地域行政そして南宋という国家の必須条件であったのだろうか。

そして、咸淳十年（一二七四）、彼は知平江府として赴任する。既に襄陽は陥落し、元軍の長江下流域への進出が激しさを増して、さまざまな口実をつけて回避していた賈似道が自ら出馬を余儀なくされつつあるなかで、浙西の要地であり「公田」の中心地でもある蘇州に赴任したのは、やはり賈似道の彼に対する信頼の厚さを物語っているといえよう。この蘇州にあっても、彼は文化行政にいそしみ、特に北宋の名臣として名高い范仲淹《はんちゅうえん》の顕彰とそのゆかりの文正書院の支援を行っている。しかし、ここで彼の高級官僚としての人生は大きな転機を迎える。即ち、皇帝交替後の徳祐元年（一二七五）、出兵した賈似道が大敗し、元軍が長江下流域の侵攻を開始したのである。鎮江陥落後、物資供給ラインの繋がる平江府は早い段階で攻撃対象とされた。この時、潜説友はおそらく、元軍に抵抗した常州の蹂躙・破壊について既に知っており、自分の手塩にかけた文化都市をどのように守り抜くべきか、考えを巡らせていたはずである。蘇州には物資供給ラインの途絶により、前線に送れなかった中央からの軍需物資・軍資金がとどめ置かれており、彼はそれらを手土産に元軍に降伏し、蘇州を保全するという手段をとった。ただ、この時は援軍が蘇州に進駐したため、元軍が結局蘇州を制圧することはなかった。そこで潜説友は、降伏勧告の使者を口封じした上で、「自分は城を防衛した」と嘘の報告を中央に送り、恩賞を求めるという挙に出た。ただ、当然このような嘘はすぐ露見し、潜説友は官職剥奪の上、財産没収という措置を受けた。次の知平江府が忠臣で名高い文天祥であったこともあり、この時の場当たり的対応は人々から詞で嘲笑されたが、一方では蘇州の人々に街の破壊を防いだという印象を残したようだ。

潜公祠　范文正公の祠の内にあり、宋の端明殿學士平江知府潜説友を祀る。咸淳の間に建てられる。

（『江南通志』巻三八「輿地志　壇廟祠墓附　蘇州府」より）

蘇州には後世まで、潜説友を祀る小さな祠が残った。この蘇州の時期を境に、潜説友は宋元交替の波乱の中に飲み込まれ、国を売った反逆者としての評価が付きまとう人物となっていくが、故郷の縉雲そして蘇州では、その事跡は記憶され、地方志を通じて伝えられていくことになる。

三、潜説友と王積翁――二人の南宋末士人

蘇州の後の潜説友の事跡は錯綜しており、不明な点が多い。既に蘇州の時点で元に降伏していたとするものや、その後臨安の開城・皇帝の降伏後、二王とともに福建に落ち延びそこで元に降伏したとするものがある。その態度が縉雲の義勇兵を率いる士人を怒らせたエピソードがあることを見ると[5]、後者の可能性が高そうだが、かといって官職剥奪まで受けた人間を南宋亡命政権が簡単に信頼するとも思えない。はっきりと史料に表れるのは、福州を元軍が制圧した際、宣慰使に任命され、駐屯する軍の糧食供給を任されたということである。この史料からは、潜説友のかつて賈似道の下で見せた経済官

僚としての実力が元軍にも評価されていたということがうかがえる。

ここで、宣慰副使として彼の副官に配された、王積翁《おうせきおう》という人物のことを簡単に述べたい。王積翁、字は良臣、福建福寧の人。福建の益王政権では益王府司馬に除されるが固辞して知南剣州兼福建招捕使となる。このごろから元軍に内通するようになり、南剣州を放棄して福安（福州）に入り、そこで城を手土産に降伏し、前述の宣慰副使となる。このような経歴の人物であり、潜説友とは元軍に降伏した士人のなかで競争関係にあったといえる。また、彼はもともと馬光祖の部下であり、賈似道・潜説友とは対立する明州系人脈とつながりを持っていた。(6) ただ、かつての地方官時代に潜説友とは上司・部下の関係で面識があり、その後も関連する役所で比較的接点のある人物であったと思われる。

前述したように潜説友らは、駐屯軍の食糧供給を任務としていた。この時、元軍の本体は華北に引き上げ、残ったのは李雄の率いる河南地域の兵である淮軍を中心とした軍であった。この状況を最大限に生かし、王積翁は動いた。まず、食糧の遅配しがちな状況を、潜説友が何らかの理由でサボタージュを働いているためと淮軍の将・李雄に吹き込む。李雄はそれを信じ、兵を動員して潜説友を殺害する。その後、何食わぬ顔をして李雄の反逆を元朝に通報し、隙をみて李雄を捕え誅殺する。混乱を避けるという名目で駐屯軍全体の指揮権を一時的に掌握したあと、敵に内通し反乱を企てたという口実で旧李雄配下の淮軍を殲滅する。一連の結果の後、元朝に元軍本体が再び駐屯するまでの福州の軍権・統治権を追認させて、王積翁の活動は終了した。

王積翁の行為は、当然その野望のなせる業としてみることができるが、もうひとつの要素として、彼の出身地が福建であるということが挙げられる。占領して間もない土地からの軍糧調達は、えてして強引苛烈なものとなりやすいが、それを担ったのが、かつて賈似道の下浙東提挙として辣腕を奮った潜説友であったということが、王積翁をして故郷を荒らされる恐れを抱かせたのではないか。王積翁の謀が故郷を防衛するためのものであったとすれば、かつて蘇州を防衛した潜説友は、福州を守ろうとする王積翁により殺されたということになる。宋元の争いの中、士人たちはその属する地域をめぐり、その人生を動乱の中に委ねていったのである。

王積翁はその後、漢人官僚として元の朝廷に赴き、中国の儀礼や水利について提言を行うなど、一定の活躍を見せた。南宋に最後まで忠義を尽くす姿を見せた文天祥を、南宋の無二の人材と激賞し、自ら降伏勧告の先頭に立ったりもした。

しかしその一方で、漢人社会からは無節操の評判を受け、また目立った特技を持っていなかったこともあって、次第に活躍の機会を失って行った。至元二十一年（一二八四）、焦った彼は、当時問題となっていた日本を宣諭する使者を自ら買って出る。しかし、対馬のあたりに到着したころに、財物に目がくらんだ船員が反乱をおこし、彼を殺害した。任務中に不遇の死を遂げた彼を元の朝廷は憐れみ、出発の基地のあった蘇州に廟を立て祀らせた。当時高名な学者であった黄溍に作らせた碑記には、彼が「李雄が潜説友を惨殺しその一家を皆殺しにした際、死体を拾い集め、死後のことを執り行った」と記されている。

『咸淳臨安志』の編者・潜説友を通して、南宋末の繁栄のイメージ、そして動乱に翻弄される当時の士人社会を描きだそうと試みた。潜説友は南宋末に臨安（杭州）に華開いた繁栄の「演出」を行った人物であり、彼の努力により、杭州は後世の人々から「江湖」を含めた士人たちの楽園として認識されるようになった。潜説友自身もまた、ひとりの士人として、詩を賦し雅会を行い、自らつくり上げた臨安の繁栄を味わっていた。その繁栄は元軍の侵入により終わりを告げる幻想に他ならなかったが、『咸

図2　『咸淳臨安志』（静嘉堂文庫蔵）の「西湖図」部分。該版本では後世補われた部分に属するため、宋代に描かれた図のままである保証はないが、「平章府」（賈似道の邸宅）のみ四角囲みで強調されることに、臨安の「繁栄」の主催者を主張する意図を感じるものである。

淳臨安志』などに描かれたその幻想の記憶は後世まで残り続け、人々にイメージと影響を与え、現代の「観光都市」杭州にまで至る。そして、宋元交替の混乱の中で、彼らが守ろうとしたのは、その幻想の場である都市・地域であった。その場における人々の錯綜交雑——時には詩によって、時には史によって——において、新たな時代の土壌が築かれるのである（**図2**）。

注

（1）清・周中孚による『咸淳臨安志』（道光刊本）の跋文より。

（2）松尾幸忠「南宋の地方志に見られる詩跡的観点について」（『中国文学研究』三二期、二〇〇六年）を参照。

（3）近藤一成「南宋——「佞臣」死して名著を残す」（『月刊しにか』二〇〇一年十一月号、大修館書店）を参照。

（4）周密『癸辛雑識』別集巻上「潜説友」を参照。

（5）前掲『乾隆縉雲縣志』巻九「人物　曹天駿」を参照。

（6）馬光祖と潜説友の関連性については、小二田章「『咸淳臨安志』の位置——南宋末期杭州の地方志編纂」（『中国——社会と文化』二八号、二〇一三年）を参照。

◎コラム◎

『夢粱録』の世界と江湖の詩人たち

中村孝子

なかむら・たかこ——一九六二年生まれ。電気通信大学非常勤講師。主な論文に「陸游の茶詩について」（宋代詩文研究会『橄欖』第十三号、二〇〇五年十二月）、「黄庭堅の茶詩における禅趣——詩材としての茶と禅について」（日中人文社会科学学会『知性と創造——日中学者の思考』第四号、二〇一三年二月）などがある。

一、『夢粱録』について

南宋の国都臨安（浙江省杭州）はいかなる街であったのだろうか。中国の歴史に関心がある人ならば誰でも考えることである。宋代は中国におけるルネサンス期といわれるように四大発明の火薬、羅針盤、紙、印刷の技術革新があり、臨安はそういう躍進著しい時代の後半半分、およそ一世紀半の間、首都として殷賑を極めた街であった。今日、その臨安をわれわれが覗き見ようとするとき、恰好の道案内となるのが、『夢粱録』二十巻である。

著者呉自牧は、南宋の末近くに臨安に生まれ、宋が滅亡してから、異民族王朝元の治める杭州で生き続け、順宗の元統二年（一三三四）以後、高齢で亡くなったとされる。

全二十巻の巻一から巻六までは一年十二ヶ月の杭州城内外の年中行事が描かれ、巻七から巻二十に杭州の地理や歴史が記されている。そこには、あたかも「清明上河図（清明節の中国北宋の都、開封城内外の人士が行楽し、繁栄の様子を描いた画巻）」のように、繁華な街の様子が具体的に活き活きと記録されている。

街の大通りから小道まで、大小の店が軒を連ね、空き家などない。毎日朝早くから、街の両側では、露店が商売をはじめ、ありとあらゆる品物が売り買いされる。その賑やかさは、朝食前に市が閉じようやく収まる。杭城は四方の物資が輻輳する場所で他の地方とは同日には語ることはできない。このため外からの商人の往来が絶えることはない。古紙や羽毛に至るまで、すべて店で売られているのだから、他の店々は推して知るべしである。このほか町中の辻々、橋のたもとに家屋敷が立ちな

図1　清明上河図巻《せいめいじょうかずかん》　張択端《ちょうたくたん》筆　北宋時代・12世紀　中国・故宮博物院蔵
北宋の都・汴京《べんけい》（現在の開封）の街のにぎわいが描かれている。橋の上やたもとにまで露店が立ち並び、多くの人々が行きかい、橋の欄干からあふれんばかりの人々が河や街をながめている。（伊原弘編『『清明上河図』をよむ』〔勉誠出版、2003年〕より引用）

らび、城内外数十万の人口を数えることもできない。至るところに、茶坊、酒肆、麺店、果物・絹織物・糸・香燭・油醤・米・魚肉のおかずの店がある。（『夢粱録』巻十三「鋪席」／訳文は、梅原郁訳注『夢粱録 南宋臨安繁昌記』平凡社、東洋文庫を参照した。以下同じ）

臨安の街は朝方から深夜まであらゆる商売が行われいたのである（図1）。

二、江湖の詩人たち

南宋の臨安は出版業もさかんであった。特に有名なのは市街の中心部にある睦親坊の棚北大街の陳宅書籍鋪である。そこでは書籍を売買するだけでなく、出版活動も行っていた。主人は陳起、字は宗之、号は芸居《うんきょ》、多くの書籍を出版し、また『江湖集』（陳起が刊行した『江湖集』はすでに失われている。ここでは後に編集された四庫全書『江湖小集』、『江湖後集』を主に底本とした。『江湖集』の版本に関しては『江湖派研究』第二輯　江湖派研究会　羅鷺「『江湖前・後・続集』探源」を参照）を編集した。陳起は科挙の地方予備試験（郷試）を首席で合格するも、役人となるのを中途であきらめ書店業に転じた。江湖派を代表する詩人の一人でもあり、南宋の官職のない在野詩人たちの詩を多く採り上げ、『江湖集』を編集した。採り上げられた詩人の多くが在野の人々であったことから、詩集に「江湖」（在野の意）の名が冠せられた。主として南宋四大詩人といわれる陸游、范成大、楊万里、尤茅が死去した後に活躍した詩人たちである。

南宋江湖の詩人たちの多くは、首都臨安を中心に活動し、折々に全国各地を旅しながら就職活動を行っていた。長旅を終えて帰ってくる先は、それぞれの故郷でなければ、それは都臨安であった。よって、『夢粱録』は、かれらの生活や詩を読み解く上でも非常に重要な資料であり、そこに活写された世界は当時の江湖の詩人たちがまさに活躍した舞台の一つでもあった。

それでは、『夢粱録』のいくつかの項目を通して、江湖の詩人たちの詩を見ていきたいと思う。

三、『夢粱録』の世界と江湖の詩人たち

一、年中行事

『夢粱録』に記録される年中行事は、元日、元宵節……冬至、除夜等々、一月から十二月までの行事を、宮中の催しから市井におけるそれまで、様々な角度からつぶさに描かれている。

南宋後期の江湖詩人を代表する戴復古（一一六七〜?、字は式之、号は石屏。天台黄岩（浙江省）の人）の「元宵の雨」（文淵閣四庫全書『江湖小集』巻七十八「石屏続集」）という詩に、臨安の元宵が以下のように描写されている。

窮人不謀歓
元夜如常時
晴雨均寂寞
蚤与一睡期
朱門粲灯火
歌舞臨酒池
酒闌歓不足
九街恣游嬉
前呵驚市人
簫鼓逐後随
片雲頭上黒
翻得失意帰

窮人　歓を謀らず
元夜　常時の如し
晴雨　均しく寂寞にして
蚤《つと》に与に　一睡を期す
朱門　灯火粲として
歌舞　酒池に臨む
酒闌《つ》くるも　歓足らず
九街　恣《ほしいまま》に游嬉す
前呵　市人を驚かし
簫鼓　後を逐いて随う
片雲　頭上黒ければ
翻《かえ》って失意を得て帰る

陰暦一月十五日の元宵節、不幸にして雨模様となったことを詩に詠んでいる。元宵節は一年最初の満月の晩に、街中に飾られた灯籠を鑑賞する日。第八句に「九街」とあるので、臨安の元宵節を詠った詩であることが分かる（「九街」は都を指す語）。冒頭四句は、そういう特別な節日の夜なのに、貧乏人にはまったく縁のないことを言う。貧乏人は天気の如何に関わらず、夜になれば、ふだんと変わりなく早々と床に就く。一方、「朱門」＝裕福な家では、灯火があかあかと灯り、贅を極めた宴に打ち興じ、宴が終わっても、興が足りぬと、元宵でにぎわう市街に繰り出し、大名行列で練り歩く。しかし、雨天で厚い雲が月を隠し、失意の中帰宅する……という大意である。

都の冷酷さを「窮人」と「朱門」の対比のなかで際だたせる詩はすでに唐代

に先例があり（杜甫「京より奉先県に赴き懐いを詠ず五百字」、孟郊「長安道」等）。また、節日が都会の裕福な家にのみ許されたハレの日であることを詠じた詩も、この詩にわずかに先行して范成大に例がある（「四時田園雑興六十首」の七夕の詩）。しかし、雨天の元宵という最悪の条件にもかかわらず、夜半、人出の多さを暗示する後半部分は、それが作者の意図したものではないかもしれないが、繁栄を極めた十三世紀臨安ならではの光景を詠い込んでいる。『夢粱録』では、十以上のグループが舞踊を繰り広げ、二十四の傀儡《あやつり》の集団の催しがあり、府の役所おかかえの少年の楽団が笙《しょう》簧や琴《こと》瑟を演奏する、と記され、

さらに家々の灯火がともり、あちこちの管弦の音が加わる。清河坊（杭州市街の中心部にある賑やかな町）の蔣検閲の家では世に珍しい茶や飲み物が接待される。月のように明るく大きな泡灯は部屋全体を明るく照らし、道行く人が足を止め見入らないものはいない。（巻一「元宵」）

とある。「清河坊」は、街の中心、呉山の北麓に位置する街区で、近年、宋代の町並みが再現され、現在なお多くの観光客を集める場所である。

　次に陰暦八月の風物詩、銭塘江の海嘯見物について見てみよう。王琮（生卒年不詳。字宗玉。銭塘の人。徽宗の時に進士となる。大宗正丞、提挙永興常平軍路を歴任）に「観潮」詩がある（『江湖小集』巻四十八「雅林小稿」）。

旗彩斜飛一命軽
舟人却立万舟迎
不応当日将軍事
猶到如今気未平

旗彩　斜めに飛びて一命軽く
舟人　却《しりぞ》き立ちて万舟迎う
応に当日の将軍の事なるべからざれども
猶お如今に到るまで気未だ平らかならず

『夢粱録』は、あたかもこの詩を解説するかのごとく、観潮の様子を事細かに記述している。

杭州には無頼者の命知らずの者がいて、大きな綵旗《いろはた》や小さな清涼繖《ひがさ》、紅や緑の小繖《しょうがさ》を、それぞれ刺繍した緞子でいっぱいになった竿につなぎ、潮が海門を出る時機をみはからって、十人、百人が一群を作り、旗を持って水上にうかび、伍子胥が潮に翻弄されるのを迎える遊戯を行う。あるものは手と足に五本の小さな旗をつけ、波頭に浮かんでふざけ戯れる。（巻四「観潮」）

詩の一句目は、右の『夢粱録』の記述が大いに参考になろう。詩にいう「旗

彩」は、「綏旗《いろはた》」のこと。命を軽んずる若者が、逆流が来るのを川の中に浮かんで待ち受け、波乗りをする。同時に万という数の船もその後ろに控えて大波を待ち受ける、と詠われている。三句目の「将軍」とは、春秋時代末期の呉に仕えた、伍子胥を指す。伍子胥は対越の外交策をめぐって讒言され、呉王夫差から死を賜り、その屍は皮袋に入れられ棄てられた。その憤怒によって伍子胥は潮神と化し、毎年、銭塘江の逆流を引き起こすとされる。

かつて、銭塘江の逆流によって、農田に海水が流入し、河口付近の農村は塩害に苦しめられたが、唐から宋にかけ（とくに五代十国の呉越時代）堅固な堤防（「海塘」という）が築かれた結果、農村被害は激減した。堤防の完備とともに、「観潮」という年に一度のリクリエーションが生まれるようになったのである。しかし、泰平の世の風物詩となった後も、この詩によって明らかなように、伍子胥の憤怒への連想はけっして薄れることなかった。城の真ん中にある呉山に伍子胥廟が建てられたのも、潮神の怒りを鎮めるためだという（『夢粱録』巻十四「山川神」にも記載があり、廟の名は「忠清廟」に作る）。

二、西湖の船

杭州市街のすぐ西に隣接する西湖は、唐の白居易がくり返し詩に詠じたことで著名になり、宋になって林逋や蘇軾の詩がその美しさを余すことなく伝えたことにより、誰もが一度は訪れたいと憧れる天下の名勝となった。『夢粱録』では、その西湖に浮かぶ船について、次のように記している。

> 杭州では左の銭塘江、右の西湖がとりわけ目立つ存在である。西湖の大小の船は数百艘をくだらない。一千料のものは、百人をのせ、長さは二十丈余り、五百料は長さ十丈余りで三十人、五十人を乗せ二、三百料の長さ数丈のものでも二、三十人ほどが乗れる。いずれも精巧な造りで、欄《てすり》を彫り、柱に絵を画き、すべるように走る。それぞれ名前がつき、百花、十様錦、七宝、戧金、金獅子、何船、劣馬児、羅船、金勝、黄船、董船、劉船など、その名称は極めて多いが、ここでは一、二をあげるにとどめる。（巻十二「湖船」）

西湖には、大小様々で、色とりどりの遊覧船が浮かび、絶景を湖面から楽しむことができた。江湖詩人たちも、西湖のすばらしさを競うように詩に詠じている。ここでは、陳宅書籍鋪の主人、陳起の「湖上即事」（『江湖小集』巻二十八「芸居乙稿」）を見てみよう。

波光山色両盈盈
短策青鞋信意行
葑草烟開遥認鷺
柳条春早未蔵鶯

誰家艶飲歌初歇
有客孤舟笛再横
風景無窮吟無尽
且将酩酊楽浮生

　波光山色　両つながら盈盈たり
　短策青鞋　意に信《まか》せて行く
　葑草烟開きて遥かに鷺を認め
　柳条春早くして未だ鶯を蔵さず
　誰が家の艶飲か　歌初めて歇《や》み
　客有り孤舟笛再び横《ほしいまま》にす
　風景窮まること無く吟尽くること無し
　且《しばら》く酩酊を将《もっ》て浮生を楽しまん

早春の西湖を詠じた作品である。書籍鋪のある棚北街から、ゆっくり歩いても三十分くらいで西湖の畔に到着できる。頷聯は湖畔から眺めた西湖の様子。「葑草」というのは、マコモの根などを束ねて槎《いかだ》のようにした架田＝「葑田」を指すであろうか。北宋前期の西湖に「葑田」が浮かんでいたことは、林逋の詩によって確認できる（「孤山寺の端上人が房にて望を写す」詩）。頸聯は湖上に浮かぶ画舫を描く。妓女を乗せた船から、艶やかなる歌声がひとしきり聞こえてきた後、ぽつんと静かに浮かぶ小舟から笛の音が哀切に響き始める、と詠う。孤舟で笛を吹く主は陳起その人であろうか。尾聯は晩唐・杜牧「但だ酩酊を将て佳節に酬えん」の名句（「九日斉山登高」）を踏まえ、地上の楽園西湖の美景につつまれながら酒に酔いしれ、しばし浮世の愁いを忘れようと結んでいる。

西湖は近年、世界遺産に指定され、観光客でますます賑わっているが、南宋末期の当時も一年中賑わいを見せた。

　四季それぞれの遊覧のため、大小の船は、いつも雇いあげられ、大雪の日なども金持ちが雪見船を仕立てる。二月八日と寒食・清明には、あらかじめ船宿に命じて、船を予約する必要がある。（巻十二「湖船」）

『夢粱録』には、臨安の有力者であり詩人のパトロンでもあった賈似道（一二一三～一二七五。南宋末モンゴル軍撃退の功で宰相となり十六年間に渡って独裁者として君臨した政治家。『宋史』には、西湖の景勝地にある邸宅に引きこもり、宴遊し政治をないがしろにしたとある）の船についての記述もある。

　賈似道の家の車船は、船棚《ふねいた》の上で人が棹さすのではなく車輪を足で踏んで走らせ、飛ぶように速い。また御座船は、小湖園の水次《ふなつき》にもやってある。その船はいずれも精緻な彫刻で飾られ、香り高い楠を使っている。ただそれは周漢国公主（理宗の娘）が遊覧の折、一度使われただけである。（巻十二「湖船」）

江湖詩人の宋自遜が賈似道に一度謁見が許されただけで、大金を送られ、その金で豪宅を建てたというエピソードは有名だが、宋自遜以外にも多くの江湖詩人たちが、賈似道のような権貴の食客となり船に乗り、宴遊を楽しんだことであろう。

南宋の江湖詩人が活躍し始めるのは、十二世紀の後半からであるが、早期の江湖詩人を代表する劉過（一一五四～一二〇六。字は改之、号は龍洲道人。陸游、陳亮、辛棄疾とも交流があり、豪放な詞で知られる）にも、西湖の春遊を詠った「西湖にて弟潤之の韻に次す」という詩（『龍洲集』巻七）がある。

旧説西湖好
逢春更一遊
林逋山際宅
蘇小水辺楼
竹密柳堤閙
樹多花影稠
天堂従此去
真箇説杭州

旧より説く西湖好しと
春に逢いて更に一遊す
林逋山際の宅
蘇小水辺の楼
竹密にして柳堤閙《さわが》しく
樹多くして花影稠《しげ》る
天堂　此《ここ》より去《ゆ》きて
真箇《まこと》に杭州を説かん

頷聯にいう「林逋」は、北宋前期の隠士。西湖の北側にある、孤山に隠棲し、梅を妻とし鶴を子としたとされる。『夢粱録』では、孤山の「四聖延祥観」の傍らに「御圃（皇帝所有の庭園）」があり、そこが「林和靖隠居の地」であると記されている（巻十二「西湖」）。その庭園には「香月亭」という四阿があり、周囲は梅に囲まれ、四阿のなかには、林逋の梅花詩の絶唱「疏影 横斜して水 清浅、暗香 浮動して月 黄昏」（「山園の小梅」）の対聯が大書され掲げられていたとある。現在も、孤山の北麓に墓があり、その周りを梅が囲んでおり、傍らには放鶴亭が建てられている。「蘇小」は、南朝斉の杭州の妓女、蘇小小のこと。孤山と西湖北畔の間に渡された西泠橋《せいれい》のたもとに、現在も墓が残る（『夢粱録』では、巻十五「歴代古墓」に、「蘇小小の墓は西湖の上《ほとり》に在り」とのみ記す）。今日、杭州は蘇州とともに「上に天堂有り、下に蘇杭有り」と呼ばれるが、尾聯の表現は西湖を「天堂」の語を用いて形容した最初期の用例である。ここは天国のすぐ隣、ここから天国へ出かけて、地上の楽土、杭州について語らおうではないか、と詠じる（**図2**）。

徐集孫（字は義夫。建安（福建省建甌）の出身）の「月夜 湖に泛ぶ」の詩（『江湖小集』巻十六「竹所吟稿」）には、月夜の船遊びの様子が描かれている。

買得扁舟載月明
喜它簫鼓已帰城
一襟風露清唫骨
四望湖山見道情

図2　西湖図屏風　室町時代　鷗斎の水墨画。一双屏風の右隻。周囲に高い峰が聳え、湖中に島を浮かべる美しい西湖を大観した作品。中央に描かれているのが蘇軾の造った蘇堤。（『日本の水墨画—特別展図録』〔第一法規出版、1989年〕より引用）

花港採茶供果釘
蘋洲擷荇薦盃行
此歓不許人多得
破暁西村鶏犬鳴

扁舟を買い得て月明を載せ
它《か》の簫鼓の已に城に帰るを喜ぶ
一襟の風露　唫骨《ぎんこつ》を清め
四望の湖山　道情を見わす
花港に茶を採りて果釘に供し
蘋洲に荇を擷《つ》みて盃行に薦む
此の歓び人の多く得るを許さず
暁を破りて西村鶏犬鳴く

夜が更けて、管弦の音にぎやかな画舫が去った後、静寂につつまれ幽玄の境と化した月夜の西湖を堪能する様を詠じている。頷聯の「唫骨」は「吟骨」に同じ。湖面のしっとりした清風が詩人である私の骨の髄まで清めてくれる、の意。下の句は、俗人の去った後、四周の山々が胸襟を開き、ようやく真の姿を見せてくれる、ということであろう。頸聯の「花港」は西湖十景の一つ、西湖の西南に位置し、蘇堤の南にある名勝。「果釘」は、未詳であるが、おそらく宴席に出される果物か菓子の類であろう。やや後のこととなるが、明の楊慎が、五色の小餅を積み上げた皿を「釘果盒」と呼ぶ、と記している（『丹鉛摘録』巻四）。いずれにしても、通常の宴に供される菓子ではなく、薬草の茯苓を茶うけとするということであろう。また、蘋《うきくさ》のただよう洲では荇《あさざ》（はなじゅんさい）を摘み酒の肴とする、という。昼とはまったく異なる表情を見せる月夜の西湖を味わうには、それ相応の流儀があり、世俗の垢にまみれたやり方は相応しくないのだと、詩人は嘯いているかのようである。結句の「鶏犬」の声は、夜明けを告げるものであるが、中国詩では別世界へと誘う声としてしばしば登場する。ここでもその両義を兼ねるであろう。

万人に開かれた西湖の魅力を、遊山の客として一つ一つ味わい、その感動を詩に詠じた江湖詩人もいれば、徐集孫のように、己のみが知る真の西湖の魅力を追求した詩人もいた。西湖の湖山は訪れる人それぞれに少しずつ異なる表情を見せたといえるであろう。

三、その他の項目

『夢粱録』巻十六の「茶肆」には、

汴京の料理旅館が、名ある画家の絵を掛けるわけは、それを観たい者を引き寄せ、お客をつなぎとめるためである。いま、杭城の茶肆もその通りで、四季の花を生け、有名な画人の絵をかけ、店の表構えを飾る。四季折々に珍しい茶湯《のみもの》を出す。冬には七宝の擂茶《らいちゃ》（団茶に七種の香味を加えて粉末化した特別な茶）、饊子《さんし》（ドーナツ状の油で揚げた環餅）、葱茶をそえて、塩豉湯《えんし》（塩納豆の入った湯）を売ることもある。暑い夏は、雪泡梅花酒や縮脾飲暑薬の類を出す。

と記録されている。茶肆は、茶楼、茶坊ともいう。現在の喫茶店がそうであるように、南宋末期の茶房も、名画や音楽、花、そして各種の茶でもって多くの客を呼び寄せていたようだ。江湖の詩人たちも、このような茶館で茶や酒を飲み料理を食べながら、詩藝を競い、詩論を闘わせていたに違いない。

また、『夢粱録』巻十九（「社会」）には、

文人たちで西湖詩社が作られる。これはつまり杭都の搢紳《しんし》と四方からここに住みついた儒人《ちしきじん》たちが、興趣と情感をともにして詩を詠む集まりで、人々に愛唱され、四方に伝えられ、その他の同志仲間とは段違いである。

とあり、詩社が作られたことを記している。いわゆる作詩サークルであるが、江湖詩人たちの活躍の場であった。詳しくは、本書掲載の河野貴美子氏のコラムを参照されたい。

終わりに

『夢粱録』では一六九の項目が記され、大部分が『咸淳臨安志』を下敷きにしている。そのほか、『東京夢華録』や『西湖老人繁勝録』、『武林旧事』等にも基づき、巻五は『都城紀勝』を下敷きにする。本書だけが持つ項目は科挙や学校など二十項目にすぎない。また、後世、文章が難解、晦渋であると評されている。しかし巻十三と巻十六の全部、ならびに巻十九、巻二十の約半分は、『咸淳臨安志』や『東京夢華録』等、他書に見られない内容で、百万を越える人口を擁する国都臨安の人々の生活がいきいきと描かれている。飲食店や商店の様子から、当時の市民生活のディテールを垣間見ることができる。

杭州は、白居易や蘇軾を始めとする多くの詩人たちの心を惹きつけ、すばらしい作品が生み出されたところである。本稿でその一部を紹介したように、江湖詩

人たちも臨安の年中行事を体験し、西湖やそのほかの名勝地、ならびに風物を目にして詩人としての力量を競うがごとく詩を詠んだ。『夢粱録』の世界は、まぎれもなく江湖詩人たちが実体験した世界であった。よって、彼らの日常を知ろうとするとき、数多くのヒントをわれわれに与えてくれる。

参考文献

院本「清明上河図」台北・故宮博物館所蔵

景印文淵閣四庫全書『夢粱録』呉自牧著、『咸淳臨安志』潜説友著、『都城紀勝』耐得翁著、『武林旧事』周密著、『龍洲集』劉過著

『西湖老人繁勝録』西湖老人著、永楽大典（中華書局、一九八六年）

『夢粱録』1・2・3　南宋臨安繁昌記　呉自牧著（梅原郁訳注、東洋文庫、平凡社、二〇〇〇年）

『東京夢華録』孟元老著（入谷義高・梅原郁訳注、東洋文庫、平凡社、一九九六年）

『蘇州・杭州物語』村上哲見著（中国の都城4、集英社、一九八七年）

◎コラム◎

臨安と江浙の詩社

河野貴美子

こうの・きみこ――一九六四年兵庫県神戸市生まれ。早稲田大学文学学術院教授、博士（文学）。専門は和漢古文献研究。著書に『日本霊異記と中国の伝承』（勉誠社、一九九六年）、共編書に『日本における「文」と「ブンガク《bungaku》」』（Wiebke DENECKE氏と共編著、勉誠出版、二〇一三年）などがある。

宋末元初における詩作が、それ以前の時代と最も大きく異なるのは、詩作の場に、士大夫のみならず庶民階層にも及ぶさまざまな人びとが参加するようになったことであろう。そして、その活動の場として、臨安と江浙地域を中心に「詩社」と呼ばれる組織が数多く出現したことも、この時代の文学環境を特徴づけるものである。ただ、詩社に関する資料は断片的なものが多く、その全貌はつかみがたい。本コラムでは、詩社なるものが形成されるに至った歴史的経緯や、詩社が果たした役割や機能について、いくつかのトピックを通して考えつつ、宋末元初の臨安、江浙地域に展開した詩作活動の実態を、それを支えた詩社の存在とももたどってみたい。

一、詩の会と社

「君子は文を以て友を会し、友を以て仁を輔《たす》く」（『論語』顔淵）という言葉の通り、「以文会友」、すなわち「文友」との交遊は、中国において伝統的に重視されたことがらであった。また、詩を唱和し、贈答することによって文人同士が交流を深め、連帯感を共有することも、古来中国ではたいへん重要なことがらであった。

例えば、その典型として中唐の白居易がいる。白居易は、劉禹錫との唱和詩を集めた詩集の序で次のように述べる。「私は元稹と唱和することがとても多いが、ふざけてこのように言ったことがある。「貴兄とは二十年来の文友であり詩敵である。これは幸というべきか、不幸というべきか」と」（『旧唐書』劉禹錫伝）。元稹との唱和詩が自らの名声を広めてくれるのは幸せなことであるが、いつも元稹と並び称され独り立ちできないのは不幸とも言える、というのである。また白居易は、洛陽に退居して以後、六人の老年仲間を集い、「九老会」と称する詩会を開いている（『唐詩紀事』巻四九等）。そして、宋代になると、この白居易の「九老会」に倣い、「六老会」「五老会」「耆英会」「真率会」「尊老会」と称してさまざまな詩会が開催されていく。

　そしてこうした詩の「会」と並行して、北宋以降、詩社と称する組織が登場し始める。その最も早い例は、元豊七年甲子（一〇八四）の次の記録とされている。

> 甲子夏、彭城詩社の諸君とともに唐の諸家の詩を分閲し、其の平生を採りて、人ごとに一章を賦し、姓を以て韻と為す。……
> （『慶湖遺老詩集』巻二「李益の詩を読む」序）

> 甲子八月、彭城詩社の諸君とともに、南台の仏祠に会し……王摩詰の「田園楽」を誦し、因りて分韻して之に擬し、余「村」字を得たり。
> （同「田園楽」序）

右の詩集の作者は賀鋳。彭城は今の江蘇省徐州市。「彭城詩社」は、賀鋳がこの地に任官した時に組織したものと思われ、右の二首の詩序からは、仲間が集って詩を読み、その後「分韻」して詩を作り合っていた様子がわかる。

　またもう一例、初期の詩社の記録としてよく取りあげられるのが、次の『蔵海詩話』（呉可撰）の一節である。

> 幼年、北方に詩社有りと聞く。一切の人みな預かれり。屠児　蜘蛛の詩を為し、海内に流伝す。……元祐の間、栄天和先生　金陵に客たり、清化の市に僦居し、学館と為す。質庫の王四十郎、酒肆の王念四郎、貨角梳の陳二叔、皆な席下に在り。余人復た能く記さず。諸公　多く平仄の学を為す。北方の詩社に似たり。

北方には多くの人が詩社に集い、そこに参加した屠殺業者の詩が人びとの間に広まることもあった。また、元祐年間（一〇八六〜九三）の金陵（南京）に仮住まいを設けた栄天和先生の家に、質屋や酒屋などさまざまな職業の人びとが集まり、まるで詩社のごとく詩を学ぶ場となった、という。都に限らず、さまざまな地域で、ある人物がリーダーとなり、それを基点として、詩を学び作る集団が形成されたのであった。

　さて、やがて南宋になると、詩社以外にも、芸事や仏事など、さまざまなことがらを目的として人びとが集まる「会」あるいは「社」が存在した。そのことは、『夢粱録』（呉自牧撰）や『都城紀勝』、あるいは『武林旧事』（周密撰）など、南宋の都臨安の様子を描いた書物が、いずれも「社会」の項目をたてて紹介するところである。

　ところでここで注意したいのは、「会」あるいは「社」という名称である。というのは、白居易を嚆矢として行われた老年仲間による詩会は専ら「会」を称する。

それでは「会」と「社」とにはいかなる区別があるのか。その答えに迫る手がかりとして、楊万里の『荊渓集』に次のような詩句がある。

読元白長慶二集詩
読遍元詩与白詩
一生少傅重微之
再三不暁渠何意
半是交情半是私

　元白長慶二集の詩を読む
読み遍くす元詩と白詩と
一生 少傅（白居易） 微之（元稹）を重んず
再三 暁らず 渠《かれ》 何の意ぞ
半ばは是れ交情 半ばは是れ私

白居易と元稹が詩を通して育んだのは、深い交情には違いないが、それは私的なものである、という。唱和や「会」を重ねた中唐の詩の環境に対する、楊万里の批判を感じさせる口吻である。一方、楊万里自身は、ある「社」に属していたことが伝わる（「二月二十四日……西湖に於て、雨中に舟を泛かべ、坐上二十人、「遅日江山麗」の四句を以て分韻賦詩し、余は「融」字を得たり、同社に呈す」と題する詩がある）。楊万里の発言から推察するに、南宋人の意識としては、「会」を称して集う詩会は私的な交情、交遊に終始するものであるが、「社」を名のる場合には、より公的な組織への帰属感を伴うものと考えられていたのではなかろうか。

　また、後にあげる月泉吟社のように、「社」は、一定のルールの下で活動が定期的に行われるという性格があったようで、また、詩作の腕を競い磨くための学習班としての機能も期待されたようである。一方、「九老会」をはじめとする「会」は、「法会」「放生会」といった言葉があるように、ある行事、イベントに際して人びとが集まることを指す、というニュアンスの違いがあったのではないか。

　ちなみに、白居易の「九老会」を模倣して日本で行われた行事は、専ら「尚歯会」と称された。また日本では「詩会」「歌会」「句会」といった言葉は伝統的に定着しているものの、「詩社」の名を持つ組織が現れるのは江戸の中後期以降である。「詩社」は、その名称からみても、またもちろんその実態からしても、宋代当時の社会が生みだした独特の概念を含む組織であったといえよう。

二、江湖派と詩社

　十三世紀初め、楊万里や陸游らがこの世を去るのと相前後して、永嘉四霊（徐照、徐璣、翁巻、趙師秀）が現れる。永嘉は今の浙江省温州。晩唐体の流行をもたらした四霊の詩作は、永嘉学派の葉適をパトロンとして行われたものであった。士大夫ならぬ民間人による詩作の先駆けと位置づけられるものである。

　続いて臨安では、「書籍鋪」を営む陳起が主導して、江湖の詩人の作品が集められ、『江湖集』が刊行された。いわゆる「江湖派」の誕生である。そして、江湖派詩人の登場こそが、宋末から元明清へと連なる、中国近世文学のスタートとみなしうる重要な「事件」であったわけであるが、その江湖派の詩作活動を成立させた要素として、詩社の存在は不可欠であったと思われる。

まず、江湖派の主導者陳起自身の詩集『芸居乙稿』には、「梅屋を挽す」と題する次のような詩句がみえる。

桐陰吟社憶当年
別後攀梅結数椽

桐陰の吟社 当年を憶う
別後 梅を攀《よ》じて 数椽を結ぶ

梅屋とは、数十本の梅の木を植えた故郷海塩（今の浙江省海塩県）に退居して暮らしたという江湖詩人許棐のこと（『両宋名賢小集』）。許棐は、その詩集『梅屋詩稿』が『江湖小集』に収められている。右にあげた陳起の詩は、かつて桐陰吟社で活動した頃をなつかしく思い出す、というものである。当該吟社の詳細は知られないが、許棐のような非士大夫階層の人物にとっては、詩作者のネットワークに連なるための貴重な場であったかと思われる。

さて、右の陳起の詩は続いて、

児収残稿能伝業
自誌平生不愧天

児 残稿を収めて 能く業を伝え
自ら誌す 平生 天に愧じずと

と述べる。野にあって多くの詩を残し、自ら納得の人生を送った江湖詩人の足跡を伝える詩句である。

次にもう一人、戴復古についてみる。戴復古は、黄巌（今の浙江省台州市）の農民の出身。まさに江湖派を代表する典型的な人物である。その戴復古の詩作活動と詩社とはいかに関わるものであったか。残念なことに、現在残されている資料からは、その実情を詳しく知ることはできないが、その詩や詩題などには戴復古及び戴復古と交流のあった詩人たちがいくつかの詩社を基点として詩作活動を行っていた様子が確認できる。

例えば、戴復古の詩集『石屏詩集』（巻一）には、次のような詩がある。

送呉伯成帰建昌二首（其二）
吾友厳華谷
実為君里人
多年入詩社
錦嚢貯清新

呉伯成の建昌に帰るを送る二首（其二）
吾が友 厳華谷
実に君が里の人たり
多年 詩社に入り
錦嚢 清新を貯う

建昌は今の江西省南城県。詩の第一句に現れる厳華谷は、厳粲のこと。呉伯成が長年属したという詩社は具体的には未詳であるが、厳粲は『詩集』一巻、また『詩緝』三十六巻とともに後世に名を残した人物である（本書掲載の種村和史氏論文を参照されたい）。また『石屏詩集』には「昭武を過り李友山の詩社諸人を訪う」（巻六）、「趙葦江と東嘉詩社諸君とともに遊ぶこと一日……」（巻七）などといった詩題もみえる。戴復古は、詩を通じてこうしたさまざまな交遊を結び、各地の詩社の人びととつながっていたようである。

また、戴復古自身、一つの吟社の中心的役割を果たしていたことが知られる。厲鶚『宋詩紀事』巻六十四の「曽原一」の人名下注に「紹定中（一二二八～三三）、戴石屏と江湖吟社を結ぶ」とある一節がそのことを伝えている。曽原一は、字は子実、号は蒼山、贛州寧都の人（曽原一については、本書掲載の卞東波氏論文にも言及があるので、参照されたい）。戴復古は「蒼山曽子実を訪う」と題する詩で「十年重ねて会面す、一笑最も情に関わる」（『石屏詩集』巻三）と詠んでいる。また、曽原一には、「戴石屏ら十人とともに重ねて遊び、分韻して「鑿」字を得て、即席にて賦す」と題する詩がある（清抄本元陳世隆『宋詩拾遺』巻二十一）。複数の人間が集まり、分韻して詩作をする、ということで、このときの詩作は曽原一と戴復古が運営した江湖吟社の活動を反映するものである可能性が考えられる。

以上、江湖派詩人の活動に関わるところの詩社の存在の一端をみた。残存資料には限度があり、なかなか全体像をつかむところまではいかないが、元に入ると、一つの吟社のかなりまとまった記録が残っている。月泉吟社である。

三、月泉吟社

月泉吟社は、浦江（今の浙江省浦江県）の呉渭が主宰した詩社で、今残る『月泉吟社』一巻によって、至元二十三年から翌二十四年（一二八六～八七）にかけて行われた活動の詳細を知ることができる。その活動とは以下のようなものである。

まず十月に、「春日田園雑興」という詩題（范成大の「四時田園雑興」に拠る）が定められ、各詩社に対して詩作の公募が開始された。翌年正月の期限までに届けられた詩は合計二七三五巻に達し、それらを、あらかじめ指名されていた三名の考官（方鳳、謝翶、呉思斉）が選考。二八〇名の入選者が三月に発表され、上位者には順位に従って賞品が渡された。現存する『月泉吟社』には上位六十名七十五首の作品と評が載り、受賞者の答礼文書（回送詩賞劄）も合わせて載せられている。

元になり、科挙が中断されるなか、宋の遺民による、まるで科挙さながらの大規模な詩作イベントが民間において行われたわけである。詩社との関わりについてみるならば、まず、詩の公募が「諸処の吟社」にむけて呼びかけられていることは特筆すべきであろう。また入選者の中には、「杭清吟社」「白雲社」「孤山社」

「武林社」といった臨安の詩社に所属することが記されている者が少なからずいる。また考官の一人、謝翱は「汐社」という詩社の盟主であった（『思復堂文集』巻三）。宋代以来、多くの詩人に活動の場を提供してきた詩社は、元に入ってもますます、実際の詩作の場としての機能を果たしていたことが推しはかられる。

　また、月泉吟社で行われた詩作の方法は、それまでにしばしばみられた「分韻」ではなく、ある特定の題が掲げられ、みなが一斉にその題の下に詩を作り、応募するという形式である。これは、月泉吟社のみで行われたものではないようで、例えば、宋末元初の詩人黄庚の『月屋漫稿』には、詩題の下に次のような注をもつものがある。

秋色 山陰詩社中選
枕易 越中詩社試題都魁
梅魂 武林試中

これらはそれぞれの詩社で行われた、（科挙もどきの）詩作試験に応募し、評価を得たことを伝えるものである。

　なお、一つの題の下で大勢の詩人が詩作を競う、ということでいうと、鎌倉期の日本で行われるようになった詩歌合が思い合わせられる。例えば、元久二年（一二〇五）に行われた元久詩歌合は、「水郷春望」「山路秋行」の二題が出され、各題三十八番、計七十六番の詩（七言二句）と和歌が番えられている。また、多くの詩作を集めてその出来映えを競わせ、最後に考官が評語を付して判定する、という点では、例えば藤原俊成が判者となって行われた六百番歌合（建久四年（一一九三）披講）が思い浮かぶ。しかしこれら日本で行われた詩歌イベントは、「詩歌合」「歌合」と呼ばれる二人毎の「対戦」であることなど、多くの点で中国のものとは異なる。そして何より、そうしたイベントを支える「詩社」は当時の日本には存在しない。宋元の中国社会と古代日本の大きな差異。いま改めてそのことにも目を向けてみると、宋末元初における詩や詩社のもつ独自の意義、意味もより明らかになってくるように思われる。

　詩社は、宋末から元初にかけて、その役割や趣向を少しずつ変化させながらも、しかしつねに多くの詩人たちを巻き込みながら、その詩作活動を支える場として機能した。それは、宋末元初という時代の独特の詩作環境の実態を反映する象徴的存在であったといってもよかろう。

参考文献

吉川幸次郎『宋詩概説』（岩波文庫、二〇〇六年）
内山精也「古今体詩における近世の萌芽——南宋江湖派研究事始」（『江湖派研究』一、二〇〇九年）
内山精也「宋末元初の文学言語——晩唐体の行方」（『日本中国学会報』六四、二〇一二年）
欧陽光『宋元詩社研究叢稿』（広東高等教育出版社、二〇〇一年）
鄒艶『月泉吟社研究』（人民出版社、二〇一三年）

転換の現出としての劉辰翁評点

奥野新太郎

おくの・しんたろう——一九八三年福岡県生まれ。九州大学大学院人文科学研究院専門研究員。博士（文学）。専門は元代文学。主な論文に「元代文学における「采詩」——劉辰翁の佚稿『興観集』『古今詩統』をめぐって」（『九州中国学会報』四七、二〇〇九年）、「劉辰翁の評点と「情」」（『日本中国学会報』六二、二〇一〇年）、「蘇天爵『国朝文類』について」（『中国文学論集』四二、二〇一三年）などがある。

宋末元初というのは、王朝交替期であると同時に、文学においても何らかの変容が生じた時期でもある。この時期に出現した劉辰翁評点は、かかる変容の一つの現出として興味深い特徴を有している。また、宋元交替期における文学の変容は、我々のみならず、当時を生きた人々にとっても大きな関心事の一つであった。

はじめに——二つの宋元交替

一、非直線的な王朝交替

宋末元初という時代を考える際に問題になるのは、「宋代」「元代」という語の意味である。一二七六年、南宋の首都臨安は元将バヤンの前に開城し、降表と伝国の玉璽を献上して、ここに南宋王朝は滅亡する。これにより、「宋代」と呼ばれる時代は終わり、中国は「元代」と呼ばれる時代に入る。いわゆる宋元交替である。だがこの「宋代」「元代」という断代的時代区分は大きな問題を有している。

周知のように、宋と元とはそもそも直線的な交替ではない。まず五代十国と呼ばれる時期に北方に契丹族の遼（九一六～一一二五）が出現し、のち中華を統一した北宋（九六〇～一一二七）はこの北方の遼と対峙することになる。やがて一一二五年に遼が女真族の金（一一一五～一二三四）に取って代わられると、今度は金宋の南北対峙となり、一一二七年に北宋は金に滅ぼされる。その後、江南に避難した南宋（一一二七～一二七六）はやはり北方の金と対峙し続ける。注意すべきは、ここで北宋の文明は金と南宋の両者にそれぞれ継承されるということである。だが金も一二三四年にモンゴル（一二〇六～一三六八＊一二七一年以降は元）によって滅ぼされ、今度はモンゴルと南宋が対峙することになる。そして一二七六年に南宋がモンゴルに飲み込まれることにより、南北対立状態は収束する。

つまり、「宋代」「元代」或いは「金代」と呼ばれる各時期は、それぞれに相重なる部分が存在しており、その変遷は非直線的である。そして、宋末元初或いは宋元交替とはあくまでも江南を主体とした言い方に過ぎず、北方では宋元交替とは異なる言わば金元（或いは金蒙と言うべきか）交替が起こっているのである。つまり、五代十国時代から南宋滅亡までの時期は六朝時代以来の第二の南北朝時代とでも言うべきであり、この時期のことを考察する際には、常にこの南北問題を意識する必要がある。要するに、「宋末元初」という語が指すものは限定された空間における一時期に過ぎないのである。

二、もう一つの宋元交替

そして、このことは文学を考える際にも問題となる。だが、我々が「宋代文学」「金代文学」或いは「元代文学」と言うとき、この「宋代」「金代」「元代」という言い方には右のような根本的な問題が内在することを、果たして我々はどれだけ意識しているであろうか。また、金宋の南北対立状態を収束させた元についても、金宋それぞれの滅亡にはおよそ四十年ほどのずれがあり、かつ南北対峙時期に生じた思想や文学上の南北差違はモンゴルによる統一後にすぐさま解消されたはずもなく、さらに言えば、仮に王朝の交替に伴って文学にも何らかの変質が生じたとしても、それは王朝交替とは異なる速度で展開したはずである。宋末元初について言えば、そこには王朝史としての宋元交替とは異なる、言わば文学史上のもう一つの宋元交替が存在している。そして、文学研究の立場からは後者こそが議論の対象になる。これらの前提を踏まえた上で、本稿では江南の宋元交替期における文学的転換について考えてみたいと思う。

一、劉辰翁評点の出現

一、最初期の評点家

宋元交替期の江南に生きた劉辰翁《りゅうしんおう》（字は会孟《かいもう》、号は須渓《しゅけい》、一二三二～九七）という人物がいる。彼は中国の伝統的な詩文評（文学批評）の一形態である評点の最初期の大家として知られている。評点とは詩文本文の文字の傍らに圏点《けんてん》と呼ばれる記号（「、」や「〇」など）を付し、さらに評語（批語）と呼ばれるコメントを書き付けるもので、もともとは読書の際の書き入れに起源を持ち、南宋において圏点と評語を備えた評点の形式が確立したと言われている。評点は最初は主に散文を対象として行われ、その性格は科挙受験のための作文指南（挙業書）という要素が強かった。例えば南宋の謝枋得『文章軌範』などがその代表例であろう。

ところが劉辰翁はその評点を詩歌を対象として大量に行った。息子劉将孫の証言によれば、それは一二七五年、宋元戦争の戦火を山中に避けた際に始められたものらしい。(1)それらの評点本は劉辰翁が弟子を教育するときにも用いられ、のちに門人子弟によって出版されると人々の歓迎を受けた。宋末の文学批評と言えば厳羽『滄浪詩話』が有名だが、当時における影響力は劉辰翁評点のほうがはるかに大きい。のち評点付きの詩歌集の出版は広く行われるようになるが、劉辰翁評点本は詩歌の評点本の歴史においてもその最初期のものである。そもそも科挙において詩がほかの文体に比べてさほど重視されていなかったという南宋末期の科挙事情を踏まえると、大量の詩を評点の対象としただけでも一つの転換と言ってよい。さらに彼の評点本は、大陸のみならず朝鮮や日本にも伝わっており、国境を越えて多くの人々の詩の読みに影響を与えていることも注目される。

本稿では江南における王朝交替期に出現したこの劉辰翁評点について、そこに窺える劉辰翁の読み（reading）の特徴に着目し、そこに時代の転換期における文学の転換の一端を探ってみたい。

二、評点と注釈

評点と注釈の違いについてまず確認しておこう。どちらも文学テクストに対して別人によって付け加えられるもの（注釈の場合は作者が自ら付す「自注」もあるが、今は措く）という点では共通するが、両者の性質は根本的に異なっている。そもそも注釈とは、テクストを読む上で読者に要求される（と想定される）字義や語義、典故などの情報――すなわち読者の読みを補助する資料を提供するものであり、かつそれは外部の文献に客観的な根拠を求めるという実証主義的観点からなされることが多い。注釈はテクストの「解読」こそすれ、「解釈」はしない。注釈者の主観的解釈はそこでは極力排除されるのが一般的である。いっぽう評点とは、評者による読みの結果が圏点及び評語として示されるものであるから、そこでは評者こそがテクストの読者であり、その評点を読むさらなる読者の読みを補助するという志向は希薄である。また主観も排除の対象とはならない。主観的解釈を排除する注釈とは異なり、評点とは評者の主観的解釈そのものと言ってもよい。かつその読みは必ずしも実証主義的なそれとは限らない。そこには評者ごとにその評者なりの読みが示される。よって、注釈は注者が無名の人物でも成り立つのに対し、評点は評者がそれなりに名の知れた大家でなければ成り立ち難いという違いも生じることになる。評点に触れる者は、そこにテクスト解釈のための情報を得るのではなく、そこに示される評者の読みに接し、それを通して自身の読みを問い直すという、言わば読みそのものの主題化が求められる。この読みの主題化こそが評点が持ちうる最大の機能と言ってもよいだろう。しかるに、我々も評点を読む際には、そこに示される評者の読みそのものが読みの対象となる。

二、劉辰翁は何を読んだか

一、不必可解

では、劉辰翁の評点には、彼のいかなる読みが示されているのだろうか。具体例を挙げてその特徴を見てみよう。劉辰翁の評点対象は多数にわたるが、本稿では劉辰翁が最初に評点を行い[2]、かつ最も自信を持っていた唐の李賀（字は長吉、七九一～八一七）の詩[3]を例に取り上げてみたい（傍点は圏点、【】内は劉辰翁の評語、以下同）。

貴公子夜闌曲

裊裊沈水煙　　裊裊《じょうじょう》として沈水《じんすい》煙り
烏啼夜闌景　　烏啼く夜闌《やらん》の景
曲沼芙蓉波　　曲沼 芙蓉の波
腰囲白玉冷　　腰囲 白玉 冷たし

【此「貴公子夜闌曲」也。以玉帯為冷、其怯可見也。語不必可解、而得之心自洒然、迹似亦偏得之形容夜色也（此れ「貴公子夜闌曲」なり。玉帯を以て冷たしと為すは、其の怯見るべし。語は必ずしも解すべからず、而れども之れを心に得れば自ずから洒然《しゃぜん》として、迹は亦た偏《ひと》えに之れを夜色を形容するに得たるが似《ごと》し）。】

（評注本巻一）

「夜闌」とは夜更けのこと。「沈水」は香の名。夜更けの静かな情景を描写する李賀の短篇である。

中国語はその孤立語としての性格ゆえ、書記言語における一義的意味の確定不可能性を本質的に持つ。とりわけ文《ぶん》言《げん》（古代中国語＝漢文）においてはそれが顕著である。中国の注釈学とは、かかる中国語の言語的宿命に挑み、その一義的意味を確定しようとする試みでもあった。もとより注釈学が儒家の正典たる経書の解釈学（＝経学）に由来する以上、正典の一義的意義を追求するのは当然と言える。経学として始まった注釈はやがて文学テクストにも応用されるようになる。その際、最初は字義の解説や、詩句の言わんとする意味をわかりやすく言い換えるなどの手法が用いられていたが、やがて目前の言語の曖昧性を克服する手法として、他の文献との影響関係の中に目前の語の意味を解消するという実証主義的な読みが用いられるようになる。『文選』の李善注などがその代表例である。そして宋代になり、それまでは極めて限定的であった書物の閲覧が出版の隆盛によって徐々に可能になるにつれて、文献を用いた実証主義的考証が流行する。

さて、これら注釈にはテクストの言語の一義的意味（或いは作者の意図）の確定がその目標としてある。だが、文学テクストを読む上で、書記言語の読みにおける一義的意味の確定不可能性や「作者の意図」なるものを読むことの不可能性は、現代の批評理論において盛んに議論されている通りである。そして我々は劉辰翁の評点の中に図らずもそれらの議論と対話可能な読みを見出すことができる。それがこの詩の評語中に見える「不必可解」である。

「不必可解」とは、必ずしも一語一語の意味を隅々まで訓詁的に解読する必要は無いことを示すものである。劉辰翁は「語義は必ずしも解さずともよい。貴公子の『怯』たる心情を心に感得すれば、心は自ずとその凄然とした心境を得られる。それは夜の光景の描写の中に得られるであろう」と指摘する。彼は別の詩の評語でも「李賀の短篇は、もとより必ずしも一字一句の語義を確定する必要は無い」(4) と言うが、これは語義の確定に心血を注ぐ注釈家的な読みを否定するものであり、大きなインパクトを持つ。劉辰翁がこのような読みの姿勢をとった背景には、出版の隆盛と書物の普及により、文献を用いた実証主義的な注釈が急速に発展し、それが一種の飽和状態にまで至った宋末という時代の影響を指摘することもできるだろう。「不必可解」とは、注釈学の発達に対して生じた読みの反省的転換であると言ってよい。そしてあたかもこのことを裏付けるかの如く、劉辰翁の「不必可解」はのちに実証主義の権化たる清朝考証学によって痛烈に批判されることになる。清代に李賀詩への注釈を行った王琦は、李賀詩集の巻頭に収められている唐の杜牧による序文に付した注の中で次のように言う。

> 劉辰翁はしばしば詩の妙は必ずしも解すべからずと言う。だが、詩を作って、それが果たして解すべからざるものと言うのならば、そもそも詩の妙とはいったい何処にあるというのか。古今の識者たちが李賀の詩を賞讃しているのを見るに、果たして彼らは李賀詩の解すべきところを賞讃したのか、いわゆる「理の外」にあるところを賞讃したのか、或いはその理外にすらないところを賞讃したのか。思うに劉辰翁の評語は、後人をして誤らせるこ

とがまことに多い。それでいて自分を李賀の知己であると言うのは全く誤りである。かつて宋濂《れん》は劉辰翁の詩評を批判して「酔っぱらい親父の寝言のようで、ついぞ意味がわからない」と言ったが、至言である。

（王琦彙解『唐李長吉歌詩』（『李賀詩注』所収）巻首）

これは劉辰翁の「不必可解」への批判である。たしかに、もし劉辰翁の「不必可解」の態度を容認してしまうと注釈家としての己の立場を否定してしまうことになる以上、王琦のこの過剰とも言える反駁もむべなるかなであろう。王琦の反駁は、劉辰翁の読みが清朝考証学の実証主義とは相容れないものであることを如実に物語っている。

だが話はこれだけでは終わらない。同じく実証主義の影響下にある現代の研究者の眼にも、劉辰翁の評点はしばしば批判すべきものとして映ることがある。曰く「主観的に過ぎる」、曰く「断片的に過ぎる」など。だがそこには、文学作品の批評とは客観的実証主義的であるべきであり、またそこには体系的な理論が展開されているべきであるという暗黙の前提がある。そして、我々にとり劉辰翁の評点が意味を持つとすれば、それはかかる前提に立つ読みを問題化する契機としての意味にほかならない。劉辰翁の読みは我々に対する問いかけでもある。

二、「情」を読む

では、「不必可解」を以て語義の不確定性を容認する劉辰翁は、いったい詩の何を読んだのか。それは詩句に内在する「情」であった。例を挙げよう。

老夫採玉歌

採玉採玉須水碧　玉を採り玉を採り 水碧を須《ま》つ
琢作歩揺徒好色　琢《みが》きて歩揺と作すも徒《いたず》らに好色
老夫飢寒竜為愁　老夫 飢えかつ寒ければ 竜すら為《ため》に愁う
藍渓水気無清白　藍渓《らんけい》の水気 清白なる無し
夜雨崗頭食蓁子　夜雨 崗頭《こうとう》 蓁子を食らう
杜鵑口血老夫涙　杜鵑《とけん》 口血して 老夫 涙す
藍渓之水厭生人　藍渓の水は生人を厭う
身死千年恨渓水　身死して千年 渓水を恨む
斜山柏風雨如嘯　斜山 柏風 雨 嘯《うそぶ》くが如し
泉脚挂縄青裊裊　泉脚の挂縄《けいじょう》 青くして裊裊《じょうじょう》
村寒白屋念嬌嬰　村寒く白屋 嬌嬰《きょうえい》を念《おも》う
古台石磴懸腸草　古台の石磴《とう》 懸腸草

【謂長縄懸身下採渓水、其索意之苦。至思念其子、豈特食蓁而已。又云腸草不必草名、断腸之類。以念其子、視此懸磴之草、如断腸然、苦甚（長縄もて身

に懸けて下りて渓水に採ると謂うは、其れ意の苦しきを索《もと》む。其の子を思念するに至れば、豈に特《た》だ蓁を食らうのみならんや。又た腸草と云うは必ずしも草の名にあらず、断腸の類なり。其の子を念《おも》うを以て、此の磴に懸かれる草を視《み》れば、断腸の如く然り、苦しみ甚だし）。】

（評注本巻二）

この詩についてはまず大意を示そう。冷たい川で玉を採る老人。だが苦労して採取した玉も、貴人の好色の道具になるだけ。それにも拘わらず老人は玉を採る。もはや澄んだ清らかさを失った川の中、玉を採る老人を襲う飢えや寒さは川に住む竜ですら哀れむほど。夜の雨の中、蓁子《はしばみ》をぼそぼそと食べながら老人は泣く。辛い労働の中で死んでいった者達の怨みがいつまでも消えないこの藍田の川。吹き荒れる風雨、老人と岸を繋ぐ命綱は頼りなく水流に漂う。村の貧しい小屋に残してきた幼子の姿を思い出す老人の目に映るのは、石を敷き詰めた坂道に生える懸腸草であった。

この詩の「懸腸草」という見慣れぬ語に対し、劉辰翁は文献を博捜してその出典を求めるのではなく、「腸草というのは必ずしも草の名とは限らない。おそらく断腸の類の表現であろう。老夫が幼子を思う気持ちを以て坂道に生える草を見たとき、それがあたかも悲しみのあまりずたずたになった自分のはらわたのように見えたのだ。その苦しみたるやまことに甚だしいものがある」と、詩中の老夫の心情を思いやり、「懸腸草」とはかかる心情の老夫の眼に映った、その老夫のみに見えた光景であるとする。換言すれば、劉辰翁は「懸腸草」を文献的出典という外的根拠ではなく、詩に内在する老夫の心情という内的根拠を以て理解しているのである。これは注釈家呉正子が「坂道の草を見れば、そのはらわたが懸かるような様子が人をして断腸せしめる」と説明するのとは根本的に異なる。腸のような草が老夫を悲しませるのではなく、悲しみに暮れる老夫の眼には草が腸のように見えたのである。ちなみに王琦は「懸腸草」の出典として『述異記』を指摘する。曰く、「『述異記』によれば懸腸草は別名思子蔓とも言い、南では離別草とも言うとある。詩中の老夫は己の生死すら定まらないなか、懸腸草を見て子を思う心を動かされたのである。まさに『物に触れて懐《おも》いを興す』である。ともに苦しみの境地であり、深く哀れむべきものだ」と。王琦の説明は呉正子と同じく懸腸草が老夫を悲しませるとするものであり、このように二人の注釈家の読みが一致し、かつ劉辰翁と対照を成しているのは興味深い。

もう一つ例を挙げよう。

弟に示す

別弟三年後　弟と別れてより三年後
還家一日余　家に還りてより一日余
醁醽今夕酒　醁醽《ろくれい》今夕の酒
緗帙去時書　緗帙《しょうちつ》去りし時の書
病骨猶能在　病骨猶お能く在り
人間底事無　人間《じんかん》底事《なにごと》か無からん
【亦是恨意。凄婉如老人語（亦た是れ恨意なり。凄婉《せいえん》として老人の語の如し）。】
何須問牛馬　何ぞ須《もち》いん牛馬を問うを
抛擲任梟盧　抛擲《ほうてき》して梟盧《きょうろ》に任さん　（評注本巻二）

失意のうちに実家に帰った李賀が、その心中を弟に漏らした詩である。この詩について、呉正子は「醁醽」とは豫章康楽県烏程郷産の酒の名であり、「緗帙」とは昭明太子「文選序」に用例があり、『説文解字』によれば「緗」とは淡い黄色の布であり、「問牛馬」は『荘子』応帝王篇に出典があり、「任梟盧」とは博打用語であると、それぞれ説明を加える。だが劉辰翁はそれらの部分には興味を示さない。彼は注釈家呉正子が何の説明も加えない五・六句目に圏点を打ち、そこに二七才で死んだ若者の言葉とは思えない、まるで老人のようなもの悲しい切なさを帯びた口吻を感じている。このように劉辰翁の評点の関心は語句の解読にはなく、詩に内在する「情」の感得にあった。

そもそも李賀は今でこそ唐代の重要作家の一人として高い評価を得ているが、もともと唐詩の中では決して李白や杜甫のような正典ではない。その詩は難解さで知られ、しばしば「奇」や「険」を以て評される作家である。[5] 劉辰翁も李賀詩を読んだ際には「そのセンスには魅了されたが、その難解さには困った」[6]と告白している。だがそのような李賀詩について、のちに彼は「自分が今までで一番理解し、かつ感動したのは李賀詩である」[7]とまで述べている。難解から理解や感動へと至るためには、そこに語義の不確定性の容認という態度が不可欠となる。語義ではなく詩に内在する情へと読みの対象を移すことで、劉辰翁は李賀詩に感動したのである。

三、作者との同化

情を重視する劉辰翁の読みは、やがて作者の発語時の心境を追求してそこに自らを重ねる「作者との同化」とも言うべき読みの態度を生み出す。例を挙げよう。劉辰翁が友人とともに杜甫の詩を読んでいた時、杜詩に「一県に蒲萄熟す」（「寓目」詩の発句）という句があった。劉辰翁が友人に「この句には含意があるか」と問うたところ、友人は「『一県に蒲萄熟す』と言うのだから、文字通りの意味だろう」と言う。劉辰翁は「この詩は蒲萄の対句に苜蓿《もくしゅく》という植物が見え、二つはいずれも北方の植物であり、それが眼前に広がっていると杜甫は言っているのだ」と言ったが、友人は理解しなかったという。(8) ここで劉辰翁が言うのは、この句には辺境の地にいる杜甫の感懐が込められているということであろう。ここには作者の心情を自分のそれと重ね合わせて辿りながら詩を読む劉辰翁の態度が見出せる。

なおこの「不必可解」の態度は、しばしば指摘されるように、注釈学をはじめとする中国の読みの伝統である「作者の意」の読解を否定するものでは必ずしもない。ただそこに至る道として、劉辰翁は語義の穿鑿ではなく情の感得という方法を選んだのである。

三、宋元交替への視線

一、転換の現出

もとより、注釈家的な読み方に対する批判や反省は、決して劉辰翁の創見ではない。だが、このような性格を持つ劉辰翁の評点が、奇しくも宋元交替期という時代の節目に出現し、かつ大いに流行したということは、文学史の観点からも興味深い一つの現象としてとらえてよい。

冒頭に述べたように、王朝史の転換点と文学史の転換点は必ずしもきれいに一致するものではないが、この時期に何らかの文学的転換を見出すことはおそらく可能であろうと思われる。例えば詩について言えば、モンゴルの統治下では科挙が停止されることにより、詩への没頭を阻害していた挙子業(科挙の受験勉強)から人々が解放され、結果として作詩熱が勃興するという現象も見られるなど、詩を取り巻く環境に確かな変化を確認することができる。ひとり劉辰翁の評点のみに関わらず、この時期に詩がいかなる変化を見せたかは、今後もさらに検討されなければならないだろう。

二、宋元交替への視線

そして、時代の転換に伴う文学の転換は、当事者たる当時の人々も関心を寄せていたと思しい。例えば兪徳鄰《ゆとくりん》(一二二三~九三)『佩韋斎輯聞』巻四に次のように言う。

> 先儒の言によれば、文章というものは時代と連動して興廃するものであり、政治が乱れ、国土が引き裂かれると、三光五岳の気が分散し、大音も不完全となると言う。……(元により統一された)今は、東西南北、どんなに小さな土地でも(元に)臣従しないものはなく、まさしく三光五岳の気が大いに振るうべき時代であると言えよう。だが私はすでに年老いてしまい、その振るうさまを見届けることはできそうにない。……果たして、時代の興亡は本当に斯文の興廃と関わるものなのだろうか。それと

も関わらないのだろうか。

兪徳鄰は江南の人である。劉辰翁と同じく宋元交替を経験した彼は、これから元の世になり、南北統一の時代を迎え、学問（文学を含む）はいったいどのように変わっていくのだろうかと、今後の斯文の行く先に思いを馳せている。当時の人々にとっても、宋元交替とはやはり学問（文学）にとっての転換点として期待されるものであったのだ。しかるに、その時期に現れた劉辰翁評点は、やはり交替期における転換の一つの現出と見なしてよいだろう。

果たして宋末元初とは、文学史上においても一つの転換点としてのさらなる研究、検討が期待される時期であり、劉辰翁の評点は、時代の変化、文学テクストの読みの変化、そして我々自身の読みへの自覚的反省など、文学史或いは文学テクストの読みに関する多くの問題を我々に提示しているのである。

注

（1）劉将孫「刻長吉詩序」（『劉将孫集』巻九）。

（2）劉将孫「刻長吉詩序」による。

（3）李賀詩への評点は、南宋の呉正子の箋注との合刻本『呉正子箋注劉辰翁評点李長吉歌詩』（以下、評注本と略称）として伝存する。本書には複数の版本がある。本稿では昌平坂学問所刊官板を主としたが、官板には文字や圏点に改変がしばしば見られるため、併せて京都大学所蔵室町写本・内閣文庫所蔵江戸写本・劉辰翁評点九種書本（明版）・文淵閣四庫全書本（圏点無し）を適宜参照した。

（4）「後園鑿井歌」（評注本巻三）の評語。

（5）李賀詩への「奇」評については川合康三『終南山の変容——中唐文学論集』（研文出版、一九九九年）所収「奇——中唐における文学言語の規範の逸脱」を参照。

（6）評注本巻頭劉辰翁総評。

（7）劉将孫「刻長吉詩序」。

（8）劉辰翁「蕭禹道詩序」（『須渓集』巻六）に見えるエピソード。

参考文献

京都大学附属図書館所蔵足利義政旧蔵室町写本『李長吉歌詩』
国立公文書館内閣文庫所蔵林羅山旧蔵江戸写本『李長吉歌詩』
文淵閣四庫全書本『唐李長吉歌詩』
昌平坂学問所刊官板『唐李長吉歌詩』
文淵閣四庫全書本『須渓集』
『李賀詩注』（楊家駱主編『中国文学名著』第六集第七冊、世界書局、一九七八年）
『歴代筆記小説集成 元代筆記小説』（河北教育出版社、一九九四年）所収『佩韋斎輯聞』
『劉将孫集』（李鳴・沈静校点、元代別集叢刊、吉林文史出版社、二〇〇九年）
高津孝「宋元評点考」（『鹿児島大学法文学部紀要人文学科論集』三一、一九九〇年）
孫琴安『中国評点文学史』（上海社会科学院出版社、一九九九年）
張伯偉「評点溯源」（齋藤希史訳、『中国文学報』六三、二〇〇一年十月）
拙稿「挙子業における詩——元初の科挙停止と江南における作詩熱の勃興」（『中国文学論集』三九、二〇一〇年）

金末元初における「江湖派的」詩人——楊宏道と房皥

高橋幸吉

たかはし・こうきち——慶應義塾大学商学部准教授。専門は金代詩学。主な論文に「金末文人対韓門文学接受——以李純甫、趙秉文為中心」(『唐代文学研究』十三巻、二〇一〇年九月)、「元好問と韓門文人——元好問詩における韓門の受容」(『中国研究』六号、二〇一三年三月) などがある。

南宋と対峙して北中国を領有した金(一一一五〜一二三四)では、とくにその末期において多くの「非士大夫」詩人が現れ、在野で活躍した。彼らと江湖派とはどのような共通点があり、またどのような違いがあるのか。本稿では楊宏道と房皥という二人の人物を取り上げ、北中国における十三世紀前半の状況を紹介したい。

一、金代における科挙と非士大夫層

南宋末、江南を中心に江湖派が盛んに活動していた時期には、北中国において女真族の王朝である金が存在した。金朝は北宋同様に科挙を行い、科挙出身の官僚が相対的に地位を高めることになった。少数民族王朝である金朝において国家の首脳部は女真族が占め、彼らは全く科挙によることなく、女真族内部での血族関係によって宰相クラスの地位に就いた。また科挙には科目として女真進士科が存在したが、漢人が受験する詞賦科および経義科とは、及第難度も課される内容も全く異なるものであった。漢人が政権中枢で栄達することは難しく、金朝の草創期を除けば、漢人が就く高位の官職も翰林院(詔勅などの文章を起草する機関)など一定の方向性があった。しかし大多数の漢人知識層にとって科挙及第は最大の目標であり、多くの人々が挙業に邁進した。金朝の科挙制度には未だ不明瞭な点が存在するが、少なくとも詞賦科においては詩作を課され、受験者は詩を作らねばならなかった。

二、『中州集』に見える非士大夫詩人

このように宋代と同じく金代も多くの科挙未及第者＝非士大夫層が存在しており、かつ彼らはたとえ科挙及第のためであるとしても詩を作っていたのである。金詩はモンゴルによる破壊を経たため、現存する数量が唐宋と比べて圧倒的に少なく、まして官途にも就けなかった非士大夫詩人の作品は現存するものが非常に少ない。元好問（一一九〇～一二五七）が金朝一代の詩を集めた『中州集』は、二五一名の詩人を収録しており、それぞれに短い伝記が附されている。この『中州集』詩人小伝では、二十一名に「何度も受験したが合格しなかった（累挙不第）」「科挙を目標としなかった（不事科挙）」等という記述がある。また本書では氏名を記す場合には官職も併記しているが、二十九名には氏名や伝中に官職を記しておらず、科挙受験に関して何も言及していないので、官位に就いていなかった可能性が高い。すると収録詩人の約二割が非士大夫であると言えるだろう。その他、恩蔭（親などが高官であったために特例として官職を賜ること）によって出仕するもすぐに官を辞した者など、士大夫と非士大夫の境界線上に位置する人物も散見される。

だが南宋の江湖派詩人のように、各地を遊歴して活動したという足跡を、金代中期までは見出しがたい。地方の有力者のもとで、詩文を生活の糧として遊歴した事例は現存する資料には現れず、これは金朝支配地域における経済発展状況および文化的水準を示唆するものかも知れない。『中州集』で唯一その存在が確認できるのは李澥という人物である。この人物は金末の事績を記録した劉祁『帰潜志』にも見える。

> 京師に居ること十五年、日々貴人の門に遊び、至る所で上客として彼を招いた。処世が上手く、人の忌み嫌うことをせず、年長者の風格と模範たり得る資質を持っていた。何度も科挙に挑んだが及第しなかった。六十歳余りで、通許と陳留の間あたりで死去した。
>
> 『中州集』巻七、李澥小伝(1)

> 李澥、字は公渡、相州（現在の河南省安陽）の人で、王庭筠の弟子であり、自ら六峯居士と号した。詩と書画に巧みで、それらはみな王庭筠の手法を修得したものである。趙秉文らの諸公と遊び、科挙につまずいてついに及第しなかった。六十歳余になって病没した。「李澥は賦は詩に及ばず、詩は字に及ばず、字は画に及ばず」と同時代の人は言った。科挙は賦が最も大事なのに、どうして李澥は最も大事な賦が下手だったのだろうか。
>
> 『帰潜志』巻三(2)

李瀞は金朝中期の文壇の盟主、王庭筠（一一五六～一二〇二）に学んでいるので、おそらく没年は金末だろう。ただし彼は権門の客となって過ごしたといっても、あくまで京師の中だけであり、逆説的な見方をすれば、それ以外の地域ではこのような文人墨客を養う経済的余裕が無かったものと考えられる。また「京師に居ること十五年」とあるが、これはモンゴルの侵攻により南遷した汴京（現在の河南省開封）である。『中州集』所収の四首はいずれも兵乱の影を感じさせず、京師に寄食していた頃の作かも知れない。金代中期の文壇の盟主である王庭筠に学び、金末文壇の重鎮とも早くから面識があったと推測される李瀞が、僅かに京師汴京のなかだけで詩文等の才能によって生活していたことを、南宋江湖派詩人の遊歴と同様に考えることは無理であろう。

三、金末における江湖の詩人

金末にモンゴルとの戦火が広がる中では、江湖を転々とする者が現れるが、これも遊歴と呼ぶにはあまりにも違和感がある。何よりもその原因は戦乱であり、地方へ疎開する者、武官の幕僚となる者、戦火から逃げまどった結果流浪する者が現れたのである。彼らの行動を南宋における詩人たちの遊歴と比べると、王朝交替の戦乱という社会的要因が明らかに大きく、文字通り生命の危険がある悲壮なものである。

彼ら非士大夫詩人の文学活動は金朝末期以降により顕著になる。例えば金末における詩壇の隆盛を描写して、元好問は次のように述べる。

> 貞祐二年（一二一四）に金朝が南の汴京に遷都してのち、詩学は盛んになった。洛西の辛敬之・淄川の楊叔能・太原の李長源・龍坊の雷伯威・北平の王子正など、十数人以上の人が詩の専門と称した。「陶然集詩序」(3)

これは友人楊鵬『陶然集』に宛てた序文であるが、この楊鵬という人物も金末に軍の幕僚を一時務めたのみで、ほぼ在野で過ごした人物である。そしてここで挙げられた、詩学において「専門と称号」される人々のうち、大多数が士大夫ではない。辛愿（字・敬之）と李汾（字・長源）は『中州集』において、元好問が最も親しい友人「三知己」として挙げたうちの二人である。辛愿は農民であり、李汾は胥吏（現地採用の事務処理係）であるが、彼らの詩文を非常に高く評価している。雷琯（字・伯威）は国史院（歴史編纂所）の胥吏を務めたことがあり、李汾とも同僚であった。王元粋（字・子正）は正大年間末に下級官吏となったが戦乱に遭い襄陽に寓居し、襄陽が破れると北平（現在の北京）に帰って余生を道師として過ごした。いずれも科挙に及第していない人々である。金末詩壇において非士大夫層の詩人が小さからぬ存在感を有していたと、元好問は認識している。後述する楊宏道（字・叔能）も科挙出身官僚ではなく地方の下級官吏であり、一時期に金と宋において仕官しているが、その経歴の大半を流浪の布衣として過ごしている。

元好問がこの「陶然集詩序」を書いた一二四九年において、北中国において文学活動を行っていたのは、金朝での官歴が殆どない人々が中心であった。これは科挙出身で当時詩名があった官僚が、一二二〇年前後から金朝滅亡の一二三四年までに殆ど逝去していることとも関係があるだろう。やはりこの面でも、王朝交替の戦乱という要因が大きい。

ではこれら非士大夫詩人のうち、各地を移動しているという点で最も「江湖派的」要素を持つ二人の詩人、楊宏道と房皥の足跡を見てみよう。

四、楊宏道――王朝交替期の一生涯

楊宏道（楊弘道とも。一一八八?～一二七〇頃）は王朝交替期という残酷な時代を最も深く体験し、文学作品として残した人物であろう。彼の別集である『小亨集』はその一部が現存しており、彼の生涯を伝えている。淄川（現在の山東省淄博市）出身であるが、その家系は分からない。おそらくは中下級官僚を輩出する家庭に生まれたのであろう。十一歳で父母を相次いで喪い、ここから苦難と悲劇が続く彼の生涯が始まる。彼を引き取った叔父は賭博を好み、学問に関心がない人物であった。それでも彼らが衣食に困らなかったのは、淄川楊氏の一族がそれなりの資産を有していたからであろう。そのため楊宏道は自らの意志で淄川の県学に通い、学問の修養に努めた。

貞祐元年（一二一三）モンゴルは南進の途上に淄川を襲った。このとき一族の半ばは離散し、楊宏道の妻は殺され、二人の幼児も刀傷を負ってやがて亡くなってしまう。自らの来し方を振り返った五言古詩の長篇「幽懐久しく写《か》かず一首韓子が『此の日惜しむ可きに足る』に效ひ彦深に贈る」[4]では、当時の様子を次のように記す。

鉄馬逐人来　　鉄馬 人を逐ひて来たり
蹴踏般渓冰　　蹴踏す 般渓の冰
朔風振屋瓦　　朔風 屋瓦を振はし
巷陌屍縦横　　巷陌 屍 縦横たり
鳴鏑射迴鴈　　鳴鏑 迴鴈を射
冰消渓水清　　冰消へて 渓水 清し
親朋半凋落　　親朋 半ば凋落し
残月依長庚　　残月 長庚に依る

婉婉兩稚子　婉婉たり兩稚子
面黥刀剣瘡　面黥 刀剣の瘡《きず》なり

（◆鉄馬　軍馬。◆般渓　山東淄博市を流れる般河のこと。◆迴鴈「回雁」に同じく、春になって北へと帰って行く雁のこと。◆長庚　金星。◆婉婉　素直で従順な様。◆面黥　顔のいれずみ。ここでは、刀傷をそう形容している。）

この四年後の興定元年（一二一七）、恩蔭により刑部委差官という低い官職を授けられる。そのため彼はこの後も科挙及第を目指すことになる。だが不運にも家郷淄川では当時紅襖賊と呼ばれた李全の乱が起こり、後妻は賊に拉致されてしまう。さらには興定五年（一二二一）、正大元年（一二二四）の会試をともに及第できず、この前後は京師以外の地で職を求めた。おそらく戦乱で淄川楊氏が没落し、その家産のみで楊宏道の生活を支えることが難しくなったのであろう。京師では文壇の重鎮たちや、同輩の詩人たちと面識を得たことが唯一の収穫であったが、この人脈を彼は最後まで生かすことが出来なかった。

その後は鳳翔府（現在の陝西省鳳翔）で元帥郭仲元の家塾の教師となるが、後に罷免されたようで、各地で求職活動を行い、一時は平涼（甘粛省平涼）で軍の幕僚となった。これも長くは続かなかったようで、正大四年（一二二七）には藍田、洛南（いずれも現在の陝西省内）と廻って、内郷（河南省南陽市）で当時県令となっていた元好問と面会している。ここで何らかの口添えがあったのか、鄭州へ向かい鄧州節度副使劉祖謙の幕僚となった。以降鄧州に腰を落ち着ける。

正大六年（一二二九）の会試も及第できず、このまま金朝は滅亡へと向かう。天興元年（一二三二）モンゴル軍が鄧州へ侵攻するが、このとき楊宏道は既に幕僚を辞していたようで、一避難民として山中を逃亡している。その緊迫した様子を彼は詩に残している。

「壬辰閏九月即事」(5)

西山逃難日如年　西山 難を逃れて日は年の如し
草動風声止又遷　草動き風声 止みて又た遷る
惴惴側行崖際石　惴惴 側めて行く崖際の石
回回屡渉谷中泉　回回 屡《しば》しば渉る 谷中の泉
縦横蔓刺膚流血　縦横なる蔓刺 膚は血を流し
憔悴妻孥命在天　憔悴せる妻孥 命は天に在り
疲極和衣相枕藉　疲れ極まり和衣にて 相ひ枕藉す
夜寒輾転不成眠　夜寒 輾転として 眠り成らず

（◆惴惴　憂い恐れるさま。◆回回　曲がりくねったさま。◆妻孥　妻と子。◆和衣　衣服を着たまま。）

節度使の近くで幕僚として仕えていれば、少なくとも着の身着のままという逃避行はなかったであろう。どこまでも不運としか言いようがない。

翌年五月、鄧州が南宋に降ったため、楊宏道も南宋に入る。南宋では襄陽府学教諭・唐州司戸参軍兼州学教授という官を得た。この間、蘄陽（湖北省蘄春）、慈湖（安徽省当塗附近）などへ足を伸ばしている。(6) しかし瑞平二年（一二三五）七月、モンゴルが唐州を占領したため、この年の十二月に北へ戻り、河南の済源に寓居する。その後も各地へ行き求職するが成功せず、いったんは淄川へ帰郷するが相次ぐ戦乱で親戚は一人もなく、また混乱のさなかで一族所有の土地も全て失われていた。

乃馬真皇后称制三年（一二四四）、華北に戻って十年近くにしてようやく蒲地（河南省長垣県）で教学の任に就いた。だがその後も燕京や山東浜州に官を求めて赴いており、いつまで蒲地県学に奉職したのかは不明である。またその後没するまでの約二十年の足取りもはっきりしない。この間、海迷失皇后称制二年（一二四九）に詩文集『小亨集』をまとめ、元好問に序文を依頼した。同年八月に元好問が執筆したのが「小亨集引」である。

楊宏道の事跡を追うと、その半生は元好問と大差ないのだが、その後半生は大きく異なる。無論科挙及第の有無もあるが、それ以上に大きいのは、家郷がモンゴルからどの程度の破壊を被ったか、それによって一族が完全に没落したか否かであろう。特に楊宏道の家郷山東はモンゴルの侵攻ルートに当たった上に、李全の乱の影響も受けている。さらに彼はモンゴルの侵攻にあわせて順次南下し、結果として避難先がまたモンゴルに攻撃されるという事態に陥っている。さらには既に指摘されているように、(7) 北帰後の行動にも疑問が多い。済源に寓居したならば、そこからほど近い東平に仕官に向かえば良かったのである。東平には漢人四大世侯のひとり厳実がおり、真定の張柔と並んで多くの旧金朝系知識人を庇護していた。もしくは東平で部分的に行われた科挙である「戊戌試」に応試して出仕するという選択もあった。東平の旧金朝系士人たちと相見えることが出来ない理由なり心情なりがあったのだろうか。

いずれにせよ、まとまった量の詩文が現存する人物の中で、科挙未及第で且つ各地を流浪したという経歴を持つ楊宏道は、南宋江湖派との比較対象となり得るであろう。その経歴通り、『小亨集』中には干謁詩（目通りを願い併せて求職や援助を乞う詩）が散見し、散文でも「趙制置に投ずる第三劄子」（巻六）、「藍田県令張伯直に投ずる啓」（同前）で援助を乞うことをさらに直接的に述べている。いずれも自らの経歴を述べているのだが、それだけで江湖派詩人の干謁とは比較にならない凄絶さを帯びている。劉祖謙に宛てた「鄧州節副劉光甫祖謙に投ず」[8]（巻二）を見てみよう。

洛南十月戎馬嘶　洛南 十月 戎馬 嘶き
市人散走如驚獐　市人 散り走ること 驚獐の如し
携妻抱子竄山谷　妻を携《たづさ》へ 子を抱きて 山谷に竄《のが》れ
倉卒不暇持資糧　倉卒として 資糧を持すに暇あらず
山高樹密積葉滑　山高く 樹密にして 積葉 滑り
側足数歩顛且僵　側足 数歩にして 顛《たお》れ且つ僵《たお》る

江湖を遊歴して帰郷の路銀を求めるのとは全く異なる、戦火の中を命からがら逃げてきて保護を求めた詩である。諸子百家のように道化師の口を借りてこれを録した体裁を取っている「優伶語録」（巻六）のような作もあるが、基本的には自らの悲惨な体験を詩文中に述べたものが多い。

金末は金中期以前と比べれば現存する詩文が多いものの、その資料数は南宋と比べ圧倒的に少ない。資料的制限から推測の域を出ないが、当時は楊宏道と似たような境遇にあって、仕官や保護を求めた人々がいたであろう。そして戦乱の中で落命したり、生き延びても文集が現在まで伝わらなかった同様の人物が、少なからず存在したものと考えられる。

五、遊歴の詩人房皡

『河汾諸老詩集』所収の八名の詩人、麻革・張宇・陳賡・陳庾・房皡・段克己・段成己・曹之謙を総称して「河汾諸老」と呼ぶ。現在の山西省南部、黄河と汾水の間を中心に活動したためこう呼ばれた。南宋で江湖派が隆盛であったときに、華北における在野の詩人集団として活動した人々である。このなかで南宋江湖派詩人にもっとも近いのは房皡（字・希白）であろう。彼の足跡を追いつつその詩を見てみよう。

房皡の経歴を示す、もしくは推測できる資料は、『河汾諸老詩集』所収の詩以外にほとんど無い。生年も「丙申日」詩[9]から推測されたものであり、金朝滅亡前後までの事跡は全く分からない。手がかりとなるのは楊宏道の詩と元好問『続夷堅志』の記述である。楊宏道「希白に贈る（贈希白）」[10]詩は次のように述べる。

青柯坪上弄雲烟　青柯 坪上 雲烟を弄し
盧氏山中又幾年　盧氏山中 又た幾年
道学愈精身愈困　道学 愈《いよいよ》 精にして 身 愈《いよいよ》 困《きは》まる
布衣憔悴漢江辺　布衣 憔悴す 漢江の辺《ほとり》

また『続夷堅志』巻二「貞鶏」に「房皡希白が盧氏の長官であったとき（房皡希白宰盧氏時）……」という記述がある

（「宰」の字が無い版本もあり異説がある）。また最晩年の詩「辛巳巴東元日」詩に「政 拙にして書考に難し」とあり、書考とは官吏の成績を査定するすることであるから、県令を務めたことは間違いないだろう。これらの資料を併せて考えると、房皞は金末に盧氏（現在の河南省盧氏県）の県令を務めていたと考えられる。盧氏もモンゴルに攻撃され、その後に房皞が同じ河汾諸老の麻革に手紙を送り、その弟の消息を伝えている。[11] このことと楊宏道の詩とを勘案すると、房皞は県令を辞した後も現地に寓居していたのか、もしくはモンゴル侵攻時に県令職を放棄したのか、同県西北にある盧氏山に避難していた。いずれにせよ一時は県令職に就いていることから、彼も科挙及第者である可能性が高い。恩蔭による任官であれば、一族には相当高位の者がいるはずであり、もしそうであるならば『河汾諸老集』の小伝で言及されているであろう。前掲の詩後半で「道学 愈いよ精にして身は愈いよ困《きは》まる」とあるので、房皞は経書を専門に学んだ経義進士だったのであろうか。

　その後房皞は南宋領であった襄陽に移り、ここで楊宏道と詩文のやりとりをしている。彼らが襄陽で知り合ったのか、それ以前に汴京などで面識があったのかは分からない。だが楊宏道の詩文を見ると、同様の境遇にあった二人は親密に行き来していたようである。その後は襄陽府に属する南漳県の県令に招かれ、一時は県学で講学していた。この職にいつまで就いていたかは不明であるが、房皞は襄陽陥落後も華北へは帰らなかった。漢水および長江沿いを転々とし、湖北省周辺から杭州西湖まで足跡を残している。「辛巳巴東元日」詩から、至元十八年（一二八一）に湖北巴東に居たことが分かる。ただし襄陽に居を構えた上での遊歴であったのか、詩文を以て各地に寄食したのか、その目的はよく分からない。

　現存する詩には過去を振り返って悼むことはあっても、旅愁を述べたものはほとんど無い。また官職や援助を求めることを示唆する内容は現存作品には見られない。『河汾諸老詩集』所収の二十五の詩題のうち、大半は友人とのやりとりや穏やかな景色を詠んだ作である。江南を遊歴しても、金人が敵国を訪れたという感慨は全く感じられない。彼が西湖を訪れた際の詩を見てみよう。

「西湖に別る」

聞説西湖可楽飢　聞説《きくなら》く西湖は飢ゑを楽《いや》す可しと
十年労我夢中思　十年 我を労す　夢中の思ひ
湖辺欲買三間屋　湖辺三間の屋を買はんと欲し
問遍人家不要詩　人家を問ひ遍くするも 詩を要せず

名にし負う西湖の畔で暮らしたいという十年来の夢、それを実現すべく我が詩を高く買ってもらいたいと、くまなく訪ねて回ったが、誰も己の詩を買ってはくれない。そこで、詩題にいうように、西湖に別れを告げなければならなくなったのであろう。敵国の首都臨安に面する西湖に来た、という感慨ではなく、美しい西湖への憧れが詠われた詩である。第四句から推測すると、彼は常に詩を売って生活したのであろうか。もしそうであるならば、彼は「金国出身の江湖派詩人」という、稀少な例となり得る。

『河汾諸老詩集』には未収であるが、『全遼金詩』では本詩を「西湖に別る」三首の第一首とし、さらに二首を加えている。その第二首は金人らしい感慨を述べている。

満城羅綺照青春　満城の羅綺 青春を照らし
湖上風光日日新　湖上の風光 日日新たなり
人在画船泥様酔　人は画船に在りて泥様に酔ふ
安知西北有兵塵　安んぞ知らん 西北に兵塵有るを
「西湖に別る」其の二(12)

戦火に追われた金人から見ると、臨安は別世界のように感じられたのであろう。この詩の描写から推測すると、元による南宋侵攻が激しくなる前に臨安を訪れたと思われるが、それがいつ頃かは判断しがたい。金の滅亡からさほど時間が経っていない時期であれば、西北の兵塵は金での戦乱を指すと考えられるが、時期が降るならば襄陽での元と南宋との戦いを指すとも考えられる。

房皞は楊宏道と生涯交遊を持ち続け、「楊叔能を哭す」という詩を残している。激動の時代を経験し、異境でともに過ごした労苦を振り返ったものであり、詩中では襄陽に寓居している楊宏道を「山沢 癯儒 只だ合《まさ》に貧なるべし（山や川に隠棲している痩せた儒者はきっと貧しい生活をしていたのだろう）」(13)と想像している。彼らの襄陽での生活は経済的にはさほど恵まれたものではなかったのであろう。

『河汾諸老詩集』編者の房祺はその姓と出身地から、房皞の一族である可能性が高い。本書にに採録されたために、彼の詩は少ないながらも現在まで伝わることとなった。高昂霄「河汾諸老詩集跋」では房祺の肩書きを大同路儒学教授としており、道学を修めた房皞にも見られるように、房氏一族は学問によって金元の混乱期を生き抜いた家系であろうと推測される。

六、金末元初における非士大夫層詩人の作品に見える特徴

主題の面から彼らの作品の特徴を見ると、その時代背景から戦乱というものが避けがたいテーマとして自ずと存在する。

その描写の手法や現存する数量に差があるものの、文集が現存する者や河汾諸老には、みな戦乱に関する詩が存在する。

　また詩型の面では、江湖派に比べて古体詩の比率が高いこと、雑言古詩を残していることが挙げられる。例えば『河汾諸老詩集』所收の詩題を見ると、麻革は三十二題中十題、張宇は十九題中三題、陳賡は十一題中五題、房皡は二十八題中八題、曹之謙は四十五題中五題が五言・七言・雑言の古詩である。古詩が一首も伝わっていないのは陳庾のみである。段克己と段成己はその合集『二妙集』が現存しているので、こちらによって統計を取ると、段克己は六十五題中二十二題、段成己は一一〇題中二十二題が古詩である。『河汾諸老詩集』全体でも二割強を古体詩が占めている。楊宏道は二四一題中七十二題が古詩で現存作品の三割近くを占め、一首だけであるが四言古詩の作品も存在する。これを江湖派詩人と比べると、戴復古は七三一題中七十三題が古詩で一割、江湖派の中でも社会階層が高い林希逸は六三六題中一六〇題が古詩で二割強を占めている。劉克荘は二三五六題中に古詩が一一三題で五％に過ぎない。劉克荘は七言八句の詩を多く残しており、対句に厳密さを欠く作品が見られるので、律詩ではなく古詩に分類すべき詩があると思われるが、いずれにせよ古詩が占める割合は一割に満たないであろう。また彼らには歌行体の作品に僅かながら雑言形式のものが見られるが、雑言古詩で積極的に創作した形跡は見出しがたい。

　古体詩の創作はやはり貞祐南渡前後における詩風の転換が大きいと考えられる。それまでは蘇・黄を中心とした北宋詩へ傾倒していたのが、杜甫・韓愈などの唐詩、さらには陶淵明や魏晋を旨とする方向へ転換した。その中でも特に長篇の雑言古詩があることは、金末の文学思潮をある程度反映しているのかも知れない。金末文壇の盟主李純甫（一一七七〜一二二三）は、『詩経』を例に詩歌の定型性を否定する発言をし、定型を守っていない作品を残している。但しその作品は高度に散文化したものではなく、三言句・五言句・七言句・九言句などの奇数句を交えて、詩歌としてのリズムを保持したものである。この傾向は河汾諸老や楊宏道も同様である。(14)

　また本稿で取り上げた河汾諸老や楊宏道は、金朝滅亡後に郷里で講学したり、学校官に就いた経歴を持ち、学者ないしは学者的色彩が強い人々である。このことから古の聖賢の道につながる古詩への傾倒を説明できるのではないだろうか。また『詩経』の形式である四言古詩での創作は、明確に「古」を意識したものである。二段や楊宏道の他に、金朝の応奉翰林文字を務め、後に郷里で講学に専念した李俊民（一一七六〜一二六〇）も四言古詩を残している。

七、十三世紀前半の華北における非士大夫詩人

元好問を含めて、十三世紀前半の華北における文学活動を担ったのは、その多くが非士大夫層か、ないしは下級官僚であった。しかし彼らを江湖派詩人と同様の存在と見なせるかというと、これは難しいだろう。士と庶のいずれかといえば彼らは厳然たる士であり、あくまで科挙に合格できない、ないしは官位が低いまま官僚としてのキャリアを終えたに過ぎない。王朝の崩壊という要因が無ければ、官位を進めてそれなりのポストに就いたり、恩蔭によって任官されたりした可能性が高い。科挙に終生合格できなかったとしても、家産によって生活しつつ、在野ないしは県学で学問を講じたであろう。より庶に近い存在として胥吏がいるが、彼らもまた統治する側の人間である。金末の記録に現れる胥吏は学識で士大夫に匹敵する人々がいたように、その内面において庶からは非常に遠く、さらには士大夫と反目する閥を形成していたという見方さえある。華北においてはこのあたりの人々が文学活動の裾野として広がっていたと言えるだろうが、やはりその量的、空間的広がりは南宋に比べるべくもない。

題材や詩型を見ても、士大夫や朝廷の高官と明確な違いを指摘しにくい。確かに題材としては戦乱というものが大きな特徴となるが、これは同時代の華北で生活した人々に共通のものであるし、雑言古詩や長編の古体詩についても、金末文壇の指導者趙秉文と李純甫も同様の作品を残している。熊海英氏は「江湖体」の詩風を一．晩唐の小詩人に学ぶ。二．七絶と五律の詩型が主。三．典故の使用が少なく風物を簡潔に描写する、という三点に定義している。[15] 金末元初の詩はこれと対照的に、構成力が求められる長編の古詩や、五律より技術的に難度の高い七律の作品が目立つ。典故の使用も多く、学習対象も魏晋から蘇軾、黄庭堅まで多岐に渉る。非士大夫詩人たちも同様の傾向を持ち、南宋江湖派とは詩風の面で大きく異なる。

そして江湖派には彼らを指導・統括するような、グループのリーダー的詩人が存在しなかったのと対照的に、金末には趙秉文と李純甫がその中心となり、金滅亡後は元好問が山西・山東一帯の中心的詩人となった。そして非士大夫といえども彼らと大なり小なりの接点を持っている。その繋がりは元好問がしばしば言及し、「河汾諸老詩集序」にもある「師友淵源」（師弟友人関係）として、明確に意識されている。

具体的な行動についても、江湖派の典型的なイメージのように「江湖を遊歴し詩文によって有力者の庇護を得る」[16] とい

う例は見あたらない。これは社会全体の経済的豊かさや文化的成熟度が南宋に大きく劣り、江湖を遊歴する詩人を受け入れる素地がなかったからであろう。何よりも金代においては、文学の隆盛と国力の隆盛が符合せず、前者が後者に一拍遅れたことが大きい。金朝最大の盛時となった世宗の治世においては詩文に長じた者に未だ乏しく、多くの文人が輩出する頃には、モンゴルの南進による遷都、山東の半独立などでその支配地域は蚕食されていった。詩文を以て遊歴する場所それ自体に乏しかったのである。そして文人を受け入れる側である地方の有力者は、モンゴル・南宋・西夏などの勢力や、山東の李全、東北部の耶律留哥、蒲鮮万奴などの反乱者にも対処せねばならず、詩文の対価として金銭を与えている余裕は無かったであろう。そのような余裕は金代では極めて限られた時期に、限られた地域でのみあり得たのである。戯曲「西廂記諸宮調」の作者董解元が章宗の時代の人とされているのは、科挙が完備され、且つ未だ全面戦争や大規模な反乱が起きていないという、当時の文化的・社会的諸条件を見事に反映していると言えるだろう。

金末元初の「江湖派的」詩人は、その放浪と求職という共通要素を持つ人物が存在するものの、その内実や詩風については全く異なる。これは金と南宋との社会状況・経済状況の違いを如実に示し、作詩層の薄さを示す。逆接的には金では詩を作る者の平均水準が格段に高く、その詩を江湖派全体と比較するならば、元好問の言う「未だ呉儂錦袍を得じ（南宋の詩人が優秀な詩人に与えられた錦の袍を獲得するとは限らないぞ）」[17]という言葉が当てはまるかも知れない。

注

(1)『元好問全集』（増訂本）所収、八九三頁。山西古籍出版社、二〇〇四年。以下、元好問の詩文は本書に拠る。
(2) 中華書局、一九九七年。
(3)『元好問全集』七七〇頁。
(4) 元代別集叢刊『李俊民集・楊奐集・楊弘道集』三九八頁。吉林文史出版社、二〇一〇年。以下、楊宏道の詩文は全て本書に拠る。
(5) 同前書、四三六頁。
(6) 慈湖に赴いたことはその詩「慈湖客夜」（同前書、四三〇頁）及び「慈湖客夜」（四五二頁）に基づくが、桂棲鵬氏はこれを誤收とし（「楊弘道『小亨集』誤收詩辨正」、『浙江師範大学学報』一九九八年第六期）、魏崇武氏は判断を保留して『楊弘道集』に収録している。
(7) 同前書、三八八頁参照。
(8) 同前書、四一二頁。
(9)『河汾諸老詩集』巻五、『四部叢刊』本。以下、房皥の詩は本書本巻に拠る。
(10)『李俊民集・楊奐集・楊弘道集』、四五一頁。
(11) 麻革「盧山兵後得房希白書知弟謙消息」、『河汾諸老詩集』

巻一。

（12）『全遼金詩』第二九一九頁。山西古籍出版社、一九九九年。

（13）『李俊民集・楊奐集・楊弘道集』、四六六頁。

（14）例えば河汾諸老では、麻革「送杜仲梁東游」、「題李氏寓酒軒」（いずれも『河汾諸老詩集』巻一）、陳賡「鉄柱杖」（同巻三）、房皞「売剣行贈韋漢臣」（同巻五）、段成己「題秋暮山行図」（同巻七）、曹之謙「変白頭吟」（同巻八）等の雑言古詩の作品がある。

（15）熊海英「〝晩唐体〟、〝誠斎体〟与〝江湖体〟――以詩歌的通俗化為中心」、第一回宋代文学学会発表論文（二〇一四年五月三一日、京都大学）。

（16）方回『瀛奎律髄』巻二十、戴復古「寄尋梅」評に「蓋江湖游士、多以星命相卜、挾中朝尺書、奔走閫台郡県餬口耳」とあり、江湖派詩人の一般的なイメージとして定着している。

（17）「自題中州集後」五首其の一。『元好問全集』三三一頁。

付記　本稿は江湖派研究会『江湖派研究』第三輯所収「金末元初における非士大夫層の詩作――楊宏道と河汾諸老」を大幅に改稿したものである。

金元交替と華北士人

飯山知保

モンゴルの征服は、華北社会にいかなる影響を及ぼしたのか？　この文章は、儒学的教養を有し、科挙を受験する能力をもつ知識人「士人」が、長期間にわたる戦乱と社会動乱を経て、科挙制度が存在しないモンゴル支配下へと至る激動の時代に、どのように対処したのかを、十二世紀後期から十三世紀半ばに生きた三人の士人の人生から論じる。

江南で江湖派の詩人たちが活動していたまさに同じ時代、視点を華北に移すと、そこでは南宋とほぼ一世紀にわたり対峙してきた女真人の金朝（一一一五～一二三四）が、ユーラシア大陸を席巻するモンゴル帝国の侵攻により崩壊し、その新興の帝国が新たな征服地に自らの支配を確立しつつあった。本稿の目的は、金末元初という、おおよそ十三世紀前半にあたるこの動乱期の華北における、士人（儒学教養を備え、作文・作詩能力があり、科挙を受験して官員として働く能力がある人物）たちを取り巻く境遇の変化を、官員登用システムの変化に焦点を当てて論じることにある。よく知られるように、北宋時代にその制度確立をみて以降、官位獲得の主要な方途となり、士人たちの大きな目標となった科挙を、モンゴルはおよそ八十年間にわたり実施しなかった。金末元初の二十年にわたる大規模な戦乱とあわせて、これは華北の士人たちに何をもたらしたのだろうか。

そもそも、北宋の滅亡（一一二七）以降、華北と江南が歩んだ歴史的経緯の相違は、極めて大きかった。十一世紀後半から、現在の中国東北地方で政治統合を進展させた女真諸部

いいやま・ともやす――一九七六年東京都生まれ。早稲田大学高等研究所准教授。専門は中国華北社会史。主な著書・論文に『金元時代の華北社会と科挙制度――もう一つの「士人層」』（早稲田大学出版部、二〇一一年）、"A Tangut Family's Community Compact and Rituals: Aspects of the Society of North China, ca.1350 to the Present," *Asia Major*, 27-1, 2014、「『孫公亮墓』碑刻群の研究――十二―十四世紀華北における〝先塋碑〟の出現と系譜伝承の変遷」（『アジア・アフリカ言語文化研究』第八五号、二〇一三年）などがある。

は、十二世紀の初めに、それまで東アジアの国際秩序を主導してきた遼（契丹）と北宋という二大国を短期間で崩壊させた（一一二五〜一一二七）。わずか十数年の征服活動の末、彼らが建てた金朝は、中国東北地方・ロシア沿海州から華北までひろがる広大な領域を支配するに至る。この女真の新国家は、府州県といった中国的な行政機構と官僚制を継承して被征服民を統治しつつ、女真人自身は全て謀克（成人男性三〇〇名を供出する三〇〇戸）・猛安（十の謀克）という軍事・社会組織に編成されて支配領域の要地で屯田を行うという、複合的な統治体制をもっていた。

その後、第四代皇帝海陵王（在位一一四九〜一一六一）による南宋征服の失敗や、謀克・猛安の疲弊といった問題はあったものの、金朝は南宋・西夏・高麗といった周辺国家に対して常に軍事的優位を保つことに成功する。しかし、モンゴル高原に対しては、遊牧勢力からの軍事的圧迫を完全に払拭することができず、それは最終的にモンゴル帝国の勃興による自らの衰退と滅亡に帰結した。

一二三六年、モンゴル帝国第二代カアンのオゴデイ（在位一二二九〜一二四一）は、その他の征服地においてと同様に、配下のモンゴル王侯や功臣に華北の被征服人口の一部を分配し、こうした王侯の服属民は、通常の行政制度とは別系統の「投下」（モンゴル語での原語は「アイマク」）と呼ばれる機構で管理されることとなった。同時に、多くの遊牧民がモンゴル軍に参加するか、あるいはモンゴル王侯に扈従して集団で華北に来住した。モンゴルは、モンゴル高原と中国を含む領域を統合する、帝国全土の宗主国の新たな国号を「大元」とし、クビライ・カアン（在位一二六〇〜一二九四）は、金朝の首都であった燕京（現在の北京市南部）に隣接して、新たな都である大都を築いた。そして、広大なモンゴル帝国の各地から様々な人々が帝都に集い、その宮廷に出仕することになる。

総じて言うならば、十二〜十四世紀の華北士人は、一貫して南宋の支配下にあった南方中国とは対照的に、中国在来のそれとは本質的に異なった文化や社会構造をもつ外来の征服者たちの統治のもとにあった。先に述べた問題意識のもと、本稿がとりあげるのは、おたがいの人生がそれぞれ関連し合い、その官歴にも共通点のある三人の華北士人たちである。そして、彼らの経歴をたどりつつ、金末元初を遡ること数十年前、金朝が健在であった十二世紀後半から説き起こし、そしてモンゴルの侵攻と支配がもたらした秩序の崩壊と再構築を概観してゆく。

一、趙秉文――金代士人と科挙制度

本文の第一の主人公である趙秉文（一一五九〜一二三二。字は周臣、号は閑閑居士）は、女真の華北征服からおおよそ三十年後、金朝支配下に入った華北士人の第二世代として磁州滏陽（河北省磁県）に生まれた。彼こそが、金代を代表する文集のひとつである『閑閑老人滏水文集』の著者である。幼少期の彼について分かることはほとんどないが、やがて金代科挙の主要科目であった詩賦に熟達して、大定二十五年（一一八五）に若くして進士及第。順調に官歴を積み、最終的には礼部尚書・翰林学士という、中央官庁の長官に至っている。その書法の師は、当時の大家である王庭筠（一一五一〜一二〇二。大定十六年（一一七六）の進士）であり、後に蘇東坡らの書も学び、また唐詩に精熟して、「当時の文士の領袖となった」（劉祁『帰潜志』巻一）。金代の詩人は、学問のあり方については蘇軾、また詩賦に関しては唐詩を師表と仰いだが、趙秉文はまさしく当時の学術の王道をゆく人物であった。

一一二六年、北宋の都である開封を攻略し、それから数年足らずで華北全域を支配下に置いた女真は、はじめ傀儡政権の斉（一一三〇〜一一三七）を建てて、華北に間接的な支配体制をしいた。しかし、北宋最後の皇帝欽宗の弟高宗（在位一一二七〜一一六二）を推戴し、江南に再建された宋朝政権（南宋）との戦線が膠着し、それに相対する斉の国家運営に綻びが見え始めると、やがて女真はこの傀儡国家を廃して華北の直接支配に乗り出す。華北各地には猛安・謀克が続々と進駐し、戦略的な要地に要塞化した居住地を築いて住み着いていった。他方で、行政機構を維持するため、金朝は科挙制度を前代に引き続いて行い、在来の華北士人層には、従来通りに任官への道を提供した。遼（九一六〜一一二五）と北宋の制度をほぼそのまま引き継いだ金朝でも、士人にとっては、科挙が官員任用制度の主要経路であり続け、中級以上の官位を得るためとなると、実質的には唯一の方途であった。

遼と北宋の科挙制度は科目などの面で異なっていたため、当初、旧遼領出身と旧北宋領出身の受験者は、別々の受験科目（前者は詩賦、後者は経書解釈に重点が置かれた）が課せられ、合格者枠もまた別個に設定された。これを「南北選」と呼んだが、この出身地別の区別は天徳三年（一一五一）に廃止され、以後詩賦が主要科目となっていった。また、女真進士科（後に策論科）という、女真人を主な対象とした（非女真人も受験可能）、女真語・女真文字による科挙も整備され、女真・契丹・漢といった多元的な背景をもつ科挙官僚たちが、詩賦などの共通の教養をもち、官界で共存する状況が現出する。

かれらはやがて、「文治」（儒学的理念に基づいた統治）を基盤とする国家の運営・維持を目指すという理想を共有する官僚集団を形成してゆく。(1) 無論、最高位の宰相や軍司令官の地位は、金代を通じて女真人の皇族や世襲貴族が独占したが、官界で数的優位にあり、またその儒学教養による文化的権威を有した科挙官僚は、金代の国家運営を担う主体のひとつとして確固たる勢力を築いたのである。

こうした中、進士及第の後、安塞県（陝西省安塞県）主簿・邯鄲県（河北省邯鄲市）県令などを歴任した趙秉文は、推薦されて南京路転運司都勾判官という、南京（河南省開封市）の上級事務官に抜擢される。彼の飛躍はさらに続いた。また しても推薦により、明昌六年（一一九五）、三十六才の若さで応奉翰林文字・同知制誥という、皇帝の下命をうけて文書作成を司る役職に抜擢されたが、これは将来の栄達を半ば約束させる、科挙出身官僚としてのエリートコースであった。この時期までの秉文について、その生活や個人的な考えに関する記録はほぼ残っていないが、応奉翰林文字への推薦者が、書の師であり、明昌三年（一一九二）にすでに応奉翰林文字となっていた王庭筠であったという証言（劉祁『帰潜志』巻一）が本当ならば、彼は翰林院に集う、将来を嘱望された若年の科挙官僚サークルの一員であったことがうかがえる。

大安三年（一二一一）に始まるモンゴルの侵攻は、趙秉文の人生には大きな影響を及ぼしたことは間違いないが、しかしその官界での栄達に影を落とすことはなかった。むしろ、王庭筠や党懐英（一一三四～一二一一）などの著名な漢人官僚が相次いで死去する中、比較的若年であった彼はその文名により、次第に科挙官僚の間で主導的な影響力を振るうようになってゆく。

モンゴルの侵攻により黄河以北の直接支配をほぼ放棄せざるを得なくなった金朝は、貞祐二年（一二一四）、黄河を南に渡って南京に遷都する。その後、混乱する官界では法律・行政の実務能力をかわれた吏員（科挙によらずに登用された事務職員）が、科挙出身の官僚と勢力争いを行うようになるが、礼部尚書・翰林学士などを歴任した趙秉文は翰林院を拠点として、後者の党派を率いることになる。(2) 後世に残る彼の記録のほとんどは、この時期の党派の領袖としての彼の姿を伝えるものであり、これが金代を代表する士人・科挙官僚としての趙秉文のイメージを確立することになる。

金朝は北宋を滅亡させたが、科挙の継続と、それを通じての士人の政治参加という点において、ある意味北宋の忠実な後継者であった。もちろん、政治の枢要では女真人が実権を握り、科挙官僚が到達しうるのはほとんどの場合、行政官のトップまでであった。しかし、科挙及第による官界での栄達と上述の「文治」の追求は、依然として華北の士人たちをひきつけ続けた。これは、華北における科挙受験者の数が、金代に入ってさらに増加したと考えられることにも端的にあらわれている。[3]しかし、次節でみるように、モンゴルの華北征服は、この傾向を根底から覆すことになる。その生きた時代の終焉を悟ったかのように、金朝の最後をみることなく、趙秉文はその滅亡の二年前に自宅で死去した。

二、元好問――モンゴルの華北征服と既存の秩序の崩壊

元好問（一一九〇～一二五七。字は裕之、号は遺山）の経歴の前半は、科挙及第からの官界入りという点で、趙秉文のそれと一致する。忻州（山西省忻州市）の、すでに数人の軍人と官員を輩出していた家系に生まれた元好問は、やはり若年から科挙受験の準備を始めた。地方官であった叔父は、良好な教育環境で著名であった陵川県（山西省陵川県）をわざわざ赴任先として希望した。叔父に同行した好問は、当地の在地の学者郝天挺に詩賦を習い、またその科挙受験のみにとらわれない学問姿勢に大きな影響を受けることになる。恵まれた境遇のもとで平穏な若年期を過ごした元好問であったが、趙秉文より三十一才若い彼の人生は、否応なくモンゴルの侵攻に大きく影響されることになった。

貞祐四年（一二一六）、モンゴルの侵攻が始まってから五年後、好問とその母は、戦場となっていた故郷から、金朝が勢力を保持する河南に避難せざるを得なくなった。だが、若き好問は逆境の中で好機をつかみ、趙秉文の主催する士人のサークルに参加する機会を得て、その文才を高く評価されることとなる。この避難後の交遊関係が、後に彼の主著のひとつとなる、金代詩賦のアンソロジー『中州集』編纂の重要な契機となる。またこの間、興定五年（一二二一）に、三十一才の若さで進士及第をも果たした。河南での経験は、元好問が生涯にわたり回顧する、まさしく人生の転機となったが、しかしその基盤となった士人社会は、金朝の滅亡とともに崩壊してしまう。

天興年（一二三三）、尚書省左司都事（中央官庁の事務官）として当時の首都である南京開封府に勤務していた元好問は、同年初めから始まったモンゴル軍による開封攻囲に巻き込まれた。その間の困窮や意に添わぬ公務などは、後に『壬辰雑編』としてまとめられ、やがて十四世紀の『金史』編纂にも利用されることになる。ともかく、同年四月に開封が陥落すると、彼は捕虜となって聊城（山東省聊城市）に連行されて

抑留生活を送ることになった。当時、華北を実質的に支配していたのは、一二一一年から二十年以上にわたって続いた戦乱の中で、女真の軍事力に頼らず、自力で支配圏を確立した在地の軍閥たちであった。その規模は、弱小な者は数カ所の村落から、強大な者は数十の州県まで様々であったが、モンゴル軍に帰参してその支配権を安堵された彼らは、金朝滅亡後の華北で、新たな政権下における官員輩出の最大の母体となっていた。

また、新たな征服地の行政組織を迅速に確立する必要から、モンゴルは実務能力を持つ吏員を大量に採用した。金代では、あくまで事務方として官界では日陰の存在であった吏員に対して、モンゴル支配のもとでは正規の官員となる昇進経路が設定され、実際に大量の吏員出身官僚が、地方・中央官庁を問わず、多くの枢要な官位を占めるようになる。

さらに、モンゴル帝国が不断に領域を拡大してゆく中で、軍隊に参加することも、非常に魅力的な栄達への方途であった。金代では猛安・謀克所属の女真人にほぼ独占されていた軍隊での職位は、モンゴル支配下で万人にひろく開放されることとなる。実力主義の軍隊の中で、有能な人物は短期間に昇進を重ねることが可能であり、実際に多くの平民出身の人物が一代で部隊長や将軍にまでのぼりつめている。

モンゴル王侯に臣従し、華北に設けられたその屬民を管理する機構（「投下」）に勤務するのも、有力な出仕経路であった。そのまま投下で勤務しても、通常は世代を超えて臣従関係は継続され、代々モンゴル王侯の庇護を受けることができたし、またその王侯の推薦を受けて中央・地方の官庁で官位を得ることもよく見られた。この際、儒学的教養は絶対的な選抜基準とはならず、言語・事務能力や専門技術の習熟なども、官位獲得にあたっては有利に働いた。

その一方で、科挙制度は再開されず、この出仕経路の多岐化に対処・順応できなかった、あるいは戦火の中で破滅した多くの金代士人家系は没落し、同時代史料から姿を消すことになる。この時代の碑刻を多く収録する清代の金石史料集『山右石刻叢編』の巻二五に収録される「陳規墓表」には、趙秉文とほぼ同時期に進士及第した士人とその家系の、金末元初の状況が次のように記される。

〔明昌五年に進士及第した陳規の〕以前の著述や上奏は金末の戦乱の後はほとんど失われたが、ただその始終全うされた大いなる節義ははっきりと人々の耳目に残っている。潁川郡君蘇氏を娶ったが、公（陳規）に先立って亡くなり、〔後添えの〕趙氏は戦乱の中で歿した。蘇氏との間には三人の子供がいたが、一人息子は汴京（開封）から燕京に赴いて亡くなった。二人の娘のうち、長女は寧氏の息子南容に嫁ぎ、次女は燕人趙遵周に嫁いだが、遵周が亡くなると女冠師（女性の道士）となった。いま公を葬るのはこの次女である。知柔・知剛という二人の甥は早くに公の恩廕（高位の官員が有した、その血縁者が無条件で官位を得る特権）で〔金朝に〕出仕したが、相次いで歿した。

すなわち、戦乱と社会混乱は、王朝の庇護を失った陳氏一族を文字通り消滅させたのである。

しかしこうした金代士人層の没落は、「士人」の存在が社会的に不必要となったことを必ずしも意味しない。むしろ、官位獲得に直結したわけではなかったが、社会通念として、士人たちは依然として新興の有力者層の尊崇を集める存在であったことは、元好問の経歴からも明らかである。金朝の滅亡直後、抑留が解かれてからの元好問は、彼の文名を評価する各地の軍閥の庇護を得て、金代の歴史を編纂するための資料収集を行ってゆく。彼が新たに勃興した有力者層の間で首尾よく人脈を構築していったことは、その文集である『遺山先生大全集』に収録される、在地軍閥や新興の有力家系に対する数多くの墓誌銘・墓表・神道碑、そして彼らと応酬した詩文などから明らかである。やがて彼の名声は庇護者たちを通じてモンゴルの最高指導層にも届き、一二五二年には、開平府（内モンゴル自治区ドロンノール県）にまで旅し、当時皇太弟であったクビライに謁見して「儒教大宗師」の称号を賜っている。

元好問の事例は、このモンゴルの華北征服が引き起こした社会変動の中で、士人がその社会的地位を保全するためには、モンゴルの華北支配の進展におけるその時々の社会秩序の変遷に的確に対応し、人脈を構築することが必須であったことを示している。彼自身はモンゴル政権下での出仕を目指さず、終生一士人として金代の歴史編纂を志したが、その長男の元拊は、汝州知州として好問の墓銘にあらわれる（郝経『陵川集』巻三五「遺山先生墓銘」）。彼がいかなる経路で任官したのかは不明であるが、おそらくは父の名声に基づいて、しかるべき縁故を得たか、あるいは吏員として出仕して昇進したかのいずれかであろう。元好問自身の意思はどうであれ、その金朝滅亡後の人脈構築は、彼の家系が金元交替を越えて官員を輩出する基盤を提供したのである。この、官位獲得や社会的地位の上昇における、モンゴル要人との人脈と縁故の重要性を明示するのが、本稿で取り上げる最後の華北士人郝経である。

三、郝経——モンゴル政権下での華北士人

年少の元好問の師であった郝天挺には、郝経（一二二三～一二七五。字は伯常）という孫がいた。彼が生まれたのは、金朝の滅亡から遡ること十一年前、両親がモンゴルの侵入により故郷の陵川県を離れ、難民として滞在していた順天（北京市付近）においてである。当然、趙秉文・元好問と異なり、郝経にとって金朝の政治制度はすでに人から伝え聞かされるものでしかなかった。その経歴も、趙・元の両者とは大きく異なったものとなってゆく。

郝経といえば、一二六〇年から一二七五年まで、使者として赴いた南宋で抑留されるも、節を曲げずに元への忠誠を保持して、解放されて大都に戻り、クビライに復命した直後に病死するという、モンゴル支配下で最も著名な「忠臣」としてのイメージがよく知られる。しかし、そのモンゴル政権に出仕する過程は、彼が生きた元代初期の時代状況を端的に反映している。

趙秉文と元好問が、当然のように幼少期からその合格を目指した科挙を、前述したようにモンゴルは継続しなかった。そのかわり、華北征服からおよそ四十年の間に、「儒戸」とよばれる、儒学の習得をその生業とする「儒人」を代々輩出する家系を選出する「儒人選試」が数回にわたり行われた。モンゴルは、被征服民をその職能により「匠戸」（職工）・「軍戸」（軍人）・「站戸」（駅站の維持）など分類し（とくに特殊技能を持たない大部分の人々は「民戸」となった）、代々家業を世襲する戸籍に登録した。儒人とその戸籍分類「儒戸」もその一部であり、定期的な試験を通じて、公立学校の教官や、中央・地方官庁の官員として出仕する機会が、制度として確保されていた。だが、その選定試験はわずか数回しか行われず、合格者数が判明する一二三八年と至元十三年（一二七六）の試験では、それぞれ四〇三〇名と三九八〇名が合格したのみであった。[4] こうした中、郝経のように儒人に認定されていない士人にとって、官位を獲得し、自らの理念を政治的に実現するためには、前節で述べたように、吏員となるか、有力者との縁故をたよるなどの方途を経る必要があった。

だが、これはモンゴルが華北士人層を統治機構から廃除したことを意味するものではない。むしろ、第五代カアンのクビライは、華北での支配を確立してゆく過程で多くの士人を登用してゆく。裕福とはいえない家庭環境で勉学を始めた郝経は、やがて、当時の華北で大きな勢力を誇っていた漢人軍閥張柔（一一九〇～一二六八）と、その配下の将領である賈輔に私学の教師として招聘されたことで、モンゴル政権下での

有力者と関係を取り結ぶ契機をつかんでゆく。さらに彼はこの時期、祖父の教えを受けた元好問と、捕虜として南宋から理学の知識をもって華北に連行されてきた趙復とそれぞれ面識をもった。前者からは詩賦を学んだが、後者とは朱熹など南宋の学者の著作と学術について議論し、やがてその理解の深さと才能を称賛されるようになる。おそらくこうした人々からの高い評価により、一二五六年、郝経はついに当時の皇太弟クビライに招かれて謁見し、華北統治への助言を求められるまでになる。

金朝の遺臣として、終生モンゴルに仕えることがなかった元好問と異なり、郝経はここに、自らの学識を実際の統治に活かす機会を見出した。積極的な進言がクビライの目にとまった郝経は、その後もたびたびクビライの諮問に応じ、やがてクビライがカアンに即位すると（一二六〇）、抜擢されて翰林侍読学士（文書の起草や諮問への回答を担当する職位）となり、そして彼の運命を決定づけることになる、南宋への使節行に赴いたのである。官位の獲得は、その人物の評価が、いかに人間関係や縁故を通じて拡散し、要人の関心を引くかにかかっていたことを、郝経の事例は如実に物語っている。

郝経の死後、その息子郝采麟は父の功績により知林州（河南省林県）に任じられ、やがて同じく翰林侍読学士に至っている。この背景には、その家系がどのくらい長くモンゴルに仕えてきたのかという履歴（「根脚」と呼ばれた）により登用を行った、モンゴル在来の官吏任用制度や、父から受け継いだ官界での人脈（彼は、父を教官として招いた張柔の八男張弘略の神道碑の篆額をしている）があったと思われる。モンゴル支配者層との縁故と人脈により世代を超えて官位を獲得した郝経の家系は、金代の華北士人とは異なる、モンゴル支配下の制度にきわめて順応した、新たな士人家系であったといえよう。

おわりに

金末元初の華北を代表する知識人である趙秉文・元好問・郝経は、それぞれ一世代ずつの年齢差があり、各人の人生がこの動乱期に華北士人が直面した現実を体現している。それは、単に王朝交替というだけではなく、北宋・契丹（遼）↓女真（金）と、紆余曲折はあったにせよ受け継がれてきた、科挙応試による任官を紐帯とする王朝と士人社会との関係のあり方から、モンゴルが設立した新たな行政・官吏登用制度がもたらした、士人たちを取り巻く政治・社会環境の変転と軌を一にしている。

総じて言うならば、十一〜十二世紀、北宋と金朝支配下の華北では、官員登用の主流経路として科挙が維持され、その受験者層が増加し続けたが、モンゴルの侵攻を境としてそうした士人家系の多くが没落し、前述したように史料から完全に姿を消す。士人層の連続性という点に関して、金代とモンゴル時代の間には、明らかな断絶が存在するのである。また、かかる断絶を経た後、延祐元年（一三一三）の科挙再開により現れたモンゴル時代の科挙受験者層も、その数が金代の水準を回復することはなかった。(5)

また、趙秉文・元好問・郝経の三人は、共通して翰林院に関連した経歴を有した。趙秉文と郝経は実際にそこで奉職し、元好問も趙秉文との関係を通じて翰林院の官員と密接な関係を持ったが、しかし、その経緯は全く異なる。全二者が科挙により官位を得たのに対して、郝経は人脈とモンゴル王侯、それもカアンとの直接的な縁故という、モンゴル支配下では破格な出仕経路により抜擢された。また、その学問的な背景も、理学の北伝という状況の影響を受け、詩賦から理学へとその主軸が変化してもいたことも付言しておくべきだろう。職名は似通っていても、その経歴の内実には、金元交替による社会・文化的変動が如実に反映されているのである。

金元時代を通じて、同時代史料には「士人」という言葉が頻出し、あたかも金元交替が華北士人に与えた影響が少なかったかのような印象を受けるかもしれない。しかしこの時代は、士人たちと王朝との関係という点において、実際には大きな画期であったのである。

注

（1） Peter K. Bol, "Seeking Common Ground: Han Literati Under Jurchen Rule," *Harvard Journal of Asiatic Studies*, vol. 47, no.2, 1987.

（2） 髙橋文治「元遺山と党争」『追手門学院大学文学部紀要』第十六号、一九八二年。

（3） 飯山知保『金元時代の華北社会と科挙制度――もう一つの「士人層」』（早稲田大学出版部、二〇一一年）一五六―一六七頁を参照。

（4） 蕭啓慶「元代的儒戸――儒士地位演変史上的一章」（『元代史新探』新文豊出版公司、一九八三年）一―五八頁。

（5） 前掲飯山『金元時代の華北社会と科挙制度』三一四―三二五頁を参照。

詩法から詩格へ——『三体詩』およびその抄物と『聯珠詩格』

堀川貴司

ほりかわ・たかし——一九六二年大阪府生まれ。慶應義塾大学附属研究所斯道文庫教授。専門は日本漢文学。主な著書に『書誌学入門——古典籍を見る・知る・読む』（勉誠出版、二〇一〇年）、『五山文学研究——資料と論考』（笠間書院、二〇一一年）などがある。

室町時代の禅僧による『三体詩』注釈書（抄物）には同書所収の七言絶句を詩の詠法によって分類しようとする試みが見られる。これを個別に検討し、『三体詩』編者の意図を推測し、さらにそのような分類の極致ともいえる『聯珠詩格』との共通性を探る。

一、『三体詩素隠抄』の記述から

一、「詩律の一格」としての同字

室町時代末に成立し、江戸時代には版本になって流布した、『三体詩』注釈書『三体詩素隠抄』の冒頭部分に次のような文章がある。

『漁隠叢話』に云ふ「同字有る者」とは、所謂詩律の一格なり。『三体』絶句の中に同字有る者、凡そ一十五篇、「華清宮」杜常が二風二入、「黄陵廟」李遠が二黄陵（中略）、七言八句の中に同字有る者、凡そ二十四篇（中略）、五言八句の中に同字有る者、凡そ十二篇（中略）。右、漁隠評する所の律詩一格なり。（原漢文）

南宋・胡仔撰『苕渓漁隠叢話』のなかで該当する記述を強いて挙げるなら、前集巻十七において、韓愈は好んで険韻を用いたため同じ字を二回押韻で用いるという過ちを犯している、というある批判に対して、それは自己の詩思に忠実なだけだ、と反論し、別の詩話を引いて、杜甫にも、またそれ以前の詩にもある、と多くの例を挙げている部分であろうか。

これらは古体詩における押韻字の話であり、『素隠抄』言うところの近体詩における詩句中の同字重複とは意味が異なる。『漁隠叢話』の記述に対する誤解あるいは曲解と思われるが、ここで注目したいのは、これを「詩律の一格」だとした点である。この表現は縮めて言えば「詩格」であり、五山文学の世界ではすぐに『聯珠詩格』が連想される。

二、『聯珠詩格』にみる畳字

『精刊唐宋千家聯珠詩格』は元・于済、蔡正孫編、大徳四年（一三〇〇）序刊の、全二十巻からなる唐宋の七言絶句の総集である。編者の序文によれば、于済が「絶句中字眼格に合ふ者を拈出し、類聚して之を群分」した三巻本があり、これを元に蔡正孫が「凡そ詩家の一字一意以て格に入るべき者」を博捜し、そこから「凡そ三百類千有余篇を択び、附するに評釈を以てし、増して二十巻と為」したのである（いずれも原漢文）。

巻一から巻三は、詩全体の構成に関わる分類で、絶句でありながら対句を持つものと、どこかしらで用字が重複しているもの、一首のなかで問答形式になっているものなどを集めている。巻四以降は主として第三句または第四句において用いられる語句、例えば「只今」「今日」「須臾」などに注目して分類集成している。

『素隠抄』の言うような、近体詩の一首中に同字が重複する例を同書に求めると、巻二に「四句畳字相貫」「前三句畳字相貫」「前二句畳字相貫」「後三句畳字相貫」「中二句畳字相貫」「後二句畳字相貫」、巻三に「第一句畳字」「第二句畳字」「第三句畳字」「第四句畳字」「起聯平頭畳字」「起聯四平頭畳字」、巻十九に「用両自字」「用両為字」「用両負字」「用両半字」（「半是……半……」「半……半……」の二種）「用見不見」「用拆開重字」がある。

畳字というのは「蕭々」「洋々」といった同字反復の熟語を指すことが多いが、ここでは連続せずに一首内で重複している場合を言う。巻二の六格はそれが複数の句にまたがっている場合、巻三のはじめの四格はそれぞれ一句の中で起こっている場合、残り二格は第一・二句の第一字が同字の場合と、第一字・第五字ともに同字の場合である。巻十九のはじめの四格は出現の位置に関わらないで重複する場合、残り三格は一句のなかでの重複で、「用拆開重字」は「見不見」と同様、同一の動詞二字の間に「不」「未」を挟んだ疑問形を取るものである。

これら『聯珠詩格』における同字重複の格に収められている詩のうち、三首が『三体詩』と重なっている。巻二「前二句畳字相貫」に王駕「晴景」（第一・二句「雨前初見花間葉、雨後兼無葉底花」、花・葉の二字が両句に出てくる）、元稹「重贈商玲瓏兼寄楽天」（第一・二句「休遣玲瓏唱我辞、我辞多是寄君詩」、我・辞の二字が両句に出てくる）、巻三「第四句畳字」に韓偓「尤渓道中」（第四句「不見人煙空見花」、見が重複）があるのがそれである。

このような状況から、『聯珠詩格』でいう「畳字」の格を持つ詩を『三体詩』にも求めたのが、冒頭に引いた記述ではなかったかと想像される。

二、『三体詩』七言絶句の分類

南宋・周弼編の唐詩選集『三体詩』（唐賢三体詩法）は虚実をキーワードに詩を分類するという「詩法」を編集方針としていることで知られる。七言絶句・五言律詩・七言律詩の三詩体のうち、『聯珠詩格』との関連から、七言絶句を取り上げてみよう。

一、七つの部門

増註本巻一・七言絶句は次の七部門に分かれている。

実接……編者は「実事を以て意を寓して接」するもの、と定義する（原漢文、以下同）。ここでの「接」とは、編者が「絶句の法、大抵第三句を以て主と為す」と述べるように、前半二句と後半二句の接続を意味し、その接続の際に要となる第三句に「実事」を述べることを「実接」と呼んでいる訳である。具体的には実景の描写であり、句の構成としては実字（名詞）を冒頭に置くことと見てよいだろう。明確なイメージを持つ語を置くことによって転換を強くする方法である。全一七四首中九十五首と約五十五％を占めることからも、編者がこの部門を最も重視していることが窺われる。

虚接……「第三句虚語を以て前二句に接」するもの、と説明する。実接と対照的に、心情の描写であり、虚字や助字（動詞・形容詞・助詞等に当たる語）を冒頭に置く。実接に比べると転換が弱く、なだらかにつながる方法である。四十四首、二十五％を占める。

用事……故事を用いるもの。杜牧「赤壁」、李商隠「漢宮」のような題が故事そのものである場合と、現実の状況に故事を重ね合わせる場合とがある。後者の場合、後半二句に故事を詠み込むことで前半との違いを際立たせているもの（李渉「秋日過員太祝林園」など）であれば「接」に関わってくる。なお、全十一首のうち、前の八首は実接、後の三首は虚接になっている。

前対……前半二句が対句になっているもの。全六首。編者自身「接句虚実の両体を兼ね備ふ」というように、ここも実接二首、虚接二首、実接二首という順で両者が混在している。

後対……後半二句が対句になっているもの。全五首、すべて実接である。

拗体……平仄の規律を守っていないもの。編者は、「奇句を得」た時だけに用いるべきだとする。全七首、うち五首が実接である。

側体……仄声の韻を用いたもの。編者は「其の説、拗体と相類す」とするように、例外的なものという位置づけである。全六首すべて実接で、上声が三首、入声が三首。

二、実接と虚接の重要性

実接・虚接で全体の約八割を占めている。虚実による分類こそ本書の中心概念であることが改めて納得される。その他五部門はその二部門とは別のカテゴリーの分類であるが、前対・後対は当然前半と後半の接続を意識させるし、用事も故事の使い方次第では同様である（実接・虚接のなかにも対句を含む詩が混じっている）。残りの二つ、拗体・側体は、接続とは関係のない、全く異なる概念による分類である。

すなわち、全体として実接・虚接による分類がまずあり、そのなかで下位（あるいは別概念の）分類として用事、前対・後対、拗体・側体の三種五部門を特立させたものと考えられる。各部門所収の詩に実接が多いのも、実接・虚接部門所収詩の多寡を反映しているのであろう。

三、小部門をめぐる謎

このように、編者自身どのような定義であるかを明確にしている分類以外に、各部門内に設けられた小部門とでも呼ぶべきものが存在する。これはそれぞれの小部門に属する最後の詩の後ろに「已上共幾首」という形で示されているものだが、その「幾首」がどのような意図をもって一グループと見なされたのか、という説明が全くないため、これまでの注釈者を悩ませてきた。

一、小部門についての天隠説

元代に本書の注釈を行った禅僧、天隠円至はこれが最初に出てくる3「呉姫」末尾で次のように述べる。

伯弜（周弼）此を立てて其の説を著《あら》はさず。余を以て之を観れば、其の例一ならず。絶句の若きは、則ち第三句を以て主と為し、其の句法を以て相ひ似たる、或いは字面相同じうする、或いは第三句第四句を喚ぶ者、或いは喚ばずして第四句其の意を申《の》ぶる者、或いは純《もつぱ》ら景物を似《しめ》す者、或いは景物の中に人有る者、但だ第三句皆な是の如くなれば則ち聚めて一類と為し、「已上若干首」と曰ふ。其の首尾三句は則ち必ずしも同じからず、而れども又必ず篇篇の声勢・軽重相ひ似たり。其れ揣摩・称停すれば、用心の精、細かに忽微に入りて苟然に非ざる者なりと謂ふべし。故に其の旨を顕言せず、観る者をして自得せしめんと欲するなり。

天隠の指摘は、①この分類は第三句に注目したものであり、他の三句はあまり関係ないこと、②句法が似ている、字面が同じである、第三句と第四句の関係が密接かそうでないか、景物のみを描くか景物と人を描くか、といった観点からの分類であること、③いずれも微妙な差異であり、それを読者みずから考究感得させるため、敢えて説明を加えなかったこと、の三点に集約できよう。

二、『三体詩幻雲抄』に見る解釈

天隠自身はこう述べたのみで、個別の説明を試みてはいないが、中世禅僧の抄物はあれこれと推測している。近代以降でも野口寧斎がこれを取り上げている。ここでは室町中期を代表する学僧月舟寿桂の『三体詩幻雲抄』と寧斎の『三体詩評釈』を主に取り上げる。まずは全二十部門の内訳と、それぞれについての『幻雲抄』の説明（先行する抄物の説を複数挙げている場合がある）を掲げる（数字は私に付した通し番号）。

実接（ア）1〜3　ナシ
（イ）4〜6　「第三句有十之字」
（ウ）7〜30　「第三句喚第四句」「第二句尾三字起第三四句」
（エ）31〜38　「第三句不喚第四句而述其心」「第三ハヒトリタチニ、第四ハ自然ニ来ル也」「以天象時節説者也」
（オ）39〜42　「第三句有畳字」「純似景物」
（カ）43〜45　「或第三句不喚而第四句中其意」「第四以即刻即景結之」
（キ）46〜51　「第三句喚第四句」「第三句深入情思」「第三句有怨意」
（ク）52〜59　「第三句帰題切近也」「第三句用器用字」「景物中有人」
（ケ）60〜64　「一呼一応」「景物中有人」
（コ）65〜73　「上下錯綜成其言」「以第三四句而破第一二句之意」
（サ）74〜91　「第三句用明朝明日今日他日今宵等字」
（シ）92〜95　「第三句有君字」
虚接（ス）96〜105　「一二句順下而至第三句、以第四句結第三句」（諸説多し）
（セ）106〜124　「至第三句少雖起意、平穏而前後相承也」

（ソ）125～139　「一二句以喚之、三四句以応之」「第三句有人事、第四句有景物也」（諸説多し）
用事（タ）140～150　「全篇意在末句三字」「奪胎換骨体」「用事体」
前対（チ）151～156　部門名のまま
後対（ツ）157～161　同前
拗体（テ）162～168　ナシ
側体（ト）169～174　ナシ

四、小部門の内容検討

一、野口寧斎説をふまえた検討――実接

これを寧斎の説とともに検討していこう。

（ア）はいずれも宮殿を取り上げる詩で、1と3は第三句冒頭が宮殿名十上、2は第三句は「太平天子」とあるのみだが第一句冒頭に「金殿」とあるのが共通点で、寧斎も「句法字法の相似たるのみならず、其宮闥に関するの文字相同じ」とする。

（イ）は第三句に数字を用いる。4が「二十五絃」、5が「十二街中」と冒頭に、6は「南朝四百八十寺」と句中にあるという違いはあるが、いずれも強い印象を残す。

（ウ）は二十四首と最も多い部門で、明確な共通性が見出しにくい。寧斎も「第三句を以て第四句を喚起するの格なり」と、抄物以来の説（天隠の挙例に倣った言い方）を踏襲する。7から20の十四首や21以降のいくつかは、第三句に地名や建物などが描かれ、その他も時間や状況を述べている。つまり、前半二句とは異なる状況設定がなされ、それを踏まえて第四句が呼び出されるという構造になっているのである。あるいはこれこそ実接における一般的な構成法というべきものなのかもしれない。また、第三句の用字法を見ると、冒頭二字に引き続き、次の二字においても実字が並んでいることが多い。これは（キ）と対照的であろう。

（エ）は寧斎が「第三句に天象時節を用ゆるの格」と言うのが正しいだろう。ただし34のみ第四句冒頭に「夜深」とあるが、第三句も「明月」で始まるので他の作品に準じて考えられよう。なお、後述する（サ）と近いが、（サ）が時間的推移を表現するのに対し、こちらは多く前半二句の描写も包含する形で出てくるようである。

（オ）は『幻雲抄』・寧斎とも第三句に畳字を用いるものと指摘する。正確には、冒頭二字に景物を、第三・四字にその状態を形容する「茫々」などの同字反復の熟語を用いる形式である。

（カ）は寧斎は「第三句、景物中に人境有るの格」と説明

する。それぞれ43「煬帝」44「武帝」45「五天」(五天竺のこと)で始まるので、冒頭に固有名詞を置く、というふうに説明する方がよいか。

(キ)も『幻雲抄』が天隠の挙例を用いて説明しようとしているのより、寧斎が「第三句虚字を以て斡旋し去るの格」というほうがわかりやすい。(オ)同様、第三句冒頭二字に実字(48「衆中」は実字一字のみ)を置き、それを46「不及」のように、助動詞の役割を持つ字と動詞との組み合わせで受ける、という形を取って第四句まで続いていく、というものである。第三・四字が後半二句全体のニュアンスを決定しているという意味で「斡旋」という表現を用いたのであろう。

(ク)は『幻雲抄』は諸説挙げるが、最初の説が寧斎の言う「一二句大抵を演じ、第三句に到りて直ちに其事を指さし、以て第四句を出すの格」というのに近いだろう。第三句冒頭に、題と直結する重要な単語を置いて、前半と後半をつなげるという方法である。(キ)と同様の説明をすれば、第三・四字がそれを受けて副詞+動詞、あるいは動詞+補助動詞といった組み合わせの二字になっている。

(ケ)は寧斎も「一呼一応」説(第三句で呼びかけ、第四句で答える)を検討したうえで、「結句実事を以て接応するの格なるべし」と別案を提示しているが、「なるべし」とあるように歯切れが悪い。60「春風堪賞還堪恨」61「銀鑰却収金鎖合」62「南去北来人自老」はいずれも第三句内に対句表現があるのが注意されるが、63・64にはそのような表現がなく、統一的な説明がむずかしい。

(コ)は寧斎も「三四錯綜して其意をなし、以て一二に応ずるの格」と言う。両者合わせれば、第三句が情景描写で始まり、前半二句とは別の景物を持ち出してくるというところか。

(サ)は「第三句に明朝今日等の字面を用ゐて一転するの格」と寧斎が言うとおりで、冒頭二字(一部に第三・四字、第五・六字の場合あり)に日時を示す語句を置き、前半との時間的推移を示す。前半と後半とが、過去—現在、現在—未来、現在—過去などさまざまな組み合わせがあり、一首のなかに時間の断絶を設ける点で手法で(エ)と異なる。

(シ)は寧斎も「君字を用ゐて意を強うするの格」と言うように、第三句冒頭に92「勧君」というように動詞あるいは前置詞と「君」の組み合わせを置き、作者と相手との関係がぐっとせり出してくる効果を狙ったものである。第一字は虚字なので先ほどから述べている実接の定義と異なってしまうが、第二字を中心に考えてここに入れたのであろう。

二、同――虚接

（ス）は『幻雲抄』が説明に苦しみ、寧斎は「第三句喚ばずして第四句其意を用ゆるの格」という難解な言い方をしていて、明解が得られない。おおまかには第三句冒頭が副詞あるいは助動詞と動詞の組み合わせ、という虚接一般の方法ということになろうか。

（セ）はこれも『幻雲抄』が虚接らしくなだらかに接続している、という意味のことしか述べていないが、寧斎は「第三句の出語、虚字を用ゐて呼び、第四句之に応ずるの格」と言うように、第三句冒頭が108「那知」（なんぞしらん）、109「縦然」（たとい）、110「応有」（まさに～あるべし）、111・112「不知」（しらず）、113・120「聞説」（きくならく）、114「曽縁」（かつて～によりて）、115「記得」（きとくす）、116「自是」（おのづからこれ）、117「応被」（まさに～らるべし）、118「唯有」（ただ～あり）、119「定知」（さだめてしる）、121「唯向」（ただ～において）、122「争知」（いかでかしらん）、123「須是」（すべからくこれ～べし）、124「曽従」（かつて～より）といった、（ス）に比べてより抽象的で、二字一体となったフレーズが置かれていることに気づく。「きくならく」のように熟語全体が慣用的な訓を持つもの、「しらず」のように、返り点を用いず、この二字のみ最初に訓んでしまうものなども多く、漢文訓読上の慣習も、これらの二字が頻用され、後半二句全体に関わってくる語句であることを傍証している。

（ソ）も『幻雲抄』は定説を見ない。寧斎は「呼応開合の格、一句呼び、二句応じ、三句開き、四句合するものなり」とするが、これは絶句の起承転結をそのまま述べたに過ぎない。ここも第三句冒頭に注目すると、125・130・132・136が「欲」（～とほっす）で始まり、126が「怪来」（あやしみきたる）、127「無奈」（いかんともするなし）、131が「休」（～するをやめよ）、135・138が「莫」（～することなかれ）、といった具合で、作者の強い意志や感情をストレートに表現する字句が多く用いられている。（セ）がどちらかというと対象と作者との距離感の表明であったり客観的評価であったりするのと対照的であろう。

（タ）から（ト）までは部門の分け方と「已上共幾首」とが一致しており、部門名がそのままこの分類にもなっていると考えてよいだろう。

三、小部門の意義

以上、まとめると、実接においては第三句冒頭に実字を用いるとき、（ア）宮殿、（イ）数字、（エ）天象時節、（カ）固有名詞、（コ）情景描写、（サ）日時、（シ）「〇君」といった特定の語句が用いられることがあり、それぞれを一部門としているほか、第一・二字と第三・四字との関係にも注目し、(ウ)ともに実字、(オ)後半が虚字(畳字)、(キ)後半が虚字(前半の実字が重要)、(ク)後半が虚字(後半の虚字が重要)などに分類し、さらに一句全体では(ケ)句中対を持つ(ただしそうでないものも含むので一応の分類として)、といった点に着目していた。虚接もやはり第三句冒頭が重要で、(ス)一般的な虚字、(セ)客観的な判断を含む虚字、(ソ)主観的な判断を含む虚字、といったおおまかな分類が見られた。

(タ)から(ト)までの扱いをも考え合わせると、まずは実接・虚接による上位分類があり、その下に全二〇部門にわたる下位分類がある、と考えた方がよいだろう。第三句の冒頭二字、またはそれに続く二字の用字に着目し、それらが一首全体のなかでどのような効果を発揮しているか、すなわち起承転結の転句としてどう働いているか、を見ていこうとするのである。実接は強く切れ、虚接はなだらかにつながる、というのが一般的な傾向であるが、実接の場合はその切れる効果をどのような用字によって生み出すか、虚接の場合は何が前後をつなげているのか、これを細かく観察した結果、いくつかのパターンを抽出することに成功したのである。ただし、まだ用字を特定できないものも多く、(ウ)(ス)はその他大勢というような扱いで設けられた可能性が大きいなど、すべてが明確な分類基準を持っていたかどうか明らかでない(こちらが気づかないだけかもしれないが)。

五、『三体詩法』から『聯珠詩格』へ

一、小部門と『聯珠詩格』

ふたたび『聯珠詩格』に戻ってみる。

巻一から三までは、四句全体か前半二句あるいは後半二句の関係に着目した分類で、『三体詩』の(チ)(ツ)を細分化あるいは拡大したものが多く含まれている。

巻四以降は「用〇〇字」といった形で示される。巻四「只今」「明日」は(サ)、同「勧君」や巻十一「憑君」は(シ)、巻九「自是」、巻十「聞説」「唯有」巻十二「不知」、巻十六「曾」、巻十七「須」「記」は(セ)、巻五の「莫」は(ソ)など、『三体詩』の部門をさらにこまかく分割し、用字を具体的に示した形で部門が立てられていることがわかる。逆にこのようなやり方では、(ウ)(キ)(ク)のような構成に関わる分類はできない。

しかし、すべての部門について具体的にどのような文字を使えばよいかが明示されてわかりやすくなっていて、それぞれの表現の具体例を見るには便利である。

『三体詩』の七言絶句一七四首のうち、『聯珠詩格』にも収

められているのは、冒頭で示した三首を含めて二五首しかない。その点も考え合わせると、『聯珠詩格』が作品の採録においても、また「詩格」の設定においても、『三体詩』に強い影響を受けたとは言いにくいだろう。しかし、この二つの総集を南宋後半から元代への流れの中に置いた場合、詩の構成法に着目して虚実による分類と、その下位分類として第三句の用字法に着目した『三体詩』の先駆的な試みが、確かに『聯珠詩格』の細分化された「詩格」へと深化していることは間違いないだろう。

この流れは、詩話の変化とも連動していよう。作者別の逸話や作品評が中心で、詩法・句法についての言及もそのなかに包含されている南宋から、理論的な詩法・句法を中心に据えた構成を取ることが多い元代へ、という流れである。『三体詩』が取り上げた「詩法」が元代に一般化したとき、『聯珠詩格』はその先にある「詩格」へと進んでいた、と言えるのではなかろうか。

同時代のこのような中国詩壇の動きを受容した五山禅林は、『三体詩』の隠れた「詩格」を探ろうとした。その痕跡が抄物に残されているのだが、このような探究が作品の解釈や、ひいては自らの創作活動にどの程度活かされているのか、その解明は今後の課題としたい。

参考文献

村上哲見『三体詩』(新訂中国古典選一六、朝日新聞社、一九六六年、後に中国古典選二九、同、一九七八年)

中田祝夫編、谷澤尚一解説『三体詩素隠抄』(抄物大系、勉誠社、一九七七年)

中田祝夫編、坪井美樹解説『三体詩幻雲抄』(抄物大系、勉誠社、一九七七年)

野口一太郎(寧斎)『三体詩評釈』上(新進堂、一八九三年)

廖徳明校点『苕渓漁隠叢話』(人民文学出版社、一九六二年)

卞東波『唐宋聯珠詩格校証』(鳳凰出版社、二〇〇八年)

住吉朋彦「旧刊『聯珠詩格』版本考」(『斯道文庫論集』四三、二〇〇九年二月)

大島晃編「古文真宝前集・増註三体詩・瀛奎律髄・聯珠詩格作者篇目総合彙検(稿)」(『上智大学国文学科紀要』一二、一九九五年三月)

青木正児「詩文書画論に於ける虚実の理」(『支那文学思想史』岩波書店、一九四三年、後に『青木正児全集』第一巻、春秋社、一九六九年)

内山精也「古今体詩における近世の萌芽――南宋江湖派研究事始」(『江湖派研究』一、二〇〇九年二月)

堀川貴司『詩のかたち・詩のこころ　中世日本漢文学研究』(若草書房、二〇〇六年)

堀川貴司「日本中世における『三体詩』の受容」(『江湖派研究』三、二〇一三年十二月)

近世後期詩壇と南宋詩——性霊派批判とその反応

池澤一郎

いけざわ・いちろう——早稲田大学文学部教授。専門は日本近世文学。主な著書に『雅俗往還——近世文人の詩と絵画』（若草書房、二〇一二年）、『荷風俳句集』（岩波書店、二〇一三年）などがある。

江戸後期の九州で広瀬淡窓門下随一の才子と謳われた中島米華は、詩と文との中で江戸の江湖詩社が普及させた絶句中心の宋詩風を批判した。またその後、天保期の江戸詩壇に登場する大沼枕山は、かかる宋詩風批判を自覚して宋詩を典範とする自らの作風を深化させた。両者を対比して江戸漢詩壇における宋詩風の実態を浮かびあがらせたい。

一、江戸の江湖詩社の九州への波動

近世後期の江戸詩壇が、市河寛斎（一七四九～一八二〇）を盟主とする江湖詩社によって牽引され、陸游、范成大、楊誠斎のいわゆる南宋三大家を典範とする清新性霊派の詩風が一世を風靡したことはよく知られている。それは、山本北山の『作詩志彀』（一七八三～一八一二）などの著作を理論的支柱とする反古文辞派の流れに立つもので、京坂で活躍した僧六如の南宋詩を典範とする作風を先駆けとするものであったということは揖斐高氏等の先行研究の教えてくれる所である。

江戸の江湖詩社の活動が江戸詩壇を席捲したことを端的に象徴するのは、『宋三大家絶句』（一八〇三）、『三家妙絶』（一八〇七）、『宋三大家絶句箋解』（一八一二）、『広三家絶句』（一八一二）、『宋詩清絶』（一八一一）といった陸游、范成大、楊誠斎の南宋三大家や他の宋人の詩の絶句のみを選んで、大窪詩仏や柏木如亭、菊池五山、佐羽淡斎といった江湖詩社の詩人たちが編集したアンソロジーの陸続たる出版と、それが広く近世社会に受け容れられたことであろう。このことは、それ以前の江戸詩壇が徂徠学派の古文辞派に席捲されていたことを象徴するのが、『唐詩選』の七絶、五絶に集中しての民間における受容であったことと好個の対照をなす。絶句の選集が、詩の普及、大衆化に与って力があるという現象は、中世から近世にかけて流行した『三体詩』が専ら七絶の部のみが読まれてきた事情や和歌の世界で長歌が廃れて短歌のみがもてはやされてきたことなどと併せ考えると、村上哲見氏が説かれる（『中国文学と日本　十二講』創文社、二〇一四年、第四講「漢詩と和歌」）ように日本人の「短詩型指向」を汲み取るべきことでもあるが、それは別席の話柄とする。

江戸、京都、大坂とは異なる独自の文化圏を形成してきた九州の詩壇にもまた江戸の清新性霊派の流行はそれなりの波紋を投げかけた。筑前には亀井南冥（一七四三〜一八一四）があって、山県周南門下の永富独嘯庵に学び、経学では徂徠学を奉じたゆえに長男亀井昭陽（一七七三〜一八三六）ともども、詩もまた古文辞風の作を事としていた。寛政異学の禁（一七九〇）のあおりを喰らって、亀井南冥は福岡藩学問所の祭酒職を解かれ、やがて焼死するが、後継者昭陽によって亀井の学は発展し、西海で比肩するもののない規模となる。従って、古文辞の詩風もまた三都で衰えた後も、九州では長く命脈を保っていたとみられる。亀井親子の高弟として名高い広瀬淡窓（一七八二〜一八五六）は、市河寛斎と同じく、当初は古文辞学を奉じて、詩学の上においても、六如、茶山の宋詩風を「異端邪説」と排撃した（『儒林評』）。しかし、淡窓晩年の詩学を集成した『淡窓詩話』などには、詩学における党派性を否定し、唐宋元明清いずれの時代であっても優れた詩を評価し、学ぶことをやぶさかとしないという立場を表明する。

本稿では、広瀬淡窓の咸宜園に学び、亀井昭陽にも従学した中島米華（一八〇一〜一八三四）の、江湖詩社の活動への批判的内容を盛り込んだ詩を前半で見て、然る後にその批判の内容に答えるかの如き内容を備える大沼枕山（一八一八〜一八九一）の詩を見る。枕山は菊池五山に詩を学んだ江湖詩社の宋詩風の後継者にして、幕末維新期に詩壇の領袖としての位置にいたと目される詩人である。

二、中島米華の文章における江湖詩社批判

中島米華の詩を見るに先立って、その『米華遺稿集』（写本、国立国会図書館所蔵）に咸宜園の後輩、劉子錫が寄せた序文を一部抜粋する。ここには、米華の唐詩尊重の詩論が、徂徠古文辞学の強弩の末に止まるものではなく、清新性霊派の宋詩尊重の詩論を通り抜けた末の、鍛え直された唐詩尊重論であったことが確認される。

…享保中、蘐園《けんえん》の諸老、法を唐に取りて、風格を整ふるに務む。然れども其の所謂る李杜なる者は、吾の所謂る李杜には非ざるなり。夫れ済南（李攀龍）と弇州（王世貞）とは、唐を学んで未だ至らざる者なれども、諸老又た随つて之に擬す。其の真を違《さ》ること益々遠し矣。然れども蔬笋《そじゅん》の供（精進料理の供物）は之を廃して、牢として再び饗する者《こと》は未だ必ずしも其の力に由らずんばあらざるなり。天明の作者は、模擬剽襲を厭ひ、一に性霊を写すを以て務めと為す。其の志は則ち善なり。然りと雖も唐廃れて宋興り、李杜の権失して、范楊事を用ゐる者は、病無しと為さざるなり。是れ其の愈々下りて、愈々遠き所以なり。今二弊を革めて三唐に遡らんと欲すれば、強有り力有る者の、之を挽回するに非ずんば、則ち能はざるなり。

（以下略、原漢文、括弧内池澤注）

李攀龍、王世貞の擬唐詩は唐詩の表面的な特徴を学んだに過ぎず、それを模したわが古文辞学派は、真の詩からさらに遠ざかったという古文辞批判が注目される。勿論、「蔬笋の供は之を廃す」として中世五山僧の詩風を一掃したその功は功として認めている。

一方天明以降に登場した性霊派は、「模擬剽襲」ではなく、真の詩を目指した点は買うべきだが、結局は李白・杜甫という典範の代わりに、范成大、楊誠斎を掲げたに過ぎず、単なる流行の変化で、擬宋詩は擬唐詩以上に真の詩の姿からは遠ざかったとする。議論はこの後、古文辞派と性霊派の「二弊」を改めて、唐詩を範とする真の詩の姿を回復しうる大力量の人物として、中島米華が出現したと進む。古文辞派と性霊派とを止揚した所に存した真の詩の姿もまた「三唐に遡る」ものであるという議論は、米華が昌平黌に入学した文政六年に江戸で没した葛西因是（一七六四～一八二三）の唐詩推重論（拙稿「葛西因是の唐詩推重――通俗唐詩解序と柏山人集序」、『早稲田大学大学院文学研究科紀要　第三分冊』二〇一三年二月）に類し、頗る興味深いが、両者の関係については後日の調査を期す。ただ米華の江湖詩社の詩人への評価と「二弊を革めた」上での米華の唐詩推重論の一端を窺い知るために、次の短章を見る。これまた国立国会図書館所蔵の『中島米華稿本』全十巻の中の第二巻「蒲盧漫草」に収録されているものである（徳田武「中島米華の詠物詩論」（『江戸風雅』第九号、二〇一四年五月）に全文が訓読されている）。

近世詩を以て東都に鳴る者、窪詩仏、池五山、柏如亭は是れ其の巨擘《きょはく》なり。しかれども皆六如に淵源す。其の詩工《たく》みならずんばあらず。然れども調べ下りて格卑《ひく》し。且つ其の題する所、不倒翁・盧相国・竹夫人・告天子の類、皆収拾して洩《もら》さず。是れ何ぞ諧歌を譯する者に殊《こと》ならんや。凡そ古人の詠物なる者は、喜怒哀楽の類に触れて口を動かし、黙さんと欲すれども、情聴《ゆる》さず。是に於いて物に託して以て発するのみ。比興の道、然りと為す。豈に蝶手蚊脚の一物も之を遺《のこ》さざるの謂ひならんや。唯だ備後の菅茶山、近ごろ十詠物を作りて、世俗の非を矯《た》む。卓見と謂ふ可きなり。（以下略）

徳田氏が論ぜられるごとく、これは米華の詠物詩論であるが、詩仏、五山、如亭の詩を俳諧の漢訳と批判し、菅茶山の諷刺性を称揚する点に着目すべきであろう。茶山もまた初め古文辞を学び、後に宋詩風に転じた詩人である。そこに宋詩一辺倒であった詩仏や五山との違いを感じ、真の詩に備わるべき気骨や諷刺性というものを米華は茶山の詩の中に見出している。如亭は逆に宋詩風から発して、葛西因是の感化で、唐詩に遡る。

三、中島米華の詩における江湖詩社批判

広瀬淡窓はその愛弟子中島米華の早すぎる死を悼んだ。『懐旧楼筆記』について、その跡追いをすることは先行研究に尽されている。ここでは『宜園百家詩』初編巻之三冒頭の人物名下の注と紹介されている詩の二首からその才華の一端を見る。

『宜園百家詩』初編巻之三冒頭は「〇中島大賚」の下にはこうある。訓読して示せば「一の名は如玉。字は子玉。米華と号す。豊後佐伯の人。〇子玉宜園に在りしとき、第一流の才子為り。三十四にして歿す。淡翁毎《つね》に天喪の嘆有り。今遺篇を其の門人に求めて、之を録す。顧ふに其の全集、当に上梓の日あるべし。固より区区たる採択の能く尽す所に非ざるなり」。米華の死後、淡窓がいつも発していた「天喪の嘆」というのは、『論語』先進篇の「顔淵死す。子曰く、噫《ああ》、天予《われ》を喪ぼせり。天予を喪ぼせり」という語句を約めたものである。

『宜園百家詩』が紹介する米華の詩は全二十首である。編者の矢上快雨が言う通り、この後、『愛琴堂集』全七巻、『米華遺稿集』、『中島米華稿本』全十巻が息子や弟子によって幕末には編まれるだろう。しかし、僅僅二十首でもその詩を始めてまとめたのは『百家詩』であった。

ここでは、「論詩倣元遺山體（詩を論ず。元遺山の体に倣ふ）」二首を見ておこう。この詩は国立国会図書館所蔵『米華遺稿集』にも録されている。

宋詩皆愛范楊新　宋詩皆愛す 范楊の新たなるを
誰識髯蘇是絶倫　誰か識らん髯蘇《ぜんそ》是れ倫《たぐ》ひを絶するを

請看墦間乞餘者　請ふ看よ墦間餘を乞ふ者
定非羹鳳醢龍人　定めて羹鳳醢龍の人に非ざらん

早識時情厭腐陳　早《つと》に識る時情の腐陳を厭ふを
更將綺語出清新　更に綺語を将《もっ》て清新を出だす
慇懃休纂詩中佛　慇懃に纂することを休《や》めよ　詩中の仏
已是泥犂獄裏人　已に是れ泥犂獄裏の人

詩で詩を論じる論詩詩は、夙に盛唐の杜甫あたりにその萌芽がみられ、南宋の陸游に至って顕著な現象となるが、それをスタイルとして完成させ、詩題に「論詩」と冠したのは、金の元好問であった。中島米華は元好問の「論詩絶句」のスタイルに倣って、右の二首を詠じた。元好問の論詩絶句に倣って、日本の詩を論じた先蹤としては中島米華の詩を激賞した頼山陽がいるが、米華もまた右の二首において、日本の同時代の清新性靈派の宋詩を典範とする詩風について論じている。なお、論詩というスタイルは、米華の師、淡窓もまた得意とし（黒川桃子氏「広瀬淡窓の陸游詩受容――「論詩詩」を中心に」『近世文藝』第九二号）、それが陸游に学ぶものであったことも米華が右の作品を遺した一因であろう。米華は先に引用した「蒲盧漫草」の中で北宋の蘇軾の「論書詩」を採り上げて、「東坡書を論ずるの詩に曰く、端荘に流麗を雑《まじ》え、剛健に婀娜を含む、と。妙語と謂ふ可きなり。予の詩に於けるも亦たしか云ふ」と述べている。「端荘」「剛健」は古文辞格調派の特徴を括るもの、「流麗」「婀娜」は清新性霊派の目指す境地とみなすことができる。米華の詩論が両者を止揚した地点を指向していたことが確認される。

第一首の起句「范楊」はいうまでもなく、清新性霊派が奉じた南宋三大家の范成大と楊万里とである。承句では、そうした清新派の眼中には同じ宋詩でも長編の古詩を得意とし、模倣することの難しい蘇軾が除かれていることを揶揄する。転結句では、『孟子』离婁下の故事をふまえて、「墦間乞餘者」という措辞を用いるが、これは墓場でお供物のおあまりをもらいうける人を指す。宋詩風を奉じる人たちを、清人が選んだ宋詩の選集の中、江湖派の詩人が絶句中心で一定の傾向性を帯びた選択眼を通して編輯した宋詩の選集ばかりを読んでいるとして諷刺する。結句は「定非」という強い働きの助辞をふたつ重ねて反語のレトリックを形成する。「醢龍人」は龍をしおからにする人ということで、『春秋左伝』昭公二十九年の、拳龍氏に学んで龍を飼育していた劉累という者が、雌の龍が死した時にそれを塩漬けにして夏后氏に供したところ、もっとそれを食したいとせがまれて逃げたという故事をふむが、一方で、楊誠斎の長編「張以道の上舎寒緑軒」という詩の「飢うる時は齏《なます》を作り仍《な》ほ羹《あつもの》を作り、飽きて後に龍鳳を同《とも》に庖烹《ほうほう》す」という一聯を意識したものであろう。この詩をふまえることで、江湖詩社の亜流の詩人に向けて、唐土の詩人の先行作を模倣するとはいっても、もともと鳳凰や龍のような立派な存在であったものを塩漬けやスープにしてしまうような馬鹿な真似をしてくれなさんなというメッセージを発すると同時に、彼らが神とも拝む楊誠斎にも種々の作品があるのだから、市河寛斎、大窪詩仏や柏木如亭が編んだ『宋三大家絶句』、『三家妙絶』、『広三家絶句』、『宋詩清絶』などに収録する、七言絶句ばかりを手本としないで、全詩作品をみて長編の古詩をも参考にしろといわんばかりの痛烈な批判が籠められていると読める。

続く第二首、前半二句は一見、清新性霊派のなした文学運動を評価するようにも見える。「腐陳」というのは格調派の擬唐詩または偽唐詩の表現を指す。この句で論ずる所は、既に引用した劉子錫の『米華遺稿』序の中の古文辞派への批判の語である「其の真を違ること益々遠し矣」とか「模擬剽襲」という語と対照させるとわかりやすい。第二句の「綺語」というのが、宋詩の語彙ということとなろう。転句の「詩中の仏」は読んで字のごとく、大窪詩仏を指す。先に触れた「蒲盧漫草」中の、江湖詩社の詩は俳諧の漢訳に過ぎないとする米華の批評の語を想起されたい。詩仏が五山、如亭らと手を携えて陸続と試みている絶句中心の宋詩のアンソロジー編纂出版のことをもうやめたほうがいいと忠告する内容である。結句ではそう忠告する理由を述べる。米華は「詩仏」との縁で仏教語「泥犂」を使う。その措辞も機智に富むが、同時にこれは北宋の黄庭堅が自詩に俚詞、艶詞をほしいままに使用したことが「黄魯直は筆墨を以て誨淫す。道家に在りては応に泥犂地獄に入るべし」(『捫虱新話』上集巻三)と評された故事をふむ(小財陽平氏示教)。表現の新奇を獲得せんとした性霊派の宋詩鼓吹、宋詩選集出版の運動を、格調派とは別の意味でひとつの党派性に固執するもので、結果として表現の軽浮卑俗を招いたものだと揶揄している。劉子錫が中島米華の位置を見定めた先の遺稿序文の中の、古文辞派の文学運動も、清新性霊派の文学運動も、合わせて「革める」べき「二弊」であって、米華はさらに「三唐に遡らんと欲」していたという分析は、正に米華の詩論の肯綮に中るものであった。

四、二十歳の放浪詩人大沼枕山の詩

——擬宋詩風の深化

天保八年(一八三七)丁酉の年、二十歳の大沼枕山は、北関東や房総半島を流浪していた。富農の間を渡り歩いて、詩を鬻ぎ、詩を添削して口に糊していたのである。房総には同じ梁川星巖門の鈴木松塘が枕山を歓待した。翌年には二十一歳にして、この房総流浪の間の感懐を託した第一詩集『房山集』を刊行するのだから、流浪とはいい条、詩人としては得る所が少なくなかった。十代も終わろうとする頃に、枕山が出入りした先輩詩人として梁川星巌、菊池五山の名が挙げられることと、作風に明らかに看取しうる南宋の陸放翁を範とする宋詩風とを思えば、枕山を江湖詩社の後継者に位置づけることも出来る。されば、恐らく当時江戸の枕山周辺にも勃興していたであろう、右に見たような清新性霊派への批判にどのように答えるか、あるいは五山や如亭の宋詩風を墨守し続けたものなのか、という問題意識から枕山の作品を検証することも意義なしとはしない。梁川星巌は柏木如亭に兄事した詩人であることが知られるが、如亭は先述したように、葛西因是の唐詩推重論との邂逅により、晩年は宋詩を超えて唐詩を見直すスタンスを取り、江湖詩社の異端となった。星巌はその面を継承しているから、その詩論は唐詩を重んじる。五山もまた終生宋詩一辺倒とは見なしがたい。(1) 当然のことながら、大沼枕山は清新性霊派の亜流たる宋詩の絶句アンソロジーを模倣するだけの詩人ではありえない。以下には枕山の詩に就いて、その宋詩風の実態を検証する。

　天保八年の末に枕山が賦した「歳晩書懐。倣誠斎」は『枕山詩鈔』巻上に見える。内容も既に確乎たる枕山節が出ていてふるっているが、枕山の宋詩学習の実態を検証するにも格好の作品と目される。

嗟呼我不能為五斗米折腰向督郵	嗟呼《ああ》我《われ》五《ご》斗《と》米《べい》の為に腰を折りて督郵《とくゆう》に向かふこと能はず
又不能纏十萬銭乗鶴上揚州	又た十万銭を纏《まと》ひて鶴に乗りて揚州に上る能はず
天涯淪落青衫故	天涯淪落して青衫故《ふ》りたり
空見滔滔歳月流	空しく見る滔滔として歳月の流るるを
馳馬試剣心摧折	馬を馳せ剣を試みるは心摧折す
為農為商何須説	農と為り商と為るは何ぞ説くを須《もち》ゐん
一枝枯筆一短檠	一枝の枯筆一の短檠《たんけい》
哦詩長做秋蟲声	詩を哦《うた》ひて長《とこし》なへに做《な》す秋虫の声
忘是忘非忘窮達	是《ぜ》を忘れ非《ひ》を忘れ窮達を忘る
不将三公換一褐	三公を将て一褐に換へず
噫我如鳩夫	噫《ああ》我鳩夫の如く
蠢拙不為居	蠢拙として居を為さず
待他鵲巣成	他《か》の鵲巣の成るを待ちて

聊且戯一区　聊《いささ》か且《しばら》く一区を戯《か》りん
無儋石儲猶自若　儋石《たんせき》の儲《たくは》へ無きも猶ほ自若たり
経是堪炊史堪酌　経は是れ炊《かし》ぐに堪へ史は酌むに堪ふ
史酌経炊朝復朝　史に酌み経に炊いで朝復《ま》た朝
未応餓死転溝壑　未だ応に餓死して溝壑《こうがく》に転ぜざるべし

歌い出しは十四言、十二言で、続いて八句は七言、今度は一転して、五言が四句、最後は七言が四句である。しかし一句の長さの変換は意味の切れ目を必ずしも意味しない。版本『枕山詩鈔』の本文には意味の切れ目と思しき箇所に括弧（」）が刻されている。それに従うと、第一句から第四句までが第一段。第五句と第六句とが第二段。第七句と第八句とが第三段。第九句と第十句とが第四段。第十一句から第十四句までが第五段。第十五句から最終第十八句までが第六段である。韻字に着目すると、第一段は「郵・州・流」で下平声十一尤韻。第二段は「折・説」で入声屑韻。第三段は「檠・声」で下平声八庚韻。第四段は「達・褐」で入声曷韻。第五段は「夫・居・区」で上平声七虞韻。第六段は「若・酌・壑」で入声十薬韻である。いわゆる古詩の換韻の体を枕山は遵守している。

　ところで本詩は詩題に「誠斎に倣《なら》ふ」と見えた。「誠斎体に倣ふ」であれば、南宋、楊誠斎のある詩のスタイルを踏襲したこととなり、それがかような雑言体であると推察される。しかしここでは「倣誠斎」であって「倣誠斎体」ではない。その事の意味をも明らめたい。

　この詩の祖型となっているのは、和刻本『楊誠斎詩鈔』（文化五年刊）には収載されぬ楊誠斎の「和丁端叔歳晩書懐（丁端叔の歳晩書懐に和す）」という詩である。詩題の「歳晩書懐」の一致と歌い出しが「嗟予不能知止如邴曼容、又不能畢昏如尚子平（嗟《ああ》予は止まることを知ること邴曼容の如くすることを能はず、又畢昏なること尚子平の如くなること能はず）」という感嘆詞「嗟」から始まって、「不能、又不能」と畳み掛ける構成を有していることにそのことは一目瞭然である。しかしこの楊詩はこの後七言十四句が坦坦と続くのみで、枕山詩のように五言詩が途中で挿入される構成はとらない。また意味の切れ目で韻字を変換する換韻については、三度の換韻が認められるが、韻字は古詩通押のゆるいものである。これだけを見ても枕山が楊誠斎詩の模倣踏襲という域から遥かの高みに踏み出していたことが理解される。

　そして各句にもまた楊誠斎の他の詩を摂取している痕跡が指摘される。それはどれひとつとして同一の詩からのものではない。そこに枕山の宋詩学習の徹底した姿勢がうかがわれる。換韻ごとに楊誠斎詩学習の痕跡を、他の故事の説明と併せて追尋する。
第一句は微禄の為に木っ端役人にひいこらすることを潔しとしないという晋、陶潜「帰去来之辞」の内容を踏まえる。「又た十萬銭を纏ひて鶴に乗り揚州へ上ること能はず」という枕山の第二句には、巨万の富を築き、理想の土地で役人になり、仙人のような不老不死の境涯に身を置くという複数の欲望を同時に果たすという故事（蘇軾「於潜僧緑筠軒」詩の注、『古今事文類聚』「鶴」）が使用されているが、これは楊誠斎「曽相士に贈る二首」其の二に「心に知る那《な》んぞ揚州の鶴有らん、更に問ふ依りて当に什生《なに》をか作すべき」という形で登場する。

枕山の第七句の「短檠」という語は、中唐、韓愈の「短檠歌」（『古文真宝前集』）によって、貧書生の生活を象徴するものだが、楊誠斎の詩中には凡そ十六首に使用され、楊氏愛用の詩語であることが枕山の脳裏にも印象付けられていたと思しい。

枕山の第八句「詩を哦ひ長へに做す秋虫の声」は楊誠斎「書は読むこと莫かれ」詩（和刻本所収）に見える「口吻長へに作す秋虫の声」という句を改変したものである。

枕山の第十句「三公を将て一褐に換へず」は楊誠斎「謝福建茶使呉徳華東坡新集」（和刻本所収）に「東坡の痴絶は儂《われ》に過ぐ、一褐を将て三公に換ふ」の後半の一句を押韻の都合で改変したものである。

第十一句「噫我れ鳩夫の如し」は続く三句とともに一連の内容を備えるが、その全体が鵲が立派な巣を作り、巣を上手に作れない鳩は鵲が作った巣に転がり込んで生活するという内容の『詩経』召南「鵲巣」を踏まえる。

第十五句「儋石の儲へ無きも猶ほ自若たり」は、『漢書』楊雄伝に「家産十金に過ぎず、乏しくして儋石の儲へ無きも晏如たり」を言い換えたもの。

第十六句、第十七句「経は是れ炊ぐに堪へ史は酌むに堪ふ、史に酌み経に炊いで朝復た朝」は父から継承した「経史子集」の学問によって酒食に困ることはないという意であろうが、楊誠斎の「邵武張漢烈違千万巻楼に題を寄す」に「書生一腹十囲無く、経を炊ぎ史を酌んで曽つて飢ゑず」とあるのを明らかに枕山は意識している。[2] 枕山の末裔に当たる作家の永井荷風が、枕山と鷲津毅堂との評伝たる『下谷のはなし』（『下谷叢話』）を執筆する動機となったのは、森鷗外の史伝三部作を読んで感動したことだが、荷風は「梅雨晴」という随筆を「森先生の渋江抽斎を読んで、抽斎の一子優善なるものがその友と相謀つて父の蔵書を持ち出し、酒色の資となす記事に及んだ時、わたしは自らわが過去を顧みて懺悔の念に堪へなかつた。天保の世に抽斎の子のなした所は、明治の末にわたしの為したところとよく似ていた」と書き始めている。荷風が穀堂よりも枕山に肩入れして『下谷叢話』の筆を進めたのは、右のような楊誠斎の詩句を好んだ枕山の破滅指向の詩人としての資質にあろうか。漢学の家を継ぐものとして、一般に重視される経学、史学を酒食の代に当てるという修辞は、「集」すなわち詩学に自らの本分があることを言外に語る。「先考竹渓先生の墓を展して追感に堪へず。此を賦して志を述ぶ」という同じ天保八年に詠ぜられた詩において枕山は「惟だ詩癖の同じき有りて、家声誓《ちか》つて墜さじ」と詠じて亡父の漢学の中で他はいざ知らず、詩学のみはしっかりと継承すると枕山は宣言しているのであった。

最終句「未だ応に餓死して溝壑に転《ころ》ばざるべし」は、有名な杜甫「酔時歌」の「但だ覚ゆ高歌すれば鬼神有るを、焉《いづく》んぞ知らん餓死して溝壑を塡《うづ》めんとは」という一聯の後半を「塡」字を「転」字とするだけでほぼそのまま使うものである。しかし、この句は楊誠斎が二度に亘って自作の詩にもそのまま使用しているものでもあった。楊誠斎の「類詩の戯るる所、杜句を集めて杜詩に跋す。監試謝昌国察院に呈す」と題する詩は杜甫の詩句を変改せずに集めて新たな文脈で詩作品を形成するものだが、かかる「集杜句」の試みが楊誠斎には他にもう一首あった。またこの「焉知餓死填溝壑」という句を、楊誠斎は「旱《ひでり》を憫《あわれ》む」という詩でも「更に哦ふ子美酔時の歌、焉《いずく》んぞ知らん餓死して溝壑を塡めんとは」ともう一度用いている。(3) 杜甫の元の詩は勿論のこと、楊誠斎が杜甫を愛好し、集杜句の試みがあったことまでも枕山は学び取っていた。

一首全体が、結構や措辞に関して楊誠斎に学ぶこと徹底しているということは右の通りであるが、枕山はそうした表現や枠組みを借りて房総半島放浪の詩人としての自己の境遇と感懐を忌憚なく表白し、楊誠斎の詩の世界からまた一歩外へ踏み出している。

中島米華が広瀬淡窓や亀井塾に学び、古文辞派の詩学を修めた目で見た化政期の江戸詩壇は彼が「巨擘」と呼んだ大窪詩仏、菊池五山、柏木如亭等の詩風に席捲されていた。彼ら清新性霊派が「真を違ること益々遠」かった徂徠学派の擬唐詩風を払拭した功を認めながらも、米華は「三唐に遡」ろうとするその立場から、俳諧の漢訳であるとか、宋詩風とはいえどもその宋詩学習に偏向があり、蘇軾を除外しているだとか、絶句中心の選集ばかりを出版して、長編の古詩などに学んでいないという批判を寄せたのである。

枕山が米華の江湖詩社批判の内容を知っていたかどうかは

定かでない。文政六～八年の江戸の昌平黌留学時に米華は菊池五山の詩会に参加していたというから(4)、師の五山から枕山が米華の噂くらいは聞いていただろう。しかし、枕山自らが陸游や楊誠斎を奉じて宋詩風を標榜して詩作を続けて行く中で、他の江戸の漢詩人から米華に類する批判の言葉を浴びせられることは当然あったであろうし、俊敏な枕山は自らが後進として先輩の宋詩風詩人に追随する過程で、彼らを追い抜くにはいかようにあるべきかという醒めた自意識を抱かなかった筈はない。それが楊誠斎の古詩に学び、かつ一首の枠組みを一首より借りることだけで満足せずに、さらに数々の楊誠斎の詩の語句を自家薬籠中のものとして、自在に自己の感慨を述べる詩の中に点綴しえたその手法の実現に繋がっている。米華と枕山とを遭遇させ、米華の江湖詩社批判に十分耳を傾けた枕山が、そっとこの「歳晩書懐。倣誠斎」なる作を米華に示したとしたら、あるいは米華は破顔一笑して、頷いたかもしれない。

注

(1)『五山堂詩話』(巻一)には、「唯だ偽唐詩を作る者は、鵠を刻みて鶩に類す。その言、笨と雖も猶ほ且つ君子の体統を失せず。宋詩、真を失すれば則ち虎を画きて狗に類す。その言、庸俗浅陋にして詩歌諺謡と又た何ぞ択ばん」とあって、五山は、宋詩を典範とすることの非を鳴らしてもいた。

(2) 楊誠斎の原詩は蔵書家「千万巻楼」を揶揄して、自分が蔵書の多寡に拘らぬ自由な境涯にあることを詠じるものなので、「経炊史酌」を書物に頼らずに腹中に蓄積した漢籍の知識を講じて、その舌耕料を酒食の代に当てるという意になる。

(3) 枕山は「禅僧歌」(『詩鈔』巻之上)でもこの杜句を使って、「紫衣何ぞ肯《うけが》はん僧官を要するを、溝壑を塡《うづ》めんと欲するは其の所を得たり」と詠じて、官位に執着しない破滅型の僧侶の行き方に共感を寄せた。

(4)『江戸風雅』第十号、今村孝次著、徳田武増訂「中嶋子玉」一七四頁下段参照。

〔V 日本との関わり〕

江戸の江湖詩人——化政期の詩会と出版

張 淘

南宋江湖派の時代から遅れること五世紀余、日本でも民間を巻き込む空前の漢詩ブームが到来した。江戸時代の後期、文化・文政（一八〇四～二九）前後のことである。ブームの火つけ役は、大窪詩仏、柏木如亭、菊池五山等、民間の職業詩人たちであった。時おりしも、出版業も最盛期を迎え、彼ら職業詩人たちはこの条件を最大限活用しながら、漢詩愛好者の人口増大に努めている。本稿では、人名録と詩会の課題表を採り上げ、彼らが当時、出版・印刷をいかに活用していたかについて具体的に考察する。

はじめに

江戸時代の後期、天明七年（一七八七）、市河寛齋（一七四九～一八二〇、上野の人、名世寧、字子静、通称小左衛門）は、江戸の神田に「江湖詩社」を開いた。この詩社から、大窪詩仏（一七六七～一八三七、常陸の人、名行、字天民、通称柳太郎）をはじめ、柏木如亭（一七六三～一八一九、江戸の人、名謙（のち昶）、字益夫（のち永日）、通称門作）や菊池五山（一七六九～一八四九、讃岐の人、名桐孫、字無絃、通称左大夫）等、文化文政期（一八〇四～二九）の詩壇を席巻した漢詩人が誕生している。詩仏、如亭、五山に共通するのは、いずれもが専業の布衣詩人であった、という点である。しかも、彼らは日本漢詩史上、おそらく最も早く成功した職業詩人であった。化政期の職業詩人と江戸前中期の詩人とは、生き方において大きな違いが見られる。すなわち、江戸前中期の詩人は詩文を教授するこ

ちょう・とう——一九八五年中国江西省星子県生まれ。四川大学文学与新聞学院副研究員、博士（文学）。主な論文に「大窪詩仏詠物詩考——中国詠物詩との関わりを中心に」（『早稲田大学大学院文学研究科紀要』第五八輯第二分冊、二〇一三年二月）、『江戸後期の職業詩人研究——大窪詩仏を中心として』（博士論文、早稲田大学、二〇一四年四月）などがある。

とを主な生活手段としていたが、化政期の職業詩人は多様な手段を使って、裕福な生活を支えていた。詩会を主催したことも、その一つである。

とはいえ、詩会の歴史を遡れば、そもそもが中国の文人唱和より発生した形式である。漢詩とともに日本に伝来し、平安時代には、詩題に「詩宴」、「詩会」等の語が見える作品も少なくない。下って室町時代になると、五山禅林において、規約の完備した詩会が頻繁に行われるようになった。朝倉尚氏がその著『禅林の文学　詩会とその周辺』(清文堂出版、二〇〇四年五月)のなかでその重要性を指摘されたように、「詩会は禅林の中で注目された存在であり、詩会に参加することは衆僧より羨望視されていた」(八頁)。

江戸時代前期における詩会の形態は、五山禅林のそれをほぼ継承している。もちろん、会の主催者や参加者の身分等、異同も小さくないが、会の規約や次第等の点において相共通する部分が多い。たとえば、江戸時代の詩会は主に詩社の同人により行われたが、他社と交流する詩会もあった。これは、五山時代の「内衆の詩会」(塔頭や寮舎の内々の衆により催される会)と「友社の詩会」(他寺、他院の衆中より懇意な文筆僧を招請して催す会)の関係に似ている。

しかし、江戸時代も後期に入ると、詩社の同人であるか否かに限らず、広く参加者を受け入れる詩会がますます増え、詩会参加者の拡大を目指す傾向、つまりは通俗化の勢いがいっそう顕著になっていった。この趨勢に、出版事業が深く関わっていることも、江戸後期の詩会の大きな特徴である。

詩社の詩会が一般向けの詩会に転じたのに拍車をかけた要因の一つが出版であったことは、大窪詩仏の詩聖堂において開かれた詩会からも、見てとることができる。文化三年(一八〇八)の秋、詩仏は神田お玉が池の畔に新居を築き、杜甫の像を祀って詩聖堂を開いた。詩聖堂の文政年間における盛況ぶりは、清水礫洲(一七九九～一八五九、名正巡、字士遠)の『ありやなしや』(『続日本随筆大成』第八巻、吉川弘文館、一九八〇年八月)に詳しく描写されている。原文を交えながら、その盛況ぶりを窺ってみよう。

詩仏の詩会は当初毎月の七日に行われた(のち、十五日に移ったことが、人名録の記載によって分かる。**挿図**参照)。詩会には、岡本花亭(一七六七～一八五〇、名成、字子省、通称忠次郎)、大沼竹渓(?～?、大沼枕山の父、通称次右衛門)、菊池五山、朝川善庵(一七八一～一八四九、名鼎、字五鼎)、宮沢雲山(一七八一～一八五二、名雉、字神遊)、館柳湾(一七六二～一八四四、名機、字枢卿、通称雄次郎)、塩田随斎(一七九八～一八四五、名華、字士萼、通称又之丞)をはじめとする大御所が来会

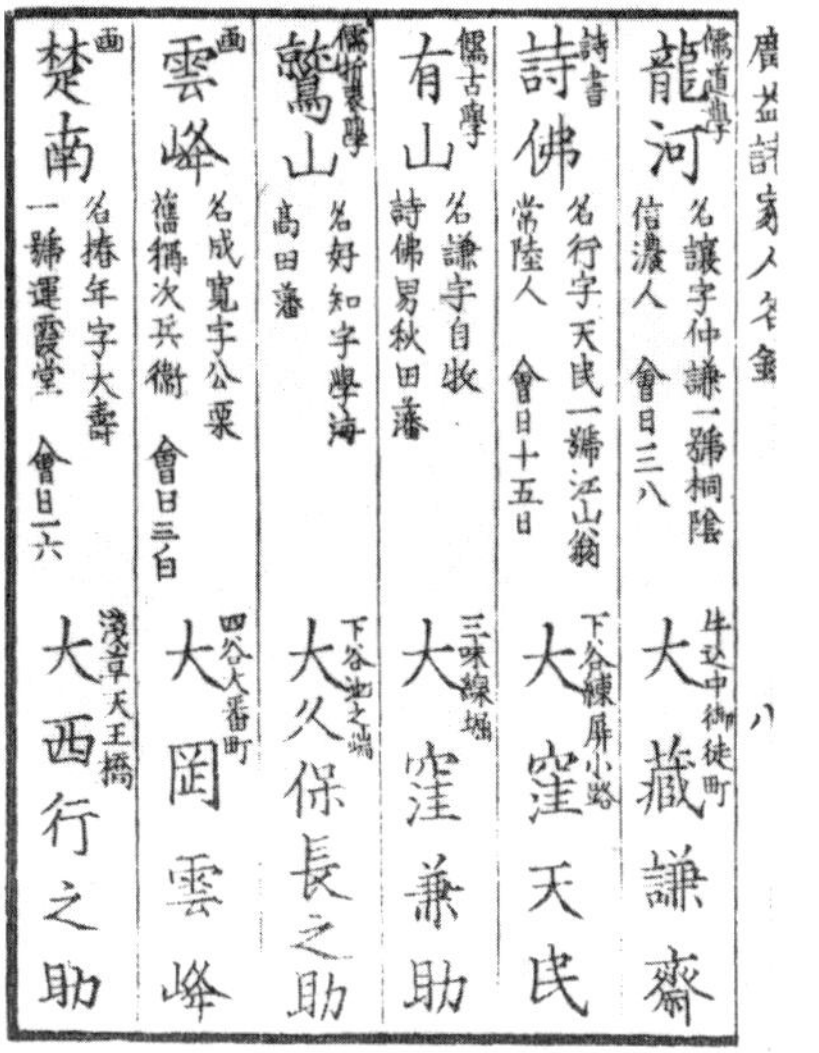

廣益諸家人名録　八

儒道學	龍河	名讓字仲謙一號桐陰　信濃人　會日三八	牛込中御徒町	大藏謙齋
詩書	詩佛	名行字天民一號江山翁　常陸人　會日十五日	下谷練屏小路	大窪天民
儒古學	有山	名謙字自牧　詩佛甥秋田藩	三味線堀	大窪兼助
儒折衷學	鷲山	名好知字學海　高田藩	下谷池之端	大久保長之助
画	雲峰	名成寬字公栗　舊稱次兵衛　會日三日	四谷大番町	大岡雲峰
画	楚南	名椿年字大壽　一號運霞堂　會日一六	淺草天王橋	大西行之助

天保七年（一八三六）刊の『江戸現在広益諸家人名録初編』（森銑三、中島理寿編『近世人名録集成』第二巻、勉誠社、1976年3月）。「詩仏」の名が見え、詩会の開催日が明記されている。

した。そのほか不破右門（?～?、字は子温、白川の行人）、山地蕉窓（一七七七～一八四七、名寛、正誠、字孟教、通称武一郎）、池守秋水（一七七八～一八四八、名は龍、字は潜夫。亀田鵬斎の門人）、五十嵐竹沙（一七七四～一八四四、名は主膳、字は主宝）等も常連である。

ゆゑに書畫を乞者、此日を卜して諸先生の揮毫を乞者多し。故に畫人竹谷〔頭註〕依田竹谷。名瑾。字子長。武清〔頭註〕喜多武清。名字子慎。号可庵。並為文晁弟子。等も出席せしゆゑ、田舎漢等は先生のもとに来り。東脩を行へば諸先生のをも求むるにたよりよければ、加州などよりは裏糧して先生の家に寓宿するものたゆることなし（原文）。

この文によれば、書画の名家が詩聖堂の詩会に多く参加したので、彼らの書画を所望する者たちも、詩会の開催日に合わせて、多く詩聖堂に参集した、という。また、詩仏の書画も評判が高かったので、それを目当てに地方から上京し、詩仏に入門する者も跡を絶たなかった、という。

ここで注意すべきは、書画を乞う人が「日を卜して来」た、という事実である。「卜する」をどう解釈すればいいのであろう。彼らが事前に「会日」を知っていたのは確実である。では、その情報を彼らはどこから手に入れたのであろうか。もちろん、人づてにその情報を入手していた可能性もあるが、それ以外の可能性を示唆する文献が今日に伝わっている。それが、次節で採り上げる「人名録」である。

一、江戸時代の「人名録」

詩会の情報が広範囲に人に知られ伝播した背景には、当時の印刷の発達が大いに寄与している。すでに江戸で生活して久しい人ならばともかく、地方から詩会を目当てにはるばる上京してきた者たちにとって、詩会の開催場所、開催期日等の情報を的確に入手することは決して容易いことではない。彼らに絶大なる利便を与えたのが、印刷された「人名録」であった。これら書籍の主な刊本を、森銑三・中島理寿の両氏が『近世人名録集成』五巻（勉誠社、一九七六年二月～七八年三月）に収録して出版している。この叢書は地域と分野に区分して六四種の人名録を収録している。ここでは、漢詩に関係する人名録から、「詩」あるいは「詩人」の門類や「会日」を記載したものを採り上げる。

京都は、最も早く人名録を出した地域である。明和五年と安永四年（一七七五）刊行の『平安人物志』初版と二版における門類は、「学者」（初版では、儒士、医家、商賈、浮屠と注している）、「書家」、「画家」、「篆刻者」、「卜筮者」、「相者」である。天明二年（一七八二）の三版では「暦算」と「本草」が新たに加わっている。文化十年（一八一三）の四版では分類に大きな改変があり、凡例で次のように説明している。

旧刻専ら知ある文雅の士の姓名・字号・居処・俗称等を以て主と為せば、今も亦た之れに従ふ。旁ら一二の技藝に及ぶと雖も、然れども武技俗藝の類の若きは、則ち之れを載せず。蓋し文を以て主と為すなり。

このように、新たに「一二の技藝」を加えたことを明記している。新たに加わったのは、「詩」、「韻」、「和学」、「歌」、「物産」、「好事」、「喎蘭」、「奇工」、「女流」の九門である。これは、文化年間に、文藝や技術全般における職種が細分化したことを反映している。

「詩」の門類には、七人（杉岡道啓、梅辻春樵、石川竹厓、武元登登庵、畑橘洲、澤村蘭斎、瀬尾文）しか記されていないが、凡例に、「儒家は率ね皆な詩を善くす、故に詩に於いて再びは出さず」と明記されており、「儒家」が除かれている。したがって、この七名は専業詩人ということになろう。

『平安人物志』の五版（文政五年（一八二二））と六版（文政十三年（一八三〇））の分類はさらに細分され、「詩」類にはそれぞれ二十七人が収録されているが、四版とは異なり、詩を善くする儒家も「再出」と注記されて収められている。再出の儒家を除けば、詩人は十六人である。さらに、僧を除くと、以下の十一人である。

瀬尾文、丹波恕安、入江有親、北尾孟軌、中山元吉、山田敬直、源亭（五版）

野口景張、梁緯、伊黙、向川貞（六版）

＊六版では「追加」と注して神田柳渓が加えられている。

ちなみに、七版（天保九年（一八三八））、八版（嘉永五年（一八五二））、九版（慶応三年（一八六七））になると、詩人の数が二十人から十八人にまで減少してゆく。文化年間の四版に「詩」の門類が出現してから、天保年間以降の詩人数が幾らか減少した現象は、漢詩熱が衰退したと解するよりも、職業詩人活躍のピークが化政期にあったことを示すデータと解すべきであろう。

江戸の人名録の編纂刊行は、京都より大分遅れるが、江戸では最初から漢詩文を重視している。文化十二年（一八一五）に、扇面亭が編集した『江戸当時諸家人名録』は、人名のイロハによる順序で配列し、氏名の傍らに職種を明示している。詩に関わる人物は計二十六人である。そこから儒者（学者）、医者、僧を除くと、以下の十五人となる。

服部元雅（詩）、服部元夫（詩）、藤堂竜山（詩）、大窪詩仏（詩書画家）、柏木如亭（詩書画）、谷麓谷（詩人）、館柳湾（詩人）、海野蠖斎（詩書画）、海野柯亭（詩書画）、梁川星巌（詩家）、巻大任（書詩）、小島梅外（詩人）、三枝百年（詩人）、菊池五山（詩人）、宮澤上侯（詩人）

右、十五名のうち、江湖詩社の成員が実にその大半を占める。大窪詩仏、柏木如亭、菊池五山の三人は、言うまでもなく、その中核メンバーである。海野蠖斎（一七四八〜一八三三）は備中（岡山県）庭瀬藩の江戸家老であり、江湖詩社で一番の年長者である。海野柯亭はその甥であり、養子でもある。江湖詩社の成員であることを証明する資料はないが、しばしば五山の『五山堂詩話』および詩仏の『詩聖堂詩話』に現れる人物である。梁川星巌は大窪詩仏に詩を学んで、かつて江湖詩社に参加した人である。小島梅外は後に俳諧に転じたが、この時は漢詩人として活躍しており、社友であった。宮沢雲山（一七八〇〜一八五二、名雄、字神遊）も江湖詩社の同人である。よって、文化年間に、江湖詩社の成員が詩壇の中心を占めたとも言える。また、江戸の専業詩人の数が、同時期の京都を超えたことが分かる。

このようなガイドブックに、わざわざ「詩」や「詩人」と明記したのは、地方から江戸に上京する者たちの需要があればこそである。彼らは、これらのガイドブックを頼りに、訪問する詩人の家を捜し、書画の依頼をしたり、入門したりした。

人名録の影響は、当時、多大であった。朝川善庵が『江戸当時諸家人名録二編』の序文で、次のようにいっている。

> 聞けば前刻の出づるや、寒郷・僻邑の士、贄を投じて執り竭くし、或いは字を乞い画を求むる者、甚だ之れを便利とし、人人争って購い以て奇貨と為す。

地方の人々に利便を提供しながら、同時に江戸の文人たちにも大きな利益を与えた。職業詩人（文人）にとっては、江戸のみならず、地方からも作品の依頼が舞い込めば、それだけ収入が増えるからである。

『江戸当時諸家人名録』の二編は初編に漏れた人だけを載

せたので、詩人は網川藤谷の一人だけである。此の二編が刊行された後、約二十年間、流行した。そして天保七年（一八三六）に、同じ扇面亭が編集した『江戸現在広益諸家人名録初編』が刊行された。この書には、詩仏や菊池五山の序文が載せられており、彼らがすでに江戸の名士になっていたことが分かる。また、新しい詩人も加わり、儒者・医者・僧侶を除いても、詩を善くする人は、なお四十一人に上る。

そして、この書の最大の特徴は、詩会の会日が附記された点である。それまでの人名録で、会日を附記したものは他にはない。ほとんどが姓名の下に字号と居処および俗称等を記すのみである。会を開いたのは当時、儒学、画、書、詩、国学、医者等に分類される人々が主である。その中で、詩会を開いたのは七人いる。

張龍山（ほかに墨梅、三）、大窪詩仏（ほかに書、十五）、館柳湾（三八）、野沢酔石（一六）、山本緑陰（九）、菊池五山（十六）、宮沢雲山（ほかに小説、三八）

（カッコ）内の漢数字が月例詩会の開催日を指す。この七人はほとんどが化政期に活躍した職業詩人である。前に引用した清水礫洲の『ありやなしや』の記載、ならびに朝川善庵の前掲序文の内容を踏まえて想像すると、文政年間あたりから、詩会の日を知りたいと願う地方の人士（「寒郷・僻邑の士」）がますます増加し、彼らが「日をトする」（訪問する期日を定める）ために、関連の情報が重要視されて、ついには天保年間になって、文人のガイドブックに附加されるようになったのであろう。会日が明記されたということは、詩会が新参者に対しても常に開放されたことを意味している。この点は江戸後期の詩会が、従来の一般的な詩会と、大きく異なるところであろう。ちなみに、天保十三年（一八四二）の二編、文久元年（一八六一）の三編、安政七年（一八六〇）の『安政文雅人名録』にはいずれにも会日が記されており、天保五年以降、人名録に会日の情報が不可欠になったことが分かる。

以上、京都と江戸の状況について記したが、三都の残りの一つ大阪や、三都以外の地方の状況はどうであろうか。大阪や地方の人名録では、管見の限り、単独に「詩」の門類が立てられたものが見つからなかった。むろん、会日に関わる記載も見られない。この事実は、専業詩人がみな京都か江戸を目指し、二極集中したことを暗示しているようである。

大坂の人名録『浪華郷友録』は、初版が安永四年（一七七五）の刊で、「儒家」、「聞人」、「書家」、「画家」、「作印家」の五門に分類されている。寛政二年（一七九〇）の二版は九門（「儒家」、「医家」、「緇流」、「聞人」、「天学家」、「物産家」、「書家」、「画家」、「印鐫家」）に分類する。文政六年の『続浪華郷友録初版』と『浪華金欄集』は、人名のイロハ順によって編集したもの。ただし、いずれにも詩人の項目は見えない。

文政七年（一八二四）の『新刻浪華人物誌』の凡例には、「儒家」の下に「文士・詩人は此の門に属す」と注している。二版にも同様の注があるが、二版では「下帷の授徒、或いは道学、或いは文士なる者を論ずる無く、皆な此の部に属す」と注してはいるが、「詩人」の名は見えない。天保八年（一八三七）の『続浪華郷友録二版』は分類編集であるが、簡略なものである。儒者も十三人しか記していない。弘化二年（一八四五）の『新撰浪華名流記』では、凡例に「儒家の詩文或は書の能は常に分なれは別に之を不挙なり」とか、「医家に詩文書画を兼成すと雖ども別に之を不載は其術を重すれはなり」と記し、儒家や医者は、詩文、書画等を善くするが、彼らの本分ではないので掲載しないと述べている。嘉永元年（一八四八）の『浪花当時人名録』では、「詩家」の門類を設けているが、二人の儒家（広瀬謙吉、篠崎小竹）を除くと、残るは香川琴橋（一七九四〜一八四九）一人だけで、寥寥たる数である。

享和三年（一八〇三）には、東海道の各宿場の文人を収録した『東海道人物志』が出版された。そのなかには、菊池五山（四日市駅）の名も見える。肩書は「漢学、詩、書」と記されている。菊池五山がこの時、伊勢の四日市にいたことは、『五山堂詩話』（『新日本古典文学大系』、岩波書店、一九九一年八月）巻二に、「余甲子歳（文化元年（一八〇四））、尚お伊勢に寓す」（二一五頁）とあることによっても確認できる。四日市駅に菊池五山の名が記されていることは、――江戸で鳴らした盛名を背に地方へ出かけ、そこで潤筆料を稼いでいた――当時の職業文人の生活ぶりを間接的に物語っているが、彼らが地方に出かけ一定期間逗留したことによって、地方詩壇の水準を向上させる効果があったことも確かな事実であろう。実は、『東海道人物志』に収録された大半の人が、都で技を磨き、諸藩に仕えたのち、都へは戻らず、東海道沿線の地方都市に居住した人たちである。よって、彼らは都が育んだ文人といってもよい。

二、江戸時代の課題表

以上、江戸時代、とりわけ江戸後期に刊行された人名録が、詩会の盛況にも大いに寄与していた可能性について指摘したが、続いて江戸後期における詩会の質的変化についても考察したい。固定的なメンバーを中心に、半ば閉鎖的に運営されていた詩会が、新たな参加者を常時受け入れる、開放性の高い詩会に変質していたことについては、すでに言及した。その他に、興味深い変化として、「課題表」の事前配布について採り上げてみたい。

江戸後期に特徴的な詩会は、人名録からも窺えるとおり、会日が固定され、それが広く知らされていた。そればかりか、月例の詩会で出題される詩の題も、事前に詩会の参加者に配布されていたようである。それを「課題表」という。しかも、——会日を記載した人名録より早い——文政年間に、一枚刷りで印刷されている。印刷されたということは、会の参加者がそれだけ多かったからに相違ない。

「課題」について、小宮山綏介（一八二九～九六）は、その著『南梁劄記』（国会図書館蔵本）のなかで、「課題は門人を課するの詩題、華人の用るを不見。近時詩集に見ゆ、未極捜索、然れども余義なし」と解説している。「華人の用るを不見」とし「余義なし」と断じているが、はたしてそうであろうか。結論をいえば、中国にも「課題」はあった。しかも、日本より遥かに早く出現している。ただし、日本の「課題表」のような資料は残っていないので、課題表があったか否かについては明言できない。

中国における「課題」は、もともと学校（書会、書院）の宿題であり、「課」は「試」の意である。南宋の民間学校——書会——に、すでにその現象が現われている。たとえば、北宋末南宋初の人、李光（一〇七八～一一五九、字泰発、号転物老人、越州上虞の人）が紹興十八年（一一四八）に作った詩の題に、次のようにいう。

> 戊辰の冬、鄰士と縦歩して呉由道の書会所に至れば、諸生に課して梅花の詩を作らしむ。先の字を以て韻と為し、戯れに一絶句を成す。後三年、由道 昌化に来り、前作を索《もと》むれば、復た次韻すること三首、前詩と并せて之れに贈る。（『荘簡集』巻七）

このように、南宋初期の私塾で、詩題を定めて学生に作詩を課していたことが分かる。欧陽光『宋元詩社研究叢稿』（広東高等教育出版社、一九九六年九月）によれば、このような課題形式は、元以降、詩社の詩会にも取り入れられた、という（五三頁）。たとえば、黄庚（一二六〇～?、字星甫、号月屋、天台台州の人）は、各地を遊歴し、会稽に客寓した時、越中詩社や山陰詩社に参加し、それぞれ「枕易」と「秋色」という題の詩を書くことを求められた（求めに応じた結果、第一の佳作と絶賛された）。また、明の瞿佑（一三四七～一四三三）の『帰田詩話』にも、「詩社 楊妃の襪を以て題と為し、楊廉夫の一聯……」とあり、元の楊維楨（一二九六～一三七〇）が詩社から「楊貴妃の靴下」を題として詩を書くよう求められたことが記録されている。このように、元になると詩社の詩会参加者が題をもらって詩を作ったことが分かる。

日本の場合、五山禅林の詩会でも、「兼題（あるいは兼日題）」と「当座題」とがあり、前者は参加者に事前に題を知らせるもので、参加人数が多い「友社の詩会」で出されることが多く、後者は即席の題で、比較的少人数の「内衆の詩会」において出されることが多かった、という（朝倉尚氏の『禅林の文学　詩会とその周辺』二九頁を参照）。江戸時代の課題も同様である。参加人数が少ない同社の詩会の課題は、即席で出されることが多い。たとえば、菊池五山の会日は毎月の十五日であったが、文化四年九月の会日にちょうど月蝕があったので、それを題としている（『五山堂詩話』巻三）。これは事前に予想できないことであるから、即席に出された課題であることが分かる。

一方、大勢の参加者がいる詩会は「兼題」の方が多い。詩作に不慣れな参加者に時間的余裕を与えるほか、詩会それ自体の時間も短縮できる。のち、「課題表」まで事前に配布されるようになったが、それは詩社に参加する人が、いよいよ通俗化してきたことの現れといってよいであろう。

江戸時代の「課題表」は今日なお数多く残っている。たとえば、かつて菊池五山に師事し、大沼枕山の詩社にも参加していた書家、関雪江（一八二七～七七、名敬・思敬、字鉄卿・弘道、通称忠蔵）の『雪江先生貼雑』という書には、多くの課題表が保存されている。また、早稲田大学図書館所蔵の『五弓雑抄』にも、幕末の課題表が多く収録されている。それらは、五弓雪窓（一八二三～八六、名久文、字士憲、通称豊太郎）が蒐集したものである。

課題表がいったい何時頃、誕生したのかはっきり分からないが、筆者が探すことのできたもっとも早期のものは、文化十年（一八一三）のもので、静岡の江山社が出した課題表である。江戸の詩会ではないが、この江山社は、実は大窪詩仏や菊池五山とも深い関わりがあった。江山社の盟主は大塚荷渓（一七七八～一八四四、名正弘、字風暁、通称甚左衛門）、かつて菊池五山に詩を学び（市河寛斎の、文化元年の作「冢荷渓が野遊の韻に和し却って寄す」の題下注に「荷渓　詩を五山に学び、吾が党に帰向する年有り」とある。『寛斎先生遺稿』巻四）、詩仏や梁川星巌とも親交があった。よって、この事例も、荷渓が菊池五山や江湖詩社社友の詩会に影響され、それに倣って、己が主宰する詩社に採用した可能性が高い。その「江山社通知」を以下に掲げる。

江山吟社の会　月ごとに初七を以て例と為す。乃ち次いで二題を預め附すものより摘す。而して其の詩を輯録せんと欲すれば、請ふ期に負くこと勿かれ。客の生熟を択

表　関雪江『雪江先生貼雑』（内閣文庫影印叢刊　国立公文書館）「五山堂詩会課題（己酉）」

正月	松影	各體
二月	狐王廟 木筆始開	七言律 七言絶
三月	垂絲海棠 青郊歸牧	七言律 七言絶
四月	湘簾 賣時新	七言律 七言絶
閏四月	卯花雪 晝永	七言律 七言絶
五月	釣絲風 竹活	七言律 七言絶
六月	觀使鸕鷀 過雲雨	七言律 七言絶
七月	鴨跖草 新涼待月	七言律 七言絶
八月	秋蛙 江山漁樂	七言律 七言絶
九月	花桃 獲浚田家	七言律 七言絶
十月	菊塔 寒林獨歩	七言律 七言絶
十一月	宿雁 雪月夜泊	七言律 七言絶
十二月	臘八粥 贈乞寒人	七言律 七言絶

ばず。更に錦を添へ来るも、亦た一大好快なり。癸酉端月 荷溪冢碧 頓首。

「癸酉端月」は、文化十年の正月のことである。「次いで二題を預め附すものより摘す」とは、この一文の後に列挙された詩題のなかから、順に二つずつを取り出し、それを月ごとの課題とする、という意味であろう。列挙された詩題は以下のとおりである。

「春雲出谷」「梅樓夜臥」「山中春曉聞鳥聲」「別春爐」「花時苦雨」「田家牡丹」「聽晩鶯」「荷錢」「田家雨中」「移菊苗」「苦熱得雨」「山中觀瀑」「客中七夕」「踈雨滴梧桐」「湖村月夕」「始聞早砧」「秋柳」「舟中九日」「廢園殘菊」「霜月早行」「霜晴」「寒雨」「食河豚」「風雪歸莊」「歳暮山村」「除夜雪」。

全部で二十六あり、二つが余るが、ほぼ季節の推移に沿った詩題が並んでいるので、いずれかの二月だけ、三つの題が課題とされたのであろう。また、「客の生熟を択ばず」という文言によって、詩社の社友以外の者も歓迎されていたことが分かる。

すでに述べたように、菊池五山や詩仏がこのような課題表を用いていた可能性は、極めて高い。実は、『雪江先生貼雑』の冒頭に、「五山堂詩会課題（己酉）」（上の表参照）一枚が載せられている。これは、そのタイトルが示すように、菊池五山の詩会で出された課題表である。「己酉」は、嘉永二年(一八四九)であり、菊池五山の没年に当たる。五山は六月二十六日に死去しているので、この課題表は嘉永元年の年末か同二年の年始めに用意され、同人に配布されたものであろう。大塚荷渓の江山社のものと比べると、より整然としている上、詩型も定められている。おそらく、例年、このような課題表が配布され、それをもとに毎月の詩会が催されていたのであろう。

現存資料では、大塚荷渓の詩会の課題表が五山のそれより先行するが、両者が師弟関係にあり、江戸が詩会文化の隆盛地であったことを考慮に入れると、もともとの順序はまず五山が先で、その形式を模倣したのが大塚荷渓である、と判断するのがより妥当であろう。さらに、詩仏が五山の同志であることを考慮に入れると、詩仏が文政年間に行っていた詩会も大同小異の状況であったに相違ない。大窪詩仏の詩会で配られた課題表は見つからないが、文化二年(一八〇五)に、彼は『清新詩題』を出版している。この書は、春・夏・秋・冬(上巻)と雑題、題画(下巻)の六類に分け、それぞれ字数の多寡に従って詩題を列挙したもので、詩会の題を選ぶ際の参考に供したものと考えられる。

結び

以上、江戸後期の詩会について、その独自性を中心に考察を加えた。とくに、文化文政年間以降、出版という媒体が大いに活用され、それが詩会の規模を拡大したことを指摘できよう。印刷された「人名録」と「課題表」が、江戸後期の漢詩に与えた影響は、まず何よりも漢詩を広範囲に普及させたことである。そして、このような動勢のなかで、もっとも積極的に印刷出版を活用していたのが、江湖詩社の成員とその同人たち、つまり化政期に活躍した職業詩人たちであった。彼らは詩会を重要な生活手段として強く認識していたからこそ、詩会を広く一般に向けて開放し、漢詩芸術の普及に努めたのであろう。

域外漢籍に見える南宋江湖詩人の新資料とその価値

卞　東波（翻訳：會谷佳光）

べん・とうは――一九七八年、中国江蘇省南京市生まれ。南京大学文学院副教授、域外漢籍研究所研究員。文学博士。主な著書に、『唐宋千家聯珠詩格校証』（鳳凰出版社、二〇〇七年）、『南宋詩選与宋代詩学考論』（中華書局、二〇〇九年）、『宋代詩話与詩学文献研究』（中華書局、二〇一三年）などがある。

南宋の江湖詩人の作品は、理宗朝の初めに発生した「江湖詩禍」によって散佚の憂き目を見た。彼らの作品は『江湖小集』・『江湖後集』・『南宋群賢小集』等に伝存するものの、今後新たな佚詩が発見されても不思議ではない。本稿では、日本・朝鮮に伝わる漢籍の中から発見された江湖詩人の佚詩や注釈等の関連資料について紹介する。

一、引言

南宋の江湖詩人(1)は、宋代文学史上、人数・勢力とも盛大で、影響が広範なわりに繋がりが緩やかな詩人集団である。彼らは世間を渡り歩き、権力者への売り込みと文筆業で生計を立てた。今のフリーライターに似るも社会的地位はずっと低かった。『江湖集』の刊行は彼らの活動に晴れて名分を与えた。私達は現在伝わる『江湖小集』・『江湖後集』・『南宋群賢小集』等によって彼らの作品を読むことができるが、これらは南宋・陳起の編んだ『江湖集』や、そこから派生した『江湖前集』・『江湖後集』・『江湖続集』等と同一ではない。

『江湖集』は最も早いもので陳起の手で宝慶元年（一二二五）に刊行され、江西の詩人韓淲（一一五九～一二二四）は「沈謝　雕残して　陶首に居り、韋陳　披剥して　杜卑ならず。誰か中興を把りて後に収拾せるや、自ら江左に応ずるも久しく参差たり」と賛美した。(2)この年「江湖詩禍」(3)が発生して『江湖集』の版木が廃棄され、事件の直接の被害者劉克荘は「『江湖集』出で、会《たま》たま詔有りて集を毀《こぼ》たしむ」と記した。(4)

「江湖詩禍」の嵐が去ると、陳起は臨安に帰り旧業を再開した。『江湖集』がこのような混乱を誘引した理由は当時の陳起の出版活動と密接に関連しており、江湖詩人の詩の保存に甚大な影響を与えた。換言すれば、現存の『江湖小集』・『江湖後集』・『南宋群賢小集』以外に新たな佚詩が見つかっても不思議はなく、現に私は近年日本や朝鮮の漢籍から多くの佚詩と関連研究資料を発見した。これは江湖詩人の作品が予想外に多く散佚していることを意味する。また中国国外に伝わる漢籍には江湖詩人の作品に対する注釈が多く存する。これらの資料は東アジア学術史上、最古の江湖詩の注解であり、その学術的価値は比較的高い。

二、『唐宋千家聯珠詩格』中の江湖詩人の佚詩と朝鮮人学者の注釈

『唐宋千家聯珠詩格』二十巻は、宋元の際に于済と蔡正孫が共編した大部の唐宋詩の総集である（元大徳四年（一三〇〇）蔡正孫序あり）。完成後まもなく散佚したが、早くに日本・朝鮮に伝わり、和刻本と朝鮮本が現存する。本書は千余首の詩を収録し、宋代の詩人は四三〇人を数える。(5) 最も多いのは江湖詩人の詩であり、

方岳四十八首、劉克荘三十首、戴復古・何応龍各十六首、周端臣十首、劉過・呉惟信各七首、姜夔・許棐各六首、蕭立之五首、高翥四首、張良臣・張至龍・劉翰・林洪・施枢・孫惟信・沈説・厳粲各三首、趙師秀・于革・朱継芳・趙汝回・盧祖皐・宋自遜各二首、徐璣・鞏豊・葉茵・姚鏞・来梓・王同祖・黄文雷・武衍・高似孫・周弼・俞桂・陳鑒之・葛天民・趙希㑹・趙崇嶓・趙善杠・蘇泂・陳必復各一首

計四十三人二〇九首に及び（重出を含む）、全体の五分の一に相当する。これは、編者の蔡正孫が江湖詩人と時代的に近く、江湖の詩風がまだ衰えていなかったことと関係がある。蔡正孫は終生科挙に合格せず仕官もせず、実生活も江湖詩人と似ており、徳祐二年（一二七六）に元が南宋を滅ぼすまで臨安に暮らしていたため、『江湖集』の各種版本に触れる機会があり、それを『聯珠詩格』に収録した。その中には『江湖小集』・『江湖後集』・『全宋詩』未収の江湖詩人二十三人の詩三十九首が含まれる。さらに価値があるのは蔡正孫が数千条の評点を付した点であり、これは同時期の劉辰翁にほぼ匹敵する。(6) そのうち江湖詩人の詩に対する評点は数百条に及ぶ。これは文学史上、最古の江湖詩に対する評点である。

蔡正孫よりやや早く、方回は『瀛奎律髄』（元・至元二十年（一二八三）編）に江湖詩人の詩を若干選録したが、劉克荘や

永嘉の四霊等を除き、ほとんどの江湖詩人は眼中になく、その詩に対する評価も低かった。『瀛奎律髄』巻十三で、戴復古の「歳暮に真翰林に呈す」詩を「石屏の此の詩、前六句は儘《ことごと》く佳きも、尾句は称《よ》からず、乃ち窮を訴え憐れみを乞うに止まるのみ。尺書（紹介状）を求め、銭物を干《もと》むるは、謁客の声気（口ぶり）なり。江湖の間の人皆な此等《これら》の衰へたる意思を学び、所以《ゆえ》に人をして之を厭《いと》わしむ」と評するように、[7]江湖詩人は方回にとって基本的に「江湖の謁客」のイメージなのである。確かに「謁客の声気」の者もいたであろうが、それは一部にすぎず、多分に偏見が含まれていよう。一方、蔡正孫の評点には江湖詩人への批判はほとんどなく、簡潔ながら芸術的観点から評論している。その特色は次の通りである。

（1）詩・詩句に関する総体的な評論。巻六で方岳の「冬至」詩を「尋常の意調を超出し、奇なること甚だし」と評し、巻十六で劉過の「丹桂、益公を寿《ことほ》ぐ」詩の末句「一顆《いっか》の氷輪 九穹《きゅうきゅう》（天空）を照らす」の句を「一句の気象 大なり」と評する等、印象批評的に作品の芸術的特色を論じている。

（2）詩の芸術的技巧に関する議論。巻六で施枢の「小楼」詩の「夕陽 雁を銜みて 西のかた流れんと欲す」を「本と雁 夕陽を銜むと説くも、此れ倒《さかしま》にして「雁」字を下にす、乃ち詩体なり」と評するのは、詩では倒置法のような非日常的な言語表現が可能なことを述べたものである。他に事物のイメージを描写するだけで、暗示的に事物の本体を感得させる技巧（「禁体物体」）[8]や、前人の詩句・典故を逆用して意表を突く効果を生み出す技巧（「翻案法」）等、宋代詩学の様々な技巧に論及している。

（3）詩の句法に関する議論。巻三で方岳の「梅辺」詩の首二句「一枝 密密として 一枝 疏なり、一樹 亭亭として 一樹 枯る」を「此等の句法、自ら是れ俗ならず」と評するのは、「一」字を四回使っているからであり、巻十四で朱継芳の「呉雲臥に寄す」詩の「櫓声 月を揺らして 蒼茫に下る」を「句 瀏亮（きよらかであきらか）なり」と評するのは、観念的な「蒼茫」を動詞「下」の目的語に用いて独創的な表現に成功しているからである。

（4）詩の字法に関する議論。巻四で張良臣の「西湖晩帰」詩の首句「帖帖たる（波一つたたない）平湖 晩天を印す」を「印の字 老（老練）なり」と評し、巻五で周端臣の「断腸曲」詩の「双双たる玉筋《ぎょっきん》 香腮《こうさい》（ほお）を界《かい》す」を「玉筋は涙行なり。界の字 好し」と評するのは、「老」「界」両字を所謂「句眼」に配し、かつ使い方を適宜工夫することで、一般の詩句における用字との違いを出していて、非常に面白みがあるからである。

『聯珠詩格』は完成後、朝鮮に伝わり、朝鮮時代の著名な学者徐居正（一四二〇～八八）等が全面的に注釈して『聯珠詩格増注』（以下略「『増注』」）を著した。方回と蔡正孫が文学評論の域を出なかったのに対し、『増注』は詩語・典故・詩意の解釈に力を注いだ江湖詩最古の注釈であり、事物の注釈では李善『文選』注に倣って博引旁証し、詩意の解釈では簡潔明瞭ながら時に深層にあるものを掘り起こすことさえある。

例えば巻十九で、方岳の「采芹亭」詩、

亭与樵嵐一様新　亭は樵嵐と一様に新たなり
詩書不受世間塵　詩書は受けず　世間の塵
光風霽月来無尽　光風　霽月　来りて無尽なるは
不在渓山只在人　渓山に在らず　只だ人に在り

について、徐居正の『増注』では、以下のように解説する。

此れ采芹の亭は樵嵐の山と其の新を同じくするを言う。其れ此の亭に在りて詩書を講習せば、豈に俗塵を受けんや。是に於いて光風霽月の無尽にして来るは、渓山に在らずして人に在るなり。先儒、『中庸』の「天を怨みず、人を尤《とが》めず」を論じて曰く、「此の処、君子の胸中の多少の洒落明瑩なるを見るや。真に光風霽月の如く、一点の私累無し」と。詩中の「光風霽月」、蓋し諸《これ》を此《これ》に本づくならん。

蔡正孫は句点を付して「道趣を見し、尋常の嘲風詠月と同じからず。」と述べるだけで踏み込んだ解釈をしないのに対し、『増注』は「光風霽月」という語の背後に隠れた含意を読み解いた。この語は黄庭堅が宋代理学の祖周敦頤を形容するのに用いた表現であり、のち宋代の理学者はこの語を使って「一点の私累無き」超俗的境地を表現した。『増注』は理学の文脈で解読するように誘導して、より深い含意を読み取らせているのである。江湖詩人方岳の詩詞に対する現代の注釈書に秦效成『秋崖詩詞校注』（黄山書社、一九九八年）があるが、『聯珠詩格』に選録される方氏の詩四十首の『増注』と比べると非常に簡略で、その学術水準は六百年前の朝鮮人学者に遠く及ばない。

三、日本中世禅林編纂の中国詩総集中に見える江湖詩人関連の新資料

日本中世の五山禅僧が編纂した多くの中国詩総集には中国失伝の江湖詩人関連の新資料が大量に含まれる。『新選分類集諸家詩巻』（以下略「『新選』」）は、室町時代の五山禅僧江西龍派（一三七五～一四四六）が編纂した大部の中国詩総集であ

る。江西龍派は五山文学の双璧の一人絶海中津（一三三六〜一四〇五）に師事して漢詩を学び、高度な漢学の素養を備え、「資性 俊逸にして、梵漢 博く記し、文辞を以て社中に鳴る。」と評された。[9]『新選』は唐から明初までの七言絶句一二〇〇余首の詩を収録する。最も多いのは宋代の詩で、江湖詩人十五人の佚詩二十九首を含む。

注目すべきは江湖詩人宋伯仁の佚詩七首、趙崇嶓の佚詩五首を収録する点である。『新選』所収の詩は、当該作者に別集があるか、もしくは『江湖小集』・『後集』に収録される詩の何れかであるが、劉克荘の弟劉克遜だけは個人の文集が伝わらない。『新選』は『全宋詩』所収の詩七首の他に佚詩二首を収録し、その資料的価値を高めている。選録された絶句には典故の引用がとても少なく、もっぱら平易な表現で一唱三嘆の妙がある。高翥の「春愁」詩の「早に知る 病骨 吟辺に痩するを、買わず 唐人 半首の詩」の句では江湖詩人が晩唐の詩人に学んで苦吟するさまが典型的に描かれ、厳粲の「春晩作」詩の末句「夢中 猶お自ら梅花を詠ず」では宋人の梅花愛好熱がよく表現されている。また江湖詩人の生涯の研究に役立つ佚詩もある。宋伯仁の「己亥 自ら題して顔を記す」詩は、郷里の田園での隠棲生活を描いたものである。「己亥」は嘉熙三年（一二三九）で、宋伯仁は四十一歳であった。同治『湖州府志』巻七十四「宋伯仁伝」に「嘉熙丁酉（一二三七）、京に寓して熱に遭い、西馬塍に僑居す」とあり、それ以後の事跡は不明であったが、この詩の「卻って学ぶ 英雄の夜に戈を枕とするを」の句から従軍経験があったと推知される。これは史書未見の事跡である。

『続新編分類諸家詩集』（以下略『新編』）は慕哲龍攀（?〜一四二四）・瑞岩龍惺（一三八四〜一四六〇）が編纂した『新選』の続編であり、一二八〇余首の詩を収録する。江湖詩人の詩は多いものの佚詩は少ない。[10]『新選』・『新編』とも比較的大部の総集であったが、刊行されず写本で流伝するのみであった。そこで禅僧天隠龍沢（一四二二〜一五〇〇）・月舟寿桂（一四六〇〜一五三三）は両書を底本にそれぞれ三百余首を選録し、小型の詩総集『錦繡段』・『続錦繡段』を編纂し、『新選』・『新編』を凌駕した。特に『錦繡段』は非常に流行し、日本人の漢詩の手本となり、無数の写本と和刻本が流伝したが、『続錦繡段』は寛永十四年（一六三七）・承応四年（一六五五）刊本があるのみである（図1）。

数ある『錦繡段』の注釈本で最も重要なのは、江戸時代の著名な漢学者宇都宮由的（遯庵、一六三四〜一七〇九）の『錦繡段首書』・『錦繡段詳注』であり、そのうち宋自遜「夜雪」・「五月菊」、劉克遜「中秋」、蕭澥「読秦記」、劉克荘

「揚雄」・「妓」・「鶯梭」・「雁陣」、戴復古「子陵釣台」・「山行」、沈悦「子陵釣台」、趙崇嶓「華清宮風流陣」、姚鏞「春

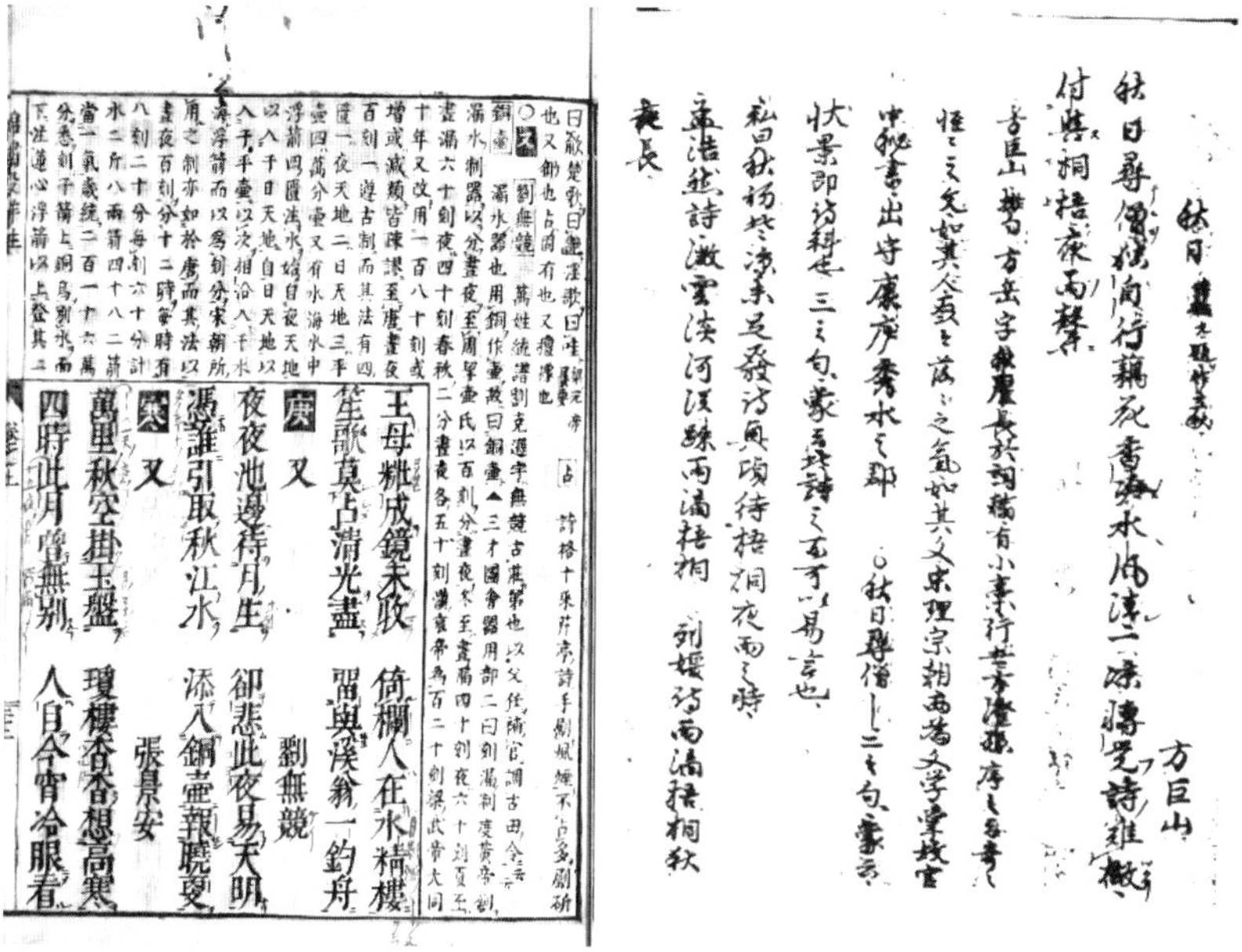
玉母粧成鏡未收　倚欄人在水精樓
笙歌莫占清光盡　留與溪翁一釣舟
劉無競
又
夜夜池邊待月生　卻悲此夜易天明
憑誰引取秋江水　添入銅壺報曉更
張景安
又
萬里秋空掛玉盤　瓊樓香霧想高寒
四時此月曾無別　人自今宵冷眼看

図1　（左）『錦繡段詳注』（元禄15年（1702）刊）、（右）『続錦繡段抄』（京都建仁寺両足院所蔵）

行寄興」、厳仁「寄衣曲」、蕭立之「花上金鈴」、宋伯仁「漁舟」、来梓「訪戴図」、危稹「楊妃歯痛図」、趙紫芝「吟窗」、方岳「冬至」等、江湖詩人十五人の詩十九首に注釈する。『続錦繡段』の注釈本は月舟寿桂自身（一説に釈寿戬）の『続錦繡段抄』が伝わるのみで、そのうち林洪「西湖」、周端臣「葉靖逸東庵」、劉克荘「晩春」・「種梅」、方岳「秋日」、周弼「夜深」、戴復古「雪裏観梅」、武衍「宮詞」、趙崇嶓「征婦詞」、江湖詩人九人の詩十一首を注釈する（高翥「諸葛錬師を訪ぬるも遇はず」詩・何応龍「舟中」詩には注がない）。

宇都宮遯庵は著述に富み、杜甫・『千家詩』・『三体詩』・『古文真宝』等漢籍の注釈を数多く著した。江湖詩人の詩に対する注釈の一例として『錦繡段詳注』（以下略「『詳注』」）の趙崇嶓「華清宮風流陣」詩を挙げよう。

　華清宮風流陣　『天宝遺事』下云「明皇与貴妃毎至酒酣、使妃子統宮妓百余人、帝統小中貴人百余人、挑両陣於掖庭中、目為風流陣。以霞被錦袾張之、為旗幟攻撃相闘、敗者罰之、巨觥以戯笑。時議以為不祥之兆。後果有禄山兵、天意人事不偶然也。」　趙漢宗

玉殿晴暉颺彩旗、承平　承平、太平之義也。「承平天子」指明皇、所謂太平天子也。天子亦知兵。嬌児　嬌児、指禄山也、禄山請為楊貴妃児、是日禄児。一云「嬌児」指楊貴妃。杜子美「茅屋

為秋風所破歌」云「嬌児悪臥踏裏裂。」注云「貴妃如嬌児安寝、嘗以禄山為養子、出入宮掖不禁、穢醜稔聞、而明皇不悟。禄山出范陽、約貴妃為内応、豈非「踏裏裂」乎。」慣識風流陣、伝到漁陽　漁陽、即薊州也、詳見於『大明一統志』一順天府。芸始精。

その特色は、出典を引いて詩の背景を説明する点と、詩意を推量する点にある。『詳注』を通覧すると、遯庵が非常に博学で、中国古典に精通し、宋伯仁「夜雪」詩の注釈で『排韻増広事類氏族大全』・『詩人玉屑』・『方輿勝覧』・『晋書』・『文選』等の諸書を引用する等、資料を博引旁証していたことがわかる。彼は唐宋文学にも通暁していたから、戴復古の「山行」詩、「行李 蕭然として 還《ま》た俗ならず」句の「蕭然」に注釈して「蕭然、寂寥の貌なり」と述べた上で、王禹偁の詩句「興味 蕭然として 野僧に似たり」を引用する等、しばしば唐宋詩を引用して注釈の根拠に挙げる。

編者の月舟寿桂は、幻雲・中孚道人と号し、天隠龍沢に漢詩文を学んだ。京都建仁寺両足院の写本『続錦繍段抄』不分巻は、『続錦繍段』所収の詩全てに対する注釈ではない。注釈は若干仮名の混じる漢文で書かれ、内容の詳略はまちまちである。室町時代の多くの漢籍抄物と同様、多くの典籍を引用して詩中の事柄・言葉を注釈し、そのスタイルは比較的質朴で、時折「私曰」として自分の意見を述べる。その特色を周弼の「夜深」詩を例に説明しよう。

夜深　周弼

虚堂人静不聞更、独坐書灰対夜灯。白楽天詩「対雪画寒灰、残灯明復滅。」。坡詩「寄君東閣閑烝栗、知我空堂坐画灰。」。門外不知春雪霽、半峰残月一渓平。『皇明名公詩人膏□』汶陽周伯弼序載此詩、二句作「独理残書照夜灯」云云。「半峰」作「千峰」。任蕃「巾子山」詩云「絶頂新秋昼夜涼、鶴飛松露滴衣裳。前峰月照半江水、僧在翠微開竹房。」

この注釈から月舟が唐宋詩に精通していたことがわかる。前二句の注釈は周弼の詩の用語・句法の出典を示すばかりでなく、詩一句で白楽天の詩二句分の情趣を要約したことも分かり、より一層洗練された句であることが暗示されている。また「書灰」は原本では「書床」に作るが、月舟は情趣が足りないと感じて改めてしまったらしい。この手のことは選集本にまま見られるもので、月舟は詩を選ぶ際に自身の美的感覚や「期待の地平」によって原文を改変したのであろう。最後に、唐・任蕃の詩を引用して比較するが、同じ夜景ながら、任詩が秋の夜の情趣であるのに対し、周詩は静寂漂う冬の夜の情景であり、場面設定が異なる。任詩の末句は僧侶が門を開き、若干躍動感がある程度であるが、周詩の末句は名詞フレーズを積み重ねる「綴錦」という修辞法を用い、想像力とイメージの組み合わせで読者の情趣をかき立てており、一層洗練されている。

宇都宮由的『錦繡段詳注』と月舟寿桂『続錦繡段抄』は基本的に李善『文選』注の方式を継承して事物の注釈を重視した。それ故に江湖詩人とその作品を理解する上で大いに参考となる。

四、朝鮮古活字本『選詩演義』中の『文選』詩に対する江湖詩人の評論

南宋の詩人曽原一（一二五六年頃活動）の編纂した『選詩演義』は宋代唯一の『文選』注釈書で、名古屋市蓬左文庫蔵の駿河御譲本が天下の孤本となっている。[11] 関連研究も少なく、最近、芳村弘道氏がその編者・内容・版本に関して詳細に研究した。[12] 同氏は曽原一と黄文雷・利登等江湖詩人との交遊を指摘する。[13] 特に貴重なのは『選詩演義』がこの二人の『文選』詩の評論（黄文雷四条・利登九条）を収録する点であり、それは「古詩十九首」・阮籍「詠懐詩」・謝霊運の詩の解釈に集中する。

黄文雷・利登は江西盱江（現在の江西撫州）出身で、ともに曽原一の友人であり、劉壎の『隠居通議』巻九「黄希声古体」の条に、「希声、名は文雷、自ら看雲と号す。……同時に郷里に詩を以て名ある者、碧澗利履道登・白雲趙漢宗崇嶓、倶に社友たり。……贛の寧都に蒼山曽子実原一有り、撫の臨川に東林趙成叔崇嶧有り、亦た同時に詩もて盟う者なり。」とあるように、三人は詩社の詩友であった。芳村氏は「曽原一は社友の解釈を録し、それを『選詩演義』に多く用いた」と推測する。[14] この見解は、利登の「骳稿」詩に曽・黄両名との交遊が描かれることからも首肯される。

『選詩演義』に存する曽・黄・利三名の『文選』詩の解釈は、文字・典故の注釈ではなく、詩意の解釈に重きを置き、かつ全体を通俗的で平易に説明するよう努めている。これは、真徳秀（一一七八～一二三五）の『大学衍義』に始まる、通俗的な本文解釈を重んずる「衍義体」の影響が強いと考えられる。[15]

解説の通俗さは浅薄を意味するものではなく、『選詩演義』は六朝当時の時事と結びつけて詩意を解釈した。例えば利登は謝霊運の「祖徳を述ぶ」詩の其一（図2参照）を、

「達人」は謝安・謝玄を指し、之れに循ひて高きこと、天雲に属《つら》なり及び、済世の志有りと雖も、而れども実に超世の心有るを言う。「段生」四人（段干木、展禽、弦高、魯仲連）、皆な物を済うに心有りて、富貴に心無し、此れを以て安・玄を証するなり。「講を委《す》てて道論を綴《や》む」

とは、其の本心道を論じ帰隠するを言う。安は則ち東山に高臥し、玄は則ち王羲之に従いて会稽山に隠し、後に其の隠服を改めて出で、世難を康んず。世難既に康

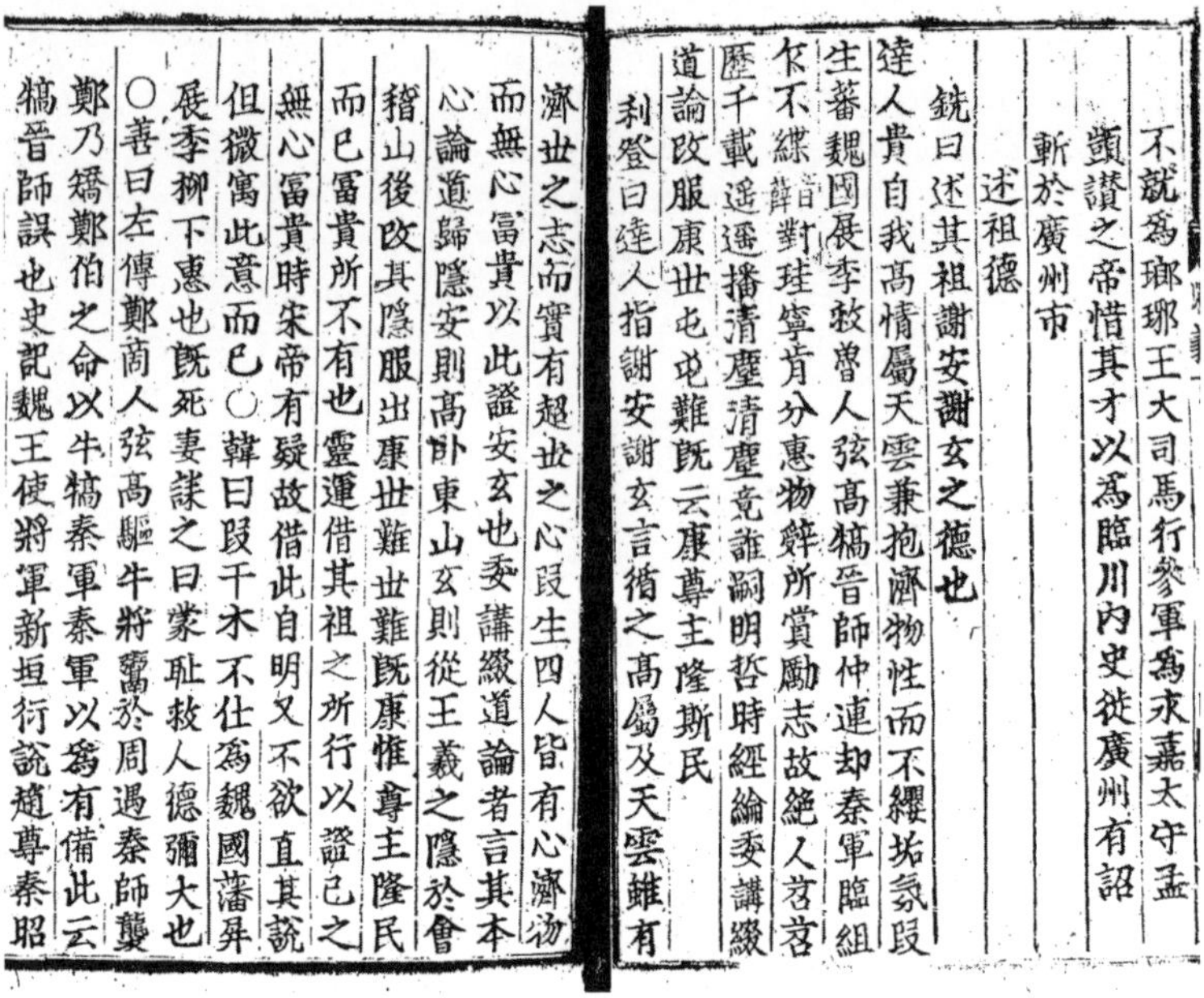
不就為瑯琊王大司馬行參軍為求嘉太守孟
顗讃之帝惜其才以為臨川内史徙廣州有詔
斬於廣州市
述祖德
銑曰述其祖謝安謝玄之德也
達人貴自我高情屬天雲兼抱濟物性而不纓垢氛段
生蕃魏國展季救魯人弦高犒晉師仲連却秦軍臨組
乍不緤音薛對珪寧肯分惠物辞所賞勵志故絶人茗茗
歷千載遥遥播清塵清塵竟誰嗣明哲時經綸委講綴
道論改服康世屯屯難既云康尊主隆斯民
利登曰達人指謝安謝玄言循之高屬及天雲雖有
濟世之志而實有超世之心段生四人皆有心濟物
而無心富貴以此謚安玄也委講綴道論者言其本
心論道歸隱安則高卧東山玄則從王羲之隱於會
稽山後改其隱服出康世難世難既康惟尊主隆民
而已富貴所不有也靈運借其祖之所行以謚己之
無心富貴時宋帝有疑故借此自明又不欲直其説
但微寓此意而已○韓曰段干木不仕為魏國藩屏
展季柳下惠也既死妻誄之曰蒙耻救人德彌大也
○善曰左傳鄭商人弦高驅牛將鬻於周遇秦師襲
鄭乃矯鄭伯之命以牛犒秦軍秦軍以為有備此云
犒晉師誤也史記魏王使將軍新垣衍説趙尊秦昭

図2　曽原一『選詩演義』書影（蓬左文庫所蔵、朝鮮古活字版）

んずれば、惟だ主を尊び民を隆《さか》んにするのみにして、富貴は有せざる所なり。霊運、其の祖の行う所に借りて、以て己の富貴に心無きを証す。時に宋帝に疑い有り、故に此れに借りて自ら明らかにす。又た其の説を直にするを欲せず、但だ微かに此の意を寓するのみ。

と解釈する。詩人の心理を細やかに推量し、かつ詩人の苦悩を滔々と言い尽くしているといえよう。

この他、宋人の詩話のように、詩の内外両面を分明に解釈することもある。例えば黄文雷は謝霊運の「初めて石首城を発す」詩を解釈し、政治闘争の渦中にいた謝霊運と晋宋交代の際の陶淵明とを比較して、激動の政治情勢の中で選んだ両者の出処進退を挙げ、その性格と人生の結末の相違を比較した。謝詩は一見叙景詩であるが、「其の詩を観るに、常に彷徨の憂い有りて、其の後に迫るが若し。夭伐《ようばつ》（若くして殺害される）の慮ありて、蓋し自ら之れを嘆ずるならん」と鋭く観察し、詩人の内面に深く迫っている。

『選詩演義』に存する黄文雷と利登の『文選』詩に関する評論は、文学作品ではないものの、極めて珍貴な江湖詩人による文学批評である。その批評方法は晩宋の詩学批評の影響が強く、当時の詩学の世俗化の流れをも体現する。これも江湖詩学を研究する上で必須の資料である。

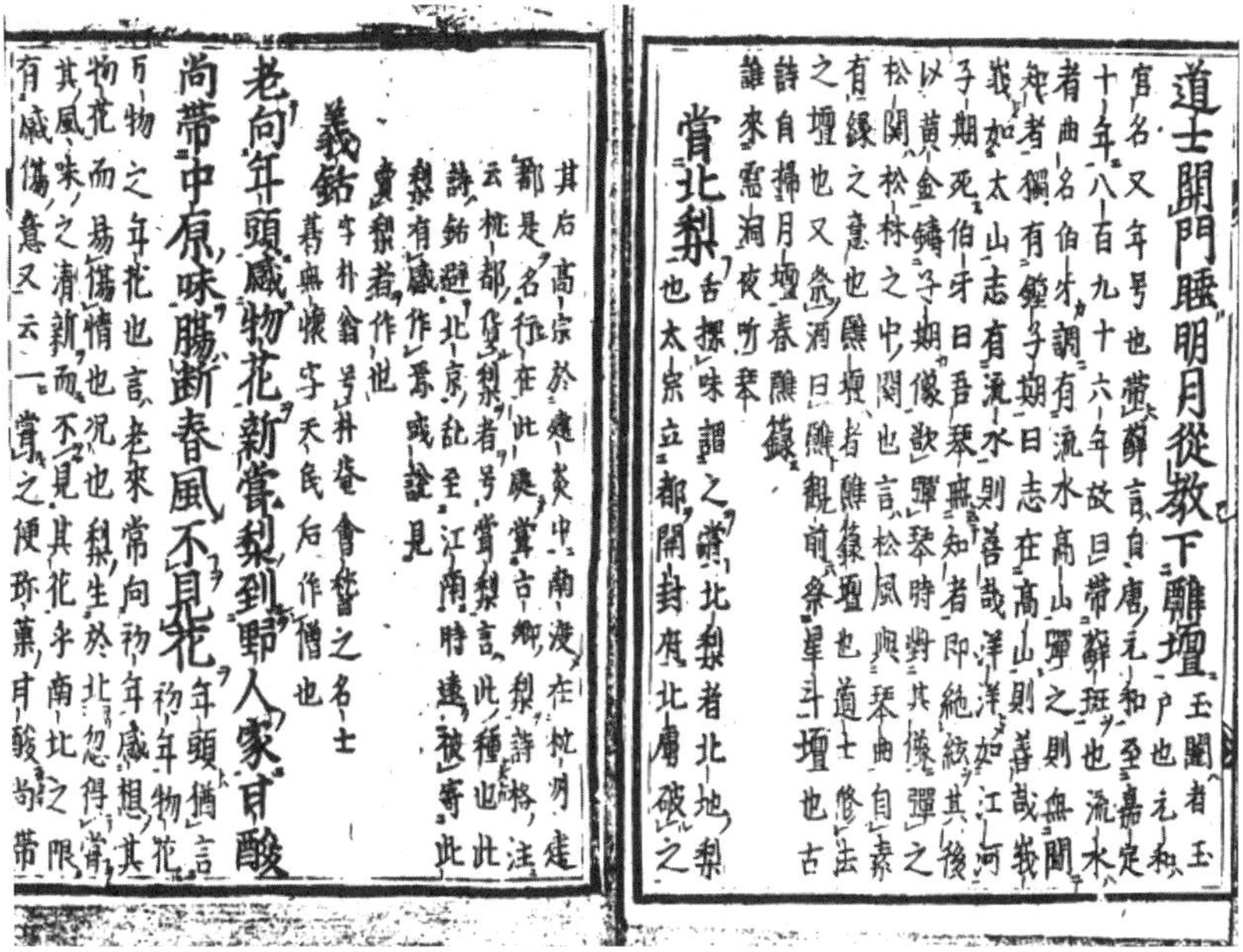

道士閑門賸明月従教下雕壇
玉闕者玉
戸也元和
宮名又年号也黄辭言自唐元和至嘉定
十年八百九十六年故曰帯辭斑也流水
者曲名伯牙調有流水高山彈之則無聞
知者獨有鍾子期曰志在高山則善哉峩
峩如太山志有流水則善哉洋洋如江河
子期死伯牙曰吾琴無知者即絶絃其後
以黄金鑄子期像歌彈琴時對其像彈之
松関松林之中関也言松風與琴曲自奏
有録之意也雕壇者雕篆壇也道士修法
之壇也又斎醮曰醮觀前祭星斗壇也古
詩自掃月壇春醮籙
誰来需洞夜听琴
嘗北梨
舌探味謂之嘗北梨者北地梨
也太宗立都開封府北虜破之
其后高宗於建炎中南渡在杭州建
都是名行在此歟冀古郷梨詩格注
云杭都為梨者号嘗梨言此種也此
詩銘避北京乱至江南時遠被寄此
梨有感作焉或説見
嘗梨者作也
義銛
字朴翁号丹丘會稽之名士
葛無懐字天民后作僧也
老向年頭感物花新嘗梨到野人家甘酸
尚帯中原味腸断春風不見花
年頭猶言
初年物花
万物之年花也言老來常向初年感想其
物花而易傷情也況也梨生於北忽得嘗
其風味之清新而不見其花乎南北之限
有感傷意又云一嘗之便珎藁有酸尚帯

図3　寛永17年（1640）刻本『中興禅林風月集』書影（駒澤大学図書館所蔵）

五、その他日本の漢籍に存する江湖詩人関連資料

上記の資料以外にも日本の漢籍には江湖詩人の関連資料が散在する。近年、日本所蔵の宋代の詩僧の総集『中興禅林風月集』（以下略「『風月集』」）が盛んに研究されているが[16]（図3）、それは本書が『全宋詩』未収の宋僧の佚詩数十首を伝えるためだけでなく、「若洲孔汝霖編集、芸荘蕭澥校正」と題するように、本書は江湖詩人が編纂に関与しているからである。孔汝霖については不詳だが、蕭澥《しょうかい》は陳起『江湖後集』巻十五に詩三十首を収録する江湖詩人であり、元・呉澄の『呉文正集』巻七十六「故県尹蕭君墓誌銘」（景印文淵閣『四庫全書』本）に、「蕭氏、贛の寧都の小田に居り、君に至るまで五世なり。君の世父、諱は澥、詩を能くし、集有りて『芸荘』と曰う、五たび礼部に試せられ、特奏して戸曹を授けらる。君の父、諱は立之、詩は江西派を宗とし、絶句に唐人の風致有り、其の集、『氷厓』と曰う」とあるように、江湖詩人蕭立之の兄で、字は汎之《しんし》、芸荘《うんそう》は号である。

『風月集』は江湖詩人義銛《ぎせん》の「北の梨を嘗《な》む」詩、永頤の「琴を聴く」・「聚景園」詩、紹嵩の「方広僧舎に題す」・「秋暮江上」詩を収録し、そのうち「秋暮江上」は『全宋詩』未収である。詩僧の作品ばかりであるから、江湖詩人中の詩僧による詩の特色を示すものである。本書は中国に伝わらないが、日本に刊本と写本が伝わる他、室町時代の禅僧の注釈があり、中でも名古屋蓬左文庫蔵の注釈付き写本が優れる。これらは東アジア最古の江湖詩僧の詩に対する注解でもあり、学術史上、価値が高い。一例を挙げよう。

聴琴『晋書』云「自尭相伝善琴者、有八十余人、曲亦有八十余様。雖参差、大体其法相似。」。　永頤 蜀成都人也、字山老、号雲泉、無準派僧也。

蘼蕪香散楚江頭、湘竹叢辺涙不収。莫把悲絲写離恨、夜深簾外鬼神愁。　蘼蕪者、王孫草也、送別草也。『離騒経』曰「蘼蕪者、蘭蘋香草類也。」。又『離騒』云「帰恨結蘼蕪。」、言別君之語也、故近屈原之語也。不犯其名、謂其理者、如見深潭底、語意甚深妙矣。言屈原被謫而行吟沢畔、而投水死、故以其徳香比香草也。又蘼蕪、曲名也。或説曰「此采蘼蘩時奏琴也。」。『湘川記』云「舜巡狩蒼梧之野而崩、娥皇・女英不従、涙染竹而為斑竹也。乃投湘水死、号之云湘夫人也。」。悲絲、琴弦也。離恨者、別之曲也。言莫把怨絲弾離恨曲、定屈原・湘夫人霊魂簾外愁之。

「無準派」は、破庵祖先（一一三六～一二一一）禅師の法嗣、臨済下第十六世の無準師範（一一七七～一二四九）が開いた流派のことであり、李国玲編『宋僧録』上冊に言及されない永頤の流派が、実は無準派であったことがわかる。また「蘼蕪」には暗に離別の意があると注し、「其の名を犯さず、その理を謂ふ者なり。……語意 甚だ深妙たり」との評には含蓄の妙があり、草名の他に曲名の意があると注するのも斬新である。

室町時代の五山禅僧惟高妙安（一四八〇～一五六七）が整理した『臥雲日件録抜尤』は、室町中期の京都相国寺の禅僧瑞渓周鳳（一三九二～一四七三）が応仁元年（一四六七）六月十九日の日記に書き写した詩「相過《よぎ》る 旧賓客、換えず 野衣裳〈中興江湖集〉。磨老 茶を出すこと遅く〈同上〉、春衣 再び綿を入る〈同上〉」を記載する。[17] 前の二句は江湖詩人鄭克己「李老隠の居を過る」詩の末聯で、『南宋群賢小集』巻一百七十「文杏山房雑稿」に見える。第三句は江湖詩人杜耒「小山即事」詩の句で、『前賢小集拾遺』巻三に見える。第四句は不明。『中興江湖集』は、南宋・羅大経の『鶴林玉露』乙編巻四「詩禍」条に「唯だ宝紹の間（一二二五～三三）、『中興江湖集』出づるのみ。」とあるように、[18] 陳起が「江湖詩禍」以後に刊行したもので、明の『文淵閣書目』巻十に「宋中興江湖集　一部十冊残欠。宋中興江湖集　一部十五冊欠。宋中興江湖集　一部五十二冊欠。」とあるように、[19] 明初にはなお伝存し、『永楽大典』に度々引用されたが、現存しない。『臥雲日件録抜尤』の引用は、『中興江湖集』が鄭克己・杜耒の詩を収録していたこと、かつそれが日本に伝わっていたことを物語る。

日本の漢籍には江湖詩人の詩に関する資料だけでなく、古文の佚作も存在する。上海辞書出版社・安徽教育出版社刊『全宋文』三六〇冊は宋代の文章をほぼ完全に網羅するが遺漏も少なくない。例えば宋僧釈元肇（一一八九～？）『淮海挐音』は中国では散佚し、元禄八年（一六九五）刊の和刻本が伝わるのみである。本書は『全宋文』未収の江湖詩人趙汝回・周弼の序二篇を収録する。また釈元肇と江湖詩人の交遊に関する資料があり、巻上「趙東閣に寄す」に「君と己酉に生まる」とある。趙東閣は趙汝回のことで、彼の序に「予が同庚の友、淮海師と曰う」とあることから、釈元肇・趙汝回の生年が淳熙十六年己酉（一一八九）であることがわかり、『全宋詩』の小伝と『中国文学家大辞典・宋代巻』「趙汝回」条に欠く生年を補うことができる。また『淮海挐音』巻上に「周伯弜の詩、僧の呉に至るを送る」・「周伯弜明府」、巻下に「周伯弜帳管を送る」の三詩があり、周弼と釈元肇に頻繁な交遊があったことがわかる。「周伯弜明府」詩の「昨《ゆうべ》揚州を過ぐる日、君の病已に侵せるを知る。殊に折腰の具に非ず、竟に断弦の吟を作す。遠信　秋笛に逢い、驚哀　樹禽に徹す。才有りて命無き者、古より今に至る」はおそらく周弼没後の作であり、周弼は釈元肇より先に没したことになる。

南宋の詩僧釈行海の文集『雪岑和尚続集』は中国では刊本が失われ、中国科学院図書館蔵の鈔本も完本ではないが、日本には五山版と寛文五年（一六六五）版の二種の完本が伝わり、その巻下の「湖上に周汝陽を懐う」詩から周弼と交遊があったことがわかる。周弼は著名な唐詩の選集『三体詩』の編者でありながら、その生涯と交遊はほとんど不明であったが、日本で刊行された南宋の詩僧の文集によってその交遊が垣間見えるのである。

周弼の『三体詩』は日本で非常に流行し、注釈本が大量に流通した。本書の成書年代は長らく不明であったが、室町時代の古注本『三体詩素隠抄』は淳祐十年（一二五〇）の成書とし、明暦三年（一六五七）刊『首書増注唐賢三体詩法』巻一巻頭「三体詩」条の注も「宋朝第十四代理宗皇帝淳祐十年庚戌秋八月、周伯弜、『三体集』を選集す」とする。これら日本の文献から、『三体詩』が一二五〇年に成書されたという極めて有用な情報が得られるのである。

他に言及すべき点として、二〇〇五年上海辞書出版社刊『海外新発現『永楽大典』十七巻』に『永楽大典』巻一九八六六所引の『江湖続集』の『適安蔵拙余稿続巻』「積雪、竹を折るに感有り」詩が収録される。その作者武衍は、字朝宗、

『適安蔵拙余稿』・『適安蔵拙乙稿』の著作がある江湖詩人である。『続巻』は著録を見ず、『適安蔵拙乙稿』の別称か否かすら不明である。『大典』所収の詩は『江湖後集』巻二十二に見えるが、『全宋詩』未収である。また『大典』巻一九八六六所引の『中興江湖集』の詩「風声同《とも》に一嘯し、月影両痕を分かつ。此の双つの清節を見、夷斉今魂を返す」（作者未詳）は『全宋詩』未収であり、補遺に役立つ。

結語

一二二五年に起きた「江湖詩禍」は『江湖集』の流伝史に直接的な影響を与えた。『聯珠詩格』・『中興禅林風月集』・『新編分類集諸家詩巻』等の域外漢籍中に大量の江湖詩人三十三人の佚詩六十九首が発見されたことで、現存の『江湖小集』・『江湖後集』が陳起の編纂した原本ではなく、元明当時の人が目にした江湖詩人の文集はそれよりもはるかに多かったことがわかった。また『臥雲日件録抜尤』からは、『中興江湖集』が日本に伝わっていたこと、当時各種の「江湖集」が日本に伝わり、かつそれが比較的完全な状態の『江湖集』であったらしいことがわかった。

宋元の際に福建の学者蔡正孫が『聯珠詩格』中の江湖詩人の詩に付した評点は、文学史上、比較的早期の江湖詩人に対する批評であり、その中には文学の通俗化に対する強いメッセージを感得できる。同時代の方回が江湖詩を低評価したのと対照的に、蔡正孫はこれを芸術的観点から批評した。朝鮮の学者徐居正等が著わした『聯珠詩格増注』は東アジア学術史上、最古の江湖詩の注釈・研究であり、その学術的価値は高い。他に室町時代の五山禅僧による『中興禅林風月集』中の江湖詩の注釈や、江戸時代の漢学者宇都宮由的『錦繡段詳注』・五山禅僧月舟寿桂『続錦繡段抄』の江湖詩の注釈も学術的価値が高い。江湖詩人研究は中国では二十世紀に始まったばかりであるが、朝鮮と日本は数百年も前に遡る。これは両国の学者が伝統的な中国文学史の記述に影響されなかったことと大きな関係がある。これら域外漢籍に存する江湖詩人関連の新資料は、必ずや江湖詩人研究を進展させる上で新たな起点となるであろう。

注

（1）江湖詩人については、張宏生『江湖詩派研究』（中華書局、一九九五年）附録一「江湖詩派成員考」によった。
（2）韓淲『澗泉集』巻十四「『江湖集』銭塘刊近人詩」（景印文淵閣『四庫全書』本）。
（3）「江湖詩禍」は、張宏生『江湖詩派研究』附録三「江湖詩禍考」を参照。
（4）『後村先生大全集』巻一百四十八劉克荘「臞庵敖先生墓志

銘」。また方回『瀛奎律髄』巻二十に「宗之（陳起）刊『江湖集』以售、『南岳稿』与焉。…言者併潛夫「梅」詩論列、劈『江湖集』板。」とある。『瀛奎律髄彙評』（上海古籍出版社、二〇〇五年）八四三—八四四頁。

（5）『南宋詩選与宋代詩学考論』第八章「『唐宋千家聯珠詩格』与宋代詩学」第四節「入選詩人与選詩特色」を参照。

（6）宋元詩の評点については、高津孝「宋元評点考」（鹿児島大学『人文学科論集』第三一號、一九九〇年）を参照。

（7）『瀛奎律髄彙評』四八六頁。

（8）程千帆・張宏生「火与雪　従体物到禁体物——論白戦体及杜韓対它的先導作用」（『中国社会科学』一九八七年第四期、両氏著『被開拓的詩世界』（上海古籍出版社、一九九〇年版）再録）を参照。

（9）師蛮『本朝高僧伝』巻四十一「京兆南禅寺沙門龍派伝」（『大日本仏教全書』第百二冊（有精堂出版部、一九三二年）五六八頁）。

（10）『新選』と『新編』の資料価値については、卞東波「稀見日本漢籍『新選分類集諸家詩巻』・『続新編分類諸家詩集』中宋人佚詩及其価値」（北京大学国際漢学家研修基地編『国際漢学研究通訊』第五期（北京大学出版社、二〇一二年））を参照。

（11）藤本幸夫『日本現存朝鮮本研究　集部』は「孤本」とする（京都大学学術出版会、二〇〇六年、六三頁）。

（12）芳村弘道「孤本朝鮮活字版『選詩演義』と撰者曽原一について」（立命館大学中国芸文研究会『学林』第四六～四七號、二〇〇八年）、「南宋選学書『選詩演義』考」（『日本中国学会報』第六二號、二〇一〇年）、「『選詩演義』考異——『選詩演義』所用『文選』的版本問題」（第九届『文選』学国際学術研討会会議論文、南京大学、二〇一一年）を参照。

（13）前掲「孤本朝鮮活字版『選詩演義』と撰者曽原一について」を参照。

（14）前掲「孤本朝鮮活字版『選詩演義』と撰者曽原一について」を参照。

（15）「衍義体」は、朱人求・王玲莉「衍義体在東亜世界的影響及其淵源」（『社会科学戦線』二〇一一年第三期）を参照。

（16）張如安・傅璇琮「日蔵稀見漢籍『中興禅林風月集』及其文献価値」（『文献』二〇〇四年第四期）、卞東波「『中興禅林風月集』考論」（『域外漢籍研究集刊』第三輯（中華書局、二〇〇七年）、『南宋詩選与宋代詩学考論』（中華書局、二〇〇九年）再録）、黄啓江「南宋詩僧与文士之互動——従『中興禅林風月集』談起」（『九州学林』総第二十一期（復旦大学出版社、二〇〇八年）、『江湖詩与一味禅　南宋文学僧与禅文化的蛻変』（台湾商務印書館、二〇一〇年）再録）、朱剛「『中興禅林風月集』続考」（『国際漢学研究通訊』第四期（北京大学出版社、二〇一一年））を参照。

（17）『大日本古記録　臥雲日件録抜尤』（岩波書店、一九六一年版）一七九頁。

（18）『鶴林玉露』（中華書局、一九八三年）一八八頁。

（19）『読画斎叢書』本『文淵閣書目』（『明代書目題跋叢刊』上冊（書目文献出版社、一九九三年）一〇六頁）。

付記　本稿は、卞東波「域外漢籍所見南宋江湖詩人新資料及其価値」のダイジェスト版である。本編には原資料が多数引用されているので、ぜひ参照されたい。その翻訳版は、『江湖派研究』第三輯（江湖派研究会、二〇一三年十二月）に掲載されている（邦題「域外漢籍に見られる南宋江湖詩人の新資料およびその価値」高橋幸吉訳）。

執筆者一覧（掲載順）

内山精也	張　宏生	保苅佳昭
銭　志熙	種村和史	侯　体健
河野貴美子	阿部順子	加納留美子
東　英寿	浅見洋二	羅　鷺
會谷佳光	原田　愛	甲斐雄一
王　嵐	坂井多穂子	藤原祐子
小二田　章	中村孝子	奥野新太郎
高橋幸吉	飯山知保	堀川貴司
池澤一郎	張　淘	卞　東波

【アジア遊学180】
南宋江湖《なんそうこうこ》の詩人《しじん》たち―中国近世文学《ちゅうごくきんせいぶんがく》の夜明《よあ》け

2015年3月30日　初版発行

編　者　内山精也《うちやませいや》
発行者　池嶋洋次
発行所　勉誠出版株式会社
〒101-0051　東京都千代田区神田神保町3-10-2
TEL：(03)5215-9021(代)　FAX：(03)5215-9025
〈出版詳細情報〉http://bensei.jp/

編　集　吉田祐輔・武内可夏子
営　業　山田智久・青木紀子・松澤耕一郎

印刷・製本　㈱太平印刷社
装丁　水橋真奈美（ヒロ工房）

ISBN978-4-585-22646-8　C1398